rororo

ro
ro
ro

Celia May Hart

Götter der Lust

Erotischer Roman

Deutsch von Julia Peters
Rowohlt Taschenbuch Verlag

Die Originalausgabe erschien 2007 unter dem Titel «One More Time» bei Aphrodisia/Kensington Publishing Corp., New York.

Deutsche Erstausgabe ■ Veröffentlicht im Rowohlt Taschenbuch Verlag, Reinbek bei Hamburg, Oktober 2009 ■ Redaktion Meike Wolff ■ Umschlaggestaltung any.way, Cathrin Günther (Foto: plainpicture/Stockwerk) ■ Satz Minion PostScript, PageOne ■ Gesamtherstellung CPI – Clausen & Bosse, Leck ■ Printed in Germany ■ ISBN 978 3 499 25210 5

Kapitel 1

Mit sanftem Druck auf den Steuerknüppel lenkte Abby Deane das Flugzeug nach links. Bei einem Blick aus dem Seitenfenster sah sie ihr neues Zuhause: ein weitläufiges Anwesen, dessen Herrenhaus im Tudor-Stil im Lauf der Zeit verschiedene Anbauten bekommen hatte.

Ihr neues Zuhause. Weit weg von den sinnlosen Ablenkungen durch Männer, die alle bindungsscheu waren und nur auf einen schnellen Fick aus. Doch dank der modernen Technik besaß sie eine ganze Reihe von Geräten, mit denen sie sich Befriedigung verschaffen konnte. Wer brauchte im einundzwanzigsten Jahrhundert noch einen Mann?

Seit sie den Herzensbrechern den Rücken gekehrt hatte, war ihr Leben wieder halbwegs im Lot. Und dieser neue Job sollte ihr dabei helfen, ihr inneres Gleichgewicht wiederzufinden. Die Spielzeuge jedenfalls würden ihren Teil dazu beitragen.

Mit einem Lächeln auf den Lippen kontrollierte sie die Instrumente und blickte nach vorn. Trotz ihrer dunklen Brille musste sie in der Sonne die Augen zusammenkneifen. Bauschige Cumulonimbus-Wolken versperrten ihr die Sicht auf den Privatflugplatz, der vor ihr liegen musste.

Kreisend brachte sie die Beech Bonanza auf Gleitfluggeschwindigkeit und ging in den Sinkflug. Sie behielt den Höhenmesser im Blick, bis sie die Wolkendecke durchbrach.

Sie blinzelte. Die Landebahn war weg. Sie schaute nach links und nach rechts. Sollte sie darüber weggeflogen sein? Nichts, gar nichts war zu sehen.

Sie kreiste unmittelbar unter der Wolkendecke und suchte den Boden ab.

Verflucht! Eine Landepiste löste sich doch nicht einfach so in Luft auf!

Diese anscheinend schon. Außer gemähten Wiesen und grasenden Schafen sah sie nichts.

Dann begann der Motor zu stottern. Ein Blick auf die Kraftstoffanzeige bestätigte ihr, dass noch jede Menge Sprit im Tank war. Sie drosselte den Motor und gab wieder Gas, aber er reagierte nicht.

Sie runzelte die Stirn und atmete tief durch. Nur keine Panik. Schließlich wusste sie, wie man eine Notlandung hinlegte. War ja nicht das erste Mal.

Sie brachte die Tragflächen auf gleiche Höhe und steuerte auf eine frischgemähte Wiese zu. Dann klappte sie das Fahrwerk aus. Zumindest war sie nicht weit von ihrem Hotel entfernt. Wenn sie es schaffte, heil herunterzukommen, könnte sie hinlaufen. Wenn nicht, würde jemand im Hotel sehen, wie sie zu Boden ging, und ihr zu Hilfe kommen.

Abby überprüfte ihren Sicherheitsgurt und konzentrierte sich. Die Maschine setzte sauber auf und ratterte über die Grasnabe, bis sie zum Stehen kam.

Abby sackte in ihrem Sitz zusammen und öffnete den Gurt. Mit Herzklopfen stieg sie aus dem Flugzeug und betrachtete es aus sicherer Entfernung, aber die Maschine stand nur reglos und still da.

Sie ging zurück zum Flugzeug und griff nach ihrer Werkzeugkiste. Dann legte sie die Hand auf den rechten Propellermotor. Kalt. Das war nicht in Ordnung.

Abby seufzte. Beide Motoren fühlten sich an, als wären sie gar nicht gelaufen. Verrückt. So etwas hatte sie noch nie erlebt. Sie musste wohl einen Mechaniker rufen.

Sie lud ihr Gepäck aus und zog die mit Rollen versehenen Taschen über den schweren dunklen Boden zum Rand der Wiese. Durch einen schmalen Spalt in der hohen Hecke, die die Wiese umgab und das frischgeerntete Heu vor der Begehrlichkeit der nebenan grasenden Tiere verbarg, sah Abby einen Feldweg.

Der müsste mich eigentlich zur Hauptstraße führen, dachte sie.

Zwei Taschen, ein Laptop, eine große Handtasche und eine lange Röhre mit ihren Kopien der Hotelpläne. Sie setzte sich auf das größte Gepäckstück und wartete darauf, dass endlich Hilfe eintraf.

Und wartete und wartete.

Eine halbe Stunde später kam Abby in Sichtweite des Hotels, ihres künftigen Zuhauses – mit jeder Menge unfähiger Angestellter, die sie zu feuern gedachte. Auch wenn ihr Chef zugesichert hatte, sie weiterzubeschäftigen. Schließlich musste doch jemand gesehen haben, dass ihr Flugzeug in Not war! Wieso war ihr niemand zu Hilfe gekommen?

Und dann diese Einfahrt ... Kies mochte ja unter den Rädern eines Autos ein vornehmes Knirschen erzeugen, aber schwere Rollentaschen über Hunderte von Metern darüber zu ziehen, war weniger angenehm. Und vorher war es bereits die ganze Zeit über unbefestigte Erde gegangen.

Das musste anders werden. Welcher Gast wollte schon auf so einem Feldweg zu einem schnuckeligen Boutique-Hotel fahren? Der bloße Gedanke daran, hochgewirbelte Steine könnten den Lack eines BMW verkratzen, ließ sie erschaudern.

Nein, das musste schnellstens geändert werden. Sobald sie neues Personal eingestellt hatte.

Dann sah sie, dass die Fensterläden des Hauses geschlossen waren, und vergab der Belegschaft auf der Stelle. Geschlossene Läden sorgen dafür, dass der Restaurierungszustand besser erhalten bleibt. Deshalb also hatten sie ihre Notlandung nicht gesehen, und außerdem war sie praktisch geräuschlos heruntergekommen.

Apropos geräuschlos … eine leichte Brise wehte das Blöken von Schafen zu ihr herüber und das Rascheln der Blätter an den riesigen Bäumen zu beiden Seiten der Einfahrt. Kein Laut, der auf menschliche Aktivitäten schließen ließ, drang an ihr Ohr, nicht einmal ein dumpfes Dröhnen von der nur wenige Meilen entfernten Autobahn.

Abby zuckte mit den Schultern, wobei der Tragegurt des Köchers mit den Zeichnungen verrutschte. Vielleicht schirmte ja das Haus die Geräusche ab.

Sie kam zum stattlichen Vordereingang – zwei riesige Türflügel aus Eiche, respekteinflößend und auf Hochglanz poliert.

Abby nickte anerkennend. Die Angestellten waren wirklich auf Zack und kümmerten sich selbst um Details.

Sie stellte ihr Gepäck am Fuß der breiten Steintreppe ab und schwang sich nur die Handtasche über die Schulter. Dann stieg sie die Stufen hoch und betätigte den altmodischen Klingelzug. Noch ein angenehmer Eindruck. Aber nach der offiziellen Eröffnung des Hotels würde diese Tür einladend weit offen stehen.

Sie musterte wohlwollend die offenbar frischgereinigte Backsteinfassade mit den blitzblanken Fenstern.

Ein Knarren deutete an, dass die Tür geöffnet wurde. Die polieren das Holz, ölen aber die Angeln nicht?, fragte sich Abby irritiert. Also doch noch jede Menge Arbeit.

Die Tür ging einen Spalt weit auf.

Nette Begrüßung. «Lassen Sie mich jetzt endlich rein oder nicht?», schnaubte Abby.

«Wer sind Sie?», fragte ein tiefer Bariton.

«Ihre ehemalige Chefin, falls Sie mir nicht öffnen», blaffte Abby ihn an.

Er sagte erst einmal gar nichts, was sie nur noch mehr aufbrachte, und dann nur: «Eine Frau?»

Sie riss die Tür auf, um ihm die Leviten zu lesen, und erstarrte. Ihr fiel erst die Kinnlade herab und dann der Mund zu.

Vor ihr stand ein unglaublich attraktiver Mann, was sie bemerkte, bevor ihr noch sein merkwürdiger Aufzug auffiel. Vielleicht war es der v-förmige Tupfer dunklen Brusthaars, das aus seinem knittrigen weißen Hemd lugte. Oder die knallenge Hose, die ihr trotz des altmodisch vorgeknöpften Latzes deutlich vermittelte, dass ihr Inhalt nicht zu verachten war. Ganz und gar nicht zu verachten.

Sie räusperte sich. «Jetzt ganz bestimmt Ihre ehemalige Chefin. Sie sind entlassen.»

«Entlassen?» Der Mann sah zwar blendend aus, war aber offenbar etwas begriffsstutzig. «Ich arbeite nicht für Sie.»

Das gab ihr zu denken. War das vielleicht Lord David Wintertons Sohn? Sie änderte ihren Tonfall. «Wenn Sie keiner meiner Angestellten sind, wer sind Sie dann?»

Er lächelte ein breites Lächeln, das schon so manches Herz gebrochen haben musste. Nicht mit mir, wappnete sich Abby trotzig. «Ich bin nur auf der Durchreise.»

Sie kniff die Augen zusammen. «Und mein Personal hat Sie reingelassen?»

«Außer mir ist hier niemand.» Er musterte sie und schien keinerlei Neigung zu verspüren, ihren Grund und Boden zu verlassen. Seine Lider senkten sich, und sein strenger Blick verwandelte seine braunen Augen in dunkle Punkte. «Und Sie sehen nicht aus, als hätten Sie überhaupt Personal.»

Abby kochte innerlich. «Unverschämter Kerl.» Sie schob sich an ihm vorbei ins Haus. Wo waren bloß ihre Angestellten?

In der Mitte der Eingangshalle blieb sie so plötzlich stehen, dass ihre Turnschuhe auf dem Marmorfußboden quietschten. Stirnrunzelnd blickte sie sich um. «Irgendetwas stimmt hier nicht ...»

Der Schwachkopf war ihr gefolgt. «Schön, dass Sie das endlich einsehen.»

Abby ignorierte ihn und betrachtete den Boden. «Auf den Bildern hatte ich es glatt für Linoleum gehalten, aber das ist echter Marmor.»

«Linol- was?»

Abby drehte sich langsam um. «Der ist aber in einem unglaublich guten Zustand für einen alten Fußboden.»

«Alt.» Er klang nicht sehr überzeugt.

An der Wand stand ein zierlicher Beistelltisch. Das gute Stück gehörte in ein Museum, aber nicht in den Empfangsbereich eines turbulenten Hotels. Auf ihm befand sich ein goldenes Tablett mit elfenbeinfarbenen Kärtchen. Sie hielt den Atem an. «So etwas – so etwas sollte hier nicht einfach so rumstehen.»

Dann sah sie sich in der Halle um. Hatte sie hier irgendetwas falsch verstanden? «Wo ist die Rezeption?»

«Gute Frau, ich weiß wirklich nicht, wovon Sie reden.» Abby drehte sich um. Er stand reichlich angespannt vor ihr, die Arme in die Seiten gestemmt. «Das ist hier kein Hotel.»

Sie erwiderte stirnrunzelnd seinen Blick. «Doch. Und ich bin die Geschäftsführerin.»

«Sie?» Seine tiefe Stimme klang ein wenig spöttisch. «Eine Frau?»

«Oh mein Gott.» Obwohl Abby sich zu voller Größe aufrichtete, war sie immer noch einen guten Kopf kleiner als er. «Wir leben schließlich im einundzwanzigsten Jahrhundert!»

«Wir schreiben das Jahr 1807», erklärte er seelenruhig, während er sie mit seinen braunen Augen durchbohrte.

Sie versuchte, ihr Unbehagen zu ignorieren. «Machen Sie sich nicht lächerlich.» Dann zog sie sich ein paar Schritte von ihm zurück und suchte nach einem Telefon. Falls dieser Typ gefährlich wurde ... «Ich habe keine Zeit für Phantastereien und Spielchen.»

«Das ist keine Einbildung», beteuerte er. Was für ein Jammer – ein so gutaussehender Mann, aber so total daneben.

«Jetzt hören Sie mir mal zu.» Abby verschränkte die Arme und starrte ihn finster an. «Sie sollten sich jetzt besser verziehen. Das ist Hausfriedensbruch. Oder soll ich vielleicht die Polizei rufen?»

Der Mann rührte sich nicht von der Stelle. «Sie sind aber hartnäckig.»

Sie hatte schon Schlimmeres gehört.

Da sie kein Telefon entdecken konnte, kramte sie ihr Handy hervor und gab eine Kurzwahlnummer ein. «Ich habe Sie gewarnt.» Sie ignorierte, dass er plötzlich aschfahl wurde. Wenn er sich aus dem Staub machte, sollte es ihr auch recht sein. Sie hielt das Handy ans Ohr, hörte aber nichts. «Anscheinend kein Empfang hier», meinte sie stirnrunzelnd.

«Was ... was ist das?», unterbrach er mit merkwürdig klingender Stimme ihre Gedankengänge.

Er hatte sich also nicht davongemacht. «Wollen Sie nicht endlich mit dem Theater aufhören? 1807!»

Er stolzierte seufzend in ein Nebenzimmer und kam mit einer Zeitung zurück. «Ist schon ein paar Monate alt, aber sehen Sie.» Er hielt sie ihr hin.

Sie nahm die Zeitung. «Na schön, die ist von 1807. Guter Druck. Schon erstaunlich, was man mit Computern heute alles machen kann.» Dann warf sie ihm die Zeitung wieder zu.

Er fing sie mit einer Hand auf. «Was Sie da sagen, ergibt für mich keinen Sinn.»

Abby seufzte. «Sie sind immer noch da? Dann muss ich wohl einen Festnetzanschluss suchen ...» Ihren Entwürfen nach sollte dieser Raum ein Büro sein.

Was sie vorfand, war ein kleines Wohnzimmer mit eindeutig weiblichem Einschlag. «Aber ...» Was ging hier vor sich? Warum war all das, was sie auf den Fotos gesehen hatte, wieder rückgängig gemacht worden? War sie etwa einem Schwindel aufgesessen?

Sie blickte auf. Keine kunstvoll gearbeitete Deckenrosette, kein elektrisches Licht. Nur ein paar Wandleuchter mit Kerzen.

Abby stapfte zurück in den Flur. «Ich – ich verstehe das nicht ...» Der Eindringling kauerte neben ihren Taschen. Die hatte sie doch draußen gelassen! Sie kniff die Augen zusammen. «Was machen Sie da?»

«Ich versuche herauszufinden, wie man diese Koffer öffnet.»

«Das ist mein Privateigentum.» Abby trat vor, hielt aber inne, als er nicht von der Stelle wich.

«Ich wollte lediglich herausfinden, wer Sie sind. Sie brauchen dringend Ihre Familie.»

«Ich brauche nur, dass Sie aus diesem Haus verschwinden.» Abby schnappte nach Luft. Aus diesem Haus, in dem nichts so war, wie es sein sollte. «Warum wurden alle Renovierungsarbeiten rückgängig gemacht? Was ist passiert?»

«Madam, ich bedaure zutiefst, dass Sie sich offenbar in einem Zustand geistiger Verwirrung befinden, aber im Moment, scheint mir, sehen Sie gerade etwas klarer. Wie ich feststellen darf, bemerken wohl auch Sie gerade, dass mit Ihnen etwas nicht stimmt. Welcher Familie gehören Sie an? Und wo leben Sie?»

«Eigentlich war vorgesehen, dass ich ab jetzt hier wohne», erwiderte Abby dumpf. «Das hier sollte mein neues Zuhause sein.» Sie holte tief Luft. «Haben wir wirklich das Jahr 1807?»

«Ich habe Ihnen doch die *Times* gezeigt», erwiderte er.

Zischend entfuhr ihr der angehaltene Atem. «Ich bin doch nicht verrückt. Schauen Sie mal in meine Tasche, dann werden Sie schon sehen, dass wir im Jahr 2007 leben.»

Er kauerte sich nieder und grinste zu ihr hoch. «Sie sind eine äußerst halsstarrige Frau. Aber immerhin muss ich einräumen, dass Sie recht ungewöhnliche Gegenstände Ihr Eigen nennen.» Seine Stimme klang irgendwie erstickt. «Fast bin ich geneigt, Ihnen zu glauben. Dieses ... Ding da, in das Sie gesprochen haben ...»

«Mein Handy?» Sie warf es ihm zu, noch immer bewusst Abstand haltend, und er betrachtete es fasziniert.

«Woraus ist es gemacht?»

«Hauptsächlich Plastik und Metall. Wollen Sie jetzt meine Tasche öffnen oder nicht?»

Er warf ihr einen genervten Blick zu. «Wie aber lässt sich dieses Ding aufbekommen?»

Abby kniete sich neben ihn und merkte, dass dieser Fremde alles andere als ein magerer Wicht war. Er war sogar ausgesprochen kräftig. An den Schenkeln sprangen die Muskeln regelrecht hervor. Er wirkte so ... so stattlich.

«Es hat einen Reißverschluss», erklärte sie und zeigte ihm, wie er funktionierte, indem sie ihn ein Stück weit aufzog. «Ich glaube, die Dinger wurden im zwanzigsten Jahrhundert erfunden.»

Er brummte, zog am anderen Reißverschluss und klappte den Deckel auf. Weiße Blusen, fein säuberlich gestapelt, dazwischen dunkelblaue, flache Schuhe und tadellos aufgerollte schwarze Socken.

«Dass Sie bloß nicht auf die Idee kommen, in meiner Unterwäsche herumzuwühlen.»

«Ich käme nicht im Traum darauf, meine Liebe», murmelte er, hob den Blusenstapel hoch und setzte ihn behutsam neben der Tasche ab. Dann verzogen sich seine Lippen zu einem Grinsen. «Na so was.»

Abby wäre am liebsten im Erdboden versunken. Sie schloss die Augen und ließ sich auf ihre Fersen sinken. Warum hatte sie ihn nicht zurückgehalten? Weil sie geglaubt hatte, er hätte ihre andere Tasche. *Nein, nein, nein.* Wahrlich kein guter Anfang für ihren Umgang mit dem Personal oder worum auch immer es sich bei diesem Kerl handeln sollte.

«Das hier erkenne ich», erklärte er. Sie öffnete vorsichtig ein Auge und sah, wie er einen großen synthetischen Dildo drückte. «Wenn auch nicht aus diesem Material, sondern aus Holz oder Elfenbein.» Er warf den Kopf zur Seite. «Dienen die anderen Gegenstände ähnlichen Zwecken?»

Ihre Wangen brannten, und sie nickte verschämt. Sie wagte es nicht, einen Blick auf die reichhaltige Sammlung an Spielzeugen zu werfen, die sie mitgebracht hatte, um sich mit ihnen zu verlustieren.

«Interessant.»

Das war die Untertreibung des Jahres.

«So etwas habe ich noch nie gesehen.»

«Legen … legen Sie sie bitte zurück», bat Abby schwer atmend mit der Andeutung einer Handbewegung in Richtung auf ihre Taschen.

Er lachte leise vor sich hin. «Na schön, nachdem wir jetzt

geklärt haben, dass zumindest Ihr Gepäck aus der Zukunft stammt –»

«Sie sind ein verdammt sturer Typ.» Ihren Worten fehlte der gewohnte Nachdruck.

«– denke ich, dass Sie erst mal bleiben können.»

«Wie nett von Ihnen», murmelte sie, warf ihre Blusen wieder in die Reisetasche und zog den Reißverschluss zu, bevor sie aufstand und die Tasche aufrecht hinstellte.

Er stand ebenfalls auf. «Vielleicht ist es an der Zeit, dass wir uns miteinander bekanntmachen, nachdem wir keinen gemeinsamen Bekannten haben, der das erledigen könnte. Also gut, Frau aus dem einundzwanzigsten Jahrhundert. Gibt es in der Zukunft überhaupt noch Namen, Mrs. oder Miss …?»

«Ms.», korrigierte ihn Abby.

«Ms.?», wiederholte er stirnrunzelnd.

«Ja, Ms. Abigail Deane. Und wie heißen Sie?»

«Hardy, Myles Hardy. Zu Ihren Diensten», antwortete er mit einer knappen Verbeugung. «Und was machen wir jetzt mit Ihnen?»

Sie hatte keine Ahnung. *Ich gehöre nicht ins Jahr 1807. Was soll jetzt bloß aus mir werden?* Misstrauisch beäugte sie Myles Hardy. *Kann ich ihm wirklich trauen?*

«Es gibt keinen Grund, so verängstigt dreinzuschauen», versuchte Myles sie zu beruhigen, doch als er auf sie zutrat, wich sie unwillkürlich zurück. «Außer Ihnen und mir ist kein Mensch in diesem Haus.»

«Soll ich das vielleicht beruhigend finden?», erwiderte sie mit Blick auf ihre Handtasche. Wenn sie nur an ihr Tränengas-Spray käme …

«Jedenfalls werden wir genug Zeit haben, den Dingen erst mal auf den Grund zu gehen – wie Sie überhaupt hierhergekommen sind, wie wir Sie zurückschicken können.»

«Was meinen Sie mit ‹wir›?»

«Ich wollte gerade noch hinzufügen: ‹und Ihnen helfen können, sich hier zurechtzufinden›, aber wenn Sie auf meine Hilfe keinen Wert legen …» Er trat ein paar Schritte zurück.

Abby schnaubte verärgert. «Besten Dank für Ihr Angebot, aber welchen Grund hätte ich, Ihnen zu trauen?»

«Gar keinen.» Sein breites, schelmisches Grinsen erzeugte in ihrem Unterleib eine unerwartete Wirkung, und sie versuchte, sich gegen seine Anziehungskraft zu wappnen. Nicht schon wieder und schon gar nicht jetzt. «Aber wenn Sie es vorziehen, es allein zu versuchen …»

«Nein, nein», warf Abby hastig ein. «Tut mir leid, aber normalerweise bin ich es gewohnt, allein zurechtkommen zu müssen.»

«Was muss das für eine Zukunft sein», brummte Myles, als er ihre andere Tasche hochnahm und damit die Halle durchquerte. «Was ist in diesem Rohr?»

«Blaupausen.» Abby warf erst den Trageriemen der Röhre über die Schulter und dann den ihrer großen Handtasche.

«Was?»

«Pläne für das Haus», übersetzte sie. Was sonst noch alles kannten sie nicht in dieser Zeit?

Myles warf einen Blick zurück über die Schulter und hielt einen Moment lang inne. «Was Sie nicht sagen», entgegnete er gedehnt. «Das müsste doch überaus amüsant sein, diese einmal genauer zu studieren.»

«Amüsant wohl weniger», erwiderte, während sie ihren geübt finsteren Blick auf seinen Rücken geheftet hatte.

Er registrierte das, und sein jungenhaftes Grinsen wurde noch breiter. Ihr Versuch, ihn einzuschüchtern, war kläglich gescheitert. «Verzeihen Sie mir, aber wie oft bekommt man schon Gelegenheit, einen Blick in die Zukunft zu werfen?»

«Und dann gleich über einen Zeitraum von zweihundert Jahren. Vielleicht sollte ich es besser nicht zulassen. Am Ende erfinden Sie dann noch Dinge, die ihrer Zeit weit voraus sind …» Sie zog ihren Koffer hinter sich her und folgte Myles zur Treppe.

Er stieg die Stufen hinauf.

Abby hob den Kopf. Die dunkle Mahagonitreppe teilte sich auf halber Höhe und führte zu beiden Seiten weiter nach oben. «Ich nehme an, Aufzüge sind noch nicht erfunden.»

Er hielt grinsend inne und schaute sich zu ihr um. «Nein. Aber lassen Sie Ihren Koffer nur stehen, ich trage ihn für Sie hoch.»

«Ich schaffe das schon», erwiderte sie und biss die Zähne zusammen. Sie konnte sich ja auf der Treppe kurz ausruhen.

Myles fläzte sich auf ihr Bett, während Abby ihn aus den Augenwinkeln beobachtete. Wollte er mit seinem Körper prahlen?

Falls ja, so war sie viel zu geschafft, um die sonnengebräunte Brust unter seinem offenen Hemd zu bemerken oder die Art und Weise, wie die Hose sich an seine Waden schmiegte, an seine Schenkel, um seine … seine Lenden.

Nein, wirklich. Sie nahm das überhaupt nicht wahr. Nichts davon.

Rein gar nichts.

Sie stellte ihre Tasche ab. Ihre Muskeln schmerzten von der Anstrengung, die es sie gekostet hatte, das schwere Teil die Treppe hochzuschleppen. Sie hatte um jeden Preis vermeiden wollen, das herrliche Holz zu verkratzen.

Myles klopfte auf die Matratze. «Setzen Sie sich doch. Sie sehen reichlich erschöpft aus.»

Und das war sie auch. Abby setzte sich auf den Rand des

Bettes und schaute ihn über die Schulter hinweg an. «Ist das Ihr Zimmer oder meines?»

Er begann zu schmunzeln und lachte dann unbeschwert: «Es könnte unseres sein.»

«Vergessen Sie's», schnaubte Abby zurück.

«Ihre Ausdrucksweise ist mir zwar nicht geläufig, aber ich denke, ich verstehe Sie trotzdem.» Er stand von der anderen Seite des Bettes auf. «Das muss alles sehr anstrengend für Sie gewesen sein. So viele neue Eindrücke. Ruhen Sie sich erst einmal aus. Ich suche derweil ein paar Kleider aus, die Ihnen besser stehen als Ihre gegenwärtige Aufmachung.»

Mit einer Verbeugung ging er hinaus.

Abby zog ihre abgewetzte Lederjacke aus, warf sie quer durchs Zimmer und ließ sich aufs Bett fallen. Keine Matratzenfedern. Sie seufzte.

Und schlief ein.

Einige Stunden später wachte sie wieder auf. Ein schwacher rot-orangefarbener Schein erfüllte den Raum. Als Abby sich umdrehte, sah sie Myles Hardy auf einem Stuhl am Fenster sitzen. Sie zog ein finsteres Gesicht. Es war also doch kein Traum gewesen.

«Wenn Sie schlafen, sehen Sie ganz liebreizend aus», sagte er gedehnt. Das Rohr mit den Plänen lag quer über seinen gespreizten Beinen. «Schade, dass Sie nicht immer so sind.»

Sie streckte ihm die Zunge heraus. «Wenn Sie mich ins Bett kriegen wollen, fangen Sie das aber ziemlich beschissen an.»

Er zuckte zurück. «Mein Gott, sind Sie ordinär.»

«Danke.» Sie glitt vom Bett und klopfte auf das Rohr. «Ich nehme an, Sie möchten gern einen Blick daraufwerfen?»

«Ja, bitte», antwortete er mit einem unschuldigen Grinsen.

«Gibt's hier auch was zu essen?» Abby griff nach ihrer Lederjacke, die an der Lehne seines Stuhls hing, blickte auf sein ihr zugewandtes Gesicht hinab und hielt inne. Ihre Brüste, nur von einem alten, knappen T-Shirt bedeckt, schwebten unmittelbar über seinem Mund. Bevor sie es sich noch verkneifen konnte, hatte sie schon begonnen, über eine Bewertung seiner Lippen beim Küssen nachzudenken, die in die Höhe schnellte, als sie bemerkte, dass er ihre Brüste schmecken wollte. Er berührte seine Oberlippe mit der Zungenspitze. «Ich habe einen Riesenhunger.»

Sie richtete sich auf, wandte sich von ihm ab und zog ihre Jacke über. Abby schmunzelte in sich hinein. Sie wusste nicht recht, was sie von dem Mann halten sollte. Na schön, sie wusste es doch. Er hatte eine reichlich spöttische Art und war anzüglich, aber vielleicht war er ihr einziger Verbündeter in diesem Zeitalter. Warum sollte sie ihn nicht genießen?

Er packte sie am Arm und zwang sie, ihm ins Gesicht zu sehen. «Ich weiß nicht, ob Ihre Art auch in Ihrer eigenen Zeit als gewöhnlich gilt, Madam, möchte Ihnen jedoch empfehlen, einige Eigenheiten Ihres Wesens nicht allzu offen zur Schau zu stellen, sonst –»

Sie warf ihm einen finsteren Blick zu. «Sonst was?»

«Werde ich das hier tun.» Myles riss sie an sich, packte sie im Nacken und drückte seinen Mund auf ihren. Sein grober, schwindelerregender Kuss forderte eine Reaktion heraus. Gegen diesen Instinkt kämpfte sie an, lehnte sich gegen ihn auf und versuchte, ihn wegzustoßen, aber er küsste sie noch immer. Durch ihre Bewegungen gerieten ihre Becken aneinander, und eine stramme Linie machte sich dort bemerkbar, wo sich sein Glied versteifte.

Mit einem Stöhnen stieß er sie von sich. «Ich werde Sie nicht nehmen, außer wenn Sie es auch wollen», knurrte er.

Abby schwankte. Sein Rückzug erschütterte sie stärker, als sie erwartet hätte, gemessen an der kurzen Zeit, die sie einander kannten. Sie stemmte die Hände in die Hüften und warf sich in Positur. «Dann müssen Sie aber zeigen, dass Sie ein guter Junge sind, bevor Sie kriegen, was Sie wollen.»

Er grollte: «Gehen wir was essen.»

In ihrem Unterleib zog sich etwas zusammen.

Er zeigte ihr den Weg zur Küche im Erdgeschoss. In der Speisekammer holte er aus einem Schrank Käse, aus einem anderen Brot und ein paar Äpfel. «Ich fürchte, viel mehr ist nicht da. Sie können von Glück reden, dass ich heute Morgen daran gedacht habe, ins Dorf zu gehen.» Er reichte ihr ein Messer. «Schneiden Sie das Brot?»

Abby setzte sich auf einen Hocker und begann, das noch frische Brot aufzuschneiden. «Von Glück? Sind Sie vielleicht vergesslich?»

«Ich fürchte, ja. Ich bin Wissenschaftler.»

Abby zog beide Brauen hoch. Das Klischeebild des typischen Wissenschaftlers kam ihr in den Sinn: Ein Etui voller Stifte, Brille, zerzaustes Haar (meist weiß), geistesabwesend, ein Mangel an sozialer Kompetenz – eine Beschreibung, die auf Myles Hardy so gar nicht passen wollte.

«Wirklich?»

Er blickte vom Käseschneiden auf. «Ich arbeite auf dem Gebiet der Archäologie. Ich beschäftige mich mit der Wiederentdeckung von altertümlichen Kunstwerken. Schon seit meinem Abschluss in Oxford.»

«Wie dieser Elgin Marbles?», fragte Abby, während sie ein improvisiertes Sandwich in sich hineinschlang.

Er verzog das Gesicht. «In nicht ganz so großem Stil. Das ist auch der Grund dafür, dass ich …» Er biss ein Stück Käse ab.

Sie war neugierig geworden. «Dass Sie was?»

Myles zuckte mit den Schultern. «Und Sie? Sie leiten Hotels? Das ist doch keine Arbeit für eine Frau.»

«Weil ich in dieser Zeit nur Ehefrau, Gouvernante oder Hure sein könnte?»

«Verzeihen Sie, aber keine Frau, die etwas auf sich hält, würde freiwillig arbeiten.»

«Junge, müssen Sie noch viel lernen.»

Er kräuselte verächtlich die Lippen. «Ich fürchte, Sie sind diejenige, die sich umstellen muss. Schließlich sind Sie in meiner Zeit gelandet, nicht ich in der Ihren.»

Sie schnitt eine Grimasse. «Ich nehme an, dann werde ich jetzt wohl auch noch Korsetts und lange Röcke tragen müssen.»

«Wenn Sie nicht im Irrenhaus enden wollen, würde ich das empfehlen», erwiderte er grinsend. «Im Übrigen wette ich, dass Sie in einem Kleid ganz entzückend aussehen.»

Abby bedachte ihn mit einem jener langen Blicke, die ihre Angestellten so fürchteten. Entzückend? In einem Kleid? Glaubte er wirklich, sich auf so billige Weise bei ihr einschleimen zu können? Als sein Grinsen aber nur noch breiter wurde, wechselte sie vorsichtshalber das Thema. «Ich dachte immer, ein solches Haus wäre voller Bediensteter. Haben Sie niemanden zum Kochen?»

Er zuckte die Achseln. «Die sind im Urlaub.» Er brachte ein nur wenig überzeugendes Lächeln zustande. «Bei meiner Arbeit lenken mich Bedienstete zu sehr ab …»

Irgendetwas stimmte nicht. Abby hatte schon Schlimmeres von Angestellten gehört. «Machen Sie das immer so?»

«Manchmal gehen sie mir eben auf die Nerven. Stellen Sachen um, ordnen meine Papiere –»

«Sie haben Papiere? Die würde ich gerne mal sehen.»

Myles rutschte unruhig auf seinem Hocker hin und her. «Ich bezweifle, dass Sie sie verstehen würden ...»

«Ich war auf der Universität», konterte sie schmunzelnd. «Auf welchem College waren Sie eigentlich? Ich war auf dem Magdalen.»

Ihm fiel die Kinnlade herunter. «Sie – Sie waren in Oxford? Die lassen Frauen ...?» Er rieb sich das Kinn. «Unglaublich.»

«Besser, Sie glauben's, wenn Sie mir an die Wäsche wollen», stichelte Abby und stand auf. «Und jetzt zeigen Sie mir doch mal Ihre Papiere. Ich habe genug gegessen.»

Myles rührte sich nicht. «Die sind Privatsache.»

Abby verschränkte die Arme. «Aber sie sind doch wohl zur Veröffentlichung bestimmt, oder? Dann können sie so privat nicht sein. Ich werde sie Ihnen schon nicht stehlen.»

Er riss ein Stück aus dem Brotlaib und rollte es zwischen den Fingern.

«Myles.» Sie trommelte mit den Fingernägeln auf dem Ärmel ihrer Lederjacke.

Er errötete. «Warum bestehen Sie darauf, mich beim Vornamen zu nennen?»

«So heißen Sie doch, oder?» Sein Blick machte sie nervös.

Sie war fest entschlossen, ihn weiter mit Vornamen anzusprechen. Er hatte ihre ursprüngliche Frage noch nicht beantwortet. «Myles?»

Er seufzte und stand vom Küchentisch auf. «Vielleicht morgen», erklärte er mit einem schmallippigen Lächeln. «Ich bin es nicht gewohnt, mein Wissen mit anderen zu teilen.»

Das konnte sie nachvollziehen. Sie entspannte sich ein wenig und öffnete ihre verschränkten Arme. «Verstehe. Hätten Sie vielleicht etwas Wein zu Brot und Käse? Ich bin schon ganz ausgetrocknet.» Es war bereits nach Sonnenuntergang, warum also nicht?

Sein Lächeln wurde wärmer. «Da wird sich schon was finden.» Er ging um den Tisch herum und hakte sich bei ihr ein. «Möchten Sie wirklich Wein, oder trinken zukünftige Frauen stärkere Sachen?»

Abby lachte. «Fangen wir erst mal mit Wein an. Aber Sie kriegen mich nicht ins Bett, indem Sie mich betrunken machen.»

Sie schlenderten durch einen Korridor, dessen zitronengelbe Wände im Schein der Lampen leuchteten. Abby fragte sich laut, wer wohl all die Kerzen angezündet hatte.

«Ich, während Sie schliefen.»

Er führte sie durch eine weitere Tür in einen prächtigen Salon und ließ ihren Arm los, um quer durch den Raum zu einer Karaffe mit einer dunkelroten Flüssigkeit zu gehen. Er schien gar nicht zu bemerken, mit welcher Ehrfurcht sie sich umsah.

«Das ist ja wunderschön», hauchte sie angesichts der kostbaren Stoffe und des erlesenen Mobiliars in Rot und Gold. «Ich frage mich, was aus all den Sachen geworden ist.»

Myles hielt beim Eingießen plötzlich inne. «Das alles bleibt also nicht im Haus?»

Abby presste die Lippen zu einem entschuldigenden Lächeln zusammen. «Tut mir leid. Das war gedankenlos. Die Vorstellung, dass sich so viel verändern wird, kann nicht sehr angenehm für Sie sein.»

Er reichte ihr das gefüllte Glas. «Nein, aber ich bin neugierig. Wissen Sie, was geschehen ist?»

«Ich nehme an, es war –» Sie brach ab und biss sich auf die Lippe. «Nein, das kann ich Ihnen nicht erzählen. Tut mir leid. Ich habe genug Bücher über Zeitreisen gelesen, um zu wissen, dass man manche Dinge einfach nicht mit anderen teilen kann.»

Sein Schulterzucken war fast schon zu lässig. «Dann sind Zeitreisen in der Zukunft also ganz normal?»

Sie lachte. «Nein, sie sind eine Fiktion.» Sie schwenkte ihren Wein, sah zu, wie die dunkelrote Flüssigkeit wie Öl an den Innenseiten des Glases herablief, und nippte daran. «Hmm, fühlt sich gut an.»

«Wirklich?»

«Ja, der Wein ist sehr gut.»

«Das wollte ich nicht wissen.»

Sie nahm ein paar kräftige Schlucke, zog sich von Myles zurück und setzte sich auf den Rand eines kunstvoll verzierten goldfarbenen und mit Brokatstoff bezogenen Sofas. «Myles, ich weiß nicht, wie ich hierhergekommen bin, geschweige denn, wie ich wieder zurückkomme.» Dann trank sie wieder von dem Wein.

«Machen Sie sich darüber bitte keine Sorgen. Wir werden bestimmt eine Lösung finden.» Er setzte sich neben sie und tätschelte ihren jeansbekleideten Oberschenkel.

Sie musterte ihn aus den Augenwinkeln. Im Profil war er sogar noch attraktiver, so wie er jetzt an seinem Glas nippte. Seine ganz leicht gebogene Nase machte sein Gesicht noch interessanter, und seine Lippen …

Der Rand des Kristallglases verbarg seine Lippen, aber sie erinnerte sich an sie und daran, wie gut sie sich auf den ihren angefühlt hatten.

Dann kam sie wieder zu sich. «Das ist sehr freundlich von Ihnen, aber wir sollten vorsichtshalber mit dem Schlimmsten rechnen. Was wird aus mir, wenn ich hier nicht mehr rauskomme?»

Er lehnte sich auf dem Sofa zurück und grinste sie an. «Da würde mir schon das eine oder andere einfallen …»

Sie verdrehte die Augen. «Sie sind einfach unverbesserlich.» Dann spielte sie mit ihrem halbleeren Glas; auch sie hatte sich schon Gedanken gemacht. Was war nur aus ihrem Vorsatz geworden, ihr Leben ins Lot zu bringen? Sie fühlte sich wie aus den Angeln gehoben.

«Das höre ich nicht zum ersten Mal.» Sein Blick wärmte sie.

«Und damit können Sie leben?»

Sein Grinsen wurde breiter. «Absolut.»

Kapitel 2

«Vielleicht bin ich ja die Erste, die Sie derart enttäuscht.» Abby stellte ihr Glas ab und stand auf. «Aber es ist schon spät, und der Tag war ganz schön hart für mich. Ich gehe schlafen.»

«Ach ja, gut, dann machen wir das.» Myles Hardy schien sich nicht von der Stelle rühren zu wollen.

Abby blickte finster auf ihn herab und wartete.

«Es ist nur ein Schlafzimmer fertig. Das, in dem ich schlafe und in dem Sie Ihren Mittagsschlaf gehalten haben», erklärte er mit einem unsicheren Lächeln auf den Lippen.

«Na und?» Abby zuckte mit den Schultern. «Dann schläft eben einer von uns beiden auf dem Sofa, egal wer.»

Myles stand auf und nahm sie locker in die Arme. «Da ist Platz genug für zwei», murmelte er und beugte sich zu ihr hinunter.

Sie hielt ihn auf Abstand, obwohl sich ihr Brustkorb schon vor Vorfreude anspannte. «Ich müsste Sie eigentlich auf Abstand halten. Schließlich kenne ich Sie gar nicht und weiß nicht einmal, ob Sie sauber sind.»

Er hob eine Augenbraue.

«So hab ich's nicht gemeint, obwohl Sie auch öfter mal baden sollten. Ich meinte Krankheiten.»

«Ich habe noch nie Pocken oder Syphilis gehabt.» Er nahm ihr Kinn in die Hand. «Zufrieden?»

Glaubte er etwa, dass es so einfach war? «Ich steige doch nicht mit jedem ins Bett ...» Warum spielte sie überhaupt mit dem Gedanken?

«Vielleicht haben Sie diese Reise in die Vergangenheit ja auch nur meinetwegen unternommen?», gurrte er.

Abby blinzelte. «Sie sind noch Jungfrau?»

Myles schluckte, und sie triumphierte schon innerlich in der Annahme, einen Treffer gelandet zu haben. «Nein», widersprach er, «aber ich habe noch nie diese ganz spezielle Person getroffen ...»

Sie strich ihm über die Wange und spürte, wie seine Bartstoppeln in ihrer Handfläche kitzelten. «Myles Hardy», hauchte sie, «Sie sind ein Charmeur der übelsten Sorte.»

«Danke, Ms. Deane.» Sein Mund zuckte. «Vielleicht sollte ich besser offen zu Ihnen sein.»

«Noch bin ich nicht schreiend aus dem Zimmer gerannt», erinnerte ihn Abby. Seine Masche gefiel ihr nicht, aber er war schon ein verdammt attraktiver Typ. Schlecht für sie in jeder Hinsicht, außer vielleicht in einer.

«Die Wahrheit ist, dass ich Sie begehre, und zwar schon seit Ihrem unverschämten Auftreten im Flur. Ich habe noch nie jemanden mit Ihrem Temperament getroffen. Als ich Sie beim Schlafen beobachtete, sah ich diese Kurven, die Sie unter diesem männlichen Aufzug verstecken. Ich wollte sie berühren, war ganz verrückt danach ... Außerdem haben Sie ein paar sehr interessante Dinge dabei. Ich möchte sehen, wie sie funktionieren, und sie an Ihnen ausprobieren.»

Abbys Eingeweide schienen sich zu verflüssigen. Sie stellte sich vor, wie Myles sie mit einem Vibrator stimulierte, dann mit einem Dildo, und dann ... Sie erschauderte. Dafür hatte sie die Dinger nicht gekauft. «Das halte ich für keine so gute Idee.»

Sein wissendes Lächeln machte ihr klar, dass sie diese Runde verloren hatte. Er beugte sich herab und berührte ihre Lippen. «Wer weiß, wann Sie wieder in Ihre eigene Zeit zurückkehren. Warum wollen Sie Ihren Aufenthalt in der meinen nicht so angenehm wie möglich gestalten?»

Keine Verpflichtungen also, und doch machten seine Worte sie nachdenklich. «Und wenn es keine Rückkehr für mich gibt?»

Er holte tief Luft. «Für diesen Fall verspreche ich feierlich, mich um Sie zu kümmern. Sie machen einen intelligenten Eindruck und könnten mir bei meiner Arbeit sehr behilflich sein.»

«Sie würden mich also einstellen?»

«Gewissermaßen.» Er seufzte und strich ihr über den Hintern. «Es wäre nicht fair, Sie in einer Welt alleinzulassen, die Sie nur aus Büchern kennen. Ich helfe Ihnen, und wenn Sie bereit sind, können Sie gehen oder bleiben, ganz wie Sie wollen.»

Abby schöpfte bebend Atem. «Würden Sie … würden Sie das wirklich für mich tun?»

«Ms. Deane, Sie werden mir wohl oder übel vertrauen müssen. Ich bin ein Ehrenmann und halte, was ich verspreche.»

«Mir bleibt ja wohl keine große Wahl, oder?»

«Ich gebe Ihnen so viele Wahlmöglichkeiten, wie Sie brauchen.» Seine braunen Augen funkelten. «Zum Beispiel, wenn es darum geht, mit welchem Ihrer modernen Geräte ich zuerst spielen soll.»

Abby musste unwillkürlich lachen. Mit seiner unbekümmerten Art vertrieb er ihre Sorgen wie von Zauberhand, und doch musste ein Teil von ihr inmitten dieser unmöglichen Situation an die möglichen Folgen denken. Sie war bisher immer damit fertiggeworden, verlassen zu werden, und würde es auch diesmal schaffen. Hoffte sie jedenfalls.

Sie brachte ein Lächeln zustande, als sie sah, wie Myles'

Miene weicher wurde. «Sollen wir mit dem einfachsten beginnen? Mit meinem Dildo?»

«Ich muss gestehen, mit diesem Ding Erfahrung zu haben.» Er küsste sie auf die Stirn.

Abby grinste. «Sollte ich jetzt fragen, auf welche Weise?»

Myles musste ein Lachen unterdrücken. «Sie haben eine schmutzige Phantasie, Ms. Deane.»

Sie grinste zurück. «Wenn Sie wüssten.»

«Nachdem ich diese Gerätschaften gesehen habe, überrascht mich nichts mehr.» Er kam näher und küsste sie. Es war kein zärtlicher Kuss, sondern ein gieriger Zusammenprall zweier Münder. Sein Begehren steckte sie an, schwappte durch alle ihre Sinne und ertränkte jeden Rest von Unsicherheit. Kaum hatte sie ihre Entscheidung getroffen, wurde auch Abby aktiv; sie schlang ihm die Arme um den Nacken und zog ihn an sich.

Abby drückte sich gegen seinen harten Körper, und es war, als würden alle ihre erotischen Träume Wirklichkeit … aber vielleicht war ja sowieso alles nur ein Traum?

Myles' Zähne streiften über ihre Unterlippe und saugten sie in seinen Mund, bevor sie wieder von ihr abließen. «In diesem Tempo schaffen wir es nie ins Bett.»

«Du bist eher der konventionelle Typ, was?», neckte Abby ihn und zwickte seine ziemlich große Nase. Die plötzliche Vorstellung seines gegen ihre Klitoris drückenden Zinkens raubte ihr den Atem, und sie stöhnte leise auf.

«Muss ich dich daran erinnern, was noch alles oben ist?», brummte er. «Außer dem Dildo?»

«Wie wär's mit einem Vibrator?» Hatte sic das gerade gesagt?

«Mmm. Was immer es ist, es klingt perfekt.»

Perfekt. Das Wort hallte noch in ihren Ohren, während sie

nach oben gingen zu einem Zimmer, das plötzlich *ihr* Zimmer war.

So hatte sie das eigentlich nicht geplant. Etliche Kerzen waren bereits erloschen, sodass Teile ihres Weges im Dunkeln lagen.

Sie stolperte, und seine Arme umschlangen sie, während sein Mund heiß auf ihrem Nacken lag. Sie regte sich nicht in seinem Griff und konzentrierte sich ganz auf seine Hände und seinen Mund.

Was konnte perfekt sein? Er war ein Mann. Musste sie mehr sagen?

Myles schloss die Schlafzimmertür mit einem Fußtritt. «Mach deinen liederlichen Koffer auf», knurrte er ihr ins Ohr und führte sie zu ihrem Gepäck.

Sie sank auf die Knie und öffnete mit zittrigen Händen ihren Koffer. Wie konnte sie sich nur diesem wildfremden Menschen anvertrauen?

Ihre Sammlung von Sexspielzeugen vor sich, entschied sie sich für ihren Lieblingsvibrator – eine glatte, perlmuttartig glänzende und am einen Ende gebogene Röhre. War sie wirklich auf dem besten Weg, das durchzuziehen und sich dem Charme dieses Mannes hinzugeben?

Abby drehte sich auf den Knien um, um ihm zu erklären, dass sie es sich anders überlegt hatte.

Myles lag splitternackt auf dem Bett. Sie war so sehr in ihre eigenen ängstlichen Gedanken vertieft gewesen, dass sie gar nicht gehört hatte, wie er sich ausgezogen hatte. Sie biss sich auf die Unterlippe. Was für eine Pracht!

Vor ihr lag männliche Vollkommenheit. Ein Waschbrettbauch und muskulöse Schenkel unter einem halbaufgerichteten Schwanz, der sich weiter versteifte, als ihr Blick darauffiel.

Kurz und gut: Er war verdammt gut gebaut. Keiner ihrer

bisherigen Liebhaber konnte sich mit ihm messen. Auch wenn es oberflächlich war, nur den körperlichen Aspekt zu sehen, aber zu verachten war der auch nicht.

«Du verschwendest wirklich keine Zeit.» Zum Teufel mit ihren Zweifeln bezüglich der Vertrauenswürdigkeit von Männern. Wie konnte sie sich dieses Prachtexemplar entgehen lassen?

Sie wedelte mit dem Vibrator. «Ich bin mir nicht sicher, ob ich den hier überhaupt brauche.»

Er grinste. «Zeig mir, wie er funktioniert.»

Abby saß auf der Bettkante und drehte mit dem Daumen am Einstellring am unteren Ende des Vibrators, bis ein leises Surren zu hören war.

«Was ist das?», flüsterte er.

«Schhh», brachte sie ihn zum Schweigen. Falls sie das durchziehen sollte, dann mit dem ihr eigenen Selbstbewusstsein – und wenn ihm das nicht gefiel, war es eben sein Problem.

Sie hielt das Gerät über ihn und legte es dann auf einen seiner Oberschenkel, damit er die Vibrationen spürte. Er zuckte zusammen, regte sich ansonsten aber nicht. «Beine spreizen», murmelte sie.

«Ich bin es nicht gewohnt, Befehle entgegenzunehmen.»

«Das gilt auch für mich», konterte sie lächelnd. Sie hatte es schon öfter mit Machos zu tun gehabt und genoss die Herausforderung. «Vertraue mir einfach.»

Er biss die Zähne zusammen, schloss die Augen und spreizte die Beine.

«Myles, du brauchst jetzt nicht an England zu denken.» Sie schob den Vibrator weiter auf seinem Oberschenkel aufwärts. Warum standen diese Männer eigentlich nie zu ihren wahren Gefühlen? Aber der Vibrator würde ihm schon die Wahrheit entlocken.

«Tue ich ja gar nicht», stieß er hervor, während er wie erstarrt dalag. «Ich versuche lediglich, wissenschaftliche Objektivität zu wahren.»

Abby musste sich zusammennehmen, um nicht loszuprusten. Die Spitze des Vibrators glitt zwischen seine Schenkel, bis sie seine Hoden berührte.

Myles stieß die Luft aus, während sein Schwanz mit einem spontanen Zucken reagierte. «Mein Gott!»

«Gefällt dir das?», schnurrte sie und hielt die Vibratorspitze voll auf seine Hoden.

«Mmm.»

Ein kurzer Blick auf seinen Schwanz zeigte ihr, dass er vollständig erigiert und knallrot war. Sie zog den Vibrator über seine Hoden und variierte dabei den Druck.

«Oh Gott», stöhnte er. «Wenn du nicht gleich damit aufhörst, explodiere ich.»

Das wollte sie ihm ersparen, also schaltete sie den Vibrator aus. «Das ging aber schnell.»

«Ist schon ein Weilchen her», räumte er ein, «dass ich … äh … die Sache selbst in die Hand genommen habe. Zwei Tage, um genau zu sein.»

Sie verdrehte schmunzelnd die Augen.

Myles setzte sich auf und nahm ihr den Vibrator ab. «Wie funktioniert das?»

«Du drehst einfach hier», führte Abby vor. «Je weiter du drehst, desto stärker vibriert es.»

Er drehte das Einstellrad vor und zurück, wobei das Geräusch sich veränderte. Dann schaltete er den Vibrator aus und legte ihn beiseite. «Du erregst mich, Abigail», flüsterte er und nahm sie in die Arme.

Seine nackte Brust drückte gegen ihre, und seine Hitze drang selbst durch die Schichten ihrer Kleidung. Sie strich ihm über den muskulösen Bizeps und staunte erneut über seinen prachtvollen Körperbau. Sie hatte schon einige gutgebaute Männer gehabt, aber der hier übertraf sie alle.

Abby streckte ihm ihre Lippen entgegen. Wie sollte sie ihm auch widerstehen?

Er akzeptierte ihre unverhohlene Einladung und drückte seinen Mund auf ihren. Sein Kuss brannte, und wenn sie geglaubt hatte, schon beim Anblick seines sich versteifenden Schwanzes dahingeschmolzen zu sein, sah sie sich nun eines Besseren belehrt, denn erst unter seinem Kuss entflammten ihre Sinne richtig.

Sie wollte ihn, diesen unmöglichen Mann, begehrte ihn mit einer Dringlichkeit, die ihr selbst Angst machte. Myles war ein Fremder, und vielleicht fiel es ihr deshalb so leicht, sich in diese Phantasie hineintreiben zu lassen. Vielleicht war sie ja mit ihrem Flugzeug abgestürzt und träumte das alles nur.

Seine Hand glitt unter ihr baumwollenes T-Shirt. Er legte eine Handfläche über ihre eine, noch vom BH verhüllte Brust und löste damit eine neue Welle der Erregung in ihr aus. Sie zog die Zähne über seine volle Unterlippe.

Myles stöhnte und erwiderte die Gunst, indem er seine Zunge über ihre Oberlippe schnellen ließ.

Abby unterbrach ihr Spiel gerade so lange, wie sie brauchte, um aus ihrer Lederjacke und ihrem T-Shirt zu schlüpfen. Sie wollte Haut auf Haut spüren.

Dann glitt seine Hand auf den unteren Teil ihres Rückens, wo sie auf nackte Haut traf. Er unterbrach seinen leidenschaftlichen Kuss und musterte sie. «Kein Mieder?»

«BH.» Abby führte seine Hand hoch zum Verschluss. Seine Fingerspitzen glitten über ihn hinweg, betasteten ihn und zupften an ihm herum.

Abby seufzte ungeduldig. «Hier.» Sie griff hinter sich, streckte ihm ihre Brüste entgegen und öffnete die Haken. Der BH landete auf einem Gepäckstück.

Als seine Hand über die Rundungen ihres Rückens abwärtsglitt, erschauderte sie. Sein Mund nahm den ihren so heftig wieder in Besitz, dass sie auf die Matratze gedrückt wurde.

Sie lag unter ihm, sein Gewicht auf sich und die Beine ineinander verschlungen. Er rieb sich an ihr, und sein Unterleib kreiste gegen den ihren, noch immer bekleideten. Sie stöhnte und kam ihm bei jedem Stoß entgegen. Oh Gott, sie wollte ihn haben, und das mit einer Ungeduld, die sie seit ihrer Entjungferung nicht mehr gekannt hatte.

Myles rückte ein wenig von ihr ab, öffnete den Knopf ihrer Jeans und zog den Reißverschluss mit einer Selbstverständlichkeit auf, als habe er nie etwas anderes getan. Sie wand sich aus der Hose und zog dabei auch gleich die Schuhe mit aus.

«Alles wäre viel einfacher, wenn du nicht diese Männerkleider anhättest», grummelte er.

«Selbst mit einem Korsett?», lachte Abby und zog ihn wieder auf sich. Ihre Hände tasteten seinen Körper ab, fanden aber keinen einzigen Quadratzentimeter, der nicht aus purer Muskelmasse bestanden hätte.

Sie rückten wieder zusammen, und sein Schwanz glitt an ihrem nassen Spalt entlang und reizte ihre anschwellende Klitoris mit seiner runden Spitze. Myles erinnerte sie daran, wie gut es sich anfühlte, mit einem Mann zusammenzusein. Sie wand sich und kam ihm mit den Hüften entgegen, so sehr sehnte sie sich nach jenem ersten Druck gegen ihr erwartungsfrohes Loch und danach, endlich seinen Schwanz in sich zu spüren.

Er stöhnte in ihren Mund. Seine geteilten Lippen glitten fort von ihren und die gewölbte Kehle hinab. Er knabberte an ihrer zarten Haut und hielt eine ihrer Brüste so in der Hand, dass ihre Warze hart gegen ihn drückte. Er kniff den Nippel und wälzte sich zur Seite.

«Du bist so schön», murmelte er und schnupperte an ihrer empfindsamen, weichen Haut. «Ich will dich sehen. Ich will alles von dir sehen.»

Ganz benebelt vor Verlangen bog Abby den Rücken durch. Sie hatte das Gefühl, sie bot sich ihm vollkommen dar. Wovon redete er eigentlich?

Er griff hinter sich und holte den Vibrator wieder hervor. Ein leises Summen drang an ihr Ohr. «Zeig es mir», flüsterte er. «Zeig mir alles.»

Myles fuhr mit dem Vibrator über ihre Brüste, kreiste einen Nippel ein und näherte sich dabei immer mehr der steifen Brustwarze.

Ihre Brüste schwollen an und wurden immer heißer, ihre Nippel erigierten und röteten sich. Schon die kleinste Berührung mit dem Vibrator brachte sie zum Keuchen.

Ihre Haut schien sensibel wie nie. Sie legte sich auf den Rücken und ließ zu, dass er mit ihr und dem Vibrator spielte. Ihr Körper reagierte unter der schwingenden Spitze des Geräts, wie er es immer getan hatte, doch zugleich baute sich in ihr eine zusätzliche Spannung auf.

Sich selbst mit dem Vibrator zu stimulieren war etwas ganz anderes, als wenn ein anderer das Sexspielzeug bediente. Sie erschauderte bei jeder Berührung und stöhnte leise auf. Wenn sie wieder allein war, würde sie sich an diesen Augenblick, an diese Nacht erinnern und alles wiederaufleben lassen, wann immer sie sich selbst berührte – vorausgesetzt, die Batterien waren bis dahin noch nicht leer.

Myles schob den Vibrator durch das Tal zwischen ihren Brüsten hinab. Abby packte sie mit den Händen, drückte sie zusammen und massierte den Vibrator, als wäre es sein Schwanz.

Nicht annähernd groß genug, dachte sie grinsend und rang nach Luft, als der Vibrator über ihren Bauch bis zu ihrem Schamhaar hinabglitt.

«Jetzt weiß ich, wie ich das entspannte Lächeln aus deinem Gesicht bekomme», schnurrte er, während seine dunklen Augen sich in sie bohrten.

Sie schnaubte und rollte ihre Nippel zwischen den Fingern. «Das klappt nicht nur so. Es reicht auch, unglaublich zu nerven.»

«Immer mit der Ruhe. Vergiss nicht, wer dein modernes Spielzeug in der Hand hat.» Er strich mit dem Vibrator über ihren Oberschenkel, weg von ihrem schmelzenden Kern.

Abby spreizte ihre Beine weiter und bot ihm einen freien Blick auf ihre nasse rosafarbene Möse. Ihre Schamlippen pulsierten vor Erregung. «Myles, bitte …»

«Na schön, Abigail.» Er nahm ihre Hand und legte den Vibrator hinein. «Zeig es mir. Zeig mir, wie dich das befriedigt.»

Sie zog die Augenbrauen hoch. «Das weißt du doch ganz genau.»

Er grinste zu ihr hinab. «Sagen wir mal, ich kann es mir sehr gut vorstellen … aber ich möchte es sehen.»

«Also gut.» Abby löste sich aus seiner Umarmung und stapelte die Kissen hinter sich auf. Myles zog sich ans andere Ende des Bettes zurück und machte es sich auf der zusammengeschobenen Tagesdecke bequem.

Abby spreizte die Beine und ließ die Finger um ihren Schlitz kreisen. Sie schob die feuchten Locken beiseite und legte ihre rosige, mandelförmige Vagina frei. Myles schnappte nach Luft. Seine Reaktion entlockte Abby ein Lächeln. Sie vermittelte ihr ein Gefühl von Macht – so als habe sie die Situation unter Kontrolle, auch wenn das ganz und gar nicht der Fall war.

Sie legte den Vibrator längs in ihren nassen Schlitz und bewegte ihn langsam auf und ab, bis er ganz von ihrer Nässe benetzt war. Dann wandte sie die gerundete Spitze nach innen, schaltete eine Stufe höher und seufzte auf, als die Reibung an ihrer Öffnung zunahm.

Aber es war noch zu früh.

Abby schob den Vibrator hoch zu ihrer Klitoris und berührte sie ganz sanft. Hin und her, auf und nieder führte sie ihn um ihre angeschwollene Lustknospe, und als der Reiz zu stark zu werden drohte, hob sie ihn an.

Myles schaute mit offenem Mund zu, und Abby sah das Erstaunen und das Verlangen in seinem Gesicht. Seine Reaktion bewirkte, dass die Wärme in ihrem Innern weiter zunahm.

Sie steckte den Vibrator in ihr Loch und suchte nach dem empfindlichen Punkt, der sie zum Wahnsinn trieb.

Sie fand ihn und vergaß ganz, dass sie einen Zuschauer hatte. Sie stöhnte, bog den Rücken durch und stimulierte ihren G-Punkt, bis sie sich dem Höhepunkt näherte. Ihr Stöhnen wurde lauter und lauter und –

Myles große Hand legte sich über ihre. Er zog den Vibrator heraus und schaltete ihn ab. Sie hörte, wie er auf die Bodendielen fiel. «Nicht ohne mich, meine süße Abigail …»

Er schob sich über sie.

Sie starrte atemlos zu ihm hoch. «Abby. Nenn mich Abby.»

«Abby», stöhnte er. «Meine süße Abby.»

Er glitt seidenweich in sie hinein.

Als sie spürte, wie er sie ausfüllte und dehnte, stöhnte auch sie auf. «Oh Gott, Myles.» Er fühlte sich riesig an, himmlisch. Jeder Zentimeter dieses prachtvollen Schwanzes glitt in sie.

Er hielt sie fest, während sein Ding tief in ihr steckte. Mit weit aufgerissenen Augen blickte er sie so konzentriert an, dass Abby mit angehaltenem Atem zu ihm aufsah.

«Oh», hauchte sie.

«Oh», erwiderte er mit dem Anflug eines Lächelns.

Er bewegte sich in ihr, hinein und heraus, und jeder Stoß raubte ihr wiederum den Atem. Sie krallte sich in seinen Rücken und sehnte sich nach der Erlösung, die sie beinahe alleine erreicht hätte.

Ihre Scheide hielt seinen Penis umklammert, schmiegte sich um ihn, während er, nun mit zunehmender Heftigkeit, in sie stieß. Von der anfänglichen Sanftheit seiner Bewegungen war nun nichts mehr zu merken. Auch er strebte jetzt nach nichts anderem mehr als Erlösung.

Das Bett schwankte, das Kopfende rumste gegen die Wand. Ihre Schreie wurden lauter, und für Abby existierte nur noch er über ihr, er in ihr und das süße, feurige Elixir, das wie eine Explosion durch ihren Körper zog.

Ihr Höhepunkt riss sie so mit, dass sie nur noch das Gewicht ihres Liebhabers und die glitschige Reibung in ihrem Innern wahrnahm.

Abby wartete darauf, dass auch er kam, aber er bearbeitete sie weiter mit langen, gleichmäßigen Stößen, die sie ausfüllten und zu neuen Höhen trieben.

Keuchend an ihn geklammert, strebte sie auf den nächsten Höhepunkt zu. Dann kam sie mit einem wortlosen Schrei. Er verharrte auf ihr, während er ihren Zuckungen nachspürte.

Doch dann stieß er erneut in sie, und ungläubig jaulte sie auf. Sie kniff kurz die Augen zusammen, sah auf in sein ergriffenes, fast entrücktes Gesicht. Und während sein Blick klarer wurde, durchbrandete sie schon ein dritter Orgasmus.

Myles Schwanz glitt aus ihr, und die in ihre Lungen strömende Luft hätte um ein Haar einen weiteren Höhepunkt ausgelöst. Myles nahm seinen gewaltigen Schwanz in die Hand und begann zu onanieren. Wieder und wieder schob sich die dunkle Eichel aus der Vorhaut, bis er aufstöhnte und seinen weißen Samen auf ihren Bauch spritzte.

Sie sah mit offenem Mund zu und atmete keuchend. Noch nie hatte sie ein derartiges erstes Mal mit einem Mann gehabt. Es war fast schon zu perfekt.

Er sank an ihre Seite, ebenfalls schwer atmend. «Entschuldige, aber ich hatte gerade keine Überzieher zur Hand.»

«Kondome?», mutmaßte Abby, während sich in ihren Gliedmaßen eine angenehme Trägheit ausbreitete. «Ich weiß deine Rücksicht zu schätzen, aber ich kümmere mich schon selbst um die Verhütung.»

Er runzelte die Stirn. «Und wie?»

«Mit der Pille. Das ist ein Medikament», erklärte sie. «Auch wenn ich nur noch Vorräte für zwei Monate habe.» Der Gedanke ließ sie zusammenzucken. Würden sie dann noch zusammen sein? Die Spermapfütze auf ihrem Bauch begann zu trocknen. «Ich muss mich waschen.»

«Da drüben ist eine Schüssel.» Myles deutete zum Fenster.

Abby wusch sich und trat dann zur Seite, damit Myles es ihr gleichtun konnte. Während er damit beschäftigt war, strich sie das zerwühlte Bett glatt.

Nachdem er die Kerzen ausgeblasen hatte, kroch er neben ihr unter die Decke. «Ich muss gestehen, dass dies recht ungewohnt für mich ist», murmelte er und streckte einen Arm aus, damit sie den Kopf auf seine Schulter legen konnte.

Sie nahm das Angebot an. «Soll das heißen, du schickst die Frauen sonst immer gleich weg, wenn du mit ihnen fertig bist?»

«Äh ... Nicht unbedingt. Es ist nur so, dass die Frauen, mit denen ich normalerweise ins Bett gehe –»

«– erwarten, dass du etwas auf den Nachttisch legst.» Abby fragte sich, ob er sie wohl auch dazu zählte oder ob dies eine Art von Bezahlung für seinen Schutz war.

«Äh, hm, ja.» Die Hitze seiner Verlegenheit wärmte ihre Wange.

«Ich bin zwar ein arbeitendes Mädchen, aber nicht von dieser Sorte.»

«Das Leben muss ziemlich anders sein in der Zukunft.»

Abby seufzte. «Du machst dir keinen Begriff.»

Abby erwachte. Sie drehte sich um und streckte die Hand nach Myles' warmem Körper aus, fand aber nur kühle Laken vor. Sie blinzelte. War das alles nur ein Traum gewesen? Dann aber bestätigte ihr ein kurzer Blick, dass neben der Tür kein Lichtschalter war.

Verdammt.

Sie stand auf und sah, dass ihr Gepäck noch immer da war, wo sie es abgestellt hatte.

Mit Ausnahme ihrer Pläne für das Haus.

Sie runzelte die Stirn. Warum hatte Myles sie genommen?

Abby zog frische Sachen an und sehnte sich nach einem Bad. Sie glaubte sich zu erinnern, dass man vom Baden in dieser Zeit noch nicht viel hielt.

Verdammt.

Sie ging nach unten und fand die Küche. Der Geruch nach gebratenen Eiern und Speck stieg ihr in die Nase. «Lecker», sagte sie und pflanzte sich auf einen der Stühle, die um den großen Küchentisch standen. «Kochen kannst du auch?»

Myles wandte sich von dem großen offenen Herdfeuer zu ihr um. Abby bemühte sich, nicht an den schönen Aga-Herd zu denken, der eigentlich dort stehen sollte. «Das ist einfache Lagerfeuer-Küche.»

Er servierte das dampfende Frühstück mit frischgeschnittenem Brot, und sie aßen in geselligem Schweigen. Nachdem Abby ihren Hunger gestillt hatte, legte sie die Gabel ab. «Warum hast du meine Pläne genommen?»

Myles kaute an seinem letzten Bissen Speck und schluckte ihn ohne jede Hast hinunter. «Ahnte ich doch, dass du was auf dem Herzen hast.»

«Du hast meine Frage nicht beantwortet.» Abby verschränkte die Arme.

«Ich wollte sie mir ansehen.» Er zeigte auf die Tür hinter ihr. Ein Blick über die Schulter zeigte Abby, dass die Röhre noch immer verschlossen am Türrahmen lehnte. «Wenn du den Tisch abräumst, breite ich sie aus. Das Licht ist gut.»

Abby regte sich nicht. «Warum willst du sie sehen?»

«Ich bin nur neugierig darauf, wie sich dieses Haus verändern wird.»

«Vielleicht –» Nach der vergangenen Nacht sollte sie ihm eigentlich glauben, aber trotzdem ... Abby stand auf. «Vielleicht zeige ich dir die Pläne, wenn ich deine wissenschaftlichen Abhandlungen sehen durfte. Aber nimm nie mehr etwas von mir, ohne mich vorher zu fragen, O.K.?»

«O.K.?», wiederholte Myles die Buchstaben. «Ich rühre nichts an, was dir gehört.»

«Und was ist mit deinen Schriften?»

«Warum interessierst du dich für sie?»

Sie zuckte mit den Schultern. Sein Ausweichen hatte ihr Interesse entfacht. «Ich finde Geschichte spannend. Altertümliche Wissenschaften und so.»

«Ich glaube nicht, dass ich dir meine Papiere zeigen werde, wenn du dich doch nur über mich lustig machst.»

Abby runzelte die Stirn. «Dann siehst du auch die Pläne nicht.»

«Ich bin stärker als du.» Er verschränkte die Arme und spannte seinen Bizeps an.

«Du kannst es ja mal versuchen», konterte sie gereizt.

Myles warf einen sehnsüchtigen Blick auf die Röhre mit den Plänen. «Na schön, dann eben die Wahrheit. Hier gibt es keine wissenschaftlichen Arbeiten von mir.»

«Du bist gar kein Wissenschaftler?»

Er atmete tief ein und stieß langsam die Luft wieder aus. «Das Haus gehört mir nicht.»

Sie brauchte einen Augenblick, um das zu verdauen. Dann schreckte sie hoch. «Dann bist du ein Einbrecher?» Wie seltsam, keiner von ihnen beiden schien also hierherzugehören.

«Nein», schnauzte er, doch dann wurde sein Tonfall sanfter. «Nein. Dieses Haus gehörte vor ungefähr zweihundert Jahren meiner Familie. Dann kam der Bürgerkrieg, aber obwohl meine Familie königstreu war und bis heute ist, haben wir auch nach Wiedereinsetzung der Monarchie unser Haus nie zurückbekommen.»

«Und wo sind die Bewohner?» Abby verdrängte ihr Unbehagen darüber, mit einem Mann geschlafen zu haben, den sie im Grunde gar nicht kannte. Zu viele Mutmaßungen führten nur zu Problemen. Vor allem bei einem Mann, der so ungeniert log.

«In London.»

Sie versuchte, ganz lässig zu tun. «Wissen sie, dass du hier bist?»

Myles schüttelte den Kopf. «Wenn sie wegfahren, zahlen sie alle aus, schließen das Haus ab und lassen es in der Obhut eines Hausmeisters.»

Abby lehnte sich mit der Hüfte an den Tisch und musterte ihn. «Nette Geschichte, Mr. Hardy, aber warum sind Sie wirklich hier?»

«In diesem Haus ist etwas, das ich brauche und das von Rechts wegen meiner Familie gehört.» Sein Tonfall war voll beherrschter Leidenschaft. «Und ich habe die Absicht, es wieder in meinen Besitz zu bringen.»

«Du wirkst ja wild entschlossen.» Sie forderte ihn heraus. «Und wonach suchst du?»

«Du scheinst die Sache sehr entspannt zu sehen. Warum wirst du nicht hysterisch?»

«Ich werde nie hysterisch», fauchte sie. Er war ihren Fragen schon wieder ausgewichen. «Aber ich werde stinksauer, wenn du mir nicht endlich die Wahrheit sagst.»

«Welch ungewöhnliche Art, sich auszudrücken», meinte er ironisch. «So wundervoll ungeschliffen.»

Sie warf ihm einen finsteren Blick zu. «Wie lange suchst du diesen Gegenstand schon?»

«Ungefähr eine Woche.» Wenigstens diese Frage schien er ihr bedenkenlos beantworten zu können.

«Und die Überlieferungen deiner Familie sagen nichts darüber aus, wo das Ding versteckt ist?»

«Es gibt ein paar Hinweise ... aber unsere Familiengeschichte wurde nie schriftlich fixiert, sondern immer nur mündlich weitergegeben.» Er seufzte. «Meine Großmutter hat sie mir erzählt. Das Problem ist nur, dass sie aufgrund ihres Alters schon reichlich verwirrt ist und ich sie vor einem Monat zum ersten Mal persönlich getroffen habe. Und bei dieser Begegnung hat sie nur unverständliches Zeug von sich gegeben.»

«Das ist bitter», kommentierte Abby ohne jedes Mitgefühl. «Und jetzt glaubst du, dass die Pläne wichtige Hinweise liefern könnten, etwa auf die Lage eines Priesterlochs?»

Myles braune Augen leuchteten auf. «Genau das suche ich. Weißt du, wo es ist?»

«Klar», gurrte Abby mit gespielter Liebenswürdigkeit. «Welches meinst du?»

Ihm blieb vor Erstaunen der Mund offen stehen, und Abby lachte.

Kapitel 3

«Es gibt mehr als eines?» Myles' tiefe Stimme hob sich plötzlich um ein paar Stufen, und eine jungenhafte Aufgeregtheit leuchtete aus seinen funkelnden Augen. «Zeigst du sie mir?»

Abbys Lippen zuckten, während sie versuchte, ernst dreinzublicken. «Auf den Blaupausen?» Sie spitzte die Lippen. «Wenn du sie mir nicht gestohlen hättest …»

«Nicht gestohlen, sondern nur geliehen.» Sein anziehend jungenhaftes Lächeln wirkte plötzlich ein wenig verzweifelt. «Abby, bitte. Hat dir letzte Nacht etwa nichts bedeutet?»

Das fand Abby jetzt nicht mehr witzig. «Hast du mich etwa nur verführt, um an die Pläne zu kommen?», schrie sie ihn an.

Myles fuhr sich mit der Hand durch sein lockeres braunes Haar. «Ich brauchte dich nicht zu verführen, um an diese Pläne zu kommen. Ich hätte nur warten müssen, bis du eingeschlafen warst. Was bisher immerhin schon zweimal der Fall war.»

Abby verschränkte die Arme. «Ich glaube dir kein Wort.»

«Ehrlich, ich bin erst heute Morgen auf die Idee gekommen.» Seine sonnengebräunte Haut lief rot an, wie sie am Ausschnitt seines offenen Hemds erkennen konnte. Doch selbst ihrem finsteren Blick hielt sein jungenhaftes Lächeln stand. «Na ja, ein bisschen vielleicht auch schon vorher», räumte er achselzuckend ein. «So bin ich eben veranlagt. Ich sehe die Gelegenheiten, die dieses leere Haus bieten könnte … Das ist wie ein Instinkt.»

Er ging um den Küchentisch herum. «Aber Abby –»

«Nenn mich nicht so», zischte sie. Erwartete er etwa, dass sie ihm diesen Blödsinn abnahm?

«Abby», fuhr er mit einer so köstlich rauen Stimme fort, dass sie ganz weiche Knie bekam. «Abby, wenn ich dich nicht begehren würde, wenn ich dich nicht so faszinierend fände, wäre es mir doch nie in den Sinn gekommen, mit dir zu schlafen.»

«Ich weiß nicht recht, ob ich mich als Frau jetzt geschmeichelt oder beleidigt fühlen sollte.» Abby wollte nicht klein beigeben. «Du kannst doch nicht einfach davon ausgehen, dass du immer alles bekommst, was du gerade willst.» Sie stürmte zur Tür und schnappte sich den Riemen an der Röhre. «So läuft das nicht.»

Myles schrie ihr nach. «Dann soll ich dir also nicht helfen, im Jahr 1807 zurechtzukommen?»

Verdammt. Abby blieb nur wenige Schritte hinter der Tür stehen und drehte sich langsam um.

«Du brauchst mich, ich brauche dich. Ich schwöre, dass ich dich nicht mit irgendwelchen Hintergedanken verführt habe, Abby. Ich dachte, wir beide hätten letzte Nacht einvernehmlich entschieden, das Bett miteinander zu teilen.»

Abby ließ die Anspannung mit einem langen Seufzer heraus. Er hatte recht. Welche Frau, die halbwegs bei Sinnen war, würde schon einem Prachtexemplar von Mann wie Myles Hardy einen Korb geben?

«Du hast recht.» Sie ging auf ihn zu, den Riemen mit der Röhre noch immer über der Schulter. Sie streichelte seine Wange und spürte, wie die Wärme ihrer beiden Körper zusammenfloss. Sein Blick, in dem Vorsicht und Hoffnung miteinander im Wettstreit lagen, traf auf den ihren. «Wenn ich je merke, dass ich recht hatte», hauchte sie, «bist du ein toter Mann.»

Seine Augen blitzten vor Belustigung auf. «Habe verstanden», erwiderte er mit unbewegtem Gesicht.

Abby trat zur Seite und öffnete den Deckel der Röhre. Myles räumte derweil rasch die Teller ab, um Platz für die Pläne zu schaffen. «Bitte schön.»

Er beugte sich über die mit blauer Tinte gefertigten Zeichnungen und ließ die Fingerspitzen über das Papier gleiten. Sie sah ihm zu, die Hüfte gegen den Rand des Tisches gelehnt.

Er ging ein Blatt nach dem anderen durch. «Ist das hier eines?», fragte er schließlich.

Abby beugte sich über die Zeichnung, um nachzusehen. «Treffer.»

Myles grinste zu ihr hoch. «Wollen wir nachsehen?»

«Aber sicher», erwiderte sie achselzuckend. «Ich habe ja nichts anderes zu tun.»

Er musterte sie ausgiebig von Kopf bis Fuß und sagte dann: «Wir sollten gelegentlich etwas Anständiges zum Anziehen für dich finden.»

«Was stimmt denn nicht mit meinen Klamotten?» Abby wusste bereits die Antwort, während sie noch vorgab, schockiert zu sein. Röcke. Lange, verhasste Röcke, die ihre Bewegungsfreiheit einschränkten. «Ich kann nicht nähen», warnte sie ihn, ohne eine Antwort auf diese aus seiner Sicht wohl rhetorische Frage abzuwarten.

«Wir suchen später etwas Passendes heraus», erklärte er zuversichtlich und hakte sich bei ihr unter. «Wenn ich die Pläne richtig deute, ist das neben der alten Kapelle, nicht wahr?»

«Im Korridor», bestätigte sie.

Er stürmte los, blieb dann aber in der Tür stehen. «Kommst du?»

Seine ansteckende Begeisterung entlockte Abby ein Grinsen. «Ich dachte, wir könnten das auch auf später verschieben», entgegnete sie augenzwinkernd.

«Du verdorbenes Mädchen», tadelte Myles sie mit erhobenem Zeigefinger.

So hatte sie noch nie jemand genannt. Eigentlich hätte sie beleidigt sein und diesen politisch unkorrekten Mann in seine Schranken weisen sollen. Sie hätte –

Er verschwand im Flur, und Abby folgte ihm.

Im Korridor zur Kapelle starrte Myles auf die holzgetäfelte, vom Alter schon ganz dunkle Wand. «Diese Kapelle sieht nicht aus, als würde sie allzu oft benutzt.»

Myles blickte sie nicht an, während er sprach und seine Hände über das Holz gleiten ließ. Abby sah zu, wie er nach einem Hinweis auf das verborgene Priesterloch suchte.

«Es muss ja schwer zu finden sein», murmelte Myles mehr zu sich selbst als zu ihr. «Die Protestanten stellten einen Haushalt gründlich auf den Kopf, wenn sie auch nur den leisesten Verdacht hegten, dass sich ein katholischer Priester dort verbarg. Somit wird der Zugang nicht leicht zu finden sein.»

Er griff erst ganz hoch nach oben und tastete sich dann nach unten bis an die Fußleiste des schwarz-weißen Marmorfußbodens.

Er trat einen Schritt zurück und warf finstere Blicke auf die Wand. «Irgendwo hier muss es sein.»

Abby bestätigte das. «Wir haben einen kleinen Schrank für das Kapellenzimmer daraus gemacht.»

Er blickte sie über die Schulter an. «Du hast es die ganze Zeit über gewusst?»

Sie grinste. «Ich sehe es so gern, wenn ein Mann mal richtig arbeitet.»

Mit einem verärgerten Brummen ging er an ihr vorbei in die kleine Kapelle. Abby folgte ihm. Anhand von Spuren in der dicken Staubschicht erkannte sie, dass Myles hier schon gesucht hatte, vor allem im Umfeld des Altars. Sie setzte sich in eine Kirchenbank, legte ihren angewinkelten Arm auf die Lehne der vor ihr liegenden Reihe und schmiegte ihr Kinn in die Ellenbeuge.

«Das hier ist die normale Wand», erklärte Myles. Hier drinnen war Mauerwerk anstelle von Holzvertäfelung zu sehen. Stirnrunzelnd trat er näher und strich mit den Fingern darüber. Dann klopfte er an einen Steinblock.

«Hohl», triumphierte er. «Das ist kein Mauerwerk, sondern Holz, das so behandelt wurde, dass es wie Mauerwerk aussieht. Sie haben sogar Sand hinzugefügt, um es echt aussehen zu lassen.» Er blickte über die Schulter zu ihr. «Ich nehme an, du weißt, wo es ist?»

Sie warf resignierend die Arme hoch. «Ich habe nur ein Foto gesehen. Ich könnte dir sagen, wo es ist, wenn ich wüsste, wo das Bett steht, aber das gibt es ja in der Kapelle momentan noch nicht.»

Myles Lippen zuckten. «Richtig.» Er wandte sich wieder der Wand zu. «Dann muss ich es wohl selber herausfinden.»

Er kniete sich auf den Boden, untersuchte die Holzdielen und zog eine Linie vom Boden zur falschen Täfelung. Ganz unten, wo später die Scheuerleiste sein würde, drückte Myles gegen einen kleinen Stein.

Die hüfthohe Geheimtür öffnete sich und gab den Blick auf einen finsteren Hohlraum frei. Myles duckte sich, trat ein und blickte zurück. «Kommst du?»

Abby folgte ihm fasziniert. «Hast du deinen Gegenstand gefunden?» Sie linste über seine Schulter in den kleinen Raum.

«Er liegt sicher nicht offen herum. Durfte er auch nicht, denn sonst hätten die katholischen Priester, die dort versteckt wurden, ihn gefunden und vernichtet.»

«Und wenn ihnen irgendwann beim Warten auf den Abzug der Puritaner langweilig wurde?» Abby trat in die kleine Kammer und prüfte die raue Backsteinmauer im düsteren Licht. «Ein paar von diesen Ziegelsteinen sind locker.» Sie schaute über die Schulter zu ihm zurück, verwundert darüber, wie nah er war.

Er lächelte zu ihr hinab – ein ungezwungenes, träges Lächeln, das ihr Herz schneller schlagen ließ. Sie starrte zu ihm auf, fasziniert von seiner puren Männlichkeit. Kein Mann hatte je so auf sie gewirkt. Sie vergaß beinahe zu atmen.

«Wir können ja mal nachsehen», meinte er. «Auch wenn ein Priester damals nichts weiter tun konnte, als lautlos zu beten, bis die Familie ihn wieder herausholte. Hätte er Ziegelsteine gelockert, wäre der Lärm für ihn höchstwahrscheinlich tödlich gewesen.»

Abby griff trotzdem nach den Ziegeln. Der rote Ton bröckelte zwischen ihren Fingern, doch auch wenn kaum Mörtel ihn zu halten schien, widerstand der erste Stein ihren Versuchen, ihn herauszuziehen.

«Lass das mal einen Mann machen.» Myles versuchte, sie beiseitezuschieben, aber sie wich nicht von der Stelle.

«Du bist unglaublich sexistisch.» Abby versuchte es mit einem anderen Mauerstein.

«Männer sind nun mal stärker als Frauen.» Er milderte seine Worte mit einem Lächeln ab, doch das änderte nichts daran, dass er seine Behauptung für eine unumstößliche Tatsache hielt.

«Das gilt nicht für alle Männer und auch nicht für alle Frauen», widersprach sie und schnitt eine Grimasse.

Myles beugte sich zu ihr hinab. «Aber für diese Frau und diesen Mann.»

Das konnte sie nicht bestreiten. Sie wollte gerade den Mund öffnen und Luft holen, um etwas zu erwidern, als sich seine Lippen auf ihre senkten. Trotz seiner Behauptung, der Stärkere zu sein, war sein Kuss sehr zärtlich, und er verwöhnte ihren Mund mit einer köstlichen, zarten Wärme.

Ihr Rücken drückte gegen die alten Ziegelsteine, deren Kanten sich in ihr Fleisch bohrten, während sie ihre Finger wie Krallen in sein Hemd schlug. Sie öffnete die Lippen für ihn und ließ ihn ein. Sein Geschmack, sein Geruch und seine Berührung bewirkten, dass ihr ganz schwindlig wurde.

Er stöhnte in ihren Mund und zog sie an sich. Durch ihre Kleidung drückte sein harter Schwanz gegen ihren Bauch. Sie schlang die Beine um seine Hüfte und öffnete sich ihm.

Myles unterbrach den Kuss und presste die Lippen auf ihren Hals. In dem engen Raum klang sein Atem laut und rau. «Wenn du nicht diese verdammte Hose tragen würdest ...»

Abby musste ein Lachen unterdrücken. «Dafür sind wir eigentlich nicht hier.» So sehr sie es auch wollte. Sie löste ihre Beine von seiner Taille und glitt an seinem Körper wieder auf den Boden. «Wollten wir nicht ein wertvolles Artefakt finden?»

«Das kann warten», knurrte Myles. «Hier drinnen ist es sowieso zu dunkel, um etwas zu erkennen.» Sie spürte sein wölfisches Grinsen mehr, als dass sie es sah. «Warum also sollten wir die Situation nicht auskosten?»

Sie schlang ihm die Hände um den Nacken. Sie hatte alle Zeit der Welt. Keine Termine mehr. Sie musste nur ihren Platz in dieser Welt finden. Egal ob mit diesem wahren Prachtkerl in ihren Armen oder ohne.

Im Augenblick mit ihm, was Abby nicht im Geringsten

störte. «Ja, warum eigentlich nicht?», schnurrte sie und zog seinen Kopf zu ihrem herab. Sie küsste ihn gierig und presste sich an seinen prallen, eingesperrten Schwanz.

Myles stöhnte auf, drückte sie gegen die Backsteinmauer und rieb seinen Schwanz durch die Kleidung an ihr. Aufschluchzend erwiderte sie seinen Druck, erregt bis in die Fingerspitzen.

Ihr Atem ging stoßweise, und die Geräusche, die sie machten, hallten dumpf von der Decke wider. Sie aber kümmerte sich nicht darum und zerrte an seinem Hemd, weil sie Haut auf Haut spüren wollte. Das Hemd gab reißend nach, und wie von Sinnen zog sie weiter daran, bis sein Hosenbund ihr Grenzen setzte.

«Du bist so wild», murmelte er, während sein Mund über ihren Nacken glitt.

«Kannst du mithalten?», neckte sie ihn und legte die Beine fester um seine Taille.

«Das wirst du gleich sehen», murmelte er mit tiefer Stimme, was unglaublich sexy klang.

«Wir müssen uns ausziehen», erklärte sie und zog sich von seinem heißen Mund zurück.

«Sind alle modernen Frauen so freimütig?», fragte er, ließ sie los und öffnete seine Hose.

«Nein.» Sie streifte Hose und Slip ab und kickte beides weg. «Du hast wohl einfach nur Glück gehabt mit mir.»

«Das stimmt», lachte er.

Dann war er über ihr und riss ihr die Bluse auf, dass die winzigen Kunststoffknöpfe gegen die Ziegelmauer flogen. Er schob die Hände unter ihr Hinterteil und hob sie an. Abby schnappte nach Luft. Er vermittelte ihr ein Gefühl völliger Schwerelosigkeit. Sein Schwanz glitt an ihrem nassen Spalt entlang und dann in ihn hinein.

Abby stöhnte auf, und ihr keuchender Atem hallte in dem kleinen Raum wider. Sie wollte mehr von ihm und bekam es auch, als ihr Gewicht sie nach unten drückte, auf seinen gierigen Schwanz, der aufwärtsstieß, ihr entgegen.

Ihr Rücken schrammte über die kalten Ziegelsteine, doch das störte sie nicht. Derart wilder Sex übertraf selbst ihre kühnsten Phantasien. Sein erhitzter Körper an dem ihren erdete sie, machte alles real. Dies war keine Phantasie, und sie genoss es, die Hände in seinem Haar.

Myles drückte sie fest gegen die Wand und beugte sich hinab, um den Kopf zwischen ihre Brüste zu drücken, wobei er wieder und wieder in sie stieß.

Sie nahm sein Gesicht zwischen die Hände, zog ihn an sich und presste ihren hungrigen Mund auf seinen. «Fick mich», flüsterte sie zwischen Küssen. «Fick mich richtig hart.»

Er zuckte zusammen und musste tief Luft holen, doch sie rieb sich so leidenschaftlich an ihm, dass sein Schock nicht lange anhielt. Er presste sie gegen die Backsteinmauer und rammelte sie mit kurzen, heftigen Stößen.

«Oh Gott», stöhnte sie und krallte sich in die Rückenfalten seines Hemds. Sie war kurz davor zu kommen, und jeder einzelne Stoß brachte sie dem Orgasmus ein Stückchen näher.

Mit den Schenkeln hielt sie ihn umklammert, als sie schreiend zum Höhepunkt kam. Verloren in ihrer Ekstase und ihn nicht loslassend, nahm sie fast verschwommen wahr, dass Myles sie immer noch fickte.

Er stöhnte, tief in ihrer noch immer zuckenden Fotze. Dann sank er gegen sie, während er sie noch immer an sich presste.

Abby sackte entspannt in seinen Armen zusammen. Sie hatte das Gefühl, nicht aus eigener Kraft stehen zu können, falls Myles sie plötzlich losließe. Sie lauschte seinen und ihren

Atemgeräuschen, die irgendwo über ihnen zu verhallen schienen.

Als sie sich schließlich regte, ließ Myles sie aus seinen Armen und von seinem Schwanz gleiten.

«Myles?»

Seine feuchte, auf ihrem Scheitel ruhende Stirn regte sich nicht. «Hmm?»

«Mir ist gerade eingefallen, dass ich eine Taschenlampe im Flugzeug habe.»

«Taschenlampe?»

«Wie eine Fackel, nur ohne Flamme.»

Er starrte sie verwundert an. «Du bist eine höchst außergewöhnliche Frau. Du kannst schon unmittelbar nach einer Verführung wieder an praktische Dinge denken.»

Abby lachte. «Unsere Atemgeräusche scheinen irgendwo ganz weit da oben zu verschwinden. Vielleicht sind ja die lockeren Ziegelsteine keine Verstecke, sondern Steighilfen.»

Myles löste sich von ihr und ließ ein wenig mehr Licht in den Raum, als er den Kopf in den Nacken legte, um nach oben zu blicken. «Schon möglich. Schließlich sollten auch die Priester diese Sache nicht finden.»

«Warum nicht?»

«Weil es etwas Heidnisches ist.»

Seine angespannte Stimme brachte Abby zum Lachen. «Irgendwie komisch, dass es dann am selben Ort versteckt wurde wie die Priester. Deine Vorfahren müssen ja einen ziemlich schrägen Humor gehabt haben.»

«Der hat sich in der Familie bis heute erhalten, wie es heißt.» Er trat in die eigentliche Kapelle hinaus und knöpfte seine Hose zu. Sein zerrissenes Hemd hing ihm von den Schultern, wodurch der größte Teil seiner Brust zu sehen war.

Abby wandte den Blick nur widerwillig ab und zog ihre

Hose an. Sie spürte, wie nass ihr Slip war von ihren und seinen Säften. Dann richtete sie sich auf und nahm ihr Haar hinten zu einem Pferdeschwanz zusammen, doch da sie kein Haarband hatte, fiel es ihr gleich wieder lose ums Gesicht. Es war ohnehin zu kurz, um es zurückzubinden.

«Hilfst du mir, es zu verstecken?», fragte sie, während sie an ihm vorbeiging.

«Was zu verstecken?» Er folgte ihr und strich ihr dabei über Schultern und Rücken. «Backsteinstaub», erklärte er, als er ihren forschenden Blick bemerkte.

Sie nickte. «Wenn irgendwelche Leute aus der Gegend auf das Flugzeug stoßen – ich weiß nicht, was sie dann denken werden. Immerhin wird das Fliegen erst in hundert Jahren erfunden.»

«Du bist geflogen?» Myles ging um sie herum. «Du hast doch keine Flügel.»

«In einer *Maschine*», berichtigte Abby ihn. «Hilfst du mir jetzt oder nicht?»

«Da dein ‹Flugzeug› irgendein wunderliches Werkzeug enthält, das mir helfen wird, die … äh … den Gegenstand zu finden, werde ich dir jede Hilfe angedeihen lassen, die du benötigst.»

«Wie großzügig von dir», erwiderte Abby mit unüberhörbarem Sarkasmus. «Es ist nicht weit. Wir schaffen es zu Fuß.»

Myles betrachtete Abbys Hintern, dessen Konturen sich deutlich unter ihrer engen Hose abzeichneten, als sie gebückt ins Flugzeug stieg. Dann bestaunte er wieder das technische Wunderwerk, das sie hergebracht hatte.

Flugzeug nannte sie das Ding. Es fiel ihm schwer zu glauben, dass es tatsächlich flog. Nichts an ihm ähnelte Flügeln, alles war hart und starr.

Er seufzte. Diese ‹Ms.› Deane kam womöglich nicht nur aus einer anderen Zeit, sondern auch aus einer anderen Welt. Sie wirkte höchst tatkräftig, und selbst dieser kleine Rückschlag – und er sah es ihren Augen an, dass sie die Landung im Jahr 1807 als solchen betrachtete – schien ihr Selbstvertrauen nicht entscheidend ankratzen zu können.

Sie war eine Draufgängerin und im Bett ohne jede Scham. Schon wieder regte sich sein Glied, und er musste das Bild von ihr, wie sie ausgebreitet auf dem Bett lag, gewaltsam verdrängen. Er griff sich eine Heugabel und warf die erste Ladung Heu gegen die glänzende Außenhaut des Flugzeugs.

Noch immer ragte einer dieser komischen «Flügel» aus dem Heuhaufen. Hatte einer der Dorfbewohner es vielleicht schon entdeckt? Er schaufelte weiter. Wenn Abby es ihm nicht erklärt hätte, würde er niemals gewusst haben, wofür er so etwas halten sollte. Vielleicht für ein experimentelles Fahrzeug?

Als die losen Stofffetzen seines Hemds ihn zu behindern begannen, zog er es über den Kopf und wischte sich damit den Schweiß von der Stirn, bevor er es auf den Boden warf. Er arbeitete weiter, bis nur noch das äußerste Ende dessen, was Abby als Tragfläche bezeichnete, aus dem Heu ragte.

Abby warf die letzten Sachen aus dem Flugzeug und sprang herunter. Dann schlug sie die Tür zu. «So», sagte sie und wischte sich den Staub von den Händen, «jetzt ist es abgeschlossen für den Fall, dass jemand ...»

Abby drehte sich zu ihm um. Er stützte sich auf seine im Boden steckende Heugabel, als er ihren erstaunten Blick sah.

Sie leckte sich die Lippen. «Ah, du hast dein Hemd ausgezogen.»

Er hob achselzuckend lässig die Schultern, wusste aber ganz genau, wie sich dabei seine Muskeln anspannten. «Es war irgendwie zerrissen.»

Er genoss es, sie erröten zu sehen. Auch wenn sie so knallhart wirkte, war sie doch gegen männliche Reize nicht immun. Mitunter schien es sogar, als hätte sie in letzter Zeit zu wenig davon bekommen.

Abby zog ihre Jacke zurecht. «Es mit Heu abzudecken war vielleicht doch keine so gute Idee.»

Myles betrachtete sein Werk und musste ihr zustimmen. «Der Bauer wird nicht begeistert darüber sein, dass wir einen seiner schönen Heuhaufen dafür geplündert haben.»

Sie kaute auf der Unterlippe herum. Ihr Flugzeug durfte auf keinen Fall entdeckt werden. «Gibt es beim Haus eine Art Scheune, in die wir es schieben könnten?»

«Schieben?» Myles bedachte das heubedeckte Flugzeug mit einem skeptischen Blick.

«Das ist ein Leichtflugzeug. Ein Ackergaul müsste es ohne Schwierigkeiten ziehen können.»

«Auf diesen Wegen hier? Und vergiss nicht, dass das nicht mein Haus ist. Was ist, wenn es jemand findet?»

Sie ließ die Schultern hängen. «Vielleicht komme ich ja vorher schon zurück in meine Zeit.»

Sie klang pessimistisch, und Myles legte ihr angesichts ihrer Verletzlichkeit kameradschaftlich einen Arm um die Schulter. «Vielleicht. Ich werde mein Bestes tun, dir dabei zu helfen.»

Sie stand vor ihm und strich ihm verlegen über die verschwitzte Brust. «Danke.» Dann holte sie tief Luft, streckte die Schultern durch und schaute zu ihm auf. «Sollen wir jetzt deinen Schatz heben?»

Er warf vielsagende Blicke auf die verteilten Reste des Heuhaufens. «Bist du sicher, dass du mir vorher nicht noch einmal beiwohnen möchtest?»

«Myles Hardy, du bist unersättlich.» Sie grinste ihn an,

schüttelte aber den Kopf und zog ihm einen Grashalm aus dem Haar. «Meine Haut ist viel zu empfindlich, um mich mit dir in diesem Zeug hier zu wälzen.» Sie ließ den Halm fallen.

Myles zog sie in seine Arme. «Gegen Mauerwerk hattest du doch auch nichts einzuwenden.»

Sie zog seinen Kopf zu ihrem herab. «Das war etwas anderes», flüsterte sie, ernsthaft versucht, ihn mit einem Kuss zum Schweigen zu bringen. «Ich weiß nicht, wie du das schaffst, Myles Hardy, aber du machst es einer Frau unmöglich, einen klaren Gedanken zu fassen.»

Er schob ihr eine Locke aus dem Gesicht und lächelte auf sie hinab. Wie erfrischend sie war. «Und dabei bist du so vollkommen anders als jede Frau, die ich bislang getroffen habe.»

Ihre Lippen verzogen sich zu einem Lächeln. «Das kann ich mir vorstellen.» Dann befreite sie sich aus seiner Umarmung und bückte sich, um eine der Taschen aus dem Flugzeug aufzuheben und sich über die Schulter zu hängen. «Komm, wir finden jetzt das Ding.»

Sie machte sich auf den Weg zurück zum Haus. Myles nahm die andere Tasche und folgte ihr. Er schüttelte den Kopf, als der Gedanke, dieses wilde Mädchen womöglich nicht mehr allzu lange für sich zu haben, plötzlich einen merkwürdigen, stechenden Schmerz in ihm auslöste.

Wieder in der Kapelle, holte Abby die Taschenlampe hervor und gab sie ihm. «Du schaltest sie ein, indem du das Ende drehst.»

Sie sah zu, wie er neugierig die Taschenlampe beäugte. «Bist du sicher, dass das keines deiner Spielzeuge ist? Die richtige Form scheint es ja zu haben.»

Abby prustete los. «Denkst du eigentlich an nichts anderes?»

Er drehte an dem unteren Ende und zuckte zurück, als ihm das Licht direkt in die Augen schien.

«Halt sie von dir weg», riet sie ihm und versuchte, dabei nicht zu lachen.

Der Lichtstrahl wanderte über die Wände der Kapelle, bis Myles ins Priesterloch trat, den Lichtkegel nach oben lenkte und den dunklen Raum über seinem Kopf absuchte.

Abby trat zu ihm und schaute ebenfalls nach oben. «Und?»

«Ich sehe nichts, was wie eine Steighilfe aussieht. Vielleicht haben sie eine Leiter benutzt, aber ich wüsste nicht, wo sie sie hätten verstecken können.» Er gab ihr die Taschenlampe und versuchte, sich hochzuziehen.

Das Mauerwerk bröckelte, und er fiel zurück gegen sie. Abby fing ihn ab, und die Ziegelsteine bohrten sich in ihren Rücken. «Siehst du, wo die Leiter sein könnte?»

Myles schaute ratlos weiter aufwärts. «Nein. Aber du bist leichter; vielleicht könntest du es mal mit Klettern probieren, oder ich könnte dich hochheben.» Er grinste sie an. «Hast du dich schon mal als Akrobatin versucht?»

Abby schüttelte entschieden den Kopf. «Ich hab Turnen schon in der Schule gehasst.»

«Ich lasse dich schon nicht fallen.» Sein Lächeln weichte ihre Entschlossenheit auf.

Sie beäugte ihn mit sichtlichem Unbehagen, gab seinem flehenden Blick aber schließlich seufzend nach.

Abby streckte die Hand nach der Taschenlampe aus, und Myles gab sie ihr. Da sie noch eingeschaltet war, richtete sie sie im Priesterloch nach oben.

Der Lichtstrahl aber reichte nicht bis zur Decke. Sie sah lediglich, wie sich die Wände immer weiter verengten. «Ich werde nicht weit klettern müssen», sagte sie, mehr zu sich selbst als zu Myles.

«Wenn du dich gegen die Mauer stemmst», schlug er vor, «stütze ich dich.»

«Gut.» Abby zog ein Paar Lederhandschuhe aus ihrer Gesäßtasche und zog sie an. Sie würden ihre Hände vor dem Schlimmsten schützen, auch wenn sie nicht für eine derart harte Arbeit gemacht waren. «Schieb mich.»

Sie fand auf Kniehöhe einen Halt für den ersten Fuß und zwängte ihren Schuh hinein. Dann zog sie sich an den Ziegelsteinen nach oben, zusätzlich angeschoben von Myles' großer Hand. Sie tastete umher, um Halt für ihre Finger zu finden, und versuchte zu ignorieren, wie er ihren Hintern berührte, während er sie, ohne zu zittern und anscheinend ohne jegliche Anstrengung, hielt.

Abby zog sich weiter hoch, wobei sie im bröckelnden Mörtel genügend Halt für die Fußspitzen fand, aber keine losen Mauersteine. Sie zog an allen, die sie erreichen konnte, doch kein einziger gab nach.

Zentimeter für Zentimeter kletterte sie höher, doch ihre Suche blieb vergeblich. Myles musste mittlerweile die Arme über den Kopf strecken. «Stell dich auf meine Schultern», ächzte er.

Sie stemmte die Arme gegen beide Seiten des nach oben enger werdenden Priesterlochs und ließ zu, dass er ihre Füße auf seine Schultern setzte. Die Aktion kam ihr sehr gewagt vor, doch Myles hatte ihre Fußknöchel fest im Griff.

Zitternd tastete sie sich weiter aufwärts und stellte fest, dass sie den höchsten Punkt erreicht hatte. «Ich bin oben», verkündete sie und versuchte, möglichst still zu halten. «Kann nicht mehr lange dauern.»

«Lass dir ruhig Zeit», rief er zu ihr hoch und hustete, als er Mörtelstaub in den Mund bekam.

Sie hielt die Taschenlampe mit den Zähnen und rüttelte an

jedem einzelnen Ziegelstein, doch keiner gab nach. Dann drehte sie sich vorsichtig um und versuchte es auf der anderen Seite.

«Nichts.» Abby schaute zwischen ihren Füßen hindurch auf sein braunes, mit einer feinen Schicht roten Ziegelstaubs bedecktes Haar hinab. «Und wie komme ich jetzt runter?»

Er verdrehte den Hals, um zu ihr hochzusehen, und sie erkannte im schwachen Licht sein Grinsen. «Genauso wie du hochgekommen bist.»

Sie biss sich auf die Lippe, stemmte sich gegen die Wände und nahm probehalber einen Fuß von seiner Schulter, um blind einen Halt für ihn zu ertasten, doch sie rutschte immer wieder ab.

«Es geht nicht», stöhnte sie. «Ich falle gleich runter.»

«Tust du nicht», redete er ihr mit selbstsicherer Stimme zu. «Weil ich dich nicht fallen lasse.»

Wie gelähmt holte Abby tief Luft und bekam dabei den von ihr selbst aufgewirbelten Staub in die Nase. Sie musste husten. Wenn sie hochgekommen war, würde sie doch wohl auch wieder runterkommen! Sie streckte tastend den anderen Fuß aus, froh über den festen Griff, mit dem Myles den ersten hielt. Nichts.

«Ich finde keinen Halt.» Sie streckte den Fuß noch weiter aus, bis sie ganz schief auf Myles stand.

«Vorsicht!», rief Myles nach oben. «Versuche, in die Knie zu gehen. Wenn du es schaffen würdest, dich auf meine Schultern zu setzen, kannst du von dort herunterrutschen.»

Der Vorschlag klang nicht schlecht. «Du willst doch nur dein Gesicht in meinem Schritt haben», konterte sie fröhlich, auch wenn ihre Stimme bebte.

Er lachte. «Zu schade, dass du diese Hose trägst, sonst könnte ich deinen Abstieg noch mehr genießen.»

«Gut, versuchen wir's», sagte sie munter.

Noch immer gegen beide Wände gestemmt, senkte sich Abby so weit, bis sie das Gefühl hatte, schon fast auf seinem Kopf zu sitzen. Dann streckte sie einen Arm nach unten und tastete nach seiner Schulter.

Er nahm ihre Hand. «Ich habe dich.»

Bald saß sie tatsächlich auf seinen Schultern, die Schenkel fest an seinen Kopf gedrückt. Sie stützte sich an der Wand ab, um sich nicht an seinen Haaren festhalten zu müssen.

Er drückte die Knie auseinander und atmete tief ein. «Wie schade, dass du nicht andersherum sitzt.»

«Ich dachte, so herum wäre es für dich weniger frustrierend, weil ich eine Hose anhabe.»

«Wie rücksichtsvoll von dir», erwiderte er mit ausdrucksloser Stimme.

Abby musste sich zusammennehmen, um nicht loszuprusten. «Ich rutsche jetzt runter», warnte sie ihn.

Sie beugte sich vornüber und streckte das linke Bein vor, um mit dem anderen über seinen Rücken hinabzugleiten. Ihr Körper aber hatte etwas anderes mit ihr vor, und so rutschte sie stattdessen kopfüber nach vorn. Gerade noch konnte sie sich an seinem Hals festhalten und das rechte Bein über seiner linken Schulter einhaken, um nicht herunterzufallen. Gleichzeitig schlang sie ihr linkes Bein um seine Taille, um einen Spagat an seinem Körper zu vermeiden.

Myles fing sie auf und drückte sie fest an sich. Um seine Augenwinkel spielte dasselbe Lachen wie um seine Mundwinkel, auch wenn es die Heftigkeit seines neuerwachten Verlangens nicht verbergen konnte. Und jeglichen Zweifel daran hätte spätestens sein Schwanz vertrieben, der sich zwischen ihre gespreizten Beine schob und sich an sie drückte.

Abby kämpfte gegen den Drang an, sich noch fester an ihn

zu pressen, und ihre Erleichterung darüber, nicht abgestürzt zu sein, wich schnell ihrem eigenen Verlangen nach ihm.

«Abigail», stöhnte er und drückte seinen Mund auf ihren.

Und schnell hatte sich das Gefühl, gegen ihr Verlangen ankämpfen zu müssen, in Luft aufgelöst.

Kapitel 4

Myles trug sie aus dem Priesterloch und legte sie auf dem kleinen Altar der Kapelle ab. Er drückte sie auf den kalten, im Lauf der Zeit fast glattpolierten Stein hinab. «Ich kann es kaum erwarten, wieder in dich zu dringen. Was machst du nur mit mir?»

Sie starrte zu ihm auf und wusste offenbar selbst keine Antwort. «Hier?»

Er beugte sich über sie, während sein sehnsüchtiger Schwanz gegen den rauen Stoff seiner Hose drückte. Er knöpfte sie auf und griff nach ihrem futuristischen Verschluss.

An ihrer Unterlippe knabbernd, nahm er ihren Mund in Besitz, bevor sie protestieren konnte. Sie schlang die Arme um seinen Nacken, während ihre Füße an seinen Schenkeln entlang nach oben glitten. Myles verdrängte den Gedanken daran, in einer Kapelle zu sein, und redete sich ein, der Altar wäre ein einfacher Tisch.

Er öffnete den Reißverschluss und zog ihr die Hose aus. «Du bist so schön», hauchte er und schob ihre staubigen blonden Locken zurück.

«Schmeichler.» Sie kniff ihn spielerisch in die Nase, doch der verwirrte Ausdruck in ihrem Gesicht entging ihm nicht.

Er küsste sie, schob ihr die Zunge in den Mund und nahm sie so in Besitz, wie sie ihn in Besitz genommen hatte. Sie war nicht die Sorte Frau, die ihn normalerweise anzog. Abgesehen von ihrer sonderbaren Art und ihrer Ungeniertheit verfügte sie über ein praktisches Wesen, wie es keine seiner verflossenen Geliebten je besessen hatte.

Doch nun drückten sich ihre weichen Rundungen gegen ihn, und ihr nasser Spalt lag unter seinem Schwanz. Er konnte dem Bedürfnis, in sie zu dringen, nicht mehr widerstehen und glitt widerstandslos hinein. Er stöhnte auf; das Gefühl, in ihr zu sein, überlagerte alles andere, und für ihn existierte nur noch diese wunderbare, verrückte, exzentrische Frau.

Während er sich in ihr auf und nieder bewegte, verlor er sich so sehr in ihrer Vereinigung, dass er die Augen schloss und nur noch das Feuer in seinem Innern wahrnahm.

Er richtete sich auf und schob seinen Schwanz noch tiefer hinein. Abigail schrie auf und machte ein Hohlkreuz, damit er noch weiter eindringen konnte. Er staunte über ihre wortlosen Forderungen. Selbst Huren versuchten, zunächst einmal die Bedürfnisse ihres jeweiligen Freiers zu erkunden; Abby dagegen bestimmte lieber gleich selbst das Geschehen.

Er öffnete die Augen und sah zu, wie sie sich unter ihm wand. Irgendwann hatte sie ihr Top aufgeknöpft, dessen Seiten nun auf den Altar fielen. Ihre Unterwäsche war weg.

Unfähig, ihn zu erreichen, streckte sie die Arme über den Kopf, wobei ihre Brüste nach oben ragten. Sie schloss die Augen, und ihre Haut rötete sich vom Haaransatz bis zu ihren runden Brüsten.

Ihre süße Möse umklammerte ihn und hielt pochend seinen zuckenden Schwanz. Er spürte, wie sie kam, als Erschütterungswellen seinen Schaft auf ganzer Länge erbeben ließen, während ihre Schreie in dem kleinen Raum widerhallten.

Er fickte sie härter, packte ihre Hüften und brüllte auf, als sein Samen sich in sie ergoss. Dann zog er sich aus ihr zurück und schob seinen noch immer harten Schwanz wieder in die Hose. Er hatte seine Befriedigung gehabt und war trotzdem noch immer scharf auf sie. Was hatte sie nur an sich, dass er sie selbst nach dem Höhepunkt noch begehrte?

Sie blinzelte ihn an, benommen und atemlos. «Ich glaube, ich kann mich nicht mehr rühren.» Ihre Lippen verzogen sich zu einem echten, nicht spöttischen Lächeln, was bei ihr selten war. «Du bist schon erstaunlich.» Dann aber zuckten ihre Mundwinkel, und schon machte sie sich wieder über ihn lustig. «Ich hoffe nur, dass das dein Ego nicht allzu sehr aufplustert.»

Er musste lachen. Zumindest trug ihr Spott dazu bei, die Spannung zwischen ihnen abzubauen, wenn auch nur ein wenig. Er zog sie so hoch, dass sie nun saß, und sein Atem beruhigte sich, als sie den Kopf an seine Brust lehnte.

Für einen langen Augenblick wollte er sie nicht mehr loslassen.

«Wir sollten uns um deine Kleidung kümmern», meinte er schließlich, auch wenn er es hasste, das behagliche Schweigen zu brechen.

«Warum fängst du immer wieder damit an?» Ihre Hände lösten sich von seinem Rücken. «Was ist denn daran nicht in Ordnung? Hier ist doch keiner, der sehen könnte, dass ich kein Kleid trage.»

Er spielte mit einer ihrer Locken und blickte durch seine langen Wimpern auf sie herab – ein Trick, der normalerweise Wunder wirkte, aber nicht bei Ms. Deane, die auch diesmal sofort durchschaute, dass er damit ein nur allzu offensichtliches Ziel verfolgte. «Oben gibt es Kleiderschränke.»

Sie zögerte.

«Das wird bestimmt lustig», grinste er. «Und dann können wir uns auch diese Pläne noch einmal ansehen.»

Sie verdrehte die Augen. «Sind Röcke bei der Erkundung des Hauses nicht eher hinderlich?»

Er hob die Schultern und gab sich gleichgültig, auch wenn das Bild, das er vor Augen hatte – sein von ihren Röcken eingehüllter Kopf – das Verlangen nach ihr schon wieder neu entfacht hatte. «Ich würde es sehr genießen, dich so auf meinen Schultern zu haben und dann zu dir aufzuschauen.»

Sie versetzte ihm einen Klaps, löste ihre Beine von ihm und glitt vom Altar. Der Saum ihrer Bluse reichte nur ein Stück weit über ihre Beine. Beim Anblick von so viel nackter Haut stand Myles wie gebannt da. Nachdem sie ihre Bluse ganz zugeknöpft hatte, schien sie Myles schon wieder ein klein wenig sittsamer, aber ihr schien es sowieso nichts auszumachen, so wie sie war, über den gefliesten Boden zu laufen.

Abby sah über die Schulter zurück und ertappte ihn dabei, wie er ihr nachstarrte. «Ich könnte doch auch einfach so herumlaufen», schnurrte sie, stemmte die Hände in die Hüften und betonte damit die Rundungen ihres Hinterns.

Er schluckte, und sein Schwanz wurde hart wie Stein. Er sah, wie ihr Blick nach unten ging und ihre Wangen sich röteten. Vielleicht war sie ja doch nicht ganz so schamlos, wie sie sich gab.

Achselzuckend versuchte Myles, sich ebenso lässig zu geben wie sie. «Wenn du möchtest.»

Sie öffnete den Mund, um etwas zu antworten, schloss ihn dann aber wieder und wandte sich ab. «Also gut, suchen wir was zum Anziehen.»

Myles grinste, denn er merkte ihr an, wie viel Verlangen sie noch immer nach ihm hatte. Er brauchte ihr noch nicht einmal ins Gesicht zu sehen, um zu wissen, dass sie scharf auf ihn war.

«Dann folge mir.»

Er begleitete sie nach oben in den dritten Stock und öffnete die Tür zu einem in Cremeweiß und Rosa gehaltenen und mit Rüschen verzierten Boudoir, das eine bemerkenswert feminine Ausstrahlung hatte, obwohl die meisten Möbelstücke mit schweren hellen Laken abgedeckt waren.

Er trat ein und drehte sich um, um Abigails Reaktion zu sehen. Sie verlangsamte ihren Schritt und schaute sich alles ganz genau an. «Das ist … das ist …»

«Ein bisschen zu verspielt und kindlich für meinen Geschmack», warf Myles ein, als er sah, wie sie sich hinter eine verräterisch ruhige Maske zurückzog. «Und es passt ganz und gar nicht zu dem Mädchen, das hier zu schlafen pflegt.»

«Du kennst die Familie?»

Er zog ein Abdecktuch beiseite und setzte sich auf einen spindeldürren Stuhl aus Kirschbaumholz. «Ja, ich habe es darauf angelegt, ihre Bekanntschaft zu machen.»

«Du würdest anscheinend alles dafür tun, dieses … dieses Ding zu finden.» Abigail ignorierte das Zimmer und verschränkte die Arme. «Sogar um die Gunst einer zickigen Prinzessin werben, was?»

Er legte die Stirn in Falten. «Dafür, dass du diese Person noch nie getroffen hast, ist diese Beschreibung erstaunlich zutreffend.»

Sie ließ nicht locker und setzte ein triumphierendes Lächeln auf. «Ich habe recht, stimmt's?»

Myles schaute auf seine locker ineinander verschlungenen Hände hinab. «Jedenfalls waren die Bemühungen vergeblich.» Dann stand er auf und ging auf eine Tür an der Seite zu. «Hier müsste ihr Kleiderschrank sein.»

Abigail setzte sich auf den Stuhl, den er soeben frei gemacht hatte. «Und warum?»

«Warum was?», fragte er stirnrunzelnd. Wieso stürzte sie sich nicht auf all den hübschen Tand, wie alle anderen Frauen es getan hätten? Lag es an ihrem männlichen Aufzug? Gab sie sich lieber maskulin? Er betrachtete sie von Kopf bis Fuß und musterte ihre schlichtgeschnittene Bluse und ihre nackten Beine.

Es führte kein Weg daran vorbei – Ms. Abigail Deane war einfach nicht wie andere Frauen.

«Warum hast du keinen Erfolg gehabt bei ihr? Ich meine, du bist doch attraktiv und charmant …»

«Sie hat geglaubt, ich sei nur hinter ihrem Geld her», erklärte er mit einer kurzen, ironischen Verbeugung. «Mein Ego muss sich wohl bei dir bedanken. Für Lady Elaine Winterton kam ich jedenfalls nicht in Frage, weil ich nicht reich genug für sie war.»

«Du meinst, sie hat deine wirklichen Absichten nicht durchschaut?»

Er lehnte sich an den Türrahmen. «Kaum einer weiß heute noch, dass dieses Haus einmal meiner Familie gehörte, und Lady Elaine ist nicht gerade sehr belesen.»

Abigail kam auf ihn zu und legte ihm tröstend die Hand auf die Brust. «Tut mir leid», murmelte sie. Sie sah zu ihm auf, und er registrierte verwundert, wie kühl ihr Blick mit einem Mal war. «Glaubst du tatsächlich, mir könnten irgendwelche Kleider von ihr *gefallen*?»

Sie ging an ihm vorbei ins Ankleidezimmer und steuerte direkt auf die großen Truhen und Schränke zu.

«Notfalls wären da immer noch die Kleider ihrer Mutter», zischte Myles verärgert. In ihren kalten, anklagenden Augen lag der Vorwurf, es mit seiner Verführungstaktik auch in diesem Fall nur auf die Statue abgesehen zu haben. Er verfluchte sich selbst für sein idiotisches Verhalten. Warum gab er es nicht einfach zu?

Sie kniff die Augen zusammen. «Danke. Das werde ich mir merken.» Verärgert drehte sie ihm den Rücken zu.

Er trat einen Schritt zurück. Noch nie hatte eine Frau ihn

behandelt, als wäre sie ein höherer Offizier und sein Vorgesetzter. Einen kurzen Augenblick lang fragte er sich, was der Oberst seines alten Regiments darüber denken würde. «Ich warte draußen, bis du weißt, was du anprobieren willst.» Mühsam rang er sich ein Lächeln ab. «Du wirst nämlich Hilfe brauchen, um in diese Kleider zu kommen.»

Abby wartete, bis Myles gegangen war, und ließ sich dann auf die nächstbeste Truhe sinken. Sie stützte den Kopf auf ihre Hände. Sie hatte ja schon vermutet, dass er bei alledem seine Hintergedanken gehabt hatte, und sie hatte es ihm sogar auf den Kopf zugesagt, aber nun war endgültig klar, dass es stimmte: Myles Hardy brauchte sie nur wegen ihrer Kenntnis des Hauses, ihrer Pläne und der Zukunft.

Nicht um ihrer selbst willen. Selbst ihr Körper war nur eine willkommene Zugabe.

Aber nicht mit ihr. Sie hatte solche Typen schon mehr als einmal durchschaut und in die Wüste geschickt, auch wenn sie noch so gut ausgesehen hatten. Warum sollte es bei Myles Hardy anders sein?

Auf den Fingernägeln kauend, dachte Abby über ihn nach. Sie hatte geglaubt, dass sie nicht mehr so leicht rumzukriegen sei, aber Myles hatte sie eines Besseren belehrt. Trotz ihres Misstrauens hatte sie ihm geholfen.

Seufzend stand Abby auf. Wenn sie nur tief genug in sich blickte, würde sie die Antwort finden. Sie hatte Angst. Sie wusste nicht, wie sie in dieser Welt zurechtkommen sollte, und Myles war ihr einziger Verbündeter. Auch wenn er ein verlogener, hinterhältiger, charmanter Schweinehund war – im Moment war er alles, was sie hatte.

Sie öffnete eine Truhe und dann noch eine. Überall zarteste Gewebe – bedruckter Musselin, bestickte Seide. Sie nahm eines der Musselinkleider und schüttelte das Seidenpapier aus seinen Falten heraus.

Sie hielt es vor sich und sah stirnrunzelnd an sich hinab. «Myles!», rief sie und fand es schrecklich, so auf ihn angewiesen zu sein.

Er trat in die Tür. «Ja?», fragte er mit leiser Stimme.

«Ich glaube kaum, dass ich da reinpassen werde.»

Myles seufzte und verschränkte die Arme. «In deiner modernen Unterwäsche wohl kaum.»

«Ich ziehe aber kein Korsett an», erklärte Abby kategorisch mit finsterem Blick.

Er streckte die Hände in die Höhe, als wolle er kapitulieren. «Dann sollten wir es vielleicht besser gleich mit Myladys Kleidern probieren. Ich versichere dir, dass sie der neuesten Mode entsprechen.»

Abby schnitt eine Grimasse, faltete das Kleid wieder zusammen und legte es in die Truhe zurück. «Gehen wir!»

Sie verließ hinter ihm das Schlafzimmer der Prinzessin und folgte ihm durch zwei Korridore. Er betrat einen weiteren Raum mit dunkler Holzvertäfelung und hellgrünen Wänden, der von einem großen Himmelbett beherrscht wurde.

Sie gingen ins angrenzende Ankleidezimmer, und Myles öffnete den Deckel einer Truhe. «Probier mal eines von diesen hier.» Er zog ein schlichtes Musselinkleid hervor, das mit einer breiten Bordüre aus schwarzer Stickerei eingefasst war.

Sie zog Bluse und BH aus, griff nach dem Kleid und zog es über den Kopf. Der Musselinstoff fiel an ihr herab wie ein weites Nachthemd.

Sie warf Myles einen verzweifelten Blick zu.

Er lachte. «Es hat Schnürbänder.» Er trat vor. «Wenn du erlaubst ...»

Abby stand da wie ein Mannequin, während Myles um sie

herumging und die Bänder einmal hier anzog und dann dort wieder hineinsteckte.

Schließlich trat er ein paar Schritte zurück und betrachtete sein Werk. «Na also», sagte er stolz.

Dann zog er sie vor einen Spiegel. Abby blinzelte ungläubig angesichts des äußerst femininen Bildes, das sich ihr bot. Nur ihr kurzes Haar wollte nicht so recht zum Kleid passen.

Myles zauste einmal durch ihre Locken. «Kurzes Haar ist anscheinend gerade modern, was? Ein hübsches Band würde sich da gut machen.»

Abby beobachete ihn im Spiegel. «Wenn ich es nicht besser wüsste, würde ich denken, du bist schwul.»

«Schwul?», fragte er stirnrunzelnd und legte ihr die Hände von hinten auf die Schultern. Ihre Haut fing sofort an zu glühen. Absurd. Schon die kleinste Berührung bewirkte, dass sie ihn haben wollte.

Sie trat vor und drehte sich zu ihm um. «Ein Homosexueller.»

Myles' Gesichtszüge erstarrten, und ihm fiel die Kinnlade herunter. Er kniff kurz die Augen zusammen und hatte sich schnell wieder erholt. «Das glaube ich kaum.»

Abby zuckte mit den Schultern. «Na ja, mit der Garderobe von Frauen scheinst du dich immerhin recht gut auszukennen.»

«Das sollte doch wohl eher für meine sexuelle Erfahrenheit sprechen und nicht …» Er verstummte.

Er sah so kummervoll drein, dass Abby Mitleid mit ihm hatte. «Ich sagte ja auch, wenn ich es nicht besser wüsste», beschwichtigte sie ihn und legte ihm dabei die Hand auf den Arm. «Danke für die Hilfe.»

Myles hakte sich bei ihr ein und geleitete sie aus dem Ankleidezimmer. «Du siehst nicht gerade froh aus.»

Sollte sie nun zugeben, dass sie sich dafür hasste, jedem seiner Wünsche nachzugeben? Besser nicht. «Ich kann mir einfach schwer vorstellen, in diesen Klamotten auf Dachböden herumzukriechen.» Sie hob das Kleid an. «Es ist so unpraktisch. Hier ist doch niemand außer dir, also warum soll ich es tragen?»

«Weil du keine Zeit zum Umziehen haben wirst, wenn plötzlich jemand kommt.»

Sie musste zugeben, dass der Kleiderwechsel wesentlich länger gedauert hatte als erwartet. «Na schön», blaffte sie, wütend darüber, nun auch noch auf die letzten Annehmlichkeiten modernen Lebens verzichten zu müssen. Sie ließ den Blick durch das Zimmer schweifen und schnappte sich eine Kordel, mit der die Bettvorhänge zurückgebunden waren. Der grüne, samtige Stoff fiel nach vorn, während sie sich die lange goldene Kordel um die Taille schlang. «Wenn ich das hochnehme und hier reinstecke ...» Innerhalb von Sekunden hatte sie ein Minikleid geschaffen. «Jetzt muss ich nur noch die Kordel abmachen, um mich umzuziehen.»

Grinsend führte Abby das Ergebnis ihrer Verwandlung vor.

Myles lächelte zurück. «Ich muss gestehen, dass mir die neue Mode gefällt.»

Sie schnaubte verächtlich. «Das war mir klar.» Dann holte sie tief Luft und sagte etwas, von dem sie nie geglaubt hätte, dass sie es je sagen würde. «Wollen wir uns noch einmal die Pläne ansehen? Außerdem könntest du mir Näheres über dieses Ding sagen, das wir suchen.»

Myles ungläubiger Blick befriedigte Abby ungemein. «Und ich dachte ...»

«Was, dass du ein berechnender Schweinehund bist?», fragte sie achselzuckend. «Das wusste ich bereits. Aber wir haben ja sonst nichts weiter zu tun, oder?» Sie hielt inne. «Ach ja, wir könnten auch versuchen herauszufinden, wie ich wieder in meine eigene Zeit zurückkomme.»

Myles streckte resignierend die Hände von sich. «Da habe ich wirklich keinen Ansatz, wie man das herausbekommen sollte.»

«Geht mir genauso», kommentierte sie mutlos, raffte sich dann aber auf. «Besser, als gar nichts zu tun, ist es auf jeden Fall.»

Er legte einen Arm um sie. «Ich habe noch nie jemanden wie dich getroffen.»

Sie entzog sich ihm. Das war ein zweifelhaftes Kompliment. «Das wundert mich gar nicht. Die Befreiung der Frau muss ja erst noch stattfinden.»

«Befreiung wovon?» Er folgte ihr die Treppe hinab zu den Blaupausen, die halb zusammengerollt auf dem riesigen Küchentisch lagen.

«Von den Männern.» Sie warf ihm einen amüsierten Blick zu. Ihn zu necken machte ihr einen Heidenspaß. «In meiner Zeit machen Frauen selbst Karriere; sie dürfen wählen und hohe Ämter bekleiden. Was auch immer sie wollen.»

Myles lehnte sich an den Rahmen der Küchentür. «Aber –»

Abby blickte schmunzelnd von den Plänen auf. «Zerbrich dir darüber nicht deinen hübschen kleinen Kopf. Das passiert erst in hundert Jahren, und ich möchte doch sehr bezweifeln, dass du das noch erleben wirst.»

Er stieß sich von der Tür ab. «Was es mir nicht unbedingt leichter macht.» Er ging zielstrebig um den Küchentisch herum und zog sie zu sich hoch. «Und mein Kopf ist weder hübsch noch klein, vergiss das bitte nicht.»

Sein Mund stieß heftig und besitzergreifend auf ihren hinab, und er zog sie eng an seinen schlanken Körper. Ihr blieben nur zwei Möglichkeiten: Kampf oder Unterwerfung.

Sie legte ihm die Arme um den Nacken und holte ihn noch näher heran. Dann schlang sie ein Bein um ihn und brachte damit ihre Lenden aneinander.

Schwer atmend brach er den Kuss ab.

Abby blinzelte benommen zu ihm hoch. «Männliche Brutalität», schnurrte sie. «Muss man mögen.»

Er packte ihre Arme noch fester. «Ich würde dir nie wehtun», beteuerte er mit rauer Stimme.

Sie nahm ihre Hände von seinem Nacken, bedeckte seine Wangen damit und murmelte: «Es fällt dir aber nicht sonderlich schwer, mich gefügig zu machen.»

«Du hattest nichts dagegen.»

«Du hast mir ja auch nicht wehgetan.» Sie stellte sich auf die Zehenspitzen und küsste seine Nasenspitze. «Ich weiß nicht, was zwischen uns abläuft, aber egal, wie wütend du mich machst – ich begehre dich dadurch nur noch mehr.»

«Das gibst du zu?» Er musterte ihr Gesicht.

Sie hielt seinem prüfenden Blick stand. «Ich gebe es zu, obwohl ich es nicht verstehe, und ich bin mir ganz und gar nicht sicher, ob das so bleiben wird.» Grinsend flüchtete sie sich wieder in Sarkasmus. «Du hast da ein paar unangenehme Charakterzüge …»

Er lächelte ebenfalls. «Wie zum Beispiel, dass ich ein berechnender Schweinehund bin?», fragte er mit heiserer Stimme. «Ist das etwa schlimmer, als eine Frau zu sein, die nicht weiß, wo sie hingehört?»

Sie zog sich beleidigt zurück. «Wie bitte? Ich weiß ganz genau, wo ich hingehöre, nämlich ganz bestimmt nicht hierher.» Abby schlug so heftig mit der Faust auf den Tisch, dass die Blaupausen sich zusammenrollten. Dann klemmte sie die Pläne unter den Arm und stolzierte davon.

«Warte.» Myles hielt sie am Ellbogen fest, ließ sie auf ihren finsteren Blick hin aber wieder los. «Abigail …», bettelte er. «Das war doch nur ein Scherz.»

Abby blieb an der Tür stehen und trommelte mit den Fingerspitzen auf die dicke Rolle mit den Plänen. Sie wusste, dass er mit ihr spielte und sie auf dieselbe Weise neckte, wie sie ihn provozierte. «Entschuldige», sagte sie und blickte ihn an. «Ich bin immer noch ein bisschen durcheinander von der ganzen Sache.»

Myles nickte, auch wenn sie seiner Miene ansah, dass er nicht alles verstand.

Abby kam zum Küchentisch zurück und breitete die Pläne wieder aus. Unfähig, ihm in die Augen zu schauen, konzentrierte sie sich auf die blauen Zeichnungen vor ihnen. Aus den Augenwinkeln sah sie, dass er näher kam, wenn auch nicht nahe genug, um sie zu berühren.

Offenbar hatte sie ihn mit ihrem kleinen Wutausbruch völlig aus dem Konzept gebracht.

«Ich nehme an, den Dachboden hast du schon abgesucht.» Auf seine Bestätigung hin überblätterte sie die entsprechende Seite und schlug den Plan vom Erdgeschoss auf. «Jetzt fällt mir wieder ein, dass der Eigentümer etwas von einem Geheimgang erzählt hat.»

«Zusätzlich zum Priesterloch?» Myles beugte sich vor, und seine Schulter berührte ihre.

«Ich glaube schon.» Abby trat zur Seite, um ein wenig Abstand zu ihm zu schaffen, bevor sie ihm ins Gesicht sah. «Was hat deine Großmutter dazu gesagt?»

«Nichts, womit etwas anzufangen gewesen wäre», erwiderte Myles achselzuckend.

«Erzähl's mir trotzdem.»

«Ich habe es aufgeschrieben, bevor ich gemerkt habe, was für ein Blödsinn es war.» Er klopfte seine Taschen ab. «Ich habe mein Notizbuch wohl oben gelassen.» Er streckte ihr die Hand hin. «Kommst du mit?»

Abby zog eine Augenbraue hoch. «Du bist groß genug, um den Weg allein zu finden.»

Er verzog das Gesicht. «Ich habe aber Angst, du könntest weglaufen.»

«Was? Weg von der Hand, die mich füttert?» Sie lächelte ein zuckersüßes Lächeln. «Was mich natürlich nicht davon abhält, diese Hand zu beißen.»

«Oder zu lecken», fügte Myles mit einem anzüglichen Blick hinzu.

Abby verdrehte die Augen. «Du bist unverbesserlich.»

Er grinste. «Und das gefällt dir.» Er streckte ihr erneut die Hand hin.

Sie ging zu ihm und griff danach. Seine feste Berührung beruhigte sie. Mit der anderen Hand zog er die Vorhangkordel an ihrer Taille auf, sodass ihr Kleid bis auf die Knöchel fiel. «So ist es besser.»

Sie blickte fragend zu ihm auf. «Besser für wen?»

«Sogar für mich gibt es Grenzen. Wenn ich noch länger deine Beine ansehen muss, kann ich für mein Handeln nicht mehr verantwortlich gemacht werden.»

Abby schnaubte verächtlich. «Doch, kannst du.»

Er zog sie in seine Arme. «Du ahnst anscheinend gar nicht, welche Wirkung du auf mich hast?»

Ihre Finger glitten an seiner Brust hoch bis zu der Stelle, wo sein Hemd offen stand. «Oh doch, ich kann es mir ganz gut vorstellen.»

Er räusperte sich. «Ich hole jetzt mein Notizbuch.»

Sie zog sich von ihm zurück. «Und ich mache uns etwas zu essen.» Sie blickte sich in der Küche um. «Irgendwie.»

«Irgendwie?» Myles verhinderte ihre Antwort mit erhobener Hand. «Nein, ich will es lieber nicht wissen.» Dann verschwand er im Flur.

Abby starrte ihm nach. Wie seltsam – der Raum fühlte sich ohne ihn viel leerer an, und das hatte nichts mit seiner Größe oder seinen breiten Schultern zu tun. Merkwürdig.

Ein wenig Brot und Käse war noch da, doch Abby hatte beides satt. Dann fand sie ein paar Kirschen in einer Schale. Auf einer Seite der Küche stand eine schmale Tür offen, die aussah, als führe sie in eine begehbare Speisekammer. Hatten sie so etwas damals – äh, heute – schon?

Sie öffnete die Tür und schreckte augenblicklich zurück, die Hand vor Nase und Mund haltend. Dann stieß sie die Hintertür auf und atmete tief durch. Begierig sog sie die frische Luft ein. Wie konnte jemand diese Vögel essen? Es stank, als hingen sie dort schon seit Monaten.

Sie taumelte ein paar Schritte hinaus und setzte sich auf eine steinerne Bank. Wie sollte sie in einer Zeit leben, in der alles so … so unzivilisiert war? Sie schwor sich, Vegetarierin zu werden.

Sie blickte über den großen sandigen Hof hinweg auf eine schlichte Rasenfläche und dahinter auf einen grünenden Garten. Plötzlich ging ein Ruck durch sie. Gemüse! Ein Teil davon sollte ja wohl schon essbar sein.

Sie schlenderte durch die Beete. Früher Kopfsalat, ein paar Kräuter. Wenn sie jetzt noch Tomaten finden könnte … obwohl sie befürchtete, dass die so zeitig im Jahr noch nicht reif waren, aber vielleicht gab es ja eine frühe Sorte.

Sie zog einen der kleinen Salatköpfe heraus und wollte wieder zum Haus gehen.

Myles kam durch die Tür gestürmt und blieb stehen, als er sie sah. Er atmete schwer und sah ihr zu, wie sie näher kam.

«Alles in Ordnung mit dir?»

«Ich dachte schon, du wärst verschwunden, zurück in deine eigene Zeit.» Er versuchte, die Verzweiflung in seinem Gesicht hinter einer Maske der Heiterkeit zu verbergen.

Sie aber ließ sich nicht täuschen. «Damit kann ich leider nicht dienen», entgegnete sie fröhlich. «Aber dafür habe ich etwas Grünzeug gefunden.»

«Du bist passend angezogen.» Er strahlte so sehr zu ihr herab, dass seine plötzlich sonnige Miene ihr Misstrauen weckte. «Wir könnten doch auch in einem Gasthaus etwas essen.»

«Und wertvolle Zeit zum Suchen verschwenden? Besser nicht.»

«Wir sollten sofort aufbrechen. Der Mond ist noch nicht voll genug, um im Dunkeln noch unterwegs sein zu können.»

Abby blinzelte. «Oh. Oh, verstehe.»

«Das ist *meine* Mission, Ms. Abigail.» Er schwächte seine Worte mit seinem charmanten Lächeln ab, konnte sie damit aber nicht täuschen.

«Du hast recht. Mein Projekt ist es nicht.» Sie rang sich ein Lächeln ab. «Und immerhin wäre es besser als altbackenes Brot und Käse.»

«Gut. Ich habe eine Kutsche im Stall. Ich brauche nur einen Moment, um anzuspannen. Warum siehst du nicht inzwischen nach, ob sich irgendwo noch eine Haube finden lässt?»

Sie starrte ihn an. «Eine Haube?»

Er warf ihr einen jener Blicke zu, mit denen sie sonst ihre Angestellten bedachte. *Das hatte er schnell gelernt.*

«Also gut, ich werde schon etwas finden.»

In dem winzigen Gasthaus saßen sie inmitten aller Leute auf einer Bank am Ende eines langen, auf Böcken stehenden Tisches. Abby saß Myles gegenüber, Ellbogen an Ellbogen mit ihrem Nachbarn.

Sie biss die Zähne zusammen und starrte auf ihr Essen. Die Wirtsleute hatten so viele Gäste in den kleinen Raum gepfercht, dass nur noch schmale Durchgänge zum Tresen frei waren. Das war doch bestimmt ein Verstoß gegen die Brandschutzbestimmungen – falls es solche überhaupt gab …

«Hast du das Notizbuch mitgebracht?» Sie schob die nicht näher identifizierbaren Klumpen ihres Eintopfs von der einen Seite ihrer Schüssel zur anderen.

Myles klopfte auf seinen Umhang. «Hier ist es.»

«Und das Rätsel?»

Kauend tippte Myles erneut auf seine Tasche.

«Und?»

Er schluckte. «Zu viele Mithörer.»

Abby schnaubte ungeduldig. «Ist es denn so geheim?»

«Ich möchte lieber kein Risiko eingehen.» Er lächelte entschuldigend. «Ich erkläre dir alles später.»

Abby wandte ihre Aufmerksamkeit wieder dem Essen zu. Sie hätte viel lieber über ihre Suche gesprochen als … über persönliche Dinge. Sie stopfte sich einen großen Bissen in den Mund und wich seinem Blick aus. Bis sie diesen Knorpel gekaut und heruntergeschluckt hatte, würde es Zeit sein, nach Hause zu gehen.

«Wenn wir den –» er senkte die Stimme – «den Gegenstand gefunden haben, verlassen wir das Haus. Gibt es etwas, das du dann gerne tun würdest?»

Sie legte vorsichtig den Knorpel auf ihren Teller. «Was für Möglichkeiten gibt es denn?»

«Viel Auswahl wirst du nicht haben», räumte er mit einer

Grimasse ein. «Ich dachte, wir müssten auf jeden Fall darüber reden, weil du doch bestimmt irgendeine Beschäftigung brauchen wirst.»

Abby bedeutete ihm mit einer Geste fortzufahren, ganz gerührt von seiner Rücksichtnahme.

«Gouvernante und Haushälterin wären die achtbaren Betätigungen. Was die weniger akzeptablen sind, kannst du dir wohl denken.» Er wandte den Blick ab. «Dann wäre da natürlich noch das Leben als Ehefrau.»

«Ich kenne meine Jane Austen. Ohne Familie oder Vermögen könnte ich nur schwerlich einen Ehemann finden, der mich nicht wie eine Leibeigene behandeln würde.» Sie versuchte, ruhig zu klingen und ihre zittrigen Hände in ihrem Schoß unter Kontrolle zu bekommen.

«Aber das Leben einer Gouvernante ist auch nicht unbedingt angenehm – und ich denke dabei gar nicht so sehr an tobende Kinder, sondern an Ehemänner und ältere Brüder, die an dir Gefallen finden könnten.» Er klang so ruhig und unbeteiligt; war er sich so sicher, dass sie ihm keine Szene machen würde?

Abby verzog das Gesicht. «Und da es noch keine Staubsauger und Waschmaschinen gibt, gehe ich davon aus, dass ich die Haushaltsführung bestimmt von der Pike auf lernen müsste.»

«Das wäre allerdings eine ziemliche Herausforderung», räumte Myles ein. «Aber Herausforderungen reizen dich doch, oder?»

Abby suchte in seiner Miene nach Anzeichen von Spott, fand aber nichts dergleichen. «Für die kurze Zeit kennst du mich schon recht gut.»

Er lächelte, auch wenn sein Blick eher lüstern war und er mit tiefer, schnurrender Stimme hinzufügte: «Man findet eine Menge heraus, wenn man einer Frau beigewohnt hat.»

Abby verschluckte sich fast an ihrem Wein und musste ein Lachen unterdrücken. «Du nimmst dir allerhand raus.»

Myles lächelte. «Bisher hatte ich doch recht, oder?»

Sie bestätigte das, indem sie den Mund spitzte. «Zeig mir, was ich als Haushälterin tun muss, und ich bin sicher, dass ich irgendwie zurechtkomme.»

Er nickte. «Gut. Ich könnte sowieso eine gebrauchen.»

«Ich soll deine Haushälterin werden?»

«Warum nicht? Wer soll dich denn sonst nehmen, bei deiner Benehmen?»

Sie hätte ihn am liebsten erwürgt. «Ich dachte immer, Haushälterinnen sollten sich benehmen können», schoss Abby zurück.

«Aber eben ihrem Stande entsprechend», erklärte Myles mit sanfter Stimme.

«Keine frechen Antworten gegenüber Vorgesetzten. Ich glaube, so viel habe ich schon gelernt.»

Myles' Lächeln verschwand. «Ich wünschte wirklich, wir wüssten, was dich hierhergebracht hat und wie wir dich wieder zurückbekommen.»

«Das wüsste ich auch gern», sagte Abby achselzuckend und warf einen Seitenblick auf ihren unbekannten Tischnachbarn. «Aber hier möchte ich lieber nicht darüber sprechen.»

«Verstehe.» Er warf die grobe bräunliche Stoffserviette auf den Tisch. «Bist du fertig?»

Abby stellte erstaunt fest, dass ihr Teller leer war. «Ich hatte wohl einen größeren Appetit, als ich dachte.»

Myles stand grinsend auf und nahm sie bei der Hand. «Dann lass uns gehen und über persönliche Dinge sprechen.»

Die Nachbarn hatten diesen letzten Satz gehört. «Oho!», polterte einer mit Bierschaum auf dem bärtigen Kinn. «Da kann man ja nur viel Glück wünschen, mein Freund!» Unter allgemeinem Gelächter erhob er seinen Krug.

Abbys Nachbar griff nach ihren Röcken, als sie aufstand. «Sagst du uns Bescheid, wenn du mit ihr fertig bist, Kumpel?»

«Unverschämtheit!», zischte Abby und versuchte, seine Hand wegzuschlagen. Als das nicht funktionierte, ließ sie einen harten Karateschlag folgen. Der Mann jaulte auf, schüttelte die Hand und starrte sie erstaunt an.

Myles packte sie am Arm. «Wir sollten besser gehen, bevor du noch eine Prügelei anfängst.»

Abby ließ zu, dass er sie hinausführte. «Ich hatte die Sache voll im Griff.»

«Das habe ich gesehen.» Er half ihr in den kleinen Einspänner, ging auf die andere Seite und band die Pferde los.

Eine Frau kam aus dem Gasthof gelaufen und gab Abby ein Paket. Verblüfft nahm sie es, bevor sie Myles einen fragenden Blick zuwarf.

«Da sind Abendessen und Frühstück drin.» Er schwang sich auf den winzigen Sitz neben ihr. «Was war das, was du da drinnen gemacht hast?»

«Karate, eine alte asiatische Kampfkunst.» Abby rieb sich die Hand. Es war ein Weilchen her, dass sie das letzte Mal trainiert hatte.

«Und wo hast du das gelernt?»

«In einem Selbstverteidigungskurs.» Der Einspänner machte einen Satz nach vorn, und Abby musste sich festhalten.

«Um dich selbst zu schützen?»

«Natürlich. Es ist ja nicht immer ein Mann zur Stelle, um einen Angreifer abzuwehren.» Sie warf ihm einen scharfen Blick zu. «Ich wette, dass selbst in dieser Zeit nicht immer ein Mann zur Stelle ist.»

«Darüber brauchst du dir hier keine Sorgen zu machen. Ich beschütze dich schon», brüstete sich Myles.

Einen Augenblick lang wünschte sich Abby, ihn mit der vollen Kraft seiner Muskeln in Aktion zu sehen. Sie räusperte sich. «Auch du wirst nicht immer da sein.»

Er gab den Pferden die Zügel, ohne zu antworten.

Eine Weile fuhren sie schweigend, während Abby ein anderes Gesprächsthema suchte. «Ich verstehe einfach nicht, wie das geschehen konnte. Auch im einundzwanzigsten Jahrhundert gibt es noch keine Zeitreise-Technologie. Jedenfalls», verbesserte sie sich, «nicht in meinem Teil des Jahrhunderts. Wie ist das also zu erklären? Hat vielleicht irgendein verschrobenes Genie mit Strahlen experimentiert, ohne zu wissen, was es damit angerichtet hat?»

«Ich glaube, ich kenne die Antwort.»

Kapitel 5

Nach Myles' ruhiger Anmerkung fiel Abby die Kinnlade herunter. «Du kennst die Antwort?»

«Wenn es in der Zukunft keine entsprechende Technik gibt, kann es nur eine Erklärung geben.» Er legte bewusst eine Kunstpause ein, um seine Worte wirken zu lassen. Sie hätte ihm am liebsten einen Fußtritt versetzt, aber ihre Röcke hinderten sie daran. «Du bist auf übernatürlichem Weg hierhergekommen.»

Abby glotzte ihn an. «Wie bitte? Meinst du, durch Zauberei?»

Er ließ die Schultern hängen. «Ich hätte wissen müssen, dass du daran nicht glaubst. Selbst in dieser modernen Welt lacht man darüber, aber es gibt Dinge zwischen Himmel und Erde, die sich mit dem Verstand allein nicht erklären lassen.»

Sie verdrehte die Augen. «Die moderne Wissenschaft hat für alles eine Erklärung.»

«Aber nicht dafür.»

Das konnte Abby nicht bestreiten. «Nein, dafür nicht. Noch nicht.»

«Aber Abigail –»

«Abby», berichtigte sie ihn und errötete. Nur Verwandte und gute Freunde durften sie Abby nennen, und nun hatte sie es auch ihm erlaubt. Aber Myles war für die nächsten zweihundert Jahre womöglich auch der einzige Mensch, der so etwas wie ein Freund für sie sein konnte.

«Abby», schnurrte er mit einem warmherzigen Lächeln.

In der nun folgenden Stille vergaß Abby ihr Gespräch. Sie sah nur noch seinen leidenschaftlichen braunäugigen Blick, und als er eine Hand auf ihren Schenkel legte, fühlte sie, wie die von ihm ausstrahlende Wärme ihre Haut durchströmte.

Er räusperte sich und richtete den Blick auf die Straße. «Aber Abby», sagte er, nun in einem anderen, eindringlicheren Ton. «Aber Abby, wenn du nicht mit deinen Plänen gekommen wärst, würde ich wahrscheinlich noch immer ziellos durchs Haus irren und vergeblich nach der Statue suchen.»

«Noch haben wir sie nicht gefunden», erinnerte Abby ihn stirnrunzelnd. «Und warum sollte irgendein übernatürliches Ding wollen, das ich dir helfe?»

«Vielleicht weil es gefunden werden will.»

Abby kniff die Augen zusammen, und ihr Unbehagen wuchs. Sie musste wieder an ihren ersten Eindruck von Myles Hardy denken, als er ihr ein wenig einfältig vorgekommen war.

«Und was ist ‹es›?»

«Eine Statue.»

«Und was für eine Statue?» Warum musste sie ihm eigentlich jedes Wort einzeln aus der Nase ziehen?

«Eine griechische Gottheit.»

«Es gibt viele Statuen von griechischen Gottheiten. Warum soll ausgerechnet diese etwas Besonderes sein?»

Myles ließ seine Peitsche über dem Rücken des Pferdes knallen und hantierte umständlich mit den Zügeln, bevor er antwortete. «Vielleicht gebe ich auch zu viel auf das Gefasel meiner Großmutter. Sie wollte nicht, dass ich die Statue finde. Sie meinte, sie wäre aus gutem Grund versteckt worden.»

«Aber sie leidet doch unter Demenz.»

«Richtig.» Er schenkte ihr ein kurzes Lächeln. «Aber wie auch immer du hierhergekommen sein magst – ich bin froh darüber.»

«Glaubst du wirklich an das Übernatürliche?»

Er warf ihr einen entschuldigenden Blick zu. «Du bist das erste übernatürliche Ereignis, das ich je erlebt habe. Vorübergehend dachte ich zwar, meine Großmutter hätte recht gehabt. Aber wahrscheinlich ist deine Vermutung richtiger, dass es sich um ein Technologie aus der Zukunft handelt, die weder du noch ich kennen. Vielleicht bist du irgendeinem Zeitreisenden in die Quere gekommen.»

Abby zuckte mit den Schultern, auch wenn ihr Mieder sie bei der Bewegung behinderte. «Alles ist denkbar.»

Über einen gewundenen, von Buchen gesäumten Fahrweg erreichten sie schließlich das Haus. Myles brachte das Pferd auf Trab, und Abby musste ihre Haube festhalten, damit der Wind sie nicht wegwehte.

Er fuhr bis hinter das Haus und half ihr vom Einspänner herunter. «Ich kümmere mich um die Kutsche und komme dann zu dir rein», erklärte er und gab ihr einen Klaps auf den Hintern.

Sie warf ihm einen vernichtenden Blick zu und ging in die Küche. Obgleich Myles seine Vermutungen bezüglich übernatürlicher Kräfte mehr oder weniger zurückgenommen hatte, verunsicherte sie schon der bloße Gedanke, dass er so irrational sein könnte, an so etwas zu glauben. Selbst die übelsten Charmeure verfügten gewöhnlich wenigstens noch über einen Rest von Verstand.

Sie nahm ihre Haube ab und schleuderte sie auf den Küchentisch. Übernatürlich hin oder her – sie war nun einmal hier, und daran war nichts zu deuteln. Also konnte sie ebenso gut Myles' Anregung aufgreifen und sich nützlich machen.

Sie rollte die Pläne aus und brütete über ihnen, bis Myles vom Hof in die Küche kam. «Ich glaube, ich bin in den Plänen auf etwas Merkwürdiges gestoßen. Sieh es dir mal selber an.»

Sie trat beiseite und deutete mit dem Zeigefinger auf die Stelle, die sie meinte. «Hier und hier.» Sie zeigte auf eine ungewöhnlich dicke Wand. «Und wenn du dir dann die Grundrisse vom nächsten Stock ansiehst ...» Wieder deutete sie darauf.

Myles betrachtete schweigend die Pläne.

«Was meinst du? Ist das baulich bedingt?» Abby linste ihm über die Schulter. «Vielleicht als Teil der Außenwand eines früheren Gebäudes? Das würde die Wandstärke erklären.»

«Aber nicht, warum die Mauer nicht durchgängig so dick ist.»

«Vielleicht sind Teile davon früher eingestürzt.»

«Dann wäre wohl eher die ganze Wand eingestürzt.» Myles zeigte auf eine Stelle unmittelbar südlich der ungewöhnlich dicken Mauer. «Siehst du, wie sie schmaler wird? Ich wette, in dieser Wand ist ein Versteck eingelassen.»

«Um welches Zimmer handelt es sich?»

«Um das Studierzimmer.» Myles blickte auf, und Abby registrierte verblüfft, dass er kein bisschen aufgeregt wirkte. «Diesen Raum habe ich bereits untersucht. Da gibt es keine verborgenen Türen oder Geheimgänge; ich habe es überprüft. In meiner Familiengeschichte ist zwar eine Episode über einen Geheimgang überliefert, aber die spielt vor dem Bürgerkrieg. Vielleicht wurde der Gang entdeckt und anschließend zerstört oder aufgefüllt.»

«Möglich», räumte Abby ein. «Aber es kann doch nicht schaden, noch einmal nachzusehen?»

Myles blickte aus dem Fenster. «Es wird schon dunkel. Wir heben uns das besser bis morgen früh auf.»

Abby runzelte die Stirn. «Warum bis morgen warten?»

Er holte sein kleines Notizbuch aus der Tasche seines Umhangs. «Du wolltest dir doch meine Notizen ansehen? Das Rätsel meiner Großmutter.»

Abby betrachtete den braunen Einband seines Notizbuchs und ihre Pläne. «Also gut. Rück schon raus.»

Er runzelte die Stirn über ihre saloppe Ausdrucksweise, ohne jedoch näher darauf einzugehen. Abby hatte den Eindruck, dass er sich allmählich an ihre für ihn seltsame Art zu sprechen gewöhnte. «So, hier kannst du nachlesen, was meine Großmutter zu sagen hatte.»

Er schlug das Notizbuch auf und blätterte es durch. «Hier ist es», sagte er schließlich, und seine Wangen röteten sich. «Aber allzu viel Sinn ergibt es nicht.»

Abby verschränkte die Arme. «Ich höre.»

Myles räusperte sich und wirkte plötzlich wie geistesabwesend. Abby fragte sich, was er wohl gerade sah.

Das Häuschen stank nach Urin und dumpfiger Erde. Seine Großmutter lag auf einer schmalen Pritsche, ihre flache Brust hob und senkte sich nur mühsam.

«Endlich bist du da», krächzte sie.

Er kauerte neben ihr nieder, die Stiefel auf dem staubigen und stark verschmutzten Boden. «Tut mir leid, dass ich so lange gebraucht habe, aber man hat mir gesagt, du wärst tot.»

«Dein Vater hat das nie gedacht», ächzte seine Großmutter. Ihre dunklen Augen waren getrübt.

«Er ist schon vor vielen Jahren gestorben.» Sie schluchzte auf, und das ließ ihn zusammenzucken. Er hätte wissen müssen, dass sie davon nichts mitbekommen hatte. Er tätschelte tröstend ihre Hand. «Er hat nicht leiden müssen», murmelte er.

Die alte Frau seufzte. «Und jetzt bist du wegen der Statue gekommen.»

Er riss die Augen auf. Woher wusste sie das? «Ja.»

«Sie ist im alten Herrenhaus der Familie.»

«Ja, ich weiß. Aber sie wurde vor vielen Jahren versteckt. Weißt du, wo?»

«So lange, so lange her.» Seine Großmutter seufzte. «Du lässt sie besser, wo sie ist.»

«Aber wieso denn?», fragte er stirnrunzelnd.

«Sie hat große Macht.»

Er zuckte zusammen, denn er hasste es, solchen Unsinn von ihr zu hören. «Sie ist aus Stein gehauen. Welche Macht sie auch immer gehabt haben mag – sie starb zusammen mit denen, die an den Gott glaubten, vor vielen Jahren», erklärte er barsch. «Ich muss sie einfach finden.»

Ihr verschwommener Blick schien schärfer zu werden. «Wozu brauchst du …?» Ein rasselnder Seufzer drang aus ihren Lungen. «Ah, verstehe. Du willst zu den Auserwählten gehören …»

«Ja, ich bewerbe mich um die Aufnahme in die Gesellschaft der Dilettanti –»

«Nein!» Sie wehrte ab, und ihre Hand fiel hart auf die raue Decke. «Ein verschlungener Pfad liegt vor dir, mein Kind, ein dunkler und verschlungener Pfad.»

Myles biss sich auf die Zähne. «Wo finde ich sie?»

«Suche sie nicht im Sonnenlicht, noch im Schein des Mondes. Suche sie an der Stätte unserer Ahnen.» Seine Großmutter zitterte. «Sie ist verloren, verloren.»

«Im alten Gutshaus der Familie, natürlich!» Myles rammte die Faust in die Handfläche. «Aber wo genau im Haus? Du hast versprochen, es mir zu sagen, wenn ich alt genug bin.»

«Sie hat deinem Vater nicht gutgetan, gar nicht gut.»

«Ich *werde* es schaffen.» Myles drückte ihre Hand so fest,

dass sie vor Schmerz aufwimmerte. Er ließ sie wieder los und tätschelte sie beruhigend. «Bitte, Großmutter.»

«Von der Lust, auf einem irdenen Sockel zu stehen, kehrt er auf die Ebene niederer Gelüste zurück. Fahr zur Hölle und brenne ewiglich.»

Myles notierte ihre Worte, auch wenn er allmählich jede Hoffnung verlor. Sie sprach nur noch in Rätseln. War er zu spät gekommen? War sie geistig schon zu verwirrt?

Plötzlich richtete sie sich auf und packte ihn am Arm. «Suche sie nicht, suche sie nicht. Wir Hardys haben das Vergangene hinter uns gelassen. Sie wird nur Verderben über dich bringen.»

«Unsinn.» Myles löste sanft ihren Klammergriff von seinem Arm. «Ich passe schon auf, das verspreche ich.»

Seine Großmutter aber schüttelte nur den Kopf, ließ sich auf ihr Kissen zurückfallen und schloss die Augen.

Myles wartete noch ein paar Minuten in der Hoffnung, dass sie weitersprechen würde, doch die Lippen der alten Frau blieben versiegelt, und sie drehte sich mit dem Gesicht zur Wand.

Er küsste ihre runzlige Wange und ging. Danach beauftragte er einen der Bewohner ihres Dorfes damit, regelmäßig nach ihr zu sehen.

Abby runzelte die Stirn. «Das hilft uns auch nicht weiter.»

«Nein», stimmte Myles ihr zu und steckte sein Notizbuch wieder ein. «Deshalb untersuche ich Stück für Stück dieses Gebäude. Sie muss hier irgendwo sein.»

Abby tätschelte seinen Arm. «Wir werden sie schon finden.»

«Wir müssen sie finden.»

Als Abby die Anspannung in seiner Stimme hörte, legte sie den Kopf schief. «Müssen?»

Er verzog den Mund, zuckte mit den Achseln und ging vom Küchentisch zur Tür. «Du hältst das Ganze wahrscheinlich für verrückt.»

Abby folgte ihm. «Schon möglich», räumte sie ein. «Aber wir haben ja ohnehin nichts Besseres zu tun.»

Er blieb in der Tür stehen und sah sie an. Die Verbitterung in seinen Zügen wich einem schiefen Lächeln. «Dem kann ich nicht unbedingt zustimmen», widersprach er in einem Tonfall, aus dem das Verlangen sprach.

Er ging auf sie zu und hob sie hoch, den einen Arm in ihren Kniekehlen. Verblüfft klammerte Abby sich an seinen Nacken. «Schwer bist du nicht gerade.»

Abby beobachtete ihn misstrauisch durch zusammengekniffene Augen und versuchte, die plötzlich in ihr aufkommende Begierde zu ignorieren. Schon die leiseste Berührung durch ihn machte ihr seine Gegenwart intensiv bewusst, und diese intime Art, sie zu halten, machte ihr das alles andere als leise klar. «Lass mich runter.»

«Kommt nicht in Frage.» Lachend ging Myles auf die Treppe zu. «Du verlierst nicht gern die Kontrolle, nicht wahr?»

Sie fiel in einen unterkühlten Tonfall, obwohl sie sich nach ihm verzehrte. Dieses Spielchen beherrschte sie auch. «Falls du damit meinst, dass ich gern gefragt werde, bevor man mich fickt, lautet die Antwort ja.» Durch zusammengekniffene Augen sah Abby, wie er zusammenzuckte.

«Was soll daran witzig sein?»

Abby wich dem Kuss aus, der auf ihre Stirn zielte.

Er seufzte und blieb auf dem Treppenabsatz stehen. Seine schalkhafte Miene wich einem Ausdruck purer Höflichkeit. «Na schön, Ms. Deane, würden Sie mir bitte noch ein paar Ihrer Spielzeuge zeigen?»

Abby wickelte eine seiner Locken um ihren Finger und klimperte mit den Wimpern. «Wenn es Ihnen beliebt.»

Kopfschüttelnd löste er sich von ihrem Zugriff auf sein Haar. «Du bist schon eine seltsame Frau, Ms. Deane.»

«Wenn ich das nicht wäre, könntest du mich nicht so ausnutzen und für deine Zwecke einspannen, wie du es getan hast. Vergiss nicht, dass ich Karate kann.»

Doch das beeindruckte ihn nicht. Diesmal wich sie nicht mehr aus, als er sich herabbeugte, um sie zu küssen. Der langsame, sinnliche Kuss dauerte länger, als sie zunächst erwartet hatte. Seine sanfte Wärme durchdrang sie und besänftigte ihre Begierde nach ihm, obwohl ihre Klitoris vor Verlangen noch heftiger pulsierte als zuvor.

Er unterbrach den Kuss mit verschwommenem Blick und offenem Mund. «Ausnutzen? Du scheinst mir doch recht willig.»

Sie lächelte zu ihm auf, während sich ihre Lippen zu einem weiteren Kuss öffneten. Was er sagte, kümmerte sie nicht, solange er mit ihr ins Bett stieg. Wozu dagegen ankämpfen? Er wollte sie, und sie wollte ihn – so einfach war das.

Myles nahm die letzte Treppenstufe fast im Sprung und stieß mit dem Fuß die Schlafzimmertür auf. Er setzte Abby auf dem Bett ab und legte sich fast gleichzeitig auf sie.

Die langen Röcke hielten ihre Beine gefangen, und Abby wand sich unter ihm und genoss das Gefühl seines Gewichts auf ihr. Er presste seinen Mund auf ihren, während seine Erektion hart gegen ihr weiches Fleisch drückte.

Abby schlang ihm die Arme um den Hals und erwiderte seinen Kuss, hart und tief, und ihre Zungen glitten umeinander.

Myles unterbrach den Kuss und blickte, auf die Ellbogen gestützt, ehrfürchtig auf sie hinab. «Du bist ein Wunder», hauchte er, und seine Lippen streiften in einer eigentümlich rührenden Geste ihre Nasenspitze.

Abby, nicht auf so viel Zärtlichkeit gefasst, atmete tief ein. *Es ging hier nur um Sex, war ihm das etwa nicht klar?* Warum genoss er nicht einfach ihre beiderseitige leidenschaftliche Begierde? Langsam ließ sie die Luft wieder ab. Das hatte bestimmt etwas damit zu tun, dass er ein Gentleman war – und somit eher höflich als ehrlich.

«Soll ich das Spielzeug aussuchen?», flüsterte sie.

«Wenn ich dann das nächste Mal wählen darf», erwiderte er, wälzte sich von ihr herunter und stützte sich auf einen Ellbogen.

Abby stieg aus dem Bett und ging zu ihrem Koffer. Beim Anblick des einfachen Dildos hatte er sich wenig beeindruckt gezeigt. Der Vibrator war ein voller Erfolg gewesen, doch sie hatte noch mehr zu bieten.

«Ich mag die Abwechslung», murmelte sie, vor ihrem Koffer kniend. Sie öffnete den Reißverschluss, legte ihre mittlerweile verknitterten Hemden beiseite und sah sich ihr Arsenal an Spielzeugen an.

Okay, vielleicht war es übertrieben gewesen, gleich so viele mitzubringen, aber Nacht für Nacht immer dasselbe gute alte Stück wurde irgendwann langweilig. Da war eine gewisse Vielfalt schon besser. Zum Glück hatte er wenigstens ihre Lektüre noch nicht entdeckt.

Sie biss sich auf die Unterlippe. Dieses hier miteinander auszuprobieren könnte Spaß machen.

Sie traf ihre Wahl, nahm das betreffende Teil aus dem Koffer und verbarg es in ihrer Handfläche.

Myles beobachtete sie vom Bett aus. «Hast du nicht etwas vergessen?»

Sie erwiderte nichts und bedachte ihn lediglich mit einem

geheimnisvollen Lächeln. Erst als sie das Bett erreichte, streckte sie ihm die geöffnete Hand entgegen. In ihrer Handfläche lag ein kleiner Zylinder.

Myles nahm ihn blinzelnd in die Hand und hielt ihn ins nachmittägliche Licht. «Das sieht aus wie ein überdimensioniertes Geschoss.»

Abby schnippte mit den Fingern und streckte die Hand aus, damit er ihr das Ding zurückgab. «Das ist ein Vibrator im Reiseformat. Willst du sehen, wie er funktioniert?»

Er nickte und ließ sich wieder in die unter ihm aufgetürmten Kissen fallen. «Bist du dafür nicht ein wenig zu sehr angezogen?»

Abby unterdrückte einen Seufzer. Das verdammte Kleid. Sie würde eine Ewigkeit brauchen, aus dem Ding herauszukommen, selbst wenn sie herausfand, welches Stück Schnürband wohin führte. Achselzuckend hob sie einfach ihre Röcke hoch und hielt sie zusammengerafft auf Höhe ihrer Taille.

«Du verknitterst sie ja.»

«Na und? Sieht doch keiner außer dir!»

Er nickte widerwillig und zog mit der Unterlippe eine köstliche Schnute, die Abby am liebsten geküsst hätte. Dann winkte er zustimmend und sagte: «Mach weiter.»

Abby hob ein Bein und stellte den Fuß auf die Matratze. Sie drehte am Einstellring, bis ein leises Surren erklang. Den kleinen Vibrator wie einen Stift haltend, führte sie ihn über ihren Venushügel und mied dabei ihre Schamlippen und die bereits zwischen ihnen herausspitzende Klitoris.

Sie rollte den Mini-Vibrator über die Innenseiten ihrer Oberschenkel, erst über den einen und dann über den anderen, und näherte sich dabei ganz allmählich dem Zentrum. Dabei beobachtete sie die ganze Zeit über sein Gesicht und die Art und Weise, wie seine Augen dem Pfad ihres Vibrators folgten und ihre Hüften sich ihm entgegenstreckten, je näher er ihrer Klitoris kam.

Sie leckte sich die Lippen und hielt den winzigen Vibrator zwischen den Fingerspitzen. Dann ließ sie ihn über ihren Schamhügel gleiten, wo die Spitze ihrer Klitoris ihr Schamhaar berührte.

Die abgerundete surrende Spitze berührte den Kitzler, und die Vibrationen schickten Wellen der Wonne durch ihren Körper. Zuckend schlossen sich ihre Lider, doch sie zwang sich, sie wieder zu öffnen und zuzusehen, wie Myles sie beobachtete.

Sie führte das winzige Spielzeug an ihren äußeren Schamlippen entlang und spürte, wie ihre Nervenenden zu prickeln begannen. Sie wollte das summende Ding an ihre Klitoris drücken, bis ein Orgasmus sie in den Wahnsinn trieb, hielt sich aber zurück; sie spielte nur mit dem Vibrator und ließ ihn auf und ab gleiten, ohne jedoch tiefer einzudringen.

Dann aber ließ das sanfte Brummen an ihrer Lustknospe ihre guten Vorsätze schwinden, ihren Orgasmus möglichst lange hinauszuzögern. Sie ging leicht in die Knie, öffnete ihre feuchten Falten und ließ den kleinen Vibrator über ihre glitschige Öffnung gleiten.

Sie ließ das kleine Gerät um ihr bebendes Loch und an den Seiten ihrer nassen Muschi entlangkreisen und schließlich zu ihrer Klitoris, die sie so lange umtanzte, bis sie sich im Sog des nahenden Orgasmus verlor.

Plötzlich legte sich eine Hand auf ihre, und sie riss die Augen auf. Myles kniete auf dem Bett und nahm ihr entschlossen den kleinen Vibrator aus der Hand.

«Das reicht», murmelte er mit rauer Stimme. «Dieses kleine Spielzeug hat bald mehr von dir als ich.»

Sie ließ sich nach vorn fallen und bewirkte trotz ihres geringen Gewichts, dass auch er aufs Bett sackte. Myles drehte sich um und begrub sie unter sich. Abby schlang ihre Beine um ihn und zog ihn zu sich herab.

Er küsste sie leidenschaftlich und knabberte an ihr, während er mit einer Hand ihren Arm auf dem Bett festhielt. Er ließ wenig Raum zwischen ihren Körpern, und je mehr sie sein Gewicht spürte, umso deutlicher wurde sie auch des willkommenen Angriffs seines Schwanzes gewahr.

Er glitt sofort in sie, und seine gewaltigen Maße dehnten sie so, wie der kleine Vibrator es nie vermocht hätte. Sie stöhnte und schmiegte ihre Scheidenmuskeln fest an ihn. *Oh Gott, wann war Sex je so herrlich gewesen?*

Fast schon ehrfürchtig starrte sie ihn an und sah, dass sich ihre Gedanken in seinem Blick spiegelten. *Sehe ich so aus?*, fragte sie sich. *Leidenschaftlich und schüchtern, gierig und verwirrt, alles zur gleichen Zeit?*

Er zog sich zurück und stieß wieder in sie, und sie schrie vor Wonne auf. Ihre Fersen schlugen gegen seine muskulösen Hinterbacken und zwangen ihn wieder und wieder hinein.

Dann sah sie etwas über das Kissen kullern – den noch immer summenden Mini-Vibrator. Myles zog sie in eine noch engere Umarmung, die Hände um ihre Schultern gelegt.

Diese intime Geste irritierte sie, obwohl sie mittlerweile ja schon häufiger Sex gehabt hatten. Ihn so nahe bei sich zu spüren erschien ihr ebenso beeindruckend wie beängstigend. Abby ließ ihn kurz los, um sich ihr noch immer vibrierendes Spielzeug zu greifen. Sie schaltete es mit dem Daumen aus und wollte es schon beiseitewerfen, als ihr plötzlich eine bessere Verwendung in den Sinn kam.

Sie schaltete wieder ein, versteckte den Vibrator in ihrer Hand und schob die geballte Faust zwischen ihre beiden Körper. Myles hielt inne und blickte sie neugierig an.

Sie lächelte zurück und ließ ihr Spielzeug über ihre angeschwollene Klitoris gleiten. Als sie den plötzlichen zusätzlichen Reiz spürte, biss sie sich auf die Lippen und schob ihn mit ihren Fersen tiefer in sich hinein.

Er stieß bis zum Anschlag in sie, und Abby sah, wie sein konzentriertes Stirnrunzeln in freudiges Erstaunen überging. Myles drückte sein Becken gegen ihres, während der winzige Vibrator zwischen ihnen steckte und gleichzeitig den Ansatz seines Gliedes und ihre Klitoris stimulierte.

«Mein Gott», keuchte Myles und schloss die Augen. Er warf sich gegen sie, und jeder Stoß drückte den kleinen Vibrator gegen ihren Kitzler. Ihr Puls schnellte mit jedem Auftreffen weiter in die Höhe, und das leise Surren im Hintergrund trug dazu bei, dass sie weiter am köstlichen Rand des Orgasmus schwebte.

Abby klammerte sich an ihn, den berauschenden Gefühlen vollkommen hingegeben. Mehr noch als die Bewegungen seines Schwanzes oder das Surren des Vibrators genoss sie die brennende Hitze seiner Umarmung.

Da seine Augen noch immer geschlossen waren, fühlte sie sich unbeobachtet in ihrer Lust, ihr blieb aber auch die Erkenntnis verborgen, dass ihre Vereinigung ihn in ebenso fassungsloses Erstaunen versetzte. Hemmungslos konnte sie sich so dem beglückenden Gefühl hingeben, von ihm gefickt zu werden.

Abbys Stöhnen wurde immer lauter, und ein kleiner Orgasmus nach dem anderen schwappte über sie, bis sie sich nach einem noch explosiveren Höhepunkt verzehrte.

Sein Gesicht verzog sich zu einer Grimasse purer Wonne. «Abby», stöhnte er, und seine Hitze erfüllte sie, als sein Sperma pulsierend in sie schoss.

Myles sackte zusammen und ließ seine verschwitzte Stirn neben ihr auf das Kissen sinken.

Schließlich sortierte er seine Gliedmaßen und warf sich neben ihr auf den Rücken. Sie drehte sich auf die Seite und sah ihm zu, wie er eine Hand unter seinen Kopf schob. Noch immer hob und senkte sich seine Brust.

Auch Abby fiel es schwer, wieder zu Atem zu kommen. Eine köstliche Trägheit erfüllte ihren Körper so sehr, dass sie keinerlei Lust verspürte, sich zu bewegen. Nach dem dritten Mal Sex an einem Tag hatte sie eigentlich erwartet, sich ein wenig wund zu fühlen, doch im wohltuenden Gefühl tiefer Befriedigung fand der Schmerz keinen Platz.

Am nächsten Morgen folgte Abby, die Pläne in der Hand, Myles ins Studierzimmer. Regale säumten den Raum und ließen lediglich Platz für ein paar wenige hohe Fenster, durch die die Morgensonne hereinfiel.

Tische und Stühle waren zum Schutz vor Staub mit Tüchern abgedeckt. Abby schloss aus ihrer Form, was sich unter dem jeweiligen Tuch befand, auch wenn ihr das bei einem der Möbelstücke nicht recht gelingen wollte.

Sie legte die Pläne auf die größte ebene Fläche, die sie finden konnte, und entrollte sie so, dass die Zeichnungen parallel zu den Wänden lagen.

Dann beschwerte sie ein Ende der Papierrolle mit dem Zipfel einer der schweren Decken und kräuselte die Nase, als der aufgewirbelte Staub ihr in dieselbe drang. «Was glaubst du, wo das ist?» Sie zeigte auf die außergewöhnlich dicke Wand in den Blaupausen.

Myles betrachtete die Zeichnung und dann den Raum selbst, bevor er zur Orientierung wieder zu den Blaupausen zurückging. «Es scheint in der Außenwand zu liegen, was mir aber merkwürdig vorkommt, weil die gesamte Fassade aus ein und demselben Stein zu bestehen scheint.»

«Wobei wir annehmen, dass es sich hier um einen älteren Teil des Hauses handelt.»

«Genau.»

Seine knappe Antwort störte sie nicht im Geringsten. Er arbeitete eben auf dieselbe Weise wie sie – vollständig in seine Aufgabe vertieft und fest entschlossen, des Rätsels Lösung zu finden.

«Meiner Schätzung nach», erklärte er schließlich, «müsste es an dieser Ecke sein.» Er deutete auf eine Stelle rechts vor ihnen.

Abby folgte seinem Finger und begann, die Bücherregale zu untersuchen, fand aber nichts, was ihr irgendwie außergewöhnlich vorgekommen wäre. Sie ging wieder zurück, blieb am ersten Fenster stehen und stützte sich auf ein Regal. «Ich kann nichts entdecken.»

«Wenn es so etwas wie einen Riegel geben sollte, ist der gut versteckt», meinte Myles. «Außerdem habe ich diesen Raum schon durchsucht.»

Abbys Arm glitt vom Regal ab, und sie starrte verblüfft auf die Stelle, wo eben noch ihr Ellbogen geruht hatte. Die Bücher waren ein Stück nach hinten gerutscht.

«Komisch.»

«Was?» Myles eilte zu ihr und der verdächtigen Wand.

Abby schob weitere Bücher nach hinten. «Die Regale hier sind tiefer als –» Sie ging zu dem Regal unter der Wand und drückte gegen die Buchrücken, die sich aber nicht bewegen ließen. «Als diese Regale hier.»

«Sie bewirken, dass der Raum rechteckig wirkt –»

«Obwohl er es gar nicht ist.»

Myles ging auf die Zimmerecke zu. «Das heißt also … das heißt, dass der Eingang hier irgendwo sein müsste, aber ich habe schon überall nachgesehen.»

Abby trat zu ihm. «Vielleicht hast du ihn ja trotzdem übersehen.» Er warf ihr einen finsteren Blick zu. «Na und? Kann doch mal vorkommen. Versuchen wir's also noch einmal. Du nimmst diese Seite, ich die, und wir treffen uns in der Mitte.»

Sie untersuchte das Bücherregal und zog dabei an jedem Buch in ihrer Reichweite oder schob es hinein in der Hoffnung, dass es eine Art Hebel sein könnte. Als sie sich in der Mitte trafen, überprüfte Abby den unteren Teil, während Myles sich um die oberen Regalbretter kümmerte.

Schließlich gab Myles enttäuscht auf. «Ich hab's dir doch gesagt.»

Sie ignorierte ihn und tastete unter den Regalbrettern selbst nach einem Hebel oder Knopf, bevor sie ebenfalls seufzend aufgab. «Da ist garantiert irgendwo ein Hohlraum, aber wie kommen wir rein?»

Myles war mittlerweile zu einem Porträt geschlendert, das über dem Kamin hing – im einzigen bücherfreien Teil des Raums, von den Bereichen unter den Fenstern abgesehen. «Das Bild ist mir noch nie aufgefallen», sagte er und blickte zu dem Porträt auf.

«Was ist damit?» Abby trat zu ihm und betrachtete das in einen kunstvoll verzierten Goldrahmen gefasste Porträt einer jungen Frau. Es ähnelte stark den Holbein-Porträts und denen von englischen Monarchen des Hauses Tudor, die sie aus Büchern kannte und in denen die porträtierte Person immer irgendwie flach wirkte. Wolken kastanienbraunen Haares schwebten über dem Gesicht der Frau und glänzten stärker als die Edelsteine an Ohren, Busen und Taille. In ihren schlanken weißen Händen hielt sie einen kleinen Stapel Bücher.

«In unserer Familie gibt es noch eine Kopie davon.» Myles trat näher an das Porträt heran. «Es ist zwar eine Miniatur, aber dieses Gesicht erkenne ich immer und überall.»

«Wer war diese Frau?»

«Die Geliebte eines meiner Vorfahren», erwiderte er, ohne sie anzusehen, während er die Ränder des Gemäldes untersuchte. Abby ließ ihn damit allein und sah sich in der Zwischenzeit den Raum genauer an.

Er klopfte den Rahmen mit den Fingerknöcheln ab. «Seltsam.»

«Was denn?» Abby drehte sich vom Bücherregal an der gegenüberliegenden Wand zu ihm um.

«Das Bild ist fest auf der Wand angebracht.» Er zog fester am Rahmen, doch es rührte sich nicht von der Stelle.

«Ich habe einen Prospekt vom Hotel in meiner Tasche. Da ist auch ein Foto von diesem Raum drin. Soll ich ihn holen?» Auf sein geistesabwesendes Nicken hin hob Abby ihre Röcke hoch, rannte ganz und gar nicht damenhaft aus dem Raum und fragte sich dabei, was wohl Myles' Ahnen denken würden, wenn sie sie mit entblößten Beinen sehen könnten.

Die Broschüre in der Hand, kam sie in das Studierzimmer zurückgerannt, doch der Raum war leer.

«Myles?»

Hatte der mysteriöse Zeitreise-Strahl, der sie hierher verfrachtet hatte, nun Myles erfasst und ihn anderswohin geschickt?

«Myles?», rief sie lauter.

Kapitel 6

«Myles?», rief Abby noch einmal, so verblüfft über sein plötzliches Verschwinden, dass ihre Stimme sich beinahe überschlug. «Wo zum Teufel steckst du?»

Ein ominöses Knarren ertönte, und das Bücherregal bewegte sich. Myles' brauner, nun mit Spinnweben bedeckter Schopf ragte um die Ecke. «Hast du gerufen?», fragte er grinsend.

Abbys Ängste verflogen, und sie strahlte zurück. «Du hast es gefunden!»

Myles stieß die Geheimtür weiter auf und reichte ihr die Hand. «Komm rein und sieh es dir an.»

Abby warf ihren Prospekt auf einen abgedeckten Schreibtisch und eilte zu ihm. «Wie hast du es herausgefunden?»

Er tippte auf einen seiner Nasenflügel. «Das ist ein Geheimnis.» Als er sah, wie sehr er Abby damit ärgerte, wurde sein Grinsen noch breiter. Dann führte er sie durch die Tür.

Blinzelnd gewöhnte Abby ihre Augen an die plötzliche Dunkelheit. In ihrer Abwesenheit hatte Myles nicht nur den Geheimgang gefunden, sondern auch eine Kerze angezündet, die ihre ersten Schritte erhellen sollte.

Der schmale Gang wies unterschiedlich hohe steinerne Stufen auf. Zerrissene alte Spinnweben zeigten, wo Myles bereits gewesen war, bevor sie nach ihm gerufen hatte.

«Jeder muss den Gang gekannt haben, als er gebaut wurde», flüsterte sie. «Wie geheim kann er da noch gewesen sein?»

«Man hat die Maurer gut bezahlt und ihnen vielleicht sogar eine Rente gewährt, und irgendwann sind sie dann gestorben und haben das Geheimnis mit ins Grab genommen.» Myles bückte sich und holte eine Fackel aus einem kleinen Korb auf der untersten Stufe. Die mit Spinnweben überzogenen Fackeln hatten hier offenbar viele Jahre lang gelegen, ohne dass jemand eine davon herausgeholt hatte.

Er zündete die Fackel mit der Kerze an. «Wollen wir mal nachsehen, wohin der Gang führt?»

Abby trat näher und hielt sich an seinem Umhang fest. «Wenn du mir die Spinnen vom Hals hältst», murmelte sie.

Er warf ihr einen verwunderten Blick über die Schulter hinweg zu und stieg nach oben, immer gefolgt von Abby. Als die Stufen plötzlich höher wurden, strauchelte sie und stolperte gegen Myles.

Ungerührt entzündete er während ihres Aufstiegs mit der Fackel eine Kerze nach der anderen.

«Das hat jemand verdammt gut geplant», murmelte Abby.

Myles stimmte ihr zu. «Ich wette, dass die unterschiedliche Höhe der einzelnen Stufen den Zweck hatte anzuzeigen, wie viele Stufen noch folgen. Wahrscheinlich sind wir auf dem Weg zum Wohnbereich der Dienstboten, was auch ganz logisch wäre.»

«Wie das?», fragte Abby, die sich schon wieder den Zeh anstieß. Sie verstand nicht, wie Myles sich so geschickt in der Dunkelheit zurechtfand; er war nicht ein einziges Mal gestolpert. Aber natürlich hatte er auch mehr Licht als sie.

«Mein Vorfahr hatte dafür gesorgt, dass ihm seine Geliebte jederzeit zur Verfügung stehen konnte. Du weißt schon, das Porträt. Sie hatte ein Zimmer bei den Dienstmägden und konnte ihm – vermutlich mit Hilfe dieser Geheimtreppe – zu Diensten sein, wann immer ihm danach war.»

«Und seine Frau hat nie Wind davon bekommen?», fragte Abby ungläubig.

«Falls ja, ist nicht überliefert, dass es sie gestört hätte. Vielleicht war sie sogar ganz froh darüber. Schließlich hatten sie zehn Kinder.»

Ihr Lachen hallte im engen Raum wider. «In diesem Fall liegen die Vorteile einer Geliebten auf der Hand. Zehn Kinder! Die Ärmste! Und wie viele hatte er von seiner Geliebten?»

«Gar keine, soviel ich weiß und soweit es überliefert ist, aber das heißt nicht, dass es keine gab.»

«Glaubst du, die Statue ist in ihrem Zimmer versteckt?»

Myles blieb stehen, und Abby lief auf ihn auf. Er fasste sie um die Taille. «Möglich, aber falls ja, steht sie jetzt wahrscheinlich irgendwo herum, und irgendeine neugierige Bedienstete …»

Sie hörte die Besorgnis in seiner Stimme. «Aber dann wüsstest du davon, oder? Dann stünde sie doch wohl am ehesten im unteren Stockwerk.»

Er nickte. «Stimmt.» Seine Lippen strichen sanft über ihre Stirn. «Aber das heißt, dass sie nicht in ihrem Zimmer sein kann.»

Abby ließ sich davon nicht entmutigen. «Dann ist sie hier im Gang oder sonst wo im Haus.»

Er drückte sie. «Natürlich», erwiderte er, nun wieder gutgelaunt. «Aber lass uns erst mal sehen, wohin dieser Gang überhaupt führt, bevor wir ihn genau absuchen.»

Sie stiegen die letzten paar Stufen hoch, auf denen es immer enger wurde, bis eine schlichte Holzwand ihnen den Weg versperrte.

Abby reckte den Hals und schaute ihm über die Schulter. Die hölzerne Wand öffnete sich, und sie traten in einen Dienstbotenflügel ein, der schräge Wände hatte.

«Wir sind auf dem Dachboden», stellte Abby überflüssigerweise fest.

Sie befanden sich in einem reichlich heruntergekommenen Zimmer mit beigefarbenen Wänden, die ein zartes, verschachteltes Muster aufwiesen. Das Mobiliar bestand aus einem einfachen schmalen Bett, einer Kommode und einem Schaukelstuhl. Den Raum zwischen Bett und Stuhl zierte ein abgenutzter Teppich. Vor dem schmalen Fenster stand ein kleiner Tisch mit einem Tintenfass und einem dicken Buch darauf.

Myles ging zum Tisch und schlug das Buch auf. «Das ist jetzt das Zimmer der Haushälterin», stellte er fest und schloss das Buch wieder, bevor er den Raum genauer in Augenschein nahm.

Abby tat es ihm gleich. «Man kann von hier aus die Tür zum Geheimgang kaum sehen», stellte sie fest.

Sie suchten eine geschlagene Stunde lang alles ab, ohne etwas Interessantes zu finden. Keine hohle Wand, hinter der sich die Statue hätte verbergen können, nichts.

«Es war wohl zu riskant, sie hier oben zu verstecken.» Myles wischte sich den Staub von den Händen und ließ die Schultern hängen.

«Vielleicht ist sie ja im Treppenschacht selbst», meinte Abby und öffnete die Geheimtür.

«Wo sie jederzeit von außen hätte beschädigt werden können? Im Bürgerkrieg wurden viele Häuser mit Kanonen beschossen, und deshalb wäre ein derart wertvolles Stück dort nicht sicher gewesen.»

«Nachsehen sollten wir trotzdem», erklärte Abby, trat auf die erste Treppenstufe und schaltete ihre Taschenlampe ein.

«Wir werden aber nichts finden», beteuerte er.

Abby verdrehte die Augen, ohne dass er es sehen konnte.

«Erzähl doch mal von dieser Geliebten deines Vorfahren», forderte sie ihn augenzwinkernd mit einem koketten Blick über die Schulter auf. «Ich mag erotische Geschichten.»

Mit einem Mal schlug ihr Vorwand in reales Verlangen um, und sie wollte tatsächlich seine schmutzigen Worte hören. Sie räusperte sich, selbst verblüfft über die plötzliche Spannung in ihrem Unterleib, stieg die Treppe hinab und suchte mit der Taschenlampe die steinernen Wände und die niedrige Decke nach einem Hinweis auf ein Versteck ab.

Myles schnaubte verächtlich. «Diese Art von Geschichten wurde nicht überliefert.»

«Dann denk dir eben was aus», maulte Abby, sauer, dass er ihre Phantasie zu ruinieren drohte.

Seine großen Hände legten sich auf ihre Schultern. «Du bist eine anspruchsvolle Frau, nicht wahr?», schnurrte er.

«Ist doch nichts dabei, zu wissen, was man will, und darum zu bitten», erwiderte sie indigniert und innerlich schon ganz heiß.

«Ganz und gar nicht», räumte er ein und drückte ihr einen Kuss auf den Kopf. «Na, hast du schon was gefunden?»

Sie schüttelte den Kopf. «Ich weiß ja noch nicht einmal, wonach ich eigentlich suche.»

«Nach etwas, das hier irgendwie fehl am Platze wirkt oder auch allzu perfekt.»

Viel half das auch nicht, und so stiegen sie langsam die Treppe hinab. «Und, was ist jetzt mit der Geschichte?»

«Ach ja.» Seine Hand auf ihrer Schulter spannte sich an. «Nach dem Abendessen pflegte mein Ahne sich in sein Studierzimmer zurückzuziehen – vermeintlich um sich einen Schluck zu genehmigen. Da es keiner Frau erlaubt war, diesen Männerbereich zu betreten, stand es ihm frei, allein zu bleiben oder die Geheimtreppe zu seiner Geliebten hochzusteigen.

Seine Geliebte war eine außergewöhnliche Persönlichkeit. Sie stammte aus gutem Hause, doch ihre Familie war nach den Rosenkriegen verarmt. Sie hatte feine Gesichtszüge und eine sehr blasse Haut, weil sie kaum an die Sonne kam. Trotzdem war sie keineswegs lammfromm, sondern von Natur aus wild und leidenschaftlich.»

Abby blieb stehen und zerrte an einem Stein, der ein wenig über die anderen hinausragte, doch er bewegte sich nicht.

«Eines Nachts wollte mein Vorfahr hinauf zu seiner Geliebten. Auf halbem Wege sah er in ähnlich schwachem Licht wie jetzt – sofern du nicht diesen modernen Apparat dabeihättest – seine Geliebte herabsteigen.

Sie hatte nichts am Leib außer einem durchscheinenden Gewand, durch das er ihre weiße Haut sehen konnte, woraufhin in meinem Ahnen sofort das Verlangen erwachte. Als sie sich auf der Mitte der Treppe trafen, öffnete er mit der einen Hand seine Hose, während er sie mit der anderen an sich zog.»

Myles wirbelte Abby herum und stellte sich auf die Stufe unter ihr. Sie schnappte nach Luft und schaltete die Taschenlampe aus. Ihre harten Nippel drückten gegen den weichen Stoff ihres Kleides.

Er öffnete seine Hose, und sein großer, bereits erigierter Schwanz schnellte in die Höhe. Abby atmete hörbar ein. «Schon seit dem Augenblick, als wir in diesen Geheimgang traten», murmelte er, die Lippen nur einen Hauch von den ihren entfernt, «musste ich mich sehr zurückhalten, um dich nicht gleich zu nehmen.»

War das die Ursache seiner Gereiztheit gewesen? Ihr blieb keine Zeit, dieser Frage auf den Grund zu gehen, denn schon presste er den Mund auf ihren und küsste sie heftig, während er sie an sich zog, um keine Zweifel an seiner Absicht aufkommen zu lassen.

Als ob sie solche Zweifel gehabt hätte!

Sein hungriger Kuss endete schließlich, und ihrer beider Atmen war in dem engen Raum ungewöhnlich laut zu hören.

«Und was geschah dann?», flüsterte Abby, wohl wissend, dass er dasselbe mit ihr vorhatte. «Was hat dein Ahne dann getan?»

Myles legte die Stirn auf ihre Schulter, und seine Muskeln spannten sich an. «Er nahm sie, hier auf der Treppe. Sie musste sich auf alle viere begeben, und er penetrierte sie von hinten.»

«Ja», hauchte Abby, unsäglich erregt. «Ich will das, Myles. Mach das mit mir.»

Er drückte ihr einen weiteren heißen Kuss auf den Mund und steigerte damit ihr Verlangen ins Unermessliche. Sie schmiegte sich fest an ihn, und sein Schwanz fand seinen Weg in die Falten ihres Kleides und bis an ihre Möse.

«Umdrehen», kommandierte er stöhnend. Sie tat es und griff hinter sich, um über die Rückseite seiner Schenkel zu streichen und über seine Hinterbacken, die aus seiner offenen Hose ragten.

Er stieß gegen sie, und sein Schwanz rieb an ihrer Spalte. Dann löste er die Schnürbänder ihres Kleides und hob ihre Brüste an die kühle Luft, zweifellos froh darüber, dass sie keinen BH trug.

Er kniff ihre Nippel, zog fester an ihnen und steigerte damit ihre Erregung noch mehr. Sie wand sich an ihm, rieb sich an seinem großen Schwanz und spürte, wie ihr Kleid von den Bemühungen hinten schon ganz feucht wurde.

«Auf die Knie, du Hure», knurrte Myles, «sonst ergieße ich mich noch über dein schönes Kleid.»

«Mein einziges Kleid», erinnerte Abby ihn und fiel auf die

Knie. Sie schlug die Röcke hoch, um sie von den rohen Steinstufen fernzuhalten, die sie schmerzhaft unter ihren Knien spürte.

Sie beugte sich vor, und ihre Brüste hingen frei aus dem Mieder.

Myles, hinter ihr auf den Knien, vergeudete keine Zeit mehr. Er schob ihre Röcke beiseite und legte ihren Hintern frei. Sie spürte seine Hitze auf ihren nackten Schenkeln, doch er stieß nicht sofort in sie, wie sie es erwartet hatte.

Er spielte mit seinem Schwanz an ihrem Schlitz herum und glitt vor und zurück über ihre Schamlippen, die Oberschenkel ganz dicht hinter ihren. Sie machte die Beine noch breiter, denn sie wollte ihn in sich haben.

Der Druck seines Schwanzes wich seinen Fingern, die ihre Schamlippen öffneten und spielend leicht in ihre glitschige Möse tauchten. Als er ihre Klitoris erreichte und über sie strich, keuchte sie vor Lust auf.

Sie stemmte sich gegen die Stufen. «Myles», bettelte sie, «besorg es mir endlich. Ich will es richtig hart und schmutzig.»

«Wirklich?» Myles spielte mit ihrem Kitzler, bis sie sich gegen seine Hand drückte und ihr Wimmern durch den schmalen Gang hallte.

«Bitte, bitte», bettelte sie.

Er rieb über ihre nasse Klitoris und löste damit derartige Wellen der Wonne in ihr aus, dass ihr eigener rasender Herzschlag ihr laut in den Ohren klang. Immer fester drückte sie sich gegen seine Hand, bis sie das glucksende Geräusch ihres nassen Geschlechts hörte.

Dann drückte sich etwas anderes gegen ihre Möse, und Abby keuchte beglückt. Endlich bahnte sich sein Schwanz den Weg in sie hinein. Einen Augenblick lang plagte sie der lächerliche Gedanke, er könnte in dieser Position zu groß für sie sein, doch schon im nächsten Moment glitt er problemlos hinein.

Nach dieser ersten Genugtuung mischte sich ihr Stöhnen mit seinem, Abby bog den Rücken durch und wollte ihn ganz in sich haben. Er gab ihr ein weiteres Stückchen.

Und noch eines. Die Hand auf ihren Hüften, bohrten seine Finger sich in ihre weiche Haut. Mit einem Stoß seiner Hüften gegen ihren Hintern drang er schließlich vollkommen in sie ein.

Er hielt sie fest, während er immer wieder in sie rammte. In Abbys Kopf drehte sich alles, und sie schrie vor Wonne. Sie stützte sich mit den Händen auf die Stufe auf, die über der lag, auf der sie kniete, während ihr Körper unter jedem seiner Stöße erbebte. Den Kopf gesenkt und die Augen geschlossen, verlor sie sich ganz in dem wilden Ansturm des Begehrens, den er in ihr auslöste.

Alles an ihr schien zu brennen und zu prickeln, selbst ihre Fußsohlen, und ihr ganzer Körper arbeitete auf den erwarteten, überwältigenden Höhepunkt hin.

Myles packte eine Handvoll ihres kurzen Haares und riss ihren Kopf hoch. Sie schrie auf und bog den Rücken noch weiter durch, als Myles Glied noch tiefer in sie glitt.

Er füllte sie aus und dehnte sie, zog sich zurück und stieß erneut so hart in sie, dass sie aufschrie. Alle ihre Sinne waren unter seinem Ansturm wie betäubt, und sie verzehrte sich nach der Erlösung und wollte doch mehr, immer mehr.

Nichts existierte mehr außer ihm, seiner Hand in ihrem Haar, seinem Schwanz in ihr, seinen starken Schenkeln zwischen ihren. Die köstliche Anspannung wuchs immer mehr, und ihr Atem klang heiser in der feuchten Luft, bis ihr ganzes Universum unmittelbar vor der Explosion nur noch aus ihren orgiastischen Schreien bestand.

Myles beugte sich über sie, drückte ihr seine kühlen Handflächen auf die brennenden, steinharten Brustwarzen und zupfte dann an ihnen, um ihren Orgasmus zu verlängern. Ihre Vagina umklammerte ihn zuckend, aber er stieß weiter in sie, und sie spürte immer noch nicht, wie sein heißes Sperma in sie schoss.

Abby öffnete die Augen und starrte auf die unscharfen Stufen vor ihr. Myles fickte sie noch immer mit gnadenloser Härte, und mit jedem Stoß verschwamm alles weiter vor ihren Augen, bis er mit unkontrolliert zuckenden Hüften aufschrie.

Er glitt aus ihr, und eine klebrige Spur zog sich über die Innenseite ihrer Schenkel.

Dann sah sie wieder scharf und rang nach Luft.

In die Stufe waren Buchstaben eingeritzt: *HYPOGAEUM LIBIDO.*

Myles küsste sie auf die Schulter. Ein Teil von Abby bemerkte das kaum, während ein anderer Teil seine Zärtlichkeit genoss.

«Myles», flüsterte sie mit kratziger Stimme.

Er gab nur ein erschöpftes «Mmm?» von sich.

«Myles, ich glaube, ich habe etwas gefunden.»

Mit einem Mal war er hellwach.

Abby machte für ihn Platz und richtete den Strahl ihrer Taschenlampe auf die eingeritzten Worte. Zwischen Myles und der Wand eingequetscht, fiel es Abby schwer, den Blick weiter scharf eingestellt zu halten. «Das ist Lateinisch, nicht wahr?»

Myles brummte zustimmend und fuhr die Worte mit einer Fingerspitze nach. «Hast du Latein gelernt?», flüsterte er.

Abby schüttelte den Kopf, bevor ihr einfiel, dass Myles sie in der Dunkelheit womöglich gar nicht sehen konnte. «Nein. Ich verstehe ein bisschen Friedhofslatein, aber das ist auch schon alles.»

«Hmm. ‹Libido› bedeutet jedenfalls ‹Lust›», erklärte er weder spöttisch noch verächtlich.

«Dachte ich mir fast», erwiderte Abby und stieß ihn an.

Er ignorierte sie und betrachtete das andere Wort. «Das hier sagt mir nichts.» Er richtete sich auf und zog auch Abby in den Stand. «Aber gleich nebenan ist eine Bibliothek; sehen wir doch mal nach, ob der alte Herr ein lateinisches Wörterbuch besitzt.»

Abby hielt ihn fest. «Meinst du nicht, es könnte unter dieser Stufe sein?» Sie stieß mit dem großen Zeh gegen die Stufe mit der Inschrift.

Myles hielt inne. «Schon möglich.» Er kniete erneut nieder und beugte sich über die Stufe. Abby musste sich zusammennehmen, um ihm nicht durchs Haar zu fahren. «Sie ist fest eingemauert.»

«Dann brauchen wir Werkzeug», meinte Abby.

Myles stand wieder auf und umarmte sie kurz. «In der Tat. Aber ich denke, für eine so schmutzige Arbeit ziehst du besser deine modernen Kleider an.»

«Vielleicht hättest du daran denken sollen, bevor du mich hierhergebracht –»

«Shh!», zischte Myles und hielt ihr eine Hand über den Mund.

Mit weit aufgerissenen Augen lauschte Abby. Was hatte Myles so erschreckt? Sie konnte zunächst nichts Außergewöhnliches hören.

Bis sie hörte, wie eine Tür sich schloss. Und dann noch eine.

Abby wand sich unter seinem Griff und blickte ihn von der Seite an. «Ich fürchte, die Besitzer sind zurückgekommen.» Er ließ sie los. «Das werden erst die Bediensteten sein, um alles vorzubereiten, aber wir müssen uns zeigen.»

«Können wir nicht einfach weglaufen?»

Myles schüttelte entschieden den Kopf und stieg die letzten Stufen zum Studierzimmer hinab. «Unmöglich. Nicht solange die Statue in diesem Haus ist. Ich habe dir doch gesagt, dass ich die Familie kenne. Wir denken uns irgendeine Geschichte aus.» Er nahm ihre Hand und zog sie ans Tageslicht. «Komm, wir müssen unsere Kleider säubern und deine Sachen verstecken, bevor die Diener sie finden. Gott sei Dank hatte ich uns ein Gästezimmer ausgesucht.»

Sie gingen zur Tür des Studierzimmers, und Myles linste hinaus, erst in die eine Richtung und dann in die andere. Dann nahm er sie bei der Hand. «Los, schnell!»

Kapitel 7

Sie rannten so schnell wie möglich die Treppe hinauf, ohne sich darum zu kümmern, ob jemand sie hören konnte. Myles' Stiefel waren auf den hölzernen Dielen selbst dort nicht zu überhören, wo der Boden mit Teppichen ausgelegt war. Abby rannte hinter ihm her, und auch ihre Schuhe klackerten auf dem Boden.

Abby konnte nur hoffen, dass niemand sie gesehen hatte.

Im Schlafzimmer angekommen, schob Myles Abbys Koffer unter das Bett. Dann sorgte er dafür, dass die Tagesdecke weit genug herabhing, um sie zu verbergen. Abby stand derweil vor dem Spiegel und versuchte, die Falten aus ihrem Kleid zu streichen.

«Zieh dein Kleid aus», wies Myles sie an. Er sah ihr zu, wie sie mühsam ihre Stiefel abstreifte. «Wir müssen dir anständiges Schuhwerk beschaffen. Etwas Flaches und nicht –» Er fand kein passendes Wort.

«Klobig?», ergänzte Abby. «Ich habe ein Paar Ballerinas dabei, im Koffer unter dem Bett.»

Seufzend holte Myles sie hervor, während Abby ihre Stiefel wegschleuderte. Dann schlüpfte sie in die flachen Schuhe.

«Und jetzt noch ein Band für dein Haar.» Myles wühlte in der Frisierkommode, in der Hoffnung, eines zu finden. Er hielt ein ausgeblichenes grünes hoch, das an den Enden bereits ein bisschen ausgefranst war. «Das muss genügen.»

Abby machte daraus eine Art Haarband und trat vom Spiegel zurück, um ihr Werk zu betrachten. «Geht es so?»

«Das hoffe ich.» Myles kaute auf der Unterlippe und beäugte sie kritischer als Abbys bester schwuler Freund. Sie seufzte. Womöglich würde sie Richard nie wiedersehen.

Schließlich nickte Myles. «Jetzt müssen wir uns noch eine Geschichte ausdenken.»

«Ich dachte, sie kennen dich.»

«Mich schon», bestätigte Myles mit leidender Miene und ließ sich auf den Stuhl am Fenster sinken. «Aber dich nicht. In dieser Zeit hast du keinerlei Verwandtschaft und keine Beziehungen.»

Sie bekam es mit der Angst zu tun. «Ich habe doch dich», flüsterte sie mit heiserer Stimme. Sie gab nur höchst ungern zu, wie sehr sie von ihm abhängig war, doch ihr blieb keine andere Wahl, als ihn an sein Versprechen zu erinnern.

«Natürlich.» Sein warmherziges, ungekünsteltes Lächeln ließ ihr Herz höherschlagen. «Aber ich fürchte, ich kann dir keine große Hilfe sein.»

«Mir reicht es schon, wenn man mich nicht mit einem Arschtritt hinausbefördert», erklärte Abby, während sie ihn im Spiegel anblickte.

Seine Lippen zuckten in seinem ansonsten strengen Gesicht. In der kurzen Zeit ihrer Bekanntschaft war er nie lange in der Lage gewesen, ernst zu bleiben. «Sprich bitte nicht so ordinär, meine Liebe, sonst glauben sie noch, ich hätte dich in der Gosse aufgelesen.»

Abby grinste angesichts seines gequälten Lächelns.

Er spitzte die Lippen. «Uns bleiben noch ein paar Stunden, bis die Familie eintrifft. Wir müssen uns wohl etwas einfallen lassen.»

«Und was ist mit dem Dienstpersonal? Werden die keine Fragen stellen?»

«Die fragen höchstens, wer wir sind und warum wir hier

sind, und dann sage ich einfach, wir seien schon vor den Besitzern gekommen. Aber wie erklären wir uns bloß den Wintertons?»

Abby runzelte die Stirn. «Werden die nicht ihre Bediensteten fragen und dann merken, dass wir gelogen haben?»

«Das glaube ich kaum», winkte Myles ab. «Die Dienstboten werden froh sein, wenn ich sie nicht dem Zorn ihres Herrn ausliefere, und brav den Mund halten.»

«Du bist dir anscheinend sehr sicher.» Abby kaute auf ihrer Lippe. «Ist er denn so unbeherrscht?»

«Ein furchterregender Bursche», bestätigte Myles, ohne seine gute Laune zu verlieren. «Eiskalt ist der.»

Abby blinzelte. «Und du glaubst trotzdem, du kannst ihn mit deinem Charme dazu bringen, dass er uns bleiben lässt?»

«Warum nicht?» Sein breites Grinsen machte ihr Mut. Myles war offenbar ein Adrenalin-Junkie. Seine Stimmung war ansteckend.

Sie verschränkte die Arme und warf ihm einen zweifelnden Blick zu, um ihn nicht merken zu lassen, dass sein Optimismus auf sie übersprang.

«Ich habe seine Tochter nicht geheiratet, und darüber sollte er glücklich sein.»

«Kommt drauf an. Ist sie mittlerweile verheiratet?»

«Äh …»

«Dann sollten wir uns eine wirklich überzeugende Geschichte ausdenken.»

Myles wirkte gerade einmal zehn Sekunden lang betreten. Dann erhob er sich vom Rand des Betts und begann, auf und ab zu tigern. «Lass mich nachdenken … Was würde den Herzog davon überzeugen, dass ich nicht mehr hinter seiner Tochter her bin?»

Abby riss dem Mund auf. «Du hast dich um die Tochter eines Herzogs bemüht?»

«Um an die Statue zu kommen, meine Liebe. Wie du bereits so scharfsinnig bemerkt hast, ist die junge Frau ein wenig herablassend.»

«Mehr als nur ein wenig, wette ich», murmelte sie und versuchte, ihre Eifersucht zu ignorieren. Warum sollte sie auch eifersüchtig sein?

Er grinste sie an, und sein Grinsen wurde noch breiter, als sie ihn böse anfunkelte.

«Die Lösung deines Problems könnte doch vielleicht auch die Lösung meines Problems sein», meinte Abby. «Wir teilen schließlich das Bett.»

Myles blieb vor ihr stehen und starrte mit einem trägen, sinnlichen Blick auf sie hinab. «Hättest du etwas dagegen, wenn wir uns als Ehepaar ausgeben würden?»

«Aber wir müssen doch wohl nicht wirklich heiraten, oder?» Das Letzte, was Abby wollte, war, sich an einen Mann zu binden, der praktisch seit zweihundert Jahren tot war.

«Nicht solange man uns nicht auf die Schliche kommt.» Myles öffnete den Kleiderschrank, auf dessen Boden ein großer Rucksack lag. Er bückte sich und wühlte darin. Als er wieder aufstand, hielt er etwas in seiner ausgestreckten Hand. «Hier, steck ihn an. Er hat meiner Mutter gehört.»

Als seine Hand sich öffnete, lag darin ein Ring aus Rotgold mit eingravierten Blättern.

Abby biss sich auf die Lippe und streifte mit den Fingerspitzen seine Handfläche. «Ich hoffe, er passt.» Sie steckte ihn auf den linken Ringfinger, wo er mit etwas Mühe über den Knöchel rutschte, und hielt ihn hoch ans Licht. «Passt.» Sie warf ihm einen scheuen Blick zu. «Ich verspreche dir auch, ihn zurückzugeben, wenn das hier erledigt ist.»

Er beugte sich vor und küsste sie auf die Stirn. «Du kannst ja richtig lieb sein, Abby.»

Abby errötete verwirrt. «Glaub bloß nicht, dass das allzu oft vorkommt.»

Er lachte. «Du brauchst dich nicht dafür zu schämen, dass du ein Herz hast, Ms. Deane.»

Er wusste, wie er sie provozieren konnte, doch diesmal weigerte sie sich anzubeißen. «Wir haben noch ein bisschen Zeit, oder?»

Myles nickte. «Wir müssen noch eine Lebensgeschichte für dich erfinden.»

«Kann ich nicht aus irgendeiner x-beliebigen Familie kommen?»

«Nicht bei einem Herzog.»

Abby zog eine Schnute.

Myles lachte und umarmte sie. «Der Gedanke war aber gut, Abby.»

Sie runzelte sie Stirn. «Es geht doch gar nicht anders, Myles. Denn wenn ich nicht aus einer vollkommen unbekannten Sippe käme, müsste er meine Familie ja kennen.»

«Du überschätzt das Erinnerungsvermögen des Herzogs.» Myles drehte seine Unterlippe zwischen Zeigefinger und Daumen.

«Du weißt genau, dass ich recht habe», beteuerte Abby beharrlich, als sie spürte, dass er ins Schwimmen geriet. «Ich bin zwar keine Expertin, was die Spielregeln dieser Zeit anbelangt, aber wie wahrscheinlich wäre es wohl, dass du dich so kurz entschlossen mit einer Frau aus einer bekannten Familie verheiratet hättest?»

Myles warf ihr einen langen Blick zu. «Ich könnte gut mit einer Frau aus einer geachteten Familie verheiratet sein. Mein Stammbaum geht weit zurück, und meine Familie ist durchaus respektiert, auch wenn sie, was ihr Vermögen anbelangt, nur noch ein Schatten dessen ist, was sie früher einmal dargestellt hat.»

«Du würdest also in eine andere verarmte Adelsfamilie einheiraten?»

Myles zuckte widerwillig die Achseln. «Es wäre unfair, mir zu unterstellen, dass ich des Geldes wegen heiraten würde.»

Abby schnaubte verächtlich. «Genau das hast du aber versucht.»

Er ging nicht weiter auf die Bemerkung ein und schnitt nicht einmal eine Grimasse. «Aber der alte Herzog würde auch sagen, dass ich eher einer von der unzuverlässigen Sorte bin. Da wäre eine Verbindung mit einer entsprechenden Frau –»

«Wie bitte?», unterbrach ihn Abby. «Ich bin nicht unzuverlässig. Ich bin pünktlich, praktisch veranlagt und alles andere, was man mit ‹zuverlässig› in Verbindung bringt. Genau die Sorte Frau, die ein unzuverlässiger Typ braucht, um ihn auf dem Pfad der Tugend zu halten.»

Sein Grinsen wirkte so selbstzufrieden, dass Abby sich schon fragte, ob er sie auf den Arm genommen hatte. Sie beäugte ihn misstrauisch. Warum überließ er es ihr, sämtliche naheliegenden Schlussfolgerungen zu ziehen?

«Somit hätten wir also meine Gegenwart erklärt», sagte Abby noch immer stirnrunzelnd. «Aber welche Entschuldigung haben wir dafür, dass wir überhaupt hier sind?»

«Kommt drauf an, wer von der Familie zuerst auftaucht», antwortete Myles unbeschwert. «Ist es der junge Winterton, hängen wir uns einfach an ihn. Der Knabe ist recht abenteuerlustig.»

«Und wenn es anders kommt?»

«Dann sagen wir eben, wir hätten erwartet, ihn hier zu

treffen. Und bevor du fragst, was ist, wenn er gar nicht die Absicht hat herzukommen – nun, dann erkläre ich einfach, unsere Briefe hätten ihn offenbar nicht rechtzeitig erreicht.»

«Aber dann müssen wir hier weg», gab Abby zu bedenken.

Myles zuckte mit den Schultern. «Das wird nicht die letzte Chance sein, an die Statue zu kommen. Vielleicht gelingt es ja in der nächsten Saison.»

«Du meinst im Winter?»

Er betrachtete sie, als wäre ihr gerade ein zweiter Kopf gewachsen. «Mit dieser Art von Fragen läufst du Gefahr, dich selbst zu entlarven. Als ‹Saison› bezeichnet man bei uns die Zeit, in der die Mitglieder des Landadels in London weilen, um an Sitzungen des Parlaments teilzunehmen und nach Bräuten Ausschau zu halten.»

«Ah.» Abby nahm sich vor, niemandem außer Myles Fragen zu stellen. «Und wann beginnt die nächste Saison?»

«Im Frühling. Aber sie sollten ohnehin noch in London sein.» Er runzelte die Stirn. «Es ist noch nicht kalt. Ich frage mich, was wohl geschehen sein kann ...»

«Meinst du, jemand hat dem Herzog gesteckt, dass du hier bist?»

«Dann hätten uns die Bediensteten längst mit Mistgabeln aus dem Haus getrieben.» Myles schüttelte den Kopf. «Nein, es muss einen anderen Grund geben. Wir müssen das unbedingt herausfinden, denn es könnte nützlich für uns sein.»

«Ich hatte ja keine Ahnung, dass du so ein Intrigant bist.»

«Nein?» Sein charmantes Lächeln hatte etwas Boshaftes an sich. «Ich lasse keine Gelegenheit aus, Abby. Daran solltest du immer denken.»

Abby nickte. Dann stand sie auf und ging zum Fenster, von dem aus man den äußersten linken Teil des hügeligen Parkgeländes vor dem Haus überblicken konnte. Die Einfahrt für die

Kutschen, auf der der Kies in der Sonne des späten Nachmittags golden glänzte, war ganz rechts gerade noch zu sehen.

«Dann warten wir also ab.»

Myles hatte sich in den Sessel fallen lassen und die Augen geschlossen. Abby drehte sich wieder zum Fenster um und betastete den schweren goldenen Ring an ihrem Finger.

Es fiel ihr schon schwer, sich vorzustellen, dass sie in der Zeit zurückgeworfen worden war. Noch unwahrscheinlicher aber erschien ihr die Tatsache, dass sie sich in der aufregendsten sexuellen Beziehung wiederfand, die sie jemals gehabt hatte. Geradezu unglaublich aber war für sie, dass er sich einverstanden erklärt hatte, so zu tun, als sei er mit ihr verheiratet.

Auch wenn es keine echten Alternativen gegeben hatte. Wie etwa «Hallo, darf ich Euch meine Geliebte Abby Deane vorstellen?».

Das wäre wohl nicht so gut angekommen.

Plötzlich riss sie eine Bewegung draußen vor dem Fenster aus ihrem Grübeln. Zwei Kutschen kamen hintereinander in ihr Blickfeld gefahren. Ihr glänzend schwarzer Lack schien von keinem Staubkorn bedeckt, ebenso wenig wie das nicht minder glänzende schwarze Fell der vier vollkommen gleich aussehenden Pferde, die sie zogen.

«Da kommt jemand», rief Abby leise, ohne den Blick vom Fenster zu wenden.

Myles trat zu ihr und legte ihr die Hand auf die Schulter. «Die Wintertons», bestätigte er. «Das erklärt, warum das Personal viel zu hektisch war, um sich um uns zu kümmern. Sie sind viel früher gekommen, als ich erwartet hatte.»

Seine Hand glitt an ihrem Arm hinab bis zu ihrem Ellbogen. «Sollen wir sie begrüßen, meine Liebe?»

Abby schluckte und kämpfte gegen das plötzliche flaue Gefühl in ihrem Magen an. Beide wandten sich vom Fenster ab, verließen den Raum und gingen auf die Haupttreppe zu. «Hast du noch irgendwelche Ratschläge für mich?»

Er drückte aufmunternd ihren Arm und lächelte auf sie hinab. «Du wirst niemanden enttäuschen», erklärte er, bevor seine optimistische Miene sich für einen Augenblick verdüsterte. «Aber du darfst unter keinen Umständen die Statue erwähnen. Wenn der Herzog davon Wind bekäme –»

Sie schritten die große Treppe hinab und sahen zu, wie die Bediensteten sich hastig zu beiden Seiten der hohen Doppeltür aufreihten, durch die gleich ihr Herr und Meister treten würde.

Myles schluckte. «Nur Mut.»

Auf ein unsichtbares Signal hin traten zwei Lakaien vor und öffneten die Türen. Das letzte Licht des Nachmittags fiel golden auf den Marmorfußboden, getrübt lediglich von den Schatten der Wintertons.

Nachdem Myles sie angestupst hatte, setzte Abby ihren Weg nach unten fort. Sie nahm ihre Röcke in eine Hand und hielt sie zur Seite statt nach oben in der Hoffnung, auf diese Weise schicklicher zu wirken.

Wie sich herausstellen sollte, hätte sie sich das alles ebenso gut sparen können, weil niemand sie bemerkte – nicht einmal die Wintertons, bis sie ganz unten angekommen waren.

So hatte sie genügend Zeit gehabt, sich ein Bild von der Familie zu machen. Den dünnen, weißhaarigen und tadellos gekleideten Mann identifizierte sie sofort als den Herzog. Keiner sonst hatte das Auftreten eines Mannes, der es gewohnt war, im Mittelpunkt der Aufmerksamkeit zu stehen.

Die junge blonde Frau am Arm des Herzogs begrüßte in ihrem prächtigen Samtkleid die Dienerschaft mit einem freundlichen Lächeln. Seine Tochter, wie Abby vermutete.

Hinter ihr folgte eine andere, rothaarige junge Frau, die die Verbeugungen und Knickse der Bediensteten in herrischer Manier ignorierte.

Da Myles ihr nicht den ganzen Stammbaum der Familie erklärt hatte, nahm sie an, dass er vergessen hatte zu erwähnen, dass es mehr als eine Tochter gab. Sie fragte sich, hinter welcher der beiden Myles wohl hergewesen war.

Abby bekam mit, wie die Rothaarige Myles entdeckte. Das Mädchen presste die Lippen noch fester zusammen und warf Myles einen giftigen Blick zu. *Aha, die also.*

Der junge, ebenfalls rothaarige Mann an ihrer Seite hatte lediglich Augen für seine Schuhe.

«Wo ist der alte Drache von Herzogin?», flüsterte Abby Myles ins Ohr.

Obwohl sie die Worte nur dahingehaucht hatte, schoss der Kopf des Herzogs hoch. Er war gerade in ein Gespräch mit jemandem vertieft gewesen, der aussah wie einer seiner höherrangigen Bediensteten.

«Hardy», blaffte er mit einer für sein Alter kräftigen, klaren Stimme. «Was zum Teufel macht Ihr denn hier? Und wer ist diese Bagage?»

So viel zu ihrem Versuch, respektabel zu wirken.

Myles ließ sie los und machte eine tiefe Verbeugung. Abby versuchte es mit einem unbeholfenen Knicks. «Euer Gnaden», grüßte er, «ich habe mich bereits gefragt, ob Ihr überhaupt noch kommt.»

«Wie soll ich das verstehen?» Der Herzog stand nun unmittelbar vor ihm, noch immer seine blonde Tochter am Arm.

«Euer Sohn», erklärte Myles mit einem kurzen Wink zu dem rothaarigen jungen Mann, der sie erst jetzt bemerkte und ihn angrinste, wobei sein Gesicht röter anlief als sein Haar.

«Euer Sohn», setzte Myles erneut an, «war so freundlich, uns auf unserem Rückweg aus dem Norden hierher einzuladen.»

Der junge Mann runzelte die Stirn, ohne aber Myles' Behauptung abzustreiten oder zu bestätigen. Als sein Vater sich zu ihm umwandte, setzte er rasch ein höfliches Lächeln auf.

«Mein Sohn sollte lernen, die Wünsche seines Vaters zu respektieren, bevor er Einladungen verschickt.»

«Er hat zweifellos die Absicht gehabt, es Euch zu erzählen. Er meinte, es würde Euch sicher freuen, meine junge Frau kennenzulernen.»

«Tatsächlich?» Die durchdringenden blauen Augen des Herzogs durchbohrten Abby. «Die da?»

Abby versuchte, cool zu wirken, und machte einen Knicks. «Euer Gnaden.»

«Wenn Ihr gewusst hättet, dass wir kommen, hättet Ihr Euch zweifellos passender angezogen. Ihr seht» – der Blick des Herzogs streifte über Abby – «ausgesprochen derangiert aus.»

«Das Kleid sieht aus wie eines von Mama», merkte das rothaarige Mädchen an.

«Allerdings», räumte der Herzog ein, und seine weißen Brauen zogen sich zusammen. «Das verlangt nach einer Erklärung.»

«Ich habe alle meine Kleider verloren», platzte Abby heraus und drehte an ihrem geliehenen Ehering. «Wir hatten einen schrecklichen Unfall auf dem Weg hierher –»

«Gar nicht weit von hier», fügte Myles ein und warf ihr einen ermutigenden Blick zu.

«Alle meine Kleider waren ruiniert, vollkommen ruiniert. Auch meine Brautausstattung, einfach alles. Mein lieber Myles hatte etwas mehr Glück. Ich wollte schon umdrehen und wieder nach Hause, aber er bestand darauf hierzubleiben.» Abby verdrehte in gespielter Verzweiflung die Augen. «Er meinte, es würde Euch sicher nichts ausmachen, wenn ich mir ein Kleid leihe. Er konnte mich Euch ja schlecht in Lumpen vorstellen.» Nachdem Abby mit ihrer Geschichte fertig war, holte sie erleichtert Luft.

Die blassen Wangen des Herzogs liefen rot an.

«Wie schrecklich!», rief die blonde Frau, die entweder den Zorn ihres Vaters nicht bemerkt hatte oder ihn zu besänftigen versuchte. Dann wandte sie sich ihm zu. «Mein Lieber, gestattest du mir, ihr einen Teil meiner Garderobe zu leihen?»

Die Verärgerung in der Miene des Herzogs wich einem versöhnlicheren Ausdruck. «Meine Liebste, dir steht es frei zu tun, was immer dir beliebt. Schließlich bist du jetzt die Herzogin.» Er warf Abby einen scharfen Blick zu. «Der alte Drachen ist tot.»

Abby errötete, erstaunt über das Gehör des alten Mannes. «Tut mir leid.»

Myles verbeugte sich noch einmal. «Ich fürchte, meine frisch angetraute Frau ist viel zu vernünftig, um die von Damen bevorzugten Zeitschriften zu lesen. Und Zeitung liest sie natürlich sowieso nicht.»

«Vernünftig?» Das wütende Rot auf den Wangen des Herzogs schwand. «Jetzt verstehe ich, warum mein Sohn es für eine gute Idee hielt, dass wir uns treffen. Ich hätte nie geglaubt, dass sich eine vernünftige Frau mit Euch einlassen würde, Hardy.»

«Das hat mich selbst überrascht, Euer Gnaden.» Myles warf Abby einen verliebten Blick zu. Ihre Wangen wurden warm, und sie starrte auf den Boden. «Ich hoffe, sie treibt mir meine schlimmsten Angewohnheiten aus.»

Abby warf ihm einen verärgerten Blick zu. «Ich wusste gar

nicht, dass du mich nur geheiratet hast, weil du ein Kindermädchen brauchst.»

Der Herzog brach in schallendes Gelächter aus. «Ihr habt aber eine Kratzbürstige geheiratet!», stellte er mit funkelnden Augen fest. «Ich denke, ich werde Eure Gesellschaft genießen, Mrs. Hardy.»

Seine positive Reaktion auf Abby schien die neue Herzogin zu erleichtern. Sie ließ ihren Gatten stehen und nahm Abby beim Arm. «Gehen wir nach oben und sehen wir nach, was wir an Passendem finden.»

«Ihr seid wirklich zu großzügig», bedankte sich Myles an Abbys statt und warf dieser ein aufmunterndes Lächeln zu.

Dessen hatte Abby eigentlich nicht bedurft. Sie war schon glücklich, dem gestrengen Blick des Herzogs für eine Weile zu entfliehen, und nahm den Arm seiner Gemahlin. Als sie gemeinsam die Treppe hochstiegen, ahmte sie die Art und Weise nach, in der die Herzogin ihr Kleid hielt.

Auf dem Treppenabsatz blieben sie stehen. Die Herzogin blickte nach unten. «Elaine, möchtest du nicht mitkommen?»

Die Lippen der Rothaarigen verzogen sich verächtlich.

«Eher würde sie sterben, wie es scheint», wagte Abby der Herzogin zuzuflüstern, die ihr sehr liebenswert und sympathisch erschien.

Die Rothaarige lief rot an und schien kurz davor zu explodieren.

Abby starrte sie verwundert an. «Das kann sie doch unmöglich gehört haben?»

Die Herzogin lachte. «Dieser Saal ist so gebaut, dass selbst das leiseste Flüstern überall im Raum zu hören ist. Die ursprünglichen Besitzer hielten nichts von Heimlichtuerei.»

Abby rang sich ein verlegenes Lächeln ab und warf Elaine einen entschuldigenden Blick zu, doch die Rothaarige verdrückte sich in die andere Richtung. «Das hat Myles mir gar nicht erzählt», sagte Abby, als sie ihren Weg nach oben fortsetzten.

«Ihr müsst ja ein sehr enges Verhältnis zu Mr. Hardy haben, wenn Ihr ihn so ungeniert bei seinem Vornamen nennt.»

Abby warf ihr einen verständnislosen Blick zu. «Er ist ja auch mein Mann!»

«Schon, aber hat Eure Mutter Euch nicht beigebracht, außerhalb des Schlafgemachs keinerlei Vertraulichkeiten zuzulassen?»

Abby errötete. «Myles – ich meine, Mr. Hardy – macht es einem leicht, das zu vergessen.»

Das brachte die Herzogin zum Lachen. Vielleicht lag Abby damit ja schief, aber sie glaubte, aus ihrer Belustigung auch eine Spur von Neid herauszuhören. Eine Freundin hätte Abby jetzt direkt danach gefragt, aber diese Frau war in jeder Hinsicht eine Fremde, auch aufgrund ihrer durch ihre Zeit bedingten, für Abby nicht nachvollziehbaren Einstellung. Einen Geliebten oder Ehemann nicht beim Vornamen zu nennen – verrückt!

Sie erreichten die Tür zum Zimmer der Herzogin. Abby blieb stehen in der Erwartung, dass diese eintrat, doch sie ging weiter. Abby zeigte auf die Tür. «Ist das nicht …?»

Die Herzogin betrachtete den Raum mit einem, wie es Abby schien, gewissen Überdruss. «Das ist das Zimmer der früheren Herzogin.»

Abby biss sich auf die Zunge. Sie hätte diese Frau am liebsten gefragt, warum sie es zuließ, dass ihre Vorgängerin im Haus noch derart präsent war, aber sie kannte ja noch nicht die ganze Geschichte.

«Wie lange seid Ihr schon verheiratet?», fragte sie stattdessen, nachdem sie zur Herzogin aufgeschlossen hatte.

«Ein knappes Jahr.» Die Herzogin öffnete eine Tür. «Hier wären wir.»

Abby trat ein. Das Zimmer war ebenso geräumig wie das andere und dem Rang einer Herzogin durchaus angemessen. Die offenen Vorhänge ließen frische Luft und das letzte Tageslicht herein. Auf dem Bett lagen schlichte spitzengesäumte weiße Leinenlaken sowie eine üppige Samtdecke, beide am oberen Ende zurückgeschlagen, für den Schlaf der Herzogin bereit.

Die Herzogin ging zu einer anderen Tür und öffnete sie. «Mal sehen, was wir hier haben. Mein Gatte hat darauf bestanden, mir viel zu viele Kleider zu kaufen.»

«Er hat Euch zum Einkaufen aufgefordert?», lachte Abby. «Meistens ist es eher andersherum.»

Die Herzogin lächelte. «Ihr habt wahrscheinlich nicht gehört, dass meine Heirat für mich mit einem großen gesellschaftlichen Aufstieg verbunden war. Mein Gemahl möchte allen zeigen, dass ich der Aufgabe trotzdem gewachsen bin.»

«Ah.» Die unglaublich umfangreiche Garderobe der Herzogin versetzte Abby in Staunen. «Und, seid Ihr glücklich?»

«Das ist eine reichlich unverhohlene Frage, Mrs. Hardy», erwiderte die Herzogin stirnrunzelnd.

Abby seufzte. Sie sollte sich besser an einfache Themen halten. «Tut mir leid, ich schade mir manchmal selber mit meiner Neugier.»

Die Herzogin aber wischte ihre Entschuldigung beiseite. «Wollen wir doch mal sehen, was wir hier haben. Ich denke, meine alten schlichten Kleider könnten Euch stehen. Ich habe sie behalten.»

Sie kniete nieder und zerrte unter mehreren Reihen von Schuhen und Pantoffeln eine kleine Truhe hervor. Sie öffnete sie, zog eine schützende Papierschicht zurück und hielt ein einfaches graues, hochgeschlossenes Kleid hoch. «Wie wäre es mit dem hier?»

Abbay nahm es und hielt es vor sich. «Das gefällt mir. Es ist schön schlicht, ohne jeden Schnickschnack. Myl... Mr. Hardy wird allerdings den Blick in den Ausschnitt vermissen.»

Die Herzogin lächelte zu ihr hoch. «Dafür hat er am Abend noch genug Gelegenheit.» Sie wandte sich wieder der Truhe zu und tauchte mit dem Kopf tief in sie ein. «Mal sehen, ob ich eines meiner Abendkleider finde. Ohne Schultertuch könnte es Eurem Gatten gefallen.»

«Danke.» Abby bekam einen Arm voller Kleider für den Tag und für den Abend.

«Möchtet Ihr –» Die Herzogin blickte auf ihre Füße. «Möchtet Ihr sie nicht lieber gleich anprobieren? Ich kann meine Dienstmagd rufen, wenn es etwas zu ändern gibt.»

«Das würde ich gerne tun.» Sorgfältig legte Abby die Kleider über eine Truhe. Sie versuchte, mit einem Griff nach hinten den ersten Knopf zu öffnen, gab aber bald auf und blickte über die Schulter zur Herzogin. «Entschuldigung, könntet Ihr mir bitte behilflich sein?»

Abby erwartete, dass sie eine Magd rief, doch stattdessen öffnete sie eigenhändig die Knöpfe ihres Kleides. Die Finger der Herzogin glitten sanft über Abbys Haut, als sie ihr das Kleid auszog. «Mrs. Hardy!», rief die Herzogin plötzlich, nach Luft ringend. «Ihr tragt ja gar kein Korsett!»

Ohne dass die Herzogin es sah, zuckte Abby zusammen. «Myl... Mr. Hardy hatte es irgendwann satt, mir das Ding ständig an- und wieder auszuziehen, und deshalb hat er mir für die Flitterwochen verboten, eines zu tragen.» Sie seufzte. «Es war bei den Sachen, die ich verloren habe.»

Die Herzogin tätschelte ihre nackte Schulter. «Ihr hattet offenbar sehr ereignisreiche Flitterwochen.»

Abby musste lachen. «Ja, das Leben mit Myles wird immer ein Abenteuer sein.» Sie berührte den geliehenen goldenen Ring an ihrem Finger. Es war die Wahrheit. Vielleicht kam sie mit ihrer Vorliebe für hemmungslosen Spaß nicht unbedingt in den Himmel, aber womöglich fand sie ihren Himmel ja im Leben mit Myles. Falls er sein Versprechen hielt, ihr zu helfen.

Abby ließ das geöffnete Kleid auf den Boden sinken. Der Herzogin weiter den Rücken zukehrend, griff sie nach dem ersten neuen Stück. Das letzte Mal, dass sie sich in Gegenwart einer anderen Frau auch nur annähernd nackt gezeigt hatte, war im Umkleideraum der Turnhalle während ihrer Highschool-Zeit gewesen.

Hastig zog sie sich das neue Kleid über.

«Ich helfe Euch.» Die Herzogin nahm den hinteren Teil ihres Kleids in die Hand, zog ihn hoch und knöpfte es zu.

Abby drehte sich zu ihr um und zupfte an ihrem Mieder. «Wie sehe ich aus, Euer Gnaden?» Sie wollte schon hineingreifen und ihre Brüste verschieben, ließ es dann aber doch lieber bleiben. Das wäre viel zu ordinär gewesen vor einer Herzogin, auch wenn diese erst vor relativ kurzer Zeit in ihren neuen Stand erhoben worden war.

Die Dame des Hauses betrachtete sie. «Ich denke, wenn du jetzt meine Kleider trägst, können wir auf Titel verzichten.» Sie errötete. «Ich fühle mich sowieso nicht recht wohl damit, und du scheinst Vornamen ohnehin zu bevorzugen. Nenn mich bitte Lucy», fügte sie leise hinzu. «Aber bitte nur, wenn wir unter uns sind.»

«Natürlich. Und du kannst mich Abby nennen.» Sie wirbelte ihre Röcke herum. «Was hältst du von dem Kleid? Ist es so schlimm?»

«Abby, du brauchst wirklich ein Korsett.» Lucy räusperte sich. «Darf ich?»

Abby hatte keine Ahnung, worauf sich Lucys Frage bezog. «Klar», sagte sie und wappnete sich für das, was da kommen sollte.

Lucy nahm Abbys Brüste in die Hände. Dann griff sie in den Ausschnitt von Abbys Kleid und zog erst die eine und dann die andere Brust in das Mieder.

«Ah, das hätte ich doch selber machen können.» Abby versuchte, die Herzogin wie ihre Gynäkologin zu sehen. Die Frau hatte sie doch wohl nicht befummelt? Sie bildete sich das bestimmt nur ein. Oder?

«Natürlich.» Lucy trat ein paar Schritte zurück. «Aber da dein Gatte darauf besteht, dass du kein Korsett trägst …»

Abby nahm Lucys Hände. «Du hast mir sehr geholfen. Tut mir leid. Aufgrund der Aufmerksamkeiten vonseiten meines Mannes bin ich ein wenig überempfindlich.» Das musste genügen.

Lucy drückte lächelnd Abbys Hände. «Ich glaube, wir werden bald gute Freundinnen sein. Wir können uns selbst über die intimsten Dinge unterhalten.»

Abby errötete. Schon wieder hatte sie es irgendwie falsch angefangen. «Tut mir leid.»

Lucy drückte erneut ihre Hände. «Aber nein. Ich hätte wirklich gern eine Freundin.»

«Hast du denn keine?», fragte Abby nachdenklich. War das Leben einer Herzogin so einsam?

«Meine Freundinnen von früher schreiben mir schon hin und wieder», sagte sie, drehte sich um und glättete die Kleider auf der Truhe. «Aber sie sind natürlich mit ihrem eigenen Leben beschäftigt, und jetzt, wo ich eine Herzogin bin …»

«Haben sie Angst zu schreiben?»

«Wahrscheinlich möchten sie nicht als Schmarotzer gelten, die nur darauf aus sind, von meiner Bekanntschaft zu profitieren.» Lucy seufzte. «Ich habe eine besonders gute Freundin, aber die reist gerade durch den Mittelmeerraum, und ihre Briefe kommen recht selten.»

«Dann wäre ich gern deine Freundin.» Nun hatten sie und Myles eine bessere Chance, noch eine Weile im Haus bleiben zu dürfen.

Lucy umarmte sie sehr fest. «Das freut mich.» Die Umarmung dauerte noch lange an, und Abby musste sich zusammennehmen, um keinen Widerstand zu leisten. Endlich ließ Lucy von ihr ab. «Ich fürchte, es wird heute nur ein kaltes Abendessen geben. Wir haben dem Personal nicht zeitig genug Bescheid gegeben für eine warme Mahlzeit.»

«Das geht schon in Ordnung», erwiderte Abby und blickte Lucy ins Gesicht. Dann umarmte sie die Herzogin mit einem Arm. Der Titel spielte keine Rolle. «Und wenn du mal jemandem dein Herz ausschütten möchtest, Lucy, stehe ich jederzeit zur Verfügung.»

Lucy lächelte. «Danke. Wenn du mir jetzt noch beim Umziehen hilfst, können wir zum Essen hinuntergehen.»

Kapitel 8

Es war nicht einfach gewesen, der Herzogin ohne die Hilfe einer Magd beim Umziehen zu helfen. Abby hoffte nur, dass Lucy ihre Fehler nicht bemerkt oder sie schlimmstenfalls auf eine gewisse Nervosität zurückgeführt hatte, die sie, Abby, im ungewohnten Umgang mit einer Herzogin befallen hatte. Jedenfalls hatte sich Lucy kritischer Bemerkungen oder misstrauischer Blicke enthalten, und nun stiegen sie zum Abendessen die Treppe hinab.

Sie betraten einen üppig mit Gold ausgeschmückten Raum. Myles stand auf und ging ihr sofort entgegen. «Du siehst ganz bezaubernd aus, meine Liebe.»

Der Herzog aber warf erst Abby und dann seiner Frau finstere Blicke zu. «Ich dachte, ich hätte dir gesagt, dass du diese alten Kleider wegwerfen sollst.»

Lucy erblasste für einen Augenblick, während sie sich neben ihn setzte. «Ich muss wohl irgendwie geahnt haben, dass ich sie eines Tages noch für eine bedürftige Seele brauchen könnte.»

«Ihre Gnaden hat sich mir gegenüber als sehr großzügig erwiesen», mischte sich Abby ein, deren Freude darüber, Myles nahe zu sein, dadurch getrübt wurde, dass der Herzog seine Gattin vor aller Ohren getadelt hatte. «Ich denke, für die Gartenarbeit sind sie noch gut genug.»

Lucy lächelte sie an, obwohl ihre Miene angespannt wirkte. «Dafür hatte ich das alte Kleid aufgehoben, auch wenn ich wenig Gelegenheit hatte, es zu tragen.»

«Es geht doch nichts über das Vergnügen, der Erde die

herrlichsten Genüsse zu entlocken», begeisterte sich Abby. Dass ihr grüner Daumen sich auf eingetopfte Alpenveilchen beschränkte, ließ sie vorsichtshalber unerwähnt.

«Und damit habt Ihr Euch beschäftigt, bis wir hier eintrafen?», fragte Lucys Stieftochter mit verächtlich verzogenem Mund.

Abby blickte Elaine an, ohne sie ihre Verärgerung spüren zu lassen. Sie hatte schon öfter mit unverschämten Leuten zu tun gehabt, die in der gesellschaftlichen Hierarchie über ihr standen, und auch vor dieser hier konnte sie nicht davonlaufen. «Ich wäre nie auf den Gedanken gekommen, mich der gesamten Garderobe Eurer Mutter zu bedienen.»

«Diebin», knurrte Elaine.

«Elaine!», tadelte Lucy sie sanft und ohne jeden Hauch von Verärgerung im Tonfall. «Du solltest auch Menschen etwas gönnen, die vom Glück weniger verwöhnt sind als du.»

«Menschen, wie du einer warst, meinst du wohl», spottete ihre Stieftochter.

«Elaine!», fauchte der Herzog. «Du entschuldigst dich auf der Stelle bei deiner Stiefmutter und unseren Gästen für dein schlechtes Benehmen.»

«Entschuldigung», sagte Elaine schmollend in den Raum hinein.

Der Herzog rang sich dazu durch, seinen Gästen ein schmallippiges Lächeln zu schenken. «Die Reise war ausgesprochen lang und ermüdend für uns. Vergebt uns also unseren Mangel an Manieren.»

«Wir werden Eure Geduld heute Abend nicht über Gebühr in Anspruch nehmen», versprach Myles mit einer kurzen Ver beugung.

«Ihr seid zu freundlich, Mr. Hardy. Esst mit uns, und dann werden wir Euch in Euren Flitterwochen nicht länger stören.»

Der junge Viscount mischte sich ein. «Ich hoffe, Ihr könnt nach dem Essen ein paar Minuten für mich erübrigen. Zum Portwein vielleicht?»

Der Herzog hustete. «Mein Junge, wenn du selbst einmal in den Flitterwochen bist, wird dir klarwerden, dass man Frischverheiratete nicht ablenken sollte.» Er wandte sich seiner Frau zu und tätschelte ihr Knie.

Die unverkennbare Zuneigung des Herzogs zu seiner Frau bewirkte, dass Abby sich ein wenig entspannte.

Myles wagte nicht, dem Herzog zu widersprechen. «Morgen früh gern. Dann wird meine Frau mich sicher für ein paar Stunden entbehren können.»

Abby wollte schon mit einer frechen Antwort kontern, schloss aber auf seinen warnenden Blick hin wieder den Mund. Sie brachte sogar ein dünnes Lächeln zustande. «Selbstverständlich.»

Das Abendessen verlief reichlich verkrampft, bis der Herzog sich schließlich mit den Worten entschuldigte, er habe in seinem Studierzimmer noch etwas Geschäftliches zu erledigen. Kurz darauf entschuldigte Myles sich und Abby.

In ihrem Zimmer angelangt, tigerte Myles unruhig zwischen dem Fenster und ihr hin und her, während Abby ihn von ihrem Sessel aus beobachtete. «Was ist denn los mit dir?»

«Der Herzog will uns loswerden. Er machte daraus keinen Hehl, als du mit seiner Gattin oben warst. Ich musste mir ziemlich schnell etwas überlegen, um den Viscount auf unsere Seite zu bringen. Zumindest ist er schon mal erfreut genug über unser Auftauchen, dass er mich morgen herumführen und dabei sicher weiter ausfragen möchte.»

«Dann hörst du sicher gern, dass ich mich bereits mit der Herzogin angefreundet habe», erklärte Abby. «Sie ist wirklich nett.»

Myles überlegte. «Wenn das so ist, haben wir vielleicht doch noch eine Chance. Im Studierzimmer des Herzogs steht das lateinisch-englische Wörterbuch, das wir brauchen, und er wird sich heute Nacht noch lange dort aufhalten.»

«Aber er sagte doch, dass er müde ist. Er geht bestimmt bald zu Bett, und dann können wir runtergehen –»

«Das war nur eine Ausrede von ihm. In Wahrheit ist er noch Stunden auf. Wir ruhen uns besser ein wenig aus. Und während ich den Viscount morgen früh dazu überrede, uns bleiben zu lassen, findest du heraus, was das lateinische Wort bedeutet. In der Zwischenzeit –» Seine besorgte Miene ging in ein lüsternes Grinsen über. «In der Zwischenzeit bleibt uns wohl nichts anderes übrig, als unsere Gastgeber davon zu überzeugen, dass wir wirklich frisch verheiratet sind.»

Abby stand auf, ging zu ihm hinüber und fiel ihm in die Arme. Es war so leicht, so natürlich. «Gute Idee. Aber du erwartest doch wohl hoffentlich nicht von mir, dass ich lauthals um Gnade schreie?»

Myles lachte. «Wir wollen doch hier keine Komödie spielen. Es reicht, wenn du Laute der Befriedigung von dir gibst.»

Abby lachte ebenfalls. «Wenn du das willst, musst du dir aber etwas einfallen lassen.»

«Das wird mir bestimmt nicht allzu schwerfallen», meinte er und küsste sie in den Nacken.

Unwillkürlich seufzte sie auf, und er knabberte an ihr, als wolle er sagen: «Hab ich's dir nicht gesagt?» Abby schloss die Augen und genoss das Prickeln, das sein Mund in ihr auslöste. Sie hätte nie gedacht, dass ihr Nacken so empfindsam war.

Nun wanderte sein Kopf weiter abwärts, und er liebkoste ihre Halsbeuge. «Du hinterlässt noch Spuren», flüsterte sie.

«Dann wissen sie wenigstens, dass wir es ordentlich miteinander getrieben haben», erwiderte er mit einem Blick unter seinen jungenhaft langen, verführerischen Wimpern hindurch.

«Das wissen sie auch so schon – jedenfalls die Herzogin. Ich habe ihr gesagt, dass ich kein Korsett trage, weil du es mir verboten hast. Du hättest dich beklagt, dass es zu lange dauere, es jedes Mal auszuziehen.»

Myles drehte sie lachend um. «Du bist wirklich eine würdige Komplizin, meine Liebe.»

Sie grinste ihn an, hoch erfreut über seine Zufriedenheit mit ihr. Wann hatte je ein Mann sie so gehalten? Es war wie eine Szene aus einem Film, aber ihn gab es wirklich. Ihre Hände glitten an seinen angewinkelten Armen entlang.

Sehr wirklich.

Er setzte sie ab und drehte sie so, dass sie ihm den Rücken zuwandte. «Und jetzt heraus aus diesem schrecklichen Kleid.»

«Es ist nicht schrecklich, sondern sehr schön. Die Herzogin hat es mir gegeben.» Abby griff hinter sich und presste sich gegen die Beule in seiner Leistengegend.

Er erwiderte den Druck, und kühle Luft strich ihr über den Rücken, während er die winzigen Knöpfe ihres Kleids öffnete. Sie erschauderte, schüttelte die Schultern und befreite sich von dem Mieder.

Er schob sie von sich weg und ließ das Kleid ganz zu Boden gleiten, bevor er sie zu sich umdrehte. Ihre Münder prallten leidenschaftlich aufeinander. Seine warmen Hände glitten über ihren Rücken, umfassten ihre Hinterbacken und zogen sie kraftvoll näher.

Sie rieb sich so an seinem Körper, dass ihre härter werdenden Brustwarzen am groben Gewebe seiner Jacke scheuerten. «Du bist viel zu angezogen», hauchte sie und unterbrach ihren Kuss. Sie ging ein wenig auf Abstand, zerrte an den

Knöpfen seiner Jacke und seiner Hose und zog an seinem weißen Hemd.

«Nicht so hastig!», lachte Myles, trat zurück und zog sich aus.

Er stand splitternackt vor ihr, die Hände in die Hüften gestemmt, während sein Glied nach oben schnellte.

«Sehr schön», merkte Abby mit einem lüsternen Lächeln an. «Und was hast du jetzt damit vor?»

«Du kannst einen ganz schön verrückt machen.» Er grinste, um sich seine Irritation nicht anmerken zu lassen. Dann nahm er sie in die Arme und drückte sie gegen die Wand. «Das werden wir ändern müssen.»

Abby blickte zu ihm hoch. «Wirklich? Ich dachte, du liebst es.»

Seine Miene wurde einen Augenblick lang sanfter. «Tue ich auch.» Er tätschelte ihr Kinn. «Aber das heißt nicht, dass ich nicht darauf reagiere. So zum Beispiel.»

Er drückte sie mit seinem Körper noch stärker an die Wand und presste die Lippen unbarmherzig auf die ihren. Abby unterwarf sich ihm und öffnete den Mund. Er bearbeitete ihren Körper so lange mit den Händen, bis sie es kaum mehr aushielt.

Seine Hände schoben sich unter ihr Gesäß, und er hob sie an. Sie schlang die Beine um seine Taille und spürte seinen Schwanz an ihrem nassen Spalt. Sie stöhnte und wand sich, bis seine Eichel gegen ihr glitschiges Loch drückte.

Was hatte dieser Mann aus dem neunzehnten Jahrhundert nur an sich, das sie in eine Hure verwandelte? Sie brauchte nicht lange über die Antwort nachzudenken. Er befriedigte sie einfach.

Sie wollte ihn in sich haben, von ihm ausgefüllt werden. Sie hob die Hüften an in der Hoffnung, er würde in sie gleiten, doch er hielt sie mit einer Bewegung seiner Hinterbacken auf Abstand.

Sie wimmerte und krallte sich in seinen Hintern. Wie konnte er sie nur verschmähen?

Dann aber rutschte die Spitze seines Glieds ganz langsam hinein, und beide stöhnten wie aus einem Mund auf. Sie stieß sich ihm entgegen und wollte ihn tiefer in sich haben, doch wieder hielt er sich zurück.

Lächelnd hielt er ihre Schenkel und weigerte sich weiter, seinen Schwanz ganz in sie zu stecken.

Abby stöhnte. «Wer macht hier wen verrückt? Myles, bitte!»

Zentimeter um Zentimeter glitt er in sie, füllte sie aus und dehnte sie auf eine Weise, die sie mittlerweile zu lieben gelernt hatte.

«Ja, oh, ja.»

Er zog sich stöhnend zurück und stieß heftig in sie.

Sie schrie auf, und er hielt inne. «Nicht aufhören», bettelte sie. «Das ist himmlisch.»

Er runzelte die Stirn. «Hat es nicht wehgetan?»

Sie hatte ihren Verstand gerade noch so weit im Griff, dass sie ihm einen ihrer vernichtenden Blicke zuwerfen konnte. «Darüber hast du dir doch bisher auch keine Gedanken gemacht. Außerdem – wolltest du nicht Schreie der Befriedigung?»

Er schnaufte. «Du musst ja nicht gleich klingen, als würde ich dich umbringen.»

«Das werde ich schon nicht tun», versprach sie und legte ihm eine Hand auf die Wange. «Mach dir da mal keine Sorgen.»

Er küsste sie, aber nicht fordernd wie sonst, sondern ganz zärtlich. «Bist du bereit?», flüsterte er.

«Soll das ein Witz sein? Hör endlich auf mit dem Gequatsche und fick mich.»

Sie grinsten beide, bevor Myles seinen Griff um ihre Schenkel verstärkte und erneut mit voller Wucht in sie stieß.

Sie stöhnte schluchzend auf. Wieder stieß er zu, und wieder schrie sie auf. Immer härter rammte er sich in sie und entlockte ihr Schreie des Entzückens, bis diese zu einem einzigen langen Aufheulen verschmolzen.

Auch er schrie auf und stieß ein letztes Mal ruckartig in sie, bevor er tief in ihr zur Ruhe kam.

Zwischen Myles und der Wand eingeklemmt, rang Abby nach Luft. Sie legte den Kopf an Myles' Schulter und gab sich einer köstlichen Erschöpfung hin.

Myles zog sich aus ihr zurück und hielt sie fest, damit sie nicht zu Boden sank, bevor sie zum Bett taumelte. Er sank ebenfalls darauf nieder, riss sie mit sich und zog sie in eine noch engere Umarmung.

Er küsste ihr Haar. «Abby», stöhnte er. Sie wollte sich an ihn kuscheln, aber Myles rückte ein Stück von ihr ab, um sich dann über sie zu hocken. Fragend blickte er auf sie herab. «Wie machst du das nur, Ms. Deane?»

Eine Spur beunruhigt von seiner Frage und aus ihrer süßen Benommenheit gerissen, blinzelte Abby zu ihm auf. «Was?»

Mit einem Finger strich er über ihre Wange. «Ich verstehe nicht, wie du das machst. Erst findest du etwas, das mich bei meiner Suche wirklich weiterbringen könnte, und dann schaffst du es auch noch, dass ich mich sehr, sehr gut fühle.»

Abby lächelte. «Dazu gehören immer zwei, wie du weißt.»

«In der Tat», räumte er ein, und seine Lider senkten sich. Dann gab er ihr einen letzten leidenschaftlichen Kuss, bevor er sich neben sie legte und von hinten an sie schmiegte.

Sie frühstückten schon sehr früh, bevor die Wintertons sich ihnen anschließen konnten. Mit einem Seufzer der Wonne genoss Abby ihre erste warme Mahlzeit in diesem Haus.

Lächelnd beobachtete Myles, wie sie sich an der Anrichte das Essen auf ihren Teller häufte. «Dein Appetit ist aber kein bisschen damenhaft.»

Abby bedachte ihn mit einem scharfen Blick. «Und wessen Schuld ist das?»

Er lachte und grinste vor Stolz.

Dann kamen die jungen Wintertons herein. «Ich habe Elaine ertappt, wie sie im Flur herumgeschlichen ist», erklärte Viscount Winterton und steuerte geradewegs auf das Büfett zu.

«Ich bin nicht herumgeschlichen», schnaubte seine Schwester. Sie goss sich Tee ein und nahm sich ein paar Scheiben Toast.

Als Abby ihre verächtliche Miene sah, zog sie ihrerseits die Brauen hoch, bevor sie sich über ihren üppig beladenen Teller hermachte. «Einfach zu köstlich», erklärte sie.

Viscount Winterton wandte sich an Myles. «Ich habe gestern Nacht ausgesprochen seltsame Geräusche gehört. So ein merkwürdiges Geheul ...»

Abby verschluckte sich fast und hielt sich eine Serviette vor den Mund. Sie und Myles tauschten amüsierte Blicke.

«Ich kann mir nicht vorstellen, was das gewesen sein soll», erklärte Myles, strich Butter auf seinen Toast und legte eine Portion Rührei darauf.

Abby sagte dazu gar nichts und blickte den Viscount über den Rand ihrer Tasse hinweg an.

«Ekelhaft war das!», stieß Elaine hervor, ohne dabei jemanden anzusehen. «So ordinär!»

Das Lächeln des Viscounts verzog sich zu einem Grinsen.

«Aus dir spricht doch nur der Neid, Schwesterherz. Dabei warst du diejenige, die Mr. Hardy abgewiesen hat, hast du das etwa schon vergessen?»

Elaine starrte finster vor sich hin.

«Neckt sie nicht», sagte Myles, der die errötende Elaine mit einem finsteren Blick bedachte. «Das ist nicht nett.»

Elaine setzte scheppernd die Tasse ab. «Ich habe es nicht nötig, mich von Euch verteidigen zu lassen.»

Myles hob resignierend die Hände und wandte sich wieder seinem Frühstück zu. Dann deutete er mit seinem Messer auf den Viscount und schlug vor: «Wir könnten ja einen kleinen Spaziergang machen, um ein paar Dinge zu besprechen, wenn Ihr mit dem Frühstück fertig seid.»

«Männerangelegenheiten, vermute ich», merkte Abby an und schluckte.

Er warf ihr einen warnenden Blick zu.

Elaine stand auf. «Ich mache einen Ausritt.» Sie war schon verschwunden, bevor Abby es wagte, sich selbst einzuladen.

«Ich bitte um Vergebung», meinte der Viscount. «Ich habe sie wohl ein wenig zu sehr geneckt.»

«Dafür sind Brüder da», meinte Abby schulterzuckend.

«Ihr seid sehr verständnisvoll.» Der Viscount verbeugte sich im Sitzen.

Kurz darauf standen die beiden Männer auf und gingen gemeinsam hinaus, der Viscount dicht hinter Myles.

Alleingelassen beendete Abby ihr Frühstück, bevor sie auf die Bibliothek zusteuerte. Sie suchte die Regale nach dem lateinisch-englischen Wörterbuch ab.

«Kann ich Euch behilflich sein, Mrs. Hardy?», fragte plötz lich eine Stimme in ihrem Rücken.

Abby wirbelte herum. «Euer Gnaden, habt Ihr mich erschreckt.»

«Ich bitte um Verzeihung. Wonach seid Ihr auf der Suche?»

Abby verbarg die verschränkten Hände hinter sich und fühlte sich wie ein ertapptes unartiges Schulmädchen. «Ein Wörterbuch. Ich muss einen lateinischen Begriff nachschlagen.»

Der Herzog stand auf, streckte den steif gewordenen Rücken durch und ging um seinen Schreibtisch. «Vielleicht kann ich Euch helfen.» Er lehnte sich gegen die Schreibtischkante und kreuzte die Arme vor der Brust. «Auch wenn ich mich frage, warum eine Frau sich für eine solche Sprache interessiert.»

Abby widerstand dem Drang, dem Herzog die Meinung zu sagen, und zwang sich zu einem Lächeln, während sie innerlich sämtliche Antworten durchging, die sie ihm am liebsten an den Kopf geworfen hätte.

«Mrs. Hardy?» Der Herzog wartete noch immer mit versteinerter Miene auf eine Antwort.

Abby beschloss, seine Bemerkung zu ignorieren. «Wenn Ihr mir einfach das Buch zeigt, das ich suche, will ich Euch nicht länger stören.»

«Ihr stört mich nicht.» Der Herzog kniff die Augen zusammen. «Wie lautet das Wort? Vielleicht kann ich Euch das Nachschlagen ersparen.»

Abby rang hinter dem Rücken verzweifelt die Hände. Was sollte sie tun? Wenn sie ihm das Wort nannte, würde er fragen, warum sie dessen Bedeutung wissen wollte. «Ich kann selbst lesen», erinnerte sie ihn.

«Das glaube ich gern», erwiderte er ruhig, «denn sonst würdet Ihr nicht die Übersetzung für ein Wort suchen. Ich habe in der Schule jahrelang Latein gelernt. Das ist zwar lange her, aber ich bin noch nicht vollkommen eingerostet.»

«Myles hat ebenfalls in der Schule Latein gelernt, aber er kannte das Wort trotzdem nicht.»

Der Herzog zeigte auf die Regalbretter in ihrer unmittelbaren Nähe. «Das Buch steht im zweiten Regal, drittes Bord von unten.»

Abby dankte ihm mit einem kurzen Knicks, zog das Buch heraus und legte es auf eine Sessellehne. Sie blätterte, bis sie das Wort gefunden hatte.

«Hypogaeum. Keller.» Die Stimme des Herzogs an ihrem Ohr ließ sie hochschrecken. Sie schlug rasch das Wörterbuch zu und wandte sich zu ihm um. Er trat einen Schritt zurück. «Ein ungewöhnliches Wort, das Ihr da gesucht habt.»

«Vielleicht habe ich das Wort ja falsch verstanden.» Abby kaute an der Unterlippe. «Es ergibt nämlich keinen Sinn.»

«Ich denke, das Wort ist ziemlich eindeutig.» Die Lippen des Herzogs zuckten. «Liegt es vielleicht am Kontext des Satzes?»

«Ja, genau, das wird es wohl sein», räumte Abby hastig ein. «Ich muss die Stelle noch einmal heraussuchen und dann wiederkommen.» Sie drehte sich um, nahm das schwere Wörterbuch und gab es ihm zurück. «Danke für Eure Hilfe.»

«Keine Ursache», schnurrte der Herzog und trat ganz dicht an sie heran. «Euch helfe ich immer gerne.»

Abby hatte sich noch nie vor einem Kampf gedrückt, doch in dieser Zeit, in der sie so wenig zu sagen und so viele unbekannte Gesetze zu beachten hatte, wusste sie nicht recht, wie weit sie beim Herzog gehen konnte, ohne sich in die Bredouille zu bringen. Dem lüsternen Grinsen in seinem Gesicht nach zu urteilen, hatte er eine andere Bezahlung im Sinn.

Sie ergriff die Flucht.

Abby rannte nach draußen. Das ergab alles keinen Sinn. Warum sollte auf einer Treppenstufe das Wort *Keller* stehen?

«Mrs. Hardy!», rief eine weibliche Stimme. Die Herzogin kam zu ihr geeilt, einen Sonnenschirm aus Papier über den Kopf haltend. «Du hast vergessen, eine Haube aufzusetzen», sagte sie, als sie Abby erreichte. Sie hielt den Sonnenschirm über sie beide. «Aber ich nehme an, du wirst deine wohl ebenfalls bei dem Unfall verloren haben.»

Abby lächelte. Sie standen im Schatten des Hauses. «Nein, ich habe eine Haube, aber ich habe sie oben vergessen. Ich … äh … bin nach einer Begegnung mit deinem Mann noch ein wenig durcheinander.»

«Ja, bei ihm geht das allen so», räumte Lucy ein. «Aber im Grunde seines Wesens ist er warmherzig und sanftmütig – auch wenn ich seine Geheimnisse vielleicht besser nicht verraten sollte. Was ist denn passiert?»

«Ich war auf der Suche nach einem Wörterbuch.»

«Und er hat sich deswegen über dich lustig gemacht», fuhr Lucy fort, während sie Abby über den Kiesweg zu einem altmodischen Irrgarten führte.

«Ja, genau!» Abby drehte sich zu ihr um. «Woher weißt du das?»

Lucys Mundwinkel gingen nach oben. «Ich bin mit ihm verheiratet, meine Liebe.»

Abby errötete. «Ja, natürlich. Tut mir leid. Ich hätte nicht so überrascht sein dürfen.»

Lucy hakte sich bei Abby unter. «Ich weiß, dass mein Mann euch nicht erwartet hat, aber ich habe ihm gestern Abend erklärt, dass ich mich über euer Kommen freue.»

«Und?» Legte der Herzog überhaupt Wert auf die Gefühle seiner Frau?

«Er freut sich ebenfalls. Obwohl ich vermute, dass ihr nicht länger zu bleiben gedenkt, als bis dein Mann seine Angelegenheiten mit meinem Stiefsohn geregelt hat.»

«Ich habe keine Ahnung, worum es dabei geht, aber es kommt mir so vor, als könnte es noch einige Zeit in Anspruch nehmen», erklärte Abby vorsichtshalber, da sie nicht wusste, wann sie die Statue finden oder der junge Viscount von Myles' Geschichten die Nase voll haben würde.

«Wie unangenehm, dass das ausgerechnet mitten in eure Flitterwochen fällt. Ich ... äh ...» Lucy errötete. «Ich habe euch gestern Nacht gehört.»

Nun errötete auch Abby. «Wie es scheint, hat der ganze Haushalt uns gehört. Tut mir leid. Bislang waren wir es gewohnt, allein zu sein. Ich werde Myles bitten, heute Nacht ein wenig rücksichtsvoller zu sein.»

Lucy lachte. «Willst du das wirklich?»

Abby grinste. «Eigentlich nicht. Die letzte Nacht war ... das ist dir jetzt hoffentlich nicht unangenehm, oder?»

«Meine liebe Abby, mich kann man nicht so leicht schockieren.» Ihre kühlen Worte wollten nicht recht zur aufsteigenden Röte in ihrem Gesicht passen.

Stille Wasser sind tief, dachte Abby. «Also, die letzte Nacht war unglaublich. Die beste, die ich je hatte.»

Der Nervenkitzel bei dem Gedanken daran, dass die anderen sie hören konnten, war aber nicht der einzige Grund dafür gewesen. Myles' Fähigkeiten als Liebhaber waren unbestreitbar, doch darüber hinaus war zwischen ihnen gewisse Innigkeit entstanden. Sie atmete den zarten Duft der Lavendelrabatten ein, während sie wieder und wieder über das alles nachdachte und mit Myles' Ehering an ihrem Finger spielte.

Sie musste sehr aufpassen, um sich nicht in Myles Hardy zu verlieben. In ihrer schwierigen Lage konnte das äußerst peinliche Folgen haben. Zumal sie nichts hatte, was sie auffangen könnte, wenn mit ihm etwas schiefginge.

Der junge Viscount grüßte zu ihnen herüber und riss Abby damit aus ihren Grübeleien. Sie warf Lucy einen entschuldigenden Blick zu, weil sie so schweigsam gewesen war.

«Wir reiten aus! Wartet nicht auf uns!», rief der Viscount. Myles winkte ihnen noch ein letztes Mal zu und verschwand dann mit dem jüngeren Mann um die Ecke des Hauses.

«Wartet nicht auf uns?», wiederholte Abby ungläubig. «Was sollte das denn heißen?»

Lucy klemmte Abbys Arm ein wenig fester unter den ihren. «Ich hoffe, ich kann dich ein wenig von der Abwesenheit deines Mannes ablenken. Zudem du dich nach der letzten Nacht ja wahrlich nicht beklagen kannst.»

Abby spitzte die Lippen. «Nein, das kann ich nicht. Ich wünschte nur, er würde mich ein wenig mehr in seine Angelegenheiten einweihen. Es gefällt mir einfach nicht, wenn er mir etwas verheimlicht.»

«Männerangelegenheiten», winkte Lucy ab. «Komm, ich zeige dir den Garten, und dann setzen wir uns und unterhalten uns ein bisschen.»

Abby schluckte, denn sie fürchtete sich davor, mehr als nur Belanglosigkeiten von sich zu geben. Sie hatte Angst, sich zu verplappern, denn selbst eine frischgeschlossene Freundschaft würde sie nicht zwangsläufig davor bewahren, hinausgeworfen zu werden. Dann aber streckte sie die Schultern durch und ermunterte sich selbst: Ich schaffe das schon.

Lucy schickte Abby eine Dienstmagd, damit diese ihr half, in einem vorzeigbaren Zustand zum Essen zu erscheinen. Abby hörte sich das Geplapper des Mädchens an und mühte sich, die Leute in ihren Geschichten nicht durcheinanderzubringen. Wie groß war eigentlich die Familie Winterton? Und wie viele Landgüter besaßen sie, außer diesem hier, noch? Offenbar jede Menge.

«Gut siehst du aus», bestätigte Myles, an den Türrahmen gelehnt.

Die Magd kicherte. «Sie ist doch noch gar nicht angezogen!»

Noch hing das Kleid lose auf ihren Schultern. «Knöpf es schnell zu, Mary. Wir wollen doch nicht, dass Mr. Hardy deine gute Arbeit ruiniert.»

Die Magd beeilte sich unter Myles' wachsamem Blick, ihre Anweisung zu befolgen, und huschte dann hinaus.

«Du siehst wirklich gut aus», wiederholte Myles, während er in den Raum geschlendert kam. «Wie ich bemerkt habe, hast du auch ein Korsett gefunden.»

«Ja, die Dinger sind bequemer, als ich dachte.»

«Deinen nackten Rücken zu sehen war unglaublich erregend», gestand Myles, und seine Lippen strichen über ihre nackte Schulter. «Das ist aber nicht eines der alten Kleider von Lucy, oder?»

«Nein, es gehörte der früheren Herzogin.» Abby zog sich von ihm zurück. «Ich nehme an, du musst dich jetzt umziehen.»

«Das muss ich wohl.» Myles schloss die Tür und zog sich so schnell um, dass Abby wenig Zeit blieb, den Anblick zu genießen. «Ich habe etwas sehr Interessantes herausgefunden. Wie es scheint, hat die neue Herzogin in London einen ziemlichen Skandal ausgelöst. Das ist auch der Grund dafür, dass sie so früh wieder nach Hause gekommen sind.»

«Und was für ein Komplott schmiedest du mit dem jungen Herzog?»

«Ich versuche nur zu verhindern, dass wir in Schwierigkeiten kommen.» Er schaute in den Spiegel und fasste sich an die Nase. «Kein Grund zur Beunruhigung.» Dann zog er ein frisches Hemd an und knöpfte es bis oben hin zu.

Nach diesen Fragen ließ sie die Dinge auf sich beruhen. Vorerst jedenfalls. «Mir gefällt es besser, wenn dein Hemd am Hals offen ist.»

Er zog eine Braue hoch. «Das ist aber ungehörig.»

Abby seufzte. «Hätte ich mir denken können.»

«Bei deinem Ensemble fehlt noch etwas.» Myles holte etwas aus seiner Tasche. «Ich möchte, dass du das hier heute Abend trägst.»

Sie kniff die Augen zusammen. «Hast du meine Sachen durchwühlt?» Sie nahm den Miniatur-Vibrator aus seiner offenen Handfläche. Er hatte die Form eines Schmetterlings und hing an einem Gurt. «Das trägt man aber nicht um den Hals.»

Myles grinste. «Dachte ich mir schon.» Seine Hand glitt in seine Jackentasche zurück, und der Schmetterling erwachte in ihrer Hand zum Leben. «Trag ihn heute Abend.»

Abby hielt das Band zwischen den Fingerspitzen. «Das ist definitiv ungehörig.»

«Das Geräusch, das er verursacht, ist so leise, dass es niemand hören wird.» Er nahm sie in die Arme, küsste sie auf die Stirn und arbeitete sich dann weiter nach unten vor.

Sie versuchte auszuweichen. «Ich mache mir keine Gedanken um die Geräusche, die das Ding macht, sondern um die Geräusche, die ich von mir geben werde.»

Er ließ von ihr ab und streckte ein wenig die Unterlippe vor. «Ich werde mich davon zu nichts hinreißen lassen, ich verspreche es.» Er schaltete das Gerät aus.

Abby schüttelte den Kopf. «Du hast ja keine Ahnung …»

Er fiel vor ihr auf die Knie. «Bitte, Abby. Wozu hast du ihn denn, wenn du nie die Absicht hattest, ihn in der Öffentlichkeit zu tragen?»

«Er vertreibt meine schlechte Laune, wenn ich welche habe.»

Er grinste. «Das scheint gerade der Fall zu sein.» Er streckte die geöffnete Hand aus. «Du gestattest doch?»

Seufzend gab Abby ihm den Vibrator, der von einer Fernbedienung gesteuert wurde, und er befestigte ihn mit seinen dehnbaren Gurten zwischen ihren Beinen. Abby hob ihre Röcke und ließ Myles die Bänder so weit hochschieben, bis sie an Ort und Stelle waren.

Sie hielt den Atem an, als seine Fingerspitzen über ihre Scham strichen. Sie hätte schwören können, seinen Atem auf ihrem Spalt zu spüren. Er teilte ihre Schamlippen und platzierte den kleinen Schmetterling genau auf ihrem Kitzler.

Dann drückte er einen Kuss darauf.

Abby stöhnte leise und streckte durch ihr Kleid die Hand nach seinem Kopf aus. Er küsste sie erneut und schob seine Zunge zwischen ihre Schamlippen. Er leckte sie ausgiebig und schmeckte ihre rasch anwachsende Erregung.

«Myles», stöhnte sie, «ich glaube, meine schlechte Laune ist schon wieder weg.»

Er erhob sich rasch und strich ihre Röcke gerade. «Du trägst nicht mehr diese ungewöhnliche Unterwäsche, wie ich sehe.»

«Das Dienstmädchen meinte, sie wäre ungehörig.» Abby seufzte aus Enttäuschung darüber, dass er aufgehört hatte. «Allmählich fange ich an, dieses Wort zu hassen.»

Myles stand auf und küsste sie. Abby schmeckte sich selbst auf seinen Lippen. «Deshalb mag ich dich so.» Er küsste sie noch einmal. «Los jetzt, sonst kommen wir zu spät.»

Die Familie erwartete sie bereits im Salon. Der Herzog

stand auf und begrüßte sie. «Nun erinnere ich mich auch wieder daran, warum man sagt, dass man niemals Jungvermählte einladen sollte. Weil dann das Essen kalt wird.»

Myles' Hand glitt in die Jackentasche, und er schaltete die Fernbedienung ein. Der Vibrator legte los und ließ ihre Klitoris augenblicklich zu neuem Leben erwachen. Ihre Wangen röteten sich, und sie warf Myles einen flehenden Blick zu. Der Vibrator ging aus, und Myles' Hand kam wieder aus der Tasche.

«Wir bitten vielmals um Entschuldigung», sagte Myles mit ausdrucksloser Miene. «Ich war so überwältigt von der Schönheit meiner Frau, dass ich ganz die Zeit vergaß. Ich hoffe, das Essen ist deswegen nicht verdorben.»

Lucy stand auf und hängte sich bei ihrem Gatten ein. «Wollen wir nachsehen?»

Abby und Myles folgten der Familie und nahmen als Letzte ihre Plätze ein. Zahllose Platten mit den unterschiedlichsten Köstlichkeiten standen in der Mitte des Tisches. Beim Anblick des Spanferkelkopfes rebellierte Abbys Magen. Daneben stand eine Schüssel mit Gemüse. Dahinter folgten zwei Hähnchen, eine riesige Terrine mit einer blubbernden bräunlichen Flüssigkeit, die wie Zwiebelsuppe aussah, und danach … Abby konnte es nicht sehen, ohne den Hals zu recken, und dies zu tun wäre, wie sie vermutete, ungehörig gewesen.

Da Myles ihr gegenübersaß, machte sie ihm einfach alles nach, auch beim Wein – bis sie bei ihrem dritten Glas sah, wie Myles fast unmerklich den Kopf schüttelte. Sie stellte das Glas wieder ab und konzentrierte sich auf ihr Essen: Erst die Suppe, dann Fleisch und Gemüse und schließlich zum Nachtisch Siruptörtchen.

Gründlich gesättigt verließ Abby hinter den anderen Frauen den Raum. «Hast du eigentlich je darüber nachgedacht, was die da drinnen machen?», fragte Abby im Salon die Herzogin, während sie sich neben sie auf ein Sofa setzte.

«Portwein trinken, rauchen und über Politik sprechen», meldete sich Elaine von einem Sofa ihnen gegenüber zu Wort.

Lucy, die Abby gerade Tee anbot, warf besorgte Blicke auf ihre Stieftochter. «Elaine, woher weißt du –»

«Bei einer Gesellschaft habe ich mich einmal schrecklich gelangweilt, und außerdem hat mich das schon immer interessiert», erklärte sie schmollend.

«Ich finde, es zeugt von Charakterstärke, dass Ihr es herausfinden wolltet», warf Abby ein und tätschelte Lucys Knie, um sie zu beruhigen. Ihre Hand erstarrte jedoch, als der Vibrator zwischen ihren geschlossenen Beinen plötzlich zum Leben erwachte.

«Tatsächlich?» Elaine sah plötzlich so hoffnungsvoll aus, dass Abby sich fragte, wie viel Aufmerksamkeit man ihr bislang überhaupt geschenkt hatte.

«Und sie haben Euch nicht dabei ertappt?», fragte Abby nach. Das Mädchen schüttelte den Kopf. «Ganz schön schlau.»

Elaine strahlte. «Ich mochte Euch am Anfang nicht, weil Ihr mir Mr. Hardy ausgespannt habt, aber Ihr seid wirklich sehr verständnisvoll.»

Abby biss die Zähne zusammen, als die Intensität der Vibrationen in ihrem Schritt zunahm. Sie hielt sich an Lucys Knie fest, doch die schien sich daran nicht zu stören. «Mit einem Mann wie Myles Hardy … muss man das sein.»

Lucy legte ihre Hand auf die von Abby. «Mrs. Hardy, geht es Euch gut? Ihr seid plötzlich so errötet. Elaine hat Euch doch hoffentlich nicht in Verlegenheit gebracht?»

«Natürlich nicht.» Abby presste die Hände ineinander. «Mir ist nur ein bisschen warm. Ich denke, ich gehe kurz ans Fenster, um frische Luft zu schnappen.»

Sie stand mit wackligen Beinen auf und biss sich auf die Unterlippe, so sehr hatte die Erregung sie im Griff. Der ferngesteuerte Vibrator entfachte an ihrer Lustknospe ein köstliches Feuer, und sie wollte sich Befriedigung verschaffen, egal womit.

Am Fenster stehend, griff sie nach dem Vorhang und schloss die Augen, während sie mit der anderen Hand durch das dünne seidige Material ihres Kleides und durch das darunterliegende Korsett eine Brustwarze kniff.

Warum stellte er ihn nicht ab? Sie war kurz davor, hier vor der Herzogin zu kommen und alles zu ruinieren.

Kapitel 9

«Bist du ganz sicher, dass du nicht krank bist?», fragte Lucy, nachdem sie sich zur ihr ans Fenster gesellt hatte. «Du bist ganz rot im Gesicht.»

Abby riss die Hand von ihrem Busen weg. Was sollte sie Lucy schon sagen? Sie biss sich fest auf die Lippe und sammelte Kräfte für ihre Antwort. «Kümmere dich nicht um mich. Es ist gleich vorbei.»

Noch während sie das sagte, entschlüpfte ihren Lippen ein Stöhnen.

Lucy blickte über die Schulter zu ihrer Stieftochter, die finster auf die Tasten ihres Pianos starrte. «Das war aber kein Schmerzensschrei, Mrs. Hardy.»

Abby atmete mit offenem Mund, schnell und flach. «Lucy –»

«So etwas habe ich noch nie gesehen», staunte die Herzogin.

«Ich … weiß nicht … was du meinst», keuchte Abby, fest entschlossen, sich bis zum bitteren Ende zu verstellen. Wovon redete Lucy? Schließlich gab es ihr kleines, fernbedientes Spielzeug im neunzehnten Jahrhundert noch gar nicht.

«Ich habe schon einmal eine äußerst sinnliche Frau gekannt», flüsterte Lucy noch leiser, als Abby keuchte. «Sie hat mich in die Sinnesfreuden eingeführt und mir gezeigt, was mir im Leben fehlte … und dann kam mein Herzog. Aber ich habe noch nie eine Frau gesehen, die von der bloßen Gegenwart einer anderen Frau derart stimuliert wurde.»

Endlich schaltete sich der Vibrator ab. Abby sank in sich zusammen und musste sich am Vorhang festhalten, um nicht umzufallen. «Lucy –», stieß sie hervor, und ihre Stimme klang ganz belegt von ihren lautlosen Schreien. Sie räusperte sich. «Das ist nicht der Grund. Ich war nicht so, als wir beide allein in deinen Räumen waren, erinnerst du dich nicht?»

Lucys Stirnrunzeln verstärkte sich. «Dann ist Elaine diejenige, die dich so erregt?»

Abby warf ihr einen verständnislosen Blick zu. «Wohl kaum.»

Lucy nahm Abbys noch immer zitternde Hand zwischen ihre eigenen Hände. «Dein Stöhnen, das waren keine Schmerzensschreie, sondern Schreie des Verlangens, der Lust. Ich kenne das …»

Abby biss sich auf die Lippen und suchte verzweifelt nach einer Erklärung. «Lucy –»

In diesem Augenblick ging die Tür zum Salon auf, und die Männer schlossen sich ihnen an. Abby warf Myles einen vernichtenden Blick zu, doch sein Grinsen wurde nur noch breiter.

Lucy bemerkte Abbys Blick. «Welch ein Jammer, dass wir den Männern nicht einfach sagen können, wann wir sie gern bei uns hätten.» Dann ließ sie Abbys Hand los. «Wir sprechen später darüber, einverstanden? Ich möchte, dass du ganz offen zu mir bist.»

Lucy ging zu ihrem Gatten und hakte sich bei ihm ein.

Myles kam auf Abby zu, noch immer mit diesem Grinsen im Gesicht. Sie boxte ihn in die Seite. «Was ist denn los?», fragte er unschuldig.

«Was los ist?», zischte Abby. «Ich bin in Gegenwart der Herzogin gekommen, und sie hat gemerkt, wie erregt ich war! Willst du etwa, dass man uns hinauswirft, bevor wir die

Statue –» Sie verstummte. Die Wut hatte ihr die Sprache verschlagen.

«Noch hat man uns nicht aufgefordert, das Haus zu verlassen», erklärte Myles mit unerschütterlicher Ruhe, auch wenn sich zwischen seinen Brauen eine kleine Falte bildete. «Ich dachte, du hättest deinen Spaß daran.»

«Den hatte ich», gestand sie. «Aber mein Vergnügen mit den Winterton-Frauen teilen zu müssen war weniger spaßig.» Abby streckte ihm die Hand hin. «Gib mir sofort die Fernbedienung.» Myles aber griff nicht in seine Tasche. «Myles, die Fernbedienung, den Schalter.»

Er schüttelte den Kopf. «Wohin willst du sie stecken? Du hast keine Taschen.»

Abby musste mit finsterem Blick einsehen, dass er recht hatte, denn ein solches Gerät würde eine Erklärung verlangen, wenn jemand es zu Gesicht bekam. Sie blickte an ihm vorbei und sah, dass ihre hitzige, geflüsterte Diskussion den anderen nicht entgangen war. «Erzähl mir jetzt bitte nicht, dass wir auch in diesem Raum nicht einmal flüstern dürfen.»

Myles blickte über die Schulter und nahm sie dann in die Arme. «Sie werden glauben, wir streiten über meine Abmachungen mit dem Viscount.»

Abby schaute ihm misstrauisch in die Augen. «Welche Abmachungen?»

«Alles, was du wissen musst, ist, dass sie uns ermöglichen, hierzubleiben, bis wir unser Ziel erreicht haben.»

Abby funkelte ihn wütend an. «Behandle mich bitte nicht wie ein Kind», zischte sie. «Ich habe das Recht, es zu erfahren.»

«Tatsächlich? Das hier ist mein Projekt, nicht deines.»

Sie stieß ihn weg. «Ich glaube, ich gehe jetzt ins Bett. Und komm bloß nicht auf dumme Gedanken.»

«Gedanken wie diesen?» Seine Hand glitt in seine Tasche, und ihre viel zu sensible Klitoris erwachte durch die Vibrationen des kleinen Schmetterlings zwischen ihren Beinen zu neuem Leben.

Sie presste die Schenkel zusammen und schnappte nach Luft. «Genau das meine ich.» Dann bereitete sie sich darauf vor zu gehen. «Gute Nacht, und lass dir ruhig Zeit.»

Myles' Lippen zuckten. «Mal sehen.»

Abby verließ ihn und verabschiedete sich vom Herzog und der Herzogin mit Knicksen. «Wenn Euer Gnaden mich bitte entschuldigen würden, ich bin schrecklich müde.» Sie bemerkte die vielsagenden Blicke zwischen Herzog und Herzogin und stöhnte innerlich auf. Lucy hatte ihre Beobachtungen offensichtlich ihrem Gatten mitgeteilt.

Warum hatte Lucy diese vertraulichen Informationen weitergegeben, und was würde der Herzog damit anfangen? Er hatte schon einmal versucht, ihr an die Wäsche zu gehen.

Sie verließ hastig den Raum und schnappte nach Luft, als Myles die Vibrationen an ihrer Klitoris verstärkte. Es war so unfair.

Noch bevor sie die Treppe erreichte, brannte ihr Verlangen tief in ihrem Unterleib so sehr, dass eine wahre Hitzewelle von ihrem Kitzler durch ihre Möse und in ihren Bauch zu schwappen schien. Sie hastete die Treppe hinauf, um ihr Zimmer zu erreichen, bevor sie schon wieder kam.

Das Pulsieren ihrer Klitoris dröhnte in ihren Ohren und wurde von ihrem raschen Atem aufgenommen. Vor ihren Augen verschwamm alles, und sie musste sich am Treppengeländer festhalten. Dann drückte sie die andere Hand auf ihren Venushügel und wartete, dass die erste Welle des herannahenden Orgasmus sie überrollte.

Sie traf sie schneller als erwartet, viel schneller als zuvor, und obwohl sie weniger intensiv war, verschaffte sie ihr dennoch eine gewisse Erlösung.

Aber nur für kurze Zeit. Gnadenlos schnurrte der fernbediente Vibrator an ihrer Klitoris, bis die rasch anwachsende Spannung in ihrem Innern noch stärker war als zuvor.

Mit jedem Schritt liefen die Säfte üppiger über die Innenseiten ihrer Schenkel, und jeder Schritt war eine köstliche Tortur, weil er den Vibrator noch fester an ihr zartes Fleisch presste. Ihre Möse pulsierte vor Verlangen nach einem dicken, heißen Schwanz. Das war alles, was sie in diesem Augenblick wollte – etwas, das sie ausfüllte und in sie stieß, bis sie um Gnade schrie.

Auf dem Läufer neben der Tür brach sie zusammen. Sie wollte ihn, hier auf allen vieren, wollte ihn jetzt. Sie kam ihrem Orgasmus immer näher, bis sie es nicht mehr aushielt und ihr verzweifeltes Verlangen herausschrie. Ihre Vagina pulsierte und verkrampfte sich, ohne ihr aber Erlösung zu verschaffen.

Oh Gott, sie wollte es, sie wollte es so sehr.

Jemand zog sie auf die Füße. Myles. Ohne die Augen zu öffnen, wusste sie, dass er es war, wusste, dass er sie haben und der köstlichen Tortur dieses Abends ein Ende setzen wollte.

Benommen lehnte sie sich an ihn, taumelnd und unfähig, ihre Füße koordiniert zu bewegen. Sie wollte ihn auf der Stelle, hier auf dem Boden, sich unter seinem Gewicht windend. Warum zögerte er, sie zu nehmen? Sie stöhnte frustriert auf. Natürlich – er zögerte, weil es ungehörig war.

Und noch immer stimulierte der Vibrator ihre Klitoris. Warum hörte er nicht auf? Wollte er etwa, dass sie noch einmal ohne ihn kam? Wimmernd stieß sie ein paar zusammenhanglose Worte des Protests aus, während er sie aufs Bett warf.

Sein Gewicht sank neben ihr in die Kissen, und seine Hände schoben die Unterröcke und den Rock bis zu ihrer Taille hoch, schlugen alles behutsam zurück.

Sie spreizte die Beine und spürte, wie er sich zwischen sie drängte. Ihre Lider schienen zu schwer, um sie zu öffnen, und so genoss sie einfach, wie er mit den Fingerspitzen zart über ihre nassen Locken strich und an den schmalen schwarzen Riemen entlang, die um ihre Schenkel gebunden waren.

Er berührte den vibrierenden Schmetterling, zog die Hand zurück und berührte ihn nach einer kurzen Pause erneut.

«Bitte, bitte», bettelte Abby. Warum quälte er sie so? «Ich will dich in mir haben. Bitte!» Sie wand sich auf dem Bett und hob ihm die Hüften entgegen, um ihr Verlangen zu bekräftigen.

Nach einem langen Augenblick drückte etwas Hartes gegen ihr Loch. Es fühlte sich irgendwie nicht richtig an. Sie spürte nicht, wie er sich über ihr abstützte, fühlte nicht seine Wärme.

Das harte Ding schob sich in sie. Abby stöhnte auf, als sie an der Oberflächenstruktur erkannte, dass er einen Dildo benutzte. Aber nicht einen der ihren, denn die Spitze dieses Exemplars schien etwas anders geformt. Er schob sich in sie, und der knollige Kopf bereitete ihr große Freude.

Er glitt so sanft und widerstandslos in sie, als zöge ihre nasse Muschi ihn förmlich in sich hinein. Mit schnellen, heftigen Stößen bewegte sich der Dildo hin und her. Sie hörte, wie ihr leises Keuchen den Raum erfüllte, bis es klang, als lägen viele weitere von ihrer Sorte neben ihr, alle erfüllt von derselben unerfüllten Begierde.

Der Dildo tauchte tief in sie ein, tief und hart, drückte nach oben gegen sie und massierte ihre Klitoris von innen. Der Angriff an zwei Stellen zugleich war zu viel für sie. Sie bäumte sich auf, schluchzend und bettelnd um den letzten Stoß, der ihr den Rest geben sollte.

Abby schrie auf und wand sich wie wild auf dem Bett. Unmittelbar vor dem Höhepunkt schrie sie erneut und hob die Hüften vom Bett hoch, den Dildo tief in sich.

Endlich gab der Vibrator Ruhe, während ihre Schreie noch immer durch den Raum hallten.

So glaubte Abby jedenfalls – bis ihr plötzlich klar wurde, dass diese Schreie gar nicht ihre waren.

In einem kurzen Gespräch hatte Lucy im Flüsterton über ihre Begegnung mit der hochgradig erregten Mrs. Hardy berichtet. «Wirst du etwas arrangieren?», bat sie. «Ich will sie haben.»

«Das würde ich gerne mit eigenen Augen sehen», pflichtete der Herzog ihr bei.

Als Mrs. Hardy sich zurückzog, wurde Lucys Griff um den Arm ihres Gatten fester. Er nahm ihren wortlosen Hinweis zur Kenntnis und wünschte allen eine gute Nacht.

Sie blieben im Treppenhaus stehen, als sie sahen, wie Mrs. Hardy auf der Treppe plötzlich erstarrte und die Hand auf ihr Geschlecht legte. Dann folgten sie ihr in einigem Abstand nach oben.

Als sie sie schließlich auf dem Boden liegend fanden, eine sich windende, stöhnende Kugel, hob der Herzog sie auf und brachte sie in Lucys Zimmer. Er legte sie aufs Bett und setzte sich neben sie, den Blick begierig auf das Gesicht seiner Frau gerichtet.

Lucy wusste seine Aufmerksamkeit zu schätzen. Schon der bloße Gedanke daran, dass er sie und Mrs. Hardy beobachtete, ließ sie nass werden, nass und gierig. Die Situation rief bei ihr erregende Erinnerungen an eine andere Begegnung wach, bei der der Herzog ebenfalls gegenwärtig gewesen war.

Behutsam zog Lucy den Rock und die Unterröcke von Mrs. Hardy zurück und legte ihren nackten Unterleib frei. Ihre Schenkel glänzten von ihrer Nässe. Als Lucy und ihr Gemahl den merkwürdigen Apparat auf Mrs. Hardys Venushügel sahen, wechselten sie verblüffte, fragende Blicke.

War es das, was Abigail vorhin zu diesem ungewöhnlichen Verhalten veranlasst hatte? Was hatte ihr Mann ihr da angetan? Lucy zögerte.

Der Herzog bedeutete seiner Frau mit einem Nicken fortzufahren. Sie fuhr mit den Fingerspitzen über die schmalen schwarzen Bänder um Mrs. Hardys Hüften, näherte sich dem Zentrum und berührte das seltsame, schmetterlingsförmige Ding.

Sie riss die Hand zurück, so heftig zitterte der kleine Schmetterling. Dann bedeutete Lucy dem Herzog mit einer Geste, es selbst einmal zu versuchen. Er tat dies auch, drückte ein wenig fester als sie und bewirkte damit, dass Mrs. Hardy aufstöhnte.

Mehr als alles andere wollte Lucy ihre neue Freundin schmecken, doch Abby erreichte mit ihren sanften Schreien, dass sie es sich anders überlegte.

«Bitte, ich will dich in mir haben», stöhnte Mrs. Hardy, während sie ihren hochroten Kopf auf dem Kissen hin und her warf.

Lucy tat ihr den Gefallen. Leise öffnete sie die Nachttischschublade und holte ihren eigenen Dildo heraus. Das glattpolierte Holz schimmerte in ihrer Hand, als sie es zwischen Mrs. Hardys gespreizte Beine schob.

Abby rastete vollkommen aus und warf sich unter immer lauter werdendem Stöhnen dem Dildo so heftig entgegen, dass sie diesen fast in ihre von Säften überquellende Möse zwang.

Lucy, die Augen auf den köstlichen Anblick der sich unter dem Dildo windenden Mrs. Hardy gerichtet, spürte mehr, als dass sie es gesehen hätte, wie ihr Mann die Stellung wechselte.

Seine Hand glitt unter ihre Röcke und zwischen ihre bereits gespreizten Beine hinauf zu ihrer ebenfalls nassen Scheide. Er fuhr an ihrem feuchten Spalt entlang, und Lucy biss sich auf die Lippen, um ein Stöhnen zu unterdrücken.

Er steckte die Fingerspitze in ihr Loch, entlockte diesem noch mehr Saft und machte sie damit glitschig und heiß. Dann stimulierte er ihre kleine Lustknospe und machte sich von hinten näher an sie heran.

Er umfasste mit der einen Hand eine ihrer Brüste und rieb zugleich mit der anderen heftig ihre Klitoris. Lucy stellte sich vor, dass es Mrs. Hardy war, die sie stimulierte, die ihren Busen drückte und deren Schreie sich mit ihren eigenen vermischten.

Dabei stieß Lucy den Dildo tief in ihre Freundin, spürte, wie sie ihn umklammerte und sah, wie sie sich auf dem Bett wand und sich verkrampfte, als die Erlösung über sie kam.

Der Anblick raubte ihr den Atem und brachte sie selbst zum Orgasmus. Auch sie schrie auf und drückte sich fest gegen die Hand ihres Gatten.

Als Mrs. Hardy erschrocken nach Luft rang, hob sie den Kopf.

«Du bist nicht … du bist gar nicht Myles!» Mrs. Hardy errötete vor Verlegenheit. «Ich – ich hatte ja keine Ahnung!»

Winterton kam hinter Lucy hervor und setzte sich neben Mrs. Hardy. «Und wir hatten keine Ahnung, dass Ihr das nicht beabsichtigt hattet. Wir bitten aufrichtig um Vergebung.»

Lucy senkte den Kopf, amüsiert über die gespielte Ernsthaftigkeit im Tonfall ihres Mannes. Er hatte es offenbar ebenso sehr genossen wie sie.

«Aber jetzt müsst Ihr mir erklären», fuhr er fort, «was das für ein neumodischer Apparat ist, den Ihr Euch da umgebunden habt. Wie kann etwas so Winziges vibrieren, angetrieben durch eine unsichtbare Kraft?»

Mrs. Hardy schluckte, und ihr Blick wanderte zwischen Lucy und ihrem Gatten hin und her. «Es wird von einem winzigen Uhrwerk angetrieben. Es ist – es ist ein Spielzeug, das Erregung hervorrufen soll.»

«Und Ihr habt das den ganzen Abend getragen?», fragte Lucy in der Hoffnung, nicht allzu begierig zu wirken.

Mrs. Hardy nickte. «Deshalb war ich auch … so durcheinander.»

«Ich habe noch nie etwas Vergleichbares gesehen», erklärte der Herzog. «Wo habt Ihr das gefunden?»

Lucy versuchte, sich ihre Freude nicht anmerken zu lassen. Sie wusste, dass ihr Mann es für sie wollte.

«Äh … mein Mann hat es mir gegeben», erwiderte Mrs. Hardy.

«Euer Gatte?», sinnierte der Herzog. «Dann muss er es wohl von seinen Auslandsreisen mitgebracht haben.»

Mrs. Hardy antwortete nicht und strich ihre Röcke glatt. «Wenn Ihr mich jetzt bitte entschuldigen würdet …»

Der Herzog beugte sich vor und drückte ihren Schenkel aufs Bett. «Ich fürchte, das wird wohl nicht möglich sein, meine Liebe.»

Mrs. Hardy blickte ihn stirnrunzelnd an. Der plötzliche Ausdruck von Selbstsicherheit in ihrem Gesicht ließ Lucy sich zweifelnd auf die Unterlippe beißen. Hatte sie Mrs. Hardy falsch eingeschätzt?

«Meine Frau hat Euch Freude geschenkt und Ihr meiner Frau. Jetzt bin ich an der Reihe.»

Mrs. Hardy rückte entschieden zurück gegen das Kopfende, noch immer von einer Hand des Herzogs aufs Bett gedrückt. «Das werdet Ihr nicht wagen.»

Die weißen Brauen des Herzogs zuckten ein klein wenig in die Höhe. «Selbstverständlich nicht, meine Liebe. Ich kann mich ganz gewiss nicht Eurer Zuneigung erfreuen, und ich habe gelernt, nie eine Frau zu etwas zu zwingen. Aber Ihr werdet meiner Frau und mir zusehen, was uns beiden große Freude bereiten wird.»

«Zusehen?»

«Falls Ihr meiner einfachen Bitte nicht entsprechen wollt, erwarte ich von Euch, dass Ihr Euch auf Eure Zimmer zurückzieht, Eure Sachen packt und das Haus verlasst, sobald es hell wird.»

«Das Haus verlassen?» Mrs. Hardy streckte sich. «Macht, was Ihr wollt, Euer Gnaden. Ich werde zusehen.»

Der Herzog ließ Mrs. Hardy los und wandte sich an Lucy. «Auf die Knie, Frau.»

Lucy krabbelte auf allen vieren an ihm vorbei, bis sie neben Mrs. Hardy angelangt war. Durch die losen Strähnen ihres blonden Haares sah sie Mrs. Hardy steif und emotionslos dasitzen, unbeteiligt im Gesicht wie am ganzen Körper.

Hinter sich spürte Lucy, wie ihr Mann sich in Position brachte.

«Aah», stöhnte er, während er seinen Schwanz gegen ihren Spalt drückte, «wie köstlich nass du bist!»

Dann stieß er in sie, dass sie zusammenzuckte und aufschrie. Er packte eine Handvoll ihres Haares und stieß wieder und wieder in sie, die eine Hand an ihrer Schulter, die andere an ihrer Hüfte.

Durch ihre wippenden Locken beobachtete Lucy Mrs. Hardy, deren Brust sich immer schneller hob und senkte und deren Haut schon wieder eine rosige Färbung annahm.

Lucy seufzte. Dass ihr Liebesakt ihre Freundin erregte, machte sie froh. Vielleicht war Mrs. Hardy ja tatsächlich zu überreden, ihre neue persönliche Freundin zu werden. Sie griff sich zwischen die Beine, spürte die weiche Nässe ihrer angeschwollenen Klitoris und rieb sie so heftig, dass ihr zweiter Arm unter ihrem Gewicht und vor wachsendem Verlangen ganz schwach wurde.

«Ja!», ächzte der Herzog. «Ja! Halt mich fester, Frau, fester!»

Lucy tat, wie ihr geheißen, und spannte die sich bereits verkrampfenden Muskeln ihrer Vagina straff um seinen Penis. Sie liebte seine Forderungen. Sie verliehen ihrem Beisammensein das gewisse Extra, das sie für einen zutiefst befriedigenden Orgasmus brauchte. Sie schrie auf, als die köstliche Anspannung in ihr überquoll und alle ihre Sinne blendete.

Sie versuchte, wieder zu Atem zu kommen, während ihr Mann weiter heftig in sie drang. Sie hörte ihn stöhnen, bis er auf ihrem Rücken zusammensackte.

Er zog sich aus ihr zurück und schlug mit seinem erschlaffenden Glied gegen ihren nackten Hintern. «Das war höchst befriedigend», erklärte er in nüchternem Tonfall, obwohl er noch immer keuchte.

Mrs. Hardy verschränkte die Arme. «Kann ich jetzt gehen?»

Lucy konnte die Reaktion ihres Mannes weder sehen noch hören, aber Mrs. Hardy glitt vom Bett und schlich hinaus.

Lucy streckte sich auf der verknitterten Tagesdecke aus. «Glaubst du, es könnte gehen mit ihr?»

«Sie hat dasselbe Feuer in sich wie deine erste Freundin», sinnierte ihr Gatte, während er sich neben ihr ausstreckte und ihre Hand nahm. «Möglich wäre es schon, aber vergiss nicht, dass sie frisch verheiratet ist. Vielleicht ist sie nicht daran interessiert, oder ihr Gatte weigert sich, sie uns zur Verfügung zu stellen. Männer können reichlich besitzergreifend sein in der ersten Zeit ihrer Ehe, wie du sehr wohl weißt.»

Obgleich seine Worte sie ein wenig traurig stimmten, strahlte sie ihn an, während die Erinnerung an ihre eigenen Flitterwochen bewirkte, dass ihr wieder am ganzen Körper warm wurde. «Und ob ich das weiß.»

Abby hastete durch den Flur und ging schnell auf ihr Zimmer. Vielleicht würde sie ja vor Myles dort sein, und dann würde er nie erfahren –

Sie blieb schlagartig stehen. Myles stand schon neben dem Bett, ihre schwarzen Koffer fein säuberlich vor sich aufgereiht.

«Ich habe mir erlaubt, deine Sachen für dich zu packen», erklärte er mit ausdrucksloser Stimme. «Du nimmst sie jetzt, suchst dir ein anderes Bett zum Schlafen und verschwindest morgen von hier.»

Abby wollte ihn schon anschreien und ihm klarmachen, dass dies alles seine Schuld sei, weil er sie mit dem fernbedienten Vibrator in den Wahnsinn getrieben habe, aber noch wollte sie ihm die Genugtuung nicht gönnen.

«Ich vermisse meine Blaupausen», sagte sie mit erzwungen ruhiger Stimme. Sie griff an ihren Ehering. Sie würde ihn zurückgeben, wenn es sein musste.

Er warf ihr einen scharfen Blick zu, bevor es ihm gelang, wieder eine Maske der Gleichgültigkeit aufzusetzen. «Die kannst du nicht haben.»

«Sie gehören aber mir», insistierte Abby.

«Es ist nicht meine Schuld, dass du gegen unsere Abmachung verstoßen hast.»

«Abmachung? Welche Abmachung?», konterte Abby höhnisch. «Dass ich dir als Gegenleistung dafür, dass ich mit dir ins Bett steige, die Pläne gebe, die du brauchst? Was ist das für eine Abmachung?» Sie trat auf ihn zu und boxte ihn an die Schulter. «Unsere Abmachung bestand darin, dass du mich vor dieser Welt, die mir nicht vertraut ist, beschützt und mich nicht einfach nur zu deiner Bettgenossin machst. Und diese Abmachung habe ich nicht gebrochen.»

«Ach nein?» Myles ballte die Fäuste, ohne sie aber zu schlagen oder auch nur wegzustoßen. «Würdest du mir dann vielleicht erklären, was du gerade im Bett des Herzogs verloren hattest? Ihr seid ja ein nettes kleines Dreieck.»

Ihr fiel die Kinnlade herunter. «Du hast uns gesehen?»

«Als du nicht in unserem – in diesem Zimmer warst, habe ich nach dir gesucht. Was nicht weiter schwer war, denn ich weiß ja, wie du klingst, wenn du kurz davor bist zu kommen.» Seine Nasenflügel blähten sich auf, und seine zusammengekniffenen Lippen bildeten eine schmale weiße Linie. «Ich habe durchs Schlüsselloch geschaut und dich mit den beiden gesehen.»

Abby starrte ihn an; sie konnte seine heftige Reaktion einfach nicht verstehen. Hatten sie nicht abgemacht, miteinander ihren Spaß zu haben, ohne deshalb irgendwelche Verpflichtungen einzugehen? Sie knurrte. Das war zweierlei Maß! «Und ich nehme an, du könntest mit jeder Schlampe schlafen, auf die du gerade scharf bist, wie mit Elaine, und ich müsste das akzeptieren?», konterte sie.

Er zuckte die Achseln und lief rot an. «Ich musste annehmen, dass du jetzt seinen Schutz suchst statt meinen. Wenn du unser Arrangement nicht aufkündigen willst, bist du mir eine Erklärung schuldig.»

Er gab ihr also doch noch eine Chance. «Du würdest mir sowieso nicht glauben», murmelte sie und sank aufs Bett.

Er schwieg. Sie hatte nichts zu verlieren und beschloss, es zu versuchen. Sosehr sie sich auch über ihn ärgerte – sie war noch nicht bereit, sich von ihm zu trennen. Sie war gern mit ihm zusammen, nicht zuletzt auch deshalb, weil der Sex mit ihm so unglaublich war, und sie hatte ganz gewiss nicht die Absicht, ihn gegen die Wintertons einzutauschen.

Abby legte den Kopf schief, um sein Gesicht sehen zu können. «Ich dachte, das wärst du.» Sie presste die Hände in ihrem Schoß zusammen. Ihre tiefe, wütende Stimme verriet, wie aufgewühlt sie war. «Ich war wie von Sinnen vor Lust, wegen dieses verdammten Vibrators –» Ihr Tonfall wurde schärfer. «Ich fiel auf den Boden. Es fühlte sich an wie ein langanhaltender Orgasmus. Jemand hob mich auf», erklärte sie mit erstickter Stimme, «und ich dachte, du wärst das.»

Zu ihrer eigenen Überraschung schluchzte sie auf. «Ich dachte, du würdest mich berühren und mit diesem Dildo ficken. Auch wenn ich nicht verstanden habe, warum du das Ding genommen hast anstatt –»

Sie versuchte, die Tränen wegzublinzeln. «Als ich dann die Augen öffnete und sah, dass du es nicht warst, da –» Sie holte zu ihrer eigenen Beruhigung erst einmal tief Luft. «Da verlangte der Herzog von mir, ihm und seiner Frau zuzusehen. Für den Fall, dass ich mich weigerte, drohte er, uns beide hinauszuwerfen.»

Myles setzte sich neben sie, viel blasser als zuvor. «Du bist meinetwegen geblieben – für etwas, das dir selbst gar nichts bedeutet?»

«Es bedeutet dir etwas», flüsterte Abby. «Das genügte mir.»

Er rieb sich das Gesicht. «Und du dachtest wirklich, dass ich da drinnen war?»

Abby errötete. «Ich wollte, dass du es bist.»

Myles legte ihr verlegen einen Arm um die Schultern. «Ich muss mich wohl entschuldigen, Ms. Deane –»

«Nicht Abby?», fragte sie leise.

«Die Ernsthaftigkeit der Entschuldigung erfordert eine förmliche Ausdrucksweise», erklärte er und nahm die Hände vom Gesicht. Er sah sie mit großen, gramerfüllten Augen an. «Abby, ich entschuldige mich in aller Form dafür, dass ich überreagiert habe.»

Sie lehnte sich an ihn und genoss seine Wärme. «Mir tut es auch leid.»

Er küsste sie auf den Kopf. «Du vergibst mir also?»

Sie blickte zu ihm auf und sah seine Lippen dicht an den ihren. Sie feuchtete ihre eigenen an. «Voll und ganz.»

Ihre Münder fanden sich. Sie fühlte sich an einen behutsamen ersten Kuss erinnert, und beide besiegelten damit ihren Willen, sich wieder zu vertragen.

Ihre Lippen teilten sich und ließen ihn ein. Sie schlang ihm die Arme um den Hals, um ihm klarzumachen, dass sie auch weiterhin bei ihm bleiben wollte.

Er zog sie aufs Bett, erforschte ohne jede Hast ihren Mund und ließ zu, dass sie dasselbe mit ihm tat.

Sie begehrte ihn noch immer, und ihr Verlangen brannte sich tief in ihren Bauch. Auch ihre Klitoris glühte – zumindest fühlte sie dort noch immer etwas, obwohl sie so gründlich befriedigt worden war. Konnte sie schon wieder?

Dann plötzlich drehte sie den Kopf weg und schnappte nach Luft. «Myles!»

Er stützte sich über ihr auf. «Was hast du denn?»

«Ich hatte ja noch gar keine Gelegenheit, es dir zu erzählen. Ich weiß jetzt, was *hypogaeum* bedeutet!»

In seinen Augen erwachte neues Leben, und sein Blick verriet seine wahre Leidenschaft. Es war nicht seine Leidenschaft für sie. «Verrätst du es mir?»

«Natürlich.» Wie hätte sie ihm das verweigern können? «Es bedeutet *Keller.*»

«Keller?»

«Du hast dort bereits gesucht?» Abby versuchte, nicht allzu enttäuscht zu klingen.

«Wie denn?», entgegnete er stirnrunzelnd. «Es gibt hier gar keinen Keller.»

Kapitel 10

«Was willst du damit sagen ...?» Abby packte ihn an den Schultern. «Natürlich gibt es einen! Wo hast du die Pläne?»

Er wälzte sich von ihr herunter und ging auf den kleinen Schrank zu, in dem seine Sachen waren. «Ich habe sie da drin versteckt.» Er zog sie heraus und kam zum Bett zurück.

Abby stand mit wackligen Beinen auf und machte Platz, damit er die Blaupausen auf dem Bett ausbreiten konnte.

«Zeig es mir.» Myles deutete auf die Pläne. «Wo soll dieser Keller sein? Dieses Haus hatte nie einen Keller.»

Abby beugte sich über das Bett und strich die Papierrolle glatt. Sie blätterte die Seiten durch, bis sie zu der kam, die sie suchte. «Hier.»

«Und was befindet sich in der Zukunft dort?»

«Gar nichts. Nackte Wände, ein völlig leerer Raum. Wenn ich mich recht entsinne, hieß es in dem Bericht, dass man darin Holzkohlespuren von Bränden gefunden hat.»

«Das klingt nicht gerade vielversprechend.»

«Wenn man bedenkt, dass du noch nicht einmal von diesem Keller wusstest und dass sich der Hinweis auf der geheimen Treppe befand ...» Sie verstummte und warf ihm einen ungeduldigen Blick zu.

«Einen Versuch ist es doch aber wert, oder?», fuhr Abby fort. «Es ist sonst nicht deine Art, so schnell die Flinte ins Korn zu werfen.»

Er lehnte sich an das Kopfende des Bettes. «Ich bin schon

zu oft enttäuscht worden, Abby.» Er zeigte auf die Blaupausen. «Und wie kommen wir in diesen Keller?»

«Der Eingang muss derzeit gut versteckt sein, andernfalls hättest du ihn längst gefunden.»

Ihr Vertrauen in seine Fähigkeiten entlockte ihm ein Lächeln. «Und in deiner Zeit?»

«Vielleicht ist der Eingang ja auch erst später als jetzt hinzugefügt worden», warnte Abby ihn. «Trotzdem sollten wir dort anfangen.»

Sie beugte sich über die Pläne und blätterte auf der Suche nach dem Zugang vom darüberliegenden Stockwerk aus vor und zurück. «Das ist alles so kompliziert ...»

Obwohl sie sehr wohl merkte, dass Myles schon ungeduldig mit den Füßen scharrte, ließ sie sich davon nicht hetzen. Nähme sie die Pläne zu hastig in Augenschein, bestand die Gefahr, dass sie die entscheidenden Stellen übersah. Dann plötzlich zeigte sie aufs Papier. «Hier. Hier muss der Eingang heute sein.»

Myles überprüfte die Lage des Eingangs auf beiden Blättern. «Das ergibt keinen Sinn. Da sind jetzt die Bediensteten untergebracht. Dort kann man keinen Eingang verstecken.»

«Vielleicht ist er ja unter Putz verborgen», meinte Abby. «Gibt es im Stall oder sonst wo einen Hammer?»

«Es könnte auch sein, dass das nur der spätere Eingang ist und der alte irgendwo anders zugemauert wurde.» Myles runzelte die Stirn. «Gibt es denn keine andere Möglichkeit? Keinen anderen Zugang zu diesem Keller?»

«Er liegt unter der Erde», seufzte Abby. «Wir könnten uns ja einfach von oben hineinbuddeln.»

«Das wäre schwer heimlich zu bewerkstelligen und noch schwerer zu erklären», meinte Myles und zupfte an einem Ende der Blaupausen. «Aber es ist schon spät. Wir sollten uns die Pläne besser noch einmal bei Tageslicht ansehen, wenn wir ausgeschlafen sind.»

Er legte die zusammengerollten Blaupausen zur Seite. «Im Augenblick möchte ich dich einfach nur im Arm halten, Ms. Abby Deane, und zusehen, wie du einschläfst.»

Schlafen – die Vorstellung gefiel ihr. «Jetzt warst du aber sehr förmlich, Mr. Hardy. Soll das heißen, das mit dem Schlafen ist dir ernst?»

Er grinste, und seine Sorgen schienen wie weggeblasen. «Voll und ganz.» Dann schlug er die Bettdecke zurück und begann, sich auszuziehen.

Abby sah ihm dabei zu, schleuderte ihre Pantoffeln weg und zog ihre Strümpfe aus. Als sie dann aber das Oberteil ihres Kleides öffnen wollte, musste sie warten, bis Myles ihr zu Hilfe kam.

Er drehte sie um und öffnete die Schnürbänder, die ihr Kleid zusammenhielten.

Sie betrachtete seinen nackten Rücken, auf dem sich unübersehbar die Muskeln abzeichneten. Sein loses braunes Haar streifte bei jeder Bewegung über seine breiten Schultern. «Es gibt doch nichts Schöneres, als von einem attraktiven nackten Mann ausgezogen zu werden.»

Er lachte. «Da würden mir schon noch ein paar Sachen einfallen.» Er stand auf und zog ihr die Bluse über den Kopf. Ganz nackt stand sie vor ihm. «Aber nicht heute Nacht.» Seine dunklen Augen funkelten gefühlvoll. «Heute Nacht will ich dich einfach nur im Arm halten.»

Doch kaum lag sie in seinen Armen, zweifelte sie, dass sie beide in dieser Nacht allzu viel Schlaf abbekommen würden. Was für eine Schande, dachte Abby, dass sie zweihundert Jahre in die Vergangenheit reisen musste, um einen richtigen Mann zu finden.

Als Abby erwachte, sah sie Myles am Fenster stehen. Er war splitternackt und hatte lediglich einige der Pläne in der Hand. Zum Glück hielt er sie so hoch gegen das Licht, dass sie freie Sicht auf seinen perfekten Körper hatte.

Den Kopf auf eine Hand gestützt, genoss sie den Anblick seiner strammen, runden Hinterbacken. Seine helle, glatte Haut hätte fast unschuldig gewirkt, wäre da nicht das Spiel seiner Muskeln gewesen und die unverkennbaren Anzeichen für den Liebesakt der vergangenen Nacht – rote Halbmonde an den Stellen, wo sich ihre Fingernägel in seinen Rücken gebohrt hatten.

Das Rascheln von Papier lenkte ihre Aufmerksamkeit nach oben.

Myles grinste sie über die Schulter hinweg an. «Gefällt dir der Anblick?»

«Sehr.» Ein selbstzufriedenes Lächeln spielte um ihre Lippen. «Und, hast du den Leuten draußen vor dem Fenster ordentlich was geboten?»

«Wohl kaum», seufzte er, «die Fensterbank ist zu hoch.»

«Was für ein Jammer», bemitleidete Abby ihn und setzte sich auf. «Hast du etwas gefunden?»

Myles nickte und wurde ernst. «Ja, ich bin auf deinen Keller gestoßen.» Er brachte die Pläne zu ihr und breitete sie auf ihrem Schoß aus. Abby vermied es, auf seine Leistengegend zu blicken, und konzentrierte sich auf die Blaupausen.

«Dein Keller ist hier.» Er deutete auf die betreffende Stelle. «Hier ist die Küche, aber der übrige Raum ist leer, abgesehen von ein paar Stützmauern und Säulen.»

Er setzte sich neben sie, ließ die Pläne los und sah zu, wie sie sich zusammenrollten. «Einige gegenwärtig in diesem Haus existierende Räume sind hierauf nicht zu finden. Deshalb lautet meine Theorie, dass irgendwann zwischen meiner und deiner Zeit gewisse Veränderungen vorgenommen wurden.»

Abby runzelte die Stirn. «Was ist jetzt dort?»

«Eine Brennerei, ein Lagerraum und Kammern für die Dienstboten. Aber ich habe mir alles schon genau angesehen, Abby. Da werden wir die Statue nicht finden, weil es gar keinen Platz gibt, sie zu verstecken.»

Abby stieß die Pläne auf den Boden und versetzte den Rollen einen Fußtritt. «Warum war dann das lateinische Wort in die Geheimtreppe eingeritzt?»

Myles zuckte mit den Schultern. «Vielleicht wollte jemand eine falsche Spur legen, oder jemand hat einfach aus Langeweile irgendetwas hingekritzelt.»

«*Keller* ist nicht unbedingt das erste Wort, das mir einfiele, wenn ich gelangweilt auf einer Treppe säße», meinte Abby und schnitt eine Grimasse.

«So?» Myles nahm ihr Kinn zwischen die Finger und drehte es zu sich. «Und was würdest du einritzen?»

Sie entzog sich ruckartig seinem Griff. «Das ganz bestimmt nicht», fauchte sie und war froh, dass ihr nicht herausrutschte, was sie gerade dachte. *Myles für immer mein* klang wohl kaum nach einer passenden Antwort für eine erwachsene Frau wie sie.

«Ohne Enttäuschungen geht es eben nicht ab», meinte Myles. «Aber die Statue ist irgendwo in diesem Haus, und wir werden sie finden.»

Abby rang sich ein schiefes Lächeln ab. Sie hätte gern seine Hoffnung und seinen Optimismus geteilt, doch dann musste sie wieder an die vergangene Nacht denken und daran, dass ein geiler Herzog und eine ebensolche Herzogin hinter ihr her waren.

Sie verlieh ihrer Besorgnis mit einem langen Seufzer Ausdruck. «Ich hätte die Statue gern schon heute gefunden, nach der letzten Nacht mit dem Herzog …»

Er schlang einen Arm um sie und küsste sie auf ihr vom Schlaf zerzaustes Haar. «Mach dir darüber keine Sorgen. Von jetzt an sind wir unzertrennbar, und sie werden nie mehr Gelegenheit bekommen …»

Den Rest ließ er unausgesprochen.

Abby umarmte ihn. «Das würdest du tun?»

«Selbstverständlich.» Er küsste sie wieder auf ihren Scheitel, bevor sein Mund über ihre Schläfe und ihre Wange zu ihrem Hals gelangte. «Ich habe versprochen, dich zu beschützen, und ich werde mein Versprechen halten», murmelte er dicht an ihrer Haut.

Abby entspannte sich in seiner Umarmung und streckte ihm den Hals für weitere Küsse entgegen.

Er aber zog sich zurück und räusperte sich. «Es ist schon spät. Wir sollten zum Frühstück hinuntergehen, bevor jemand uns suchen kommt.»

«Wir sind doch ein Paar in den Flitterwochen.» Abby revanchierte sich und küsste ihn ebenfalls auf den Hals. «Warum sollten sie uns also suchen?»

Myles zog ihr Gesicht zu seinem herauf. «Um ganz ehrlich zu sein, ich habe Hunger. Ich dachte, ich versuche es mit einer höflichen Ausrede, bevor mein Magen zu knurren beginnt.»

Hunger spielte hier zweifellos eine Rolle, auch wenn es sich um zwei unterschiedliche Arten von Hunger handelte. «Ich denke auch, dass wir Kraft tanken müssen.»

Er grinste und küsste sie auf die Nasenspitze. «Und außerdem müssen wir diese Statue finden.» Er zog sie auf die Füße und versetzte ihr einen schallenden Klaps auf den nackten Hintern. «Und jetzt zieh dich an, Hure.»

«Hure?», kreischte Abby, griff sich ein Handtuch vom

Nachtkästchen und schlug damit nach seinem nackten Hintern. «Pass bloß auf, mein Herr.»

Er erschrak, und sein wütender Blick brachte sie zum Lachen. Sie sprang aus seiner Reichweite und hob ihre Bluse vom Boden auf.

Sie zog sich so weit an, wie sie es ohne fremde Hilfe schaffte, und wartete dann, bis Myles sich die Krawatte gebunden hatte und sich um ihre losen Schnürbänder kümmern konnte.

Als er fertig war, nahm er sie in die Arme und tätschelte ihren Hintern. «Ich verzeihe dir, dass du mich geschlagen hast», erklärte er mit tiefer, heiserer Stimme.

Sein Mund verschloss den ihren, und es schien, als habe er das Frühstück vergessen.

Nicht zum ersten Mal verfluchte Abby die Kleidung der Regency-Zeit. Schon der bloße Gedanke an das zeitraubende Entkleiden genügte, um die Befriedigung ihres Verlangens auf später zu verschieben. Sie wies zwar noch darauf hin, dass sie ja keine Unterwäsche trug, doch Myles hatte beschlossen, seine Krawatte nicht in Unordnung zu bringen.

Abby spießte eine Scheibe Schinken mit mehr Wucht als nötig auf und legte sie auf ihren Teller. Myles hatte seinen bereits gefüllt und aß am Esstisch hinter ihr.

Was war nur in ihn gefahren? Eben noch hatte er kaum die Finger – und den Mund – von ihr lassen können, und auf einmal war er so kühl und distanziert, als bedeute sie ihm gar nichts. Und das lag nicht nur an der verdammten Statue, die ihm ständig durch den Kopf ging, da war Abby fast sicher.

Die Herzogin von Winterton trat ein und gesellte sich zu ihr. «Ich möchte mich für letzte Nacht entschuldigen. Wir hätten fragen sollen …»

Abby warf ihr einen missbilligenden Blick zu. «Allerdings.»

Die Herzogin errötete und legte ihr sanft die Hand auf den Unterarm. Abby hielt still, denn wäre sie zurückgezuckt, hätte sie nur das Essen auf ihrem Teller über das elegante Kleid der Herzogin gekippt.

«Mrs. Hardy, ich möchte Eure Freundschaft nicht verlieren», flehte die Herzogin leise murmelnd.

«Euer Gnaden ...» Abby wusste nicht, wie sie antworten sollte. Ein falsches Wort, und sie und Myles fanden sich auf der Straße wieder.

«Gebt mir bitte noch eine Chance», bettelte die Herzogin flüsternd. «Bitte zeigt es mir, indem Ihr mich wieder Lucy nennt.»

Die plötzliche Erkenntnis, dass die Herzogin eine einsame Frau war, entlockte Abby ein Lächeln. «Lucy, ich muss mich entschuldigen. Ich will gern deine Freundin sein.»

Lucy strahlte erleichtert auf. «Ich danke dir! Möchtest du nach dem Frühstück mit mir einen kleinen Spaziergang machen?», fragte sie so laut, dass alle es hören konnten.

Abby blickte hilfesuchend zu Myles, der sich gerade die Lippen mit einer Serviette abwischte. «Das ist eine gute Idee, nicht wahr, mein Gatte?»

«Dann sollte ich euch Damen wohl besser nicht stören.» Auf Abbys wütenden Blick hin fuhr er jedoch fort: «Aber wenn es euch nichts ausmacht, würde ich mich trotzdem gern anschließen. Ich habe von diesem prachtvollen Landsitz noch so gut wie nichts gesehen.»

Lucy bedachte ihn mit einem Blick, aus dem nicht gerade Begeisterung sprach. «Wir werden schon nicht von hungrigen Wölfen angegriffen, Mr. Hardy.»

«Ach bitte», bettelte Abby, «ich habe ihn gestern kaum zu Gesicht bekommen. Er kann doch vorausgehen, außer Hörweite.»

Lucy lächelte. «Na schön. Frischverheiratete soll man nicht voneinander fernhalten.»

Die Konversation ging nicht sehr tiefschürfend weiter, bis sie aufstanden, um sich für den Spaziergang umzuziehen. Lucy gab einer Hausangestellten den Auftrag, Abby einen Mantel und ein Paar Stiefel zu bringen.

Schon als sie unten im Flur stand, drückten Abby die Stiefel. Myles stand wartend an der Tür.

Strahlend kam Lucy die Treppe herunter und nahm ihren Arm. «Gehen wir?»

Schon nach fünfzehn Minuten war Abby klar, dass sie einen Fehler gemacht hatte. Lucy ging weiter Arm in Arm mit ihr, und ihre Körper berührten sich. Myles schlenderte voraus und schlug mit einem gefundenen Stock auf das hohe Gras zu beiden Seiten des Weges ein.

«Dein Mann sieht sehr gut aus», stellte Lucy fest, während ihr Arm ständig auf den von Abby drückte.

«Ja, das stimmt», räumte Abby ein, die sich glücklich schätzte, dass sie nicht auf den Herzog, sondern auf ihn gestoßen war.

«Ich kann gut verstehen, warum du ihn geheiratet hast», fuhr Lucy fort, «auch wenn es mich ein wenig überrascht, dass ihr schon so früh in eurer Verbindung auf Ehelusthelfer zurückgreifen müsst. Verzeih mir bitte die Frage, aber steht es auch wirklich gut mit euch beiden? Er kam mir heute Morgen reichlich kühl vor.»

«Er hat so seine Sorgen», erklärte Abby. «Und was die Ehelusthelfer anbelangt – die gehören mir, nicht ihm. Es ist auch nicht so, dass wir sie bräuchten; sie dienen nur zum Spaß.»

Lucy schmiegte sich noch enger an sie. «Du bist wohl sehr bewandert in der Kunst, dir selbst Freude zu bereiten?»

Abbys Wangen brannten. «Das könnte man so sagen.»

«Genau wie ich», versicherte ihr Lucy. «Dafür brauchen wir uns nicht zu schämen.»

«Dieses Gespräch ist ein wenig freimütiger, als ich es gewohnt bin», räumte Abby ein und wünschte sich, Myles könnte Gedanken lesen, denn sie brauchte ihn jetzt bei sich.

«Über solche Dinge spricht man normalerweise nicht, ich weiß.» Lucy drückte aufmunternd Abbys Arm. «Ich wollte dich nur wissen lassen, dass wir viel gemeinsam haben.»

«Warum?»

«Ich muss dir etwas zeigen.» Lucy zweigte vom Weg ab.

Abby holte schon Luft, um Myles zu rufen.

«Warte», hielt Lucy sie davon ab und kniff sie in den Arm. «Das ist für dich ganz allein.»

«Aber –» Abby wusste nicht, was sie tun sollte: Myles rufen und riskieren, das freundschaftliche Verhältnis zur Herzogin zu zerstören und vor die Tür gesetzt zu werden, oder mit Lucy gehen und das zu riskieren, was – nun, was auch immer das in der Nacht zuvor gewesen war.

Sie seufzte. Würde ihre neue Beziehung eine weitere erotische Episode mit den Wintertons überstehen? War die Statue das Risiko überhaupt wert? Sie seufzte unschlüssig. Aber Myles würde sie schon wiederfinden; schließlich würden sie nicht im Wald verschwinden.

«Also gut», gab Abby nach.

Lucy strahlte. «Das freut mich. Es ist gleich da drüben; wir müssen nur durch dieses Wäldchen.»

Abby hätte beinahe laut aufgestöhnt. *Von wegen nicht im Wald verschwinden.* Sie rang sich ein Lächeln ab und folgte Lucy auf dem schmalen Pfad. Dann blickte sie zurück, um zu sehen, ob Myles bemerkt hatte, dass sie vom Weg abgewichen waren.

Er hatte es offenbar aus den Augenwinkeln registriert,

denn er wandte sich zu ihnen um, bevor sie hinter den Zweigen verschwanden.

Er wollte ihr schon nachrennen, doch Abby gebot ihm mit erhobener Hand Einhalt. Er nickte ihr zu und ging langsamer. Solange er nicht zu weit zurückfiel, konnte er sie leicht einholen, bevor etwas geschah.

So hoffte sie jedenfalls.

Je weiter sie in den Wald eindrangen, desto schmaler wurde der Pfad. Das durch das Laub der alten Bäume dringende Tageslicht hatte einen sanften grünen Schimmer.

Abby legte die Stirn in Falten. Sie hatte erwartet, dass die Bäume hier weitaus jünger sein müssten, doch diese hier sahen aus, als hätten sie schon immer hier gestanden. «Diese Bäume sind ganz schön alt», merkte sie an.

«Sie standen schon vor Königin Elizabeths Lebzeiten hier», erklärte Lucy und ging seitlich auf dem schmalen Pfad weiter, um gleichzeitig mit Abby sprechen zu können. «Weiter reichen die Aufzeichnungen nicht zurück.»

«Sind die Akten der Familie Winterton aus der Zeit davor verlorengegangen?»

«Das Landgut gehörte damals den Wintertons noch gar nicht. Es ging erst im Bürgerkrieg in ihren Besitz über, nach Elizabeth.» Sie blickte wieder nach vorn, um auf den Weg zu achten. «Mein Herzog lässt zwischen diesen alten Stämmen neue Bäume pflanzen. Siehst du?» Sie zeigte auf junge Setzlinge, um deren Stämmchen frische Erde angehäuft war. «Wenn du nach oben schaust, siehst du, dass die alten Bäume beschnitten worden sind, damit mehr Licht für die neuen einfallen kann. Bäume leben nicht ewig.»

«Sieht aber fast so aus», erwiderte Abby und fragte sich zum ersten Mal, ob diese Bäume vielleicht sogar noch im einundzwanzigsten Jahrhundert existieren könnten.

Lucy stieß ein fröhliches Lachen aus, das so gar nicht zu der ruhigen, gütigen Herzogin passen wollte. «Komm. Ich habe dich nicht hierhergebracht, damit du dir Bäume ansiehst.»

Abby blickte über die Schulter, sah aber keine Spur von Myles, während sie Lucy über den gewundenen und teilweise kaum vorhandenen Pfad folgte. Zweige verfingen sich in ihren Röcken und ihrem Umhang, und sie hörte Stoff reißen.

Sie verzog das Gesicht, denn sie hatte ja nicht viel Ersatzkleidung. Dennoch hielt sie weiter mit der Herzogin Schritt.

Plötzlich blieb Lucy stehen. «Schließ die Augen.»

«Aber dann falle ich hin!», wandte Abby ein.

«Nimm meine Hand.» Ihre behandschuhten Finger schlossen sich um die von Abby. «Ich führe dich.»

Allmählich hatte Abby das Gefühl, dass Lucy mehr im Schilde führte als nur einen kurzen Abstecher, der das Ziel hatte, sie zu überraschen. Dennoch schloss sie gehorsam die Augen und ließ sich führen, wobei sie zwar hin und wieder stolperte, aber nicht fiel.

Als Lucy plötzlich stehen blieb, lief Abby auf sie auf. Lucy bewahrte sie vor dem Sturz, indem sie die Arme um sie schlang, wenn auch ein wenig zu lange und zu innig.

«Kann ich jetzt die Augen wieder aufmachen?», fragte Abby, um Lucys allzu großer Nähe zu entkommen.

«Ja», flüsterte Lucy, und Abby fühlte ihren Atem auf ihrer Wange. Lucy war definitiv zu dicht bei ihr.

Abby öffnete die Augen und trat automatisch einen Schritt zurück. Sie ließ den Blick über die kleine Lichtung schweifen, auf der sie standen, umgeben von Bäumen, die zum Teil so sehr von Efeu überwuchert waren, dass man ihre Stämme nicht mehr sah.

«Schön ist es hier», merkte Abby an und suchte nach der Überraschung.

«Hier drüben.» Lucy überquerte die Lichtung und hielt auf eine Baumgruppe zu, deren Efeubewuchs am dichtesten war. Abby folgte ihr mit einem unguten Gefühl im Magen.

Zwischen zwei Bäumen hing ein regelrechter Vorhang aus Efeuranken. Lucy schob ihn zurück und trat in die Dunkelheit dahinter. Sie hielt den Efeu zurück, damit Abby ihr folgen konnte.

Als Abby durch das grüne Portal getreten war, blieb ihr der Mund offen stehen. Hinter dem Efeu kam prächtiger weißer Marmor zum Vorschein.

Der Anblick raubte ihr den Atem. Sie trat in einen runden Raum ein und fand sich in einer Art Tempel wieder. Was sie für Baumstämme gehalten hatte, waren Säulen, die ein rundes Dach mit einem kreisrunden Loch in der Mitte trugen, das sich zum blauen Himmel hin öffnete. Das Licht, das durch diese Öffnung hereinfiel, schien durch den weißen Marmor reflektiert zu werden.

«Was ist das?», hauchte Abby fast schon ehrfürchtig.

«Eine Torheit», erklärte Lucy, während sie über den laubbedeckten Boden in die Mitte des Baus trat und sich mit ausgestreckten Armen im Kreis drehte – soweit sie die Arme in den einengenden Ärmeln ihres Kleides überhaupt strecken konnte.

«Bestimmt ist es eine Torheit, hier zu sein», murmelte Abby leise in sich hinein. Wenn sie dieses Bauwerk nicht als solches erkannt hatte, würde Myles es dann schaffen?

«Hast du etwas gesagt?», rief Lucy, deren Glückseligkeit nicht im Geringsten beeinträchtigt schien.

Abby ging kopfschüttelnd auf sie zu.

«Das hier», erklärte Lucy mit ausgestreckten Armen, «ist ein Diana-Tempel.»

«Woran erkennt man das?»

Lucy runzelte die Stirn. «Ich hätte dich für ein wenig romantischer gehalten.»

Abby zuckte mit den Achseln. «Man hat mir schon Schlimmeres vorgeworfen.»

«Schau nach oben.» Lucy zeigte zur Decke. «Sieh dir die tanzenden Frauen an. Das muss Dianas Gefolge sein.»

Abby blinzelte gegen das gleißende Licht an und trat ein paar Schritte zur Seite, um besser sehen zu können. Und tatsächlich: Was auf den ersten Blick wie eine natürliche Marmorierung im Stein aussah, entpuppte sich bei genauerem Hinsehen als ein Relief aus tanzenden und musizierenden, im altgriechischen Stil gewandeten Frauen.

«Ich dachte, als Dienerinnen Dianas müssten sie eigentlich auf der Jagd sein», merkte Abby an.

«Aber es gibt auch noch diese Statue …» Lucy ging zur gegenüberliegenden Seite des seltsamen Tempels hinüber.

Abby verstummte. Eine Statue? Myles' Statue?

Lucy schob einen weiteren Vorhang aus Efeu beiseite. «Hier.»

Abby trat vor, um die steinerne weibliche Gestalt in der kleinen Nische besser sehen zu können. Sie trug Bogen und Köcher, und zu ihren Füßen lag ein Jagdhund. «Eindeutig Diana», musste Abby einräumen.

«Ist die nicht wunderbar? Mein Herzog hat sie mir gezeigt, als er mich bei unserem ersten Besuch auf seinem Landsitz hierherbrachte. Damals war ich sehr niedergeschlagen, und der Anblick heiterte mich auf.»

«Warum warst du traurig?», fragte Abby, die fand, dass die Herzogin nun auch nicht viel glücklicher aussah.

«Eine gute Freundin wollte unsere Gastfreundschaft nicht annehmen. Ich wünschte mir so sehr, dass sie sofort käme, aber mein Mann meinte, wenn wir noch ein wenig länger warteten, würde sie vielleicht zugänglicher werden. Aber sie ist eben sehr eigensinnig. Eines Tages vielleicht ...» Lucy seufzte wehmütig.

«Zugänglich in welcher Hinsicht?», fragte Abby

Lucy errötete. «Noch vor unserer Hochzeit wurde meinem Mann klar, dass ich eine gewisse ... äh ... Neigung zu anderen Frauen habe. Und ich dachte, bei meiner Freundin wäre das ebenso. Aber sie wies mich zurück ...»

Sie tat Abby leid. «Manchmal ist das schwer zu sagen ...»

«Dabei war sie selbst es, die dieses Verlangen in mir geweckt hatte, und so wusste ich, dass sie dazu durchaus in der Lage war.»

«Aber was ist denn geschehen? Warum hat sie dich zurückgewiesen?»

«Sie hat sich in einen Mann verliebt», seufzte Lucy. «Das war wohl so ähnlich wie bei dir, nehme ich an.» Sie kaute auf der Unterlippe. «Ich habe mich wohl geirrt, nicht wahr, als ich dachte, du –»

«Ich fürchte, ja», unterbrach Abby sie. «Und selbst wenn ich mich zu Männern und Frauen gleichermaßen hingezogen fühlen würde, wäre ich wohl in den Flitterwochen nur schwer abzulenken, nicht einmal von einer Schönheit wie dir.»

Lucy wandte sich mit gesenktem Kopf ab. «Das ist sehr nett von Euch, Mrs. Hardy.»

Abby berührte ihre Schulter. «Ich möchte trotzdem, dass wir Freundinnen sind. Myles – Mr. Hardy – und ich sind praktisch miteinander durchgebrannt. Du kannst dir ja vorstellen, wie das rübergekommen ist.» Schweigend dankte Abby ihrer Englischlehrerin an der Highschool dafür, dass sie sie *Stolz und Vorurteil* hatte lesen lassen.

«Rübergekommen?» Lucy drehte sich stirnrunzelnd zu ihr um. «Was für eine ungewöhnliche Formulierung.»

Abby errötete, und ihr stilles Lob wich stillen Flüchen. «Ich wollte damit sagen, dass meine Freunde und Verwandten unsere Verbindung nicht gutgeheißen haben.»

«Ist ja auch kein Wunder», meinte Lucy verständnisvoll. «Verzeih mir bitte, aber dein Mann gilt ja auch als ziemlicher Schwerenöter. Wusstest du, dass er hinter meiner Stieftochter her war?»

Abby nickte. «Das hat mich auch nicht gerade begeistert, aber so sind sie nun mal, die Männer … Natürlich versuchen sie, eine möglichst gute Partie zu machen. Aber Myles hat eben nicht damit gerechnet, dass er sich verlieben könnte.» Sie musste unwillkürlich grinsen. Wenn dem nur so wäre!

«Du wahrscheinlich auch nicht, oder?»

Abby hob nur die Schultern.

«Du scheinst mir eine sehr vernünftige Frau zu sein, eine, von der man nicht erwarten würde, dass sie sich von einem Abenteurer wie Hardy angezogen fühlt. Vor allem in Anbetracht deiner recht entschiedenen Ansichten bezüglich männlicher Schwächen.»

«Danke für das Kompliment», erwiderte Abby grinsend und streckte ihr die Hand hin. «Dann wollen wir also echte Freundinnen sein?»

Lucys dünnes, aber aufrechtes Lächeln gab ihr Hoffnung. «Freundinnen.» Sie nahm Abbys Hand nicht, sondern betrachtete den Tempel um sie herum. «Auch wenn ich wünschte, es wäre anders. Das hier war womöglich einmal der perfekte Ort für Schäferstündchen.»

Abby konnte dem nicht widersprechen. «Ein paar Decken, um den Boden bequemer zu machen, und dann noch ein paar Kissen … der Ort hat zweifellos eine gewisse Ausstrahlung.»

«Jetzt muss ich nur noch jemanden finden, mit dem gemeinsam ich ihn genießen kann.»

«Und was ist mit Eurem Mann?» Die männliche Stimme ließ sie beide erschrocken auffahren. Myles lehnte freundlich lächelnd an einer mit Efeu berankten Säule. «Ihr Damen wart ganz schön schwer zu finden.»

«Und Ihr könnt Euch wohl gar nicht vorstellen, dass das beabsichtigt war?», fragte Lucy mit eisigem Tonfall.

Schon ein kurzer Blick genügte Abby, um zu erkennen, dass Lucy keinen Mann in ihrem Heiligtum haben wollte. «Das hier ist nur für Mädels, Myles. Der Tempel ist Diana gewidmet, Artemis. Jungs haben hier nichts zu suchen.»

Er lächelte. «Ich bitte um Vergebung, Euer Gnaden.» Er verbeugte sich vor Lucy. «Manchmal habe ich das Gefühl, meine Gemahlin ist immer noch mehr ein Mädchen als eine erwachsene Frau.»

Abby wollte ihm schon eine passende Antwort an den Kopf werfen, aber ihr fiel nichts ein. Sie würde ihn schon noch kriegen. Mit einem mitfühlenden Blick auf Lucy schlug sie stattdessen vor: «Wollen wir nicht lieber zurück zum Haus? Ich habe ein großes Loch in den Mantel gerissen. Vielleicht könntest du mir helfen, ihn zu flicken?»

Lucy wurde wieder munter. «Das überlassen wir einer Dienstmagd. Ich hätte daran denken sollen, dir eine von meinen Angestellten zu überlassen. Ich habe da ein Mädchen, das als Zofe bestens geeignet wäre.»

Abby ging lächelnd zu Myles hinüber. «Dann sollte man der Kleinen doch die Chance geben, nicht wahr?»

«Braves Mädchen.» Myles hakte sich bei ihr ein und streckte Lucy die Hand hin. «Es wäre mir eine Ehre, Euch begleiten zu dürfen, Euer Gnaden.»

Lucy akzeptierte seine Hand, aber Abby entzog sich ihm und legte Lucy einen Arm um die Schulter. «Mr. Hardy, ich denke, wir gehen besser voraus.»

Sie spürte, wie Lucy sich an sie lehnte, als sie den Tempel verließen und den Efeu beiseiteschoben. Dann machten sie sich auf den Rückweg zum Haus.

Nachdem sie wieder beim Haus angelangt waren, nahm Myles sie beiseite. «Wir müssen zurück», flüsterte er ihr zu.

Abby warf ihm einen neugierigen Blick zu. «Wohin zurück?»

Er zog sie aus dem Korridor in einen der Salons, vergewisserte sich, dass niemand in der Nähe war und flüsterte: «Zurück zum Tempel.»

Abby riss die Augen auf. «Die Diana-Statue? Aber die ist riesig! Wie willst du die da wegschaffen?»

Myles schüttelte den Kopf. «Nein, die Statue ist eine Fälschung. Das ist kein Diana-, sondern ein Dionysos-Tempel. Und dort werden wir die Statue finden.»

«Und was ist mit dem Keller?»

«Unter dem Tempel. Er muss da sein.» Sein Grinsen wurde noch breiter. «Wir gehen heute Nacht dorthin zurück.»

Kapitel 11

Als es so weit war, beäugte Abby skeptisch die flackernden Fackeln. «Werden sie die vom Haus aus nicht sehen?»

Myles schüttelte den Kopf. «Falls überhaupt noch jemand wach ist, können sie uns aus diesem Blickwinkel nicht sehen, weil diese schöne Baumreihe ihnen die Sicht versperrt. Du müsstest dich doch eigentlich freuen; jetzt fällst du nicht mehr so oft hin.»

«Tut mir leid.» Abby sah bei Nacht nicht besonders gut. Vielleicht hätte sie auf ihre Mutter hören und als Kind mehr Karotten essen sollen.

Beim Gedanken an ihre Mutter holte sie tief Luft. Ihre Mutter flippte jetzt wahrscheinlich völlig aus.

«Was ist denn?» Myles legte den Arm um ihre Schulter.

Sie schüttelte den Kopf und entzog sich ihm. «Nichts. Gehen wir.» Jeder eine Fackel in der Hand, gingen sie schweigend auf demselben Weg, den sie am Nachmittag genommen hatten, durch den Wald. Sie erreichten den von Efeu überwucherten Tempel in Rekordzeit.

«Woher weißt du, dass es hier ist?», flüsterte Abby.

Achselzuckend holte er weitere pechgetränkte Fackeln aus seinem Bündel und verteilte sie auf dem Boden des Tempels. «Ich weiß es nicht, jedenfalls nicht mit Sicherheit. Aber die Statue ist neueren Datums, das habe ich auf den ersten Blick erkannt. Der Marmor ist nicht so hochwertig und die Ausarbeitung nicht so detailliert wie bei einem Original aus dem alten Griechenland.»

«Und das alles willst du von der gegenüberliegenden Seite des Tempels aus gesehen haben?»

Myles nickte, ging zu der verborgenen Statue hinüber und hielt die Fackel davor. «Ja. Ich befasse mich schon mein Leben lang mit der Kunst der Antike und erkenne eine Fälschung, wenn ich eine sehe. Und diese hier ist auch noch aus dem falschen Marmor gefertigt.»

Er ließ den Vorhang aus Efeu fallen und hielt seine Fackel hoch, doch das Licht reichte nicht bis zum Relief an der Decke. «Und du hattest vollkommen recht mit deiner Einschätzung, dass dies hier keine Diana-Jüngerinnen sind.»

«Du warst die ganze Zeit hier und hast uns zugehört?», unterbrach Abby, froh darüber, dass ihr Erröten in der Dunkelheit nicht zu sehen war. «Du hast gehört –»

«Wie ihr beide über die Möglichkeit geschlechtlicher Vergnügungen gesprochen habt.» Myles' kühle Stimme trug nicht gerade dazu bei, Abbys Unbehagen zu lindern. «Nur zur Erinnerung: Ich bin nicht wirklich verliebt in dich.»

«Danke», schnaubte Abby, «das weiß ich, aber wir hatten doch vereinbart, ein frischverheiratetes Paar zu spielen, oder hast du das schon vergessen?»

«Ich bitte um Verzeihung.» Myles klang, als meine er es auch so. «Ich wollte das nur nochmal sicherstellen.»

«Na klar.» Abbys Stimme klang geschäftsmäßig, obwohl ihr Herz ins Stocken geriet. «Aber wolltest du nicht etwas über die Decke sagen?»

Er räusperte sich. «Richtig, die Decke. Das sind keine Anhängerinnen der Diana, sondern Bacchantinnen, also weibliche Gefolgsleute von Dionysos, dem Gott der Gelüste. Gelüste auf gutes Essen, guten Wein, guten Sex. Da oben sind auch Männer zu sehen, halb Ziege, halb Mensch – Satyrn, die zu Dionysos' Musik tanzen.»

«Wie Pan.»

«Ja, der war auch einer von ihnen.» Myles hielt die Fackel dicht über den Boden. «Und hier muss auch irgendwo ein Eingang sein.»

«Zum Keller?»

Myles' Grinsen war selbst im Fackelschein nicht zu übersehen. «Zum Keller.»

Auch Abby hielt ihre Fackel jetzt tiefer und suchte den Marmorboden nach Anzeichen für einen Eingang ab – nach einem losen Stein, einer unebenen Oberfläche, einem Gitter oder sonst etwas. Sie konzentrierte sich dabei auf den Marmor unmittelbar vor ihr und nahm zugleich halb bewusst Myles' Bewegungen auf der gegenüberliegenden Seite des Tempels wahr.

Als jeder seinen Teil des Bodens abgesucht hatte, trafen sie in der Mitte aufeinander.

Myles warf seine Fackel beiseite. «Hier ist er nicht.»

Abby folgte seinem Beispiel. «Vielleicht ist der Eingang ja draußen, irgendwo am Rand des Fundaments?» Der Gedanke ließ sie erschaudern. Die Außenseite des Tempels war von Efeu überwuchert, und darum herum häufte sich vermoderndes Laub und wer weiß was noch alles.

«Wir brauchen Pickel und Schaufeln, um das Fundament freilegen und diesen Eingang finden zu können. Er kann auch gut und gern 30 Meter vom Tempel entfernt liegen.» Seine Augen leuchteten ob dieser Herausforderung. «Ich nehme nicht an, dass dieser Bau in deinen Plänen enthalten ist.»

Abby schüttelte den Kopf. Sie hatten ihre Zeit vergeudet.

Er nahm ihr Gesicht zwischen die Hände. «Tut mir leid, Abby. Das war wohl vergebliche Liebesmüh.»

Sie stellte sich auf die Zehenspitzen und fuhr mit den Lippen über die seinen. «So würde ich das nicht sehen.»

Ohne dass einer von beiden es gewollt hätte, wurde ihr Kuss immer inniger. Sie zog ihn näher zu sich heran und spürte, wie seine Hände über ihren Nacken und ihren Rücken glitten. Er drückte sich an sie und sie sich an ihn. Seine Küsse wurden begehrlicher, und er nahm ihre Unterlippe zwischen die Zähne.

«Was hast du nur an dir, Mrs. Hardy?», hauchte er verwundert, während er den Kuss unterbrach und ihr übers Haar strich.

«Das ist doch hoffentlich eine rhetorische Frage», erwiderte sie und versuchte, nicht daran zu denken, wie nah seine Lippen an ihren waren. Sie hatte noch nie einen derart berauschenden Kuss erlebt. Hätten sie doch nur ein paar Decken und Kissen gehabt …

«Hmm», lautete seine unverbindliche Antwort, während er über ihre Schulter schaute. «Abby …» Er klang weit entfernt und nachdenklich.

«Ja?» Abby wusste, dass sein Gehirn wieder auf Hochdruck arbeitete.

«Diese Laube dort war mit Sicherheit von Anfang an Bestandteil des Tempels. Ich wette, mein Vorfahr brachte sie vor vielen Generationen aus Griechenland mit, um seinen Schatz zu verstecken.»

«Die Dionysos-Statue?»

Sein scharfer Blick ließ ihr das Blut in den Adern gefrieren. «Das habe ich dir nie erzählt.»

«War auch gar nicht nötig», schnaubte Abby ungeduldig. «Du hast erklärt, warum du dir so sicher bist, und dabei fiel immer wieder der Name Dionysos.» Sie deutete hinter sich. «Du glaubst also, der Eingang könnte in der Nische sein?»

Gemeinsam gingen sie in diese Richtung. Abby hielt den Efeu zurück, bis Myles die Fackeln in die kleine steinerne

Laube gebracht hatte. Während am Fuß der Diana-Statue die Flammen flackerten, suchten die beiden die Wände ab.

Myles' Stimme hallte in dem winzigen Raum wider. «Wo hast du das gelernt?»

Als Abby mit einem Blick über die Schulter hinweg sah, dass Myles zur Wand sprach, wandte auch sie sich wieder ihrer Arbeit zu. «Effizient nach etwas zu suchen?» Sie zuckte die Achseln, auch wenn sie wusste, dass er es nicht sehen konnte. «Meine beste Freundin hat einmal beim Fußballspielen einen Ring verloren, und dann haben wir den ganzen Nachmittag lang das Spielfeld danach abgesucht. Nach einfachen Prinzipien, die auch auf andere Bereiche übertragbar sind.»

«Ist sie immer noch deine beste Freundin?» Myles' Stimme klang merkwürdig, und Abby hatte nicht das Gefühl, dass das am Widerhall im Raum lag.

«Sie ist noch gar nicht geboren», blaffte Abby. Sie hatte so viel verloren. Bislang war sie kaum dazu gekommen, ihr Zuhause zu vermissen, aber jetzt? Sie schluckte. «Entschuldige. Ich versuche, nicht darüber nachzudenken.»

«Verstehe.»

Er verstand es nicht, und Abby wusste das. Wie hätte er es auch verstehen können? Schweigend setzte sie ihre Suche fort.

Ein dumpfer Schlag und lautes Fluchen störten ihre Konzentration. Sie drehte sich um und sah, wie Myles herumhüpfte. Er war offenbar mit dem Fuß gegen eine Säule getreten.

«Hier ist er nicht», brummte er.

«Er muss aber hier sein», widersprach Abby und verschränkte die Arme. «Schließlich ist das hier ein Dionysos-Tempel. Zumindest deutet alles bis auf die Diana-Statue darauf hin.»

«Genauer gesagt ist das nicht die römische Diana, sondern die griechische Artemis. Ein viel schönerer Name.» Myles betrachtete die Statue. «Du hast recht. Die gehört überhaupt nicht hierher.»

Er versetzte der Statue einen Stoß, und sie fiel durch den Vorhang aus Efeu und zerschellte auf dem Boden.

«Myles!», rief Abby schockiert.

«Das war doch nur eine Fälschung», zischte er und wischte Schmutz vom Sockel der Statue.

Abby trat zu ihm. Irgendwie hatte sich ein großer Haufen zerbröseltes Material unter der Statue angesammelt. «Das ist eine Menge Staub», meinte sie und fühlte sich ein wenig nutzlos.

«Die Statue war hohl, ein Gipsguss.» Myles wühlte mit dem Fuß in den Scherben und förderte einen in den Boden eingelassenen Messingring zutage, der vom Alter schon leicht angegrünt war.

Abby musste sich zurückhalten, um nicht wie ein aufgeregtes Kind in die Hände zu klatschen, und so griff sie stattdessen nach dem Ring. Als sie ihn zu sich heranzog, begann der Boden sich unter knirschenden Geräuschen zu bewegen. Ein dünner Ring aus Staub, der sich um den Sockel abgelagert hatte, rieselte durch die sich auftuenden Spalten.

«Mann, ist das schwer», stöhnte sie.

Myles nahm ihre Hand vom Ring weg und versuchte es an ihrer Stelle. Er zog mit aller Macht, bis sich die kreisrunde steinerne Tür öffnete. Myles ließ los, und die Tür fiel nach unten, um ein klaffendes, finsteres Loch zu hinterlassen.

Myles nahm eine Fackel und leuchtete in das Loch, wobei er und Abby fast mit den Köpfen zusammenstießen. Er wollte die Fackel gerade hinunterfallen lassen, als sie ihn davon abhielt.

«Was ist, wenn da unten etwas Brennbares herumliegt?

Außerdem habe ich das hier dabei.» Sie zog die kleine Taschenlampe aus ihrer Handtasche, hielt sie nach unten und sah eine Leiter, die in der Dunkelheit verschwand. Abby beugte sich vor und erkannte im Lichtstrahl den mit Laub bedeckten Boden.

Sie blinzelte. «Der Schacht scheint ganz unten weiter zu werden, siehst du?»

«Ja, und zwar unter dem eigentlichen Tempel, wie ich annehme.» Er streckte die Hand nach der Taschenlampe aus, und sie gab sie ihm. «Wollen wir?»

«Nach Ihnen.» Sie ließ ihm mit einer Handbewegung den Vortritt.

Grinsend schwang er sich in die Öffnung und stieg die Leiter hinab. Unten angekommen, rief er zu ihr hoch. «Wirf die Fackeln runter. Es ist zu dunkel hier unten.»

Abby gehorchte, nahm ihre Röcke in eine Hand und stieg ebenfalls hinab.

«Vorsichtig!», drang Myles' hallende Stimme zu ihr. «Diese Leitersprossen sind schon ziemlich alt.»

Unten schüttelte sie ihre Röcke aus. «Myles?»

In der kreisrunden Kammer lagen Fackeln über den Boden verstreut. Myles stand in der Mitte des Raums, und ein goldener Schimmer fiel über seinen Körper.

Er schien ganz auf etwas konzentriert, das vor ihm stand – die Statue, wie Abby vermutete –, während sie die Wände der Kammer ausgesprochen faszinierend fand. In kräftigen Goldgelb-, Rot- und Blautönen sprangen Männer und Frauen durch verschiedene Bilder. Der locker um ihre Körper drapierte weiße Stoff gab hier und dort den Blick auf eine Brust oder einen Penis frei.

Frauen jagten Männern hinterher, und Männer mit braunen, behaarten Ziegenbeinen, gehörntem Kopf und erigiertem Penis jagten Frauen. Andere aßen Weintrauben, deren purpurroter Saft ihre Haut und ihre knappe Kleidung befleckte.

«Myles», hauchte Abby in die Stille hinein, «das ist unglaublich.»

Er drehte sich um. Er blickte reichlich wild drein, und nun sah Abby auch den Grund dafür – sah, was er die ganze Zeit über angestarrt hatte.

«Ach du meine Güte.» Die Goldplattierung der lebensgroßen Statue brachte im Licht der überall verteilten Fackeln den ganzen Raum zum Leuchten. Die Statue stellte Dionysos als muskulösen Mann im besten Alter dar. In der einen Hand hielt er Trauben, während er mit der anderen auf den größten Schwanz deutete, den Abby je gesehen hatte.

Sie trat näher, überwältigt von der detailgetreuen Ausführung der Skulptur bis hin zum Penis mit seiner gerundeten Eichel, den dicken Adern am Schaft und den kraftvollen Sehnensträngen. Sie musste sich zwingen, den Blick weiter nach oben auf den Waschbrettbauch des Gottes und schließlich auf seine breite Brust zu richten, in die sogar feine geringelte Härchen eingeritzt waren.

«Wow», entfuhr es ihr, bevor sie sich zu Myles umdrehte, der nicht weniger fasziniert war als sie. «Aber wie kriegen wir sie hier raus? Die passt doch nicht durch die Falltür.»

«Mach dir darum mal keine Sorgen.» Myles zog sie an sich. «Das ist die Erfüllung all meiner Träume, liebe Abby. Darauf habe ich seit Jahren hingearbeitet. Wenn ich die Statue der Dilettanti-Gesellschaft präsentiere, können sie gar nicht mehr anders, als mir die Mitgliedschaft anzubieten.»

«Was für eine Gesellschaft?», fragte Abby blinzelnd.

«Die Dilettanti-Gesellschaft. Eine Art Club. Die einzige Möglichkeit, dort aufgenommen zu werden, besteht darin, ihnen ein besonders bemerkenswertes antikes Kunstwerk zu bringen. Mein Vater versuchte es mit ein paar wirklich schönen Stücken, aber sie wiesen ihn ab.» Er verzog verärgert den Mund.

Abby lehnte sich an ihn. «Myles», schnurrte sie und genoss das zarte Gefühl ihrer sich allmählich aufbauenden Erregung – kein Wunder bei all der erotischen Kunst um sie herum. «Was gehen uns diese Männer an? Die sind es doch gar nicht wert, dass du ihretwegen deine Zeit verschwendest.» Ihre Finger krochen in die Öffnung seines Kragens. «Du bist besser als die alle zusammen.»

«Genau deshalb will ich ihnen das auch beweisen.» Das wütende Funkeln schwand aus seinem Blick, er nahm sie in die Arme und zog sie an sich. «Ohne dich hätte ich das nie geschafft.» Seine Lippen fuhren zärtlich über die ihren.

«Doch», widersprach Abby grinsend. «Aber dann hätte es nicht so viel Spaß gemacht.»

«Apropos Spaß, lass uns feiern.» Myles machte sich daran, das Vorderteil ihres Mieders zu öffnen.

«Hier?»

«Wieso denn nicht?», entgegnete er und entkleidete sie mit unverminderter Geschwindigkeit weiter.

Ja, warum eigentlich nicht? Mit pochendem Herzen löste Abby seine Krawatte und zog sie ihm vom Hals, bevor sie sich an die Schnürungen seines Hemdes machte und ihn an den Jackenaufschlägen zu sich zog. «Myles», hauchte sie mit vor Verlangen erstickter Stimme, «ich will dich.»

Er stöhnte auf und küsste sie heftig. Dann rissen sie sich gegenseitig die Kleider vom Leib und breiteten sie als provisorische Matratze auf dem harten Boden aus.

Er legte sie darauf nieder und glitt zwischen ihre bereits gespreizten Beine.

«Myles», stöhnte sie zwischen Küssen, «ich bin so scharf auf dich.»

«Das merke ich.» Sein Schwanz stieß ganz langsam und genüsslich, Zentimeter um Zentimeter, in ihre nasse Spalte vor. Sie gab ein langanhaltendes, leises Stöhnen von sich, und ihr Atem wehte über sein Ohr.

Er legte einen angenehmen Rhythmus vor, während die Geräusche ihrer Vereinigung in der marmorverkleideten Kammer widerhallten. Abby stemmte sich ihm bei jedem Stoß entgegen, und ihr ganzer Körper erbebte vor Verlangen nach mehr, nach dem, was der Höhepunkt ihr bringen sollte.

«Dreh dich um», stöhnte er und zog sich aus ihr zurück.

Sie tat es und reckte ihm auf allen vieren ihren Hintern und ihre gespreizten Schenkel entgegen. Er ließ seinen Schwanz an ihrem nassen Schlitz auf und ab gleiten und stieß mit der Eichel an ihre Klitoris. Sie machte ein Hohlkreuz und genoss das Gefühl so sehr, dass sie sich wünschte, es würde ewig andauern. Sie wollte ihn zwar in sich haben, aber dieses Vorspiel gefiel ihr fast ebenso gut.

Er zog sich zurück und drückte seinen Schwanz an den Eingang ihrer gierigen Vagina. Abby hielt den Atem an. Sie wollte ihn aus diesem neuen Winkel spüren.

Stattdessen zog er sich noch ein Stück weiter zurück, bis sein Glied an ihren After stieß.

«Myles?», fragte sie besorgt.

«Sei ganz entspannt.» Seine Hände glitten über ihre Hinterbacken nach oben.

Abby atmete stoßartig aus. «Es ist nicht so, dass es das erste Mal wäre, aber das letzte Mal habe ich es nicht ohne Schutz getan.»

Myles' Hände strichen weiter über den unteren Teil ihres Rückens. «Du meinst, mit Kondom?»

Abby wünschte sich eine weniger verführerische Berührung, um klarer denken zu können.

Er versetzte ihr einen Klaps auf den Hintern. «In Anbetracht der Tatsache, dass ich es kaum erwarten kann, in dich zu dringen, nehme ich den konventionellen Weg. Aber vielleicht könnten wir später …»

Abby wand sich an ihm. Seine Versprechungen machten sie noch heißer, als sie ohnehin war. «Ich freue mich auf später.»

Er lachte auf, bevor sein Schwanz wieder hinunter zu ihrer nassen, engen Spalte und in sie hineinglitt. Abby stöhnte, als sie seinen Druck gegen einige höchst sensible Punkte in ihr spürte.

Mit diesem Mann, in seinen Armen, schwanden alle ihre Hemmungen, sich noch einmal mit dem anderen Geschlecht einzulassen. In seinen Armen zählte nur noch ihre grenzenlose Erregung. Sie wollte ihn, wollte, dass er sein sexuelles Geschick an ihr erprobte und nur an ihr allein, bis sie ein knochenloses Bündel purer Ekstase war.

Und Myles gab sein Bestes. Er zog sich ein Stück weit zurück, um gleich wieder zuzustoßen. Dann packte er ihre Hüften und strich mit den Fingerspitzen über ihre Klitoris. Abby kam ihm entgegen und ließ ihn in ihre Enge.

Er stieß einen Schrei aus, während er in ihr still hielt, ihre Klitoris rieb und seinen Schwanz von ihren Muskeln liebkosen ließ. Ihre Schreie gesellten sich zu seinen. Sie fiel nach vorn, als ihre Arme nachgaben, drückte sich aber gleich wieder umso entschiedener gegen ihn, bis er so tief in sie stieß, dass seine Hoden über ihren nassen Spalt streiften.

«Oh Gott, Myles! Myles, bitte!», schrie sie und schlug mit der Faust auf den Boden.

Obwohl sie sich ungeduldig vor ihm wand, hielt er inne. «Ich hab eine Idee.»

«Wie wir die Statue rausbekommen? Hat das nicht Zeit?» Abby zog ihre Scheidenmuskeln um seinen Penis zusammen, um ihn an das zu erinnern, was für sie Priorität hatte.

«Doch, das hat Zeit», räumte Myles ein, «aber ich habe gesehen, wie du ihn angestarrt hast. Vor allem den Schwanz.»

Abby stützte sich mit den Ellbogen ab und blickte ihn über die Schulter hinweg an. «Der ist ja auch kaum zu übersehen. Myles, bitte, ich bin so nahe dran», bettelte sie. «Hör jetzt nicht auf.»

Er packte eine Handvoll ihres Haares und zog leicht daran. «Abby, hast du je ein so großes Sexspielzeug gesehen?»

Abby schnaubte und wand den Kopf in seinem Griff, aber er ließ nicht los. «Ja, man nennt sie Aufblaspuppen.»

«Tatsächlich? Hast du eine dabei?»

«Die sind nicht so mein Ding.» Abby massierte seinen Schwanz und ließ die Hüften kreisen.

«Bist du nicht in Versuchung, ihn auszuprobieren?»

«Hast du keine Angst, dass ich ihn beschädigen könnte?»

«Aha», triumphierte Myles, «du hättest also schon Lust dazu, nicht wahr?» Er glitt aus ihr und stand auf.

Sie befreite ihr Haar kopfschüttelnd aus seinem Griff und blickte zu ihm auf. «Ich habe viel lieber dich in mir.»

Myles' Lippen zuckten. «Sagen wir es mal so: Es ist so eine Phantasie von mir zuzusehen, wie die Frau, die ich ... liebe ..., einen anderen Mann fickt, und das ist die einzige Art und Weise, wie ich es jemals zulassen würde. Er ist schließlich nicht aus Fleisch und Blut.»

Abby ließ sich auf den Rücken fallen und setzte sich auf. Ihr Verlangen nahm zu, vermischt mit einem Gefühl, das sie nur allzu gut kannte. «Ist das dein Ernst?»

Er errötete und strich eine Haarsträhne beiseite, die an ihren Lippen klebte. «Natürlich», erklärte er achselzuckend.

Sie hatte das Gefühl, ihn am Haken zu haben, und grinste. «Ich meine, ob es dein Ernst ist, dass du keine Angst hast, ich könnte die Statue beschädigen?»

«Das wirst du nicht tun», meinte Myles mit finsterem Blick.

Abby stand mit wackligen Beinen auf und ging zur Statue. Die Form der Statue bot ihr eine Art Schoß, auf dem sie sitzen konnte, denn der Schwanz stand ein wenig nach oben. Und die Hand, die auf ihn zeigte, würde auch sie tragen, wie Abby plötzlich klar wurde.

Sie stieg auf den Sockel der Statue und stieß mit ihrem nackten Fuß gegen einen steinernen großen Zeh. Dann schwang sie ihr Bein über das der Statue und schob sich ganz langsam vor.

Myles kam ihr zu Hilfe und stützte sie. «Ich helfe dir», murmelte er ihr ins Ohr und leckte ihr Ohrläppchen. Dann hob er sie hoch, seine breiten Hände um ihre Taille.

Abby stemmte sich gegen die Brust der Statue, glitt aber vom vergoldeten Stein ab. Mit Myles' Hilfe ließ sie sich auf das Bildnis sinken, dessen kalter Penis sogleich gegen ihren nassen Schlitz drückte.

Abby holte tief Luft und versuchte, sich zu entspannen. Myles schnupperte an ihrem Nacken, um sie abzulenken, und bevor sie sich versah, sank die kalte Spitze des Penis in sie.

Abby stöhnte auf.

Myles' Griff an ihren Hüften wurde fester. «Tut es weh?» Er schien bereit, sie auf der Stelle wegzuheben.

«Nein, nein.» Abby tätschelte seine Hand, der an ihrer Taille lag. «Er ist einfach nur … so groß.»

Myles drückte die Lippen auf ihr Schulterblatt. «Schön langsam.»

Und sie glitt immer tiefer auf ihn herab, bis der Schwanz

der Statue ihr Innerstes dehnte und mit seiner Kühle das Feuer zügelte, das Myles in ihr entfacht hatte. Zügelte, aber nicht zum Erlöschen brachte. Abby wurde sich eines angenehmen, immer stärker werdenden Verlangens bewusst, das Myles ausgelöst hatte und das nun bald gestillt werden sollte.

Bevor sie die gesamte Länge des steinernen Phallus in sich aufnahm, zog sie sich so weit hoch, dass nur noch die Eichel in ihr blieb, die, deutlich dicker als der Rest, sie genau an ihrem Eingang auf die herrlichste Weise dehnte.

Stöhnend sank sie erneut herab und nahm die unerbittliche Kälte der Statue in sich auf. Myles drückte sich von hinten gegen sie; sein Schwanz rieb an ihrem Kreuz, und seine Hände glitten über ihre Taille hoch, um ihre Brüste zu umfassen und zu stimulieren.

Die Hitze in ihren bereits angeschwollenen und aufgerichteten Nippeln breitete sich durch ihren ganzen Körper aus. Myles drückte sie weiter nach vorn und hielt ihr einen angefeuchteten Finger an den Anus. Abby bebte vor gespannter Erwartung. Sie hoffte, dass er noch hineinpasste, nun, da sie bereits einen riesigen Phallus in sich hatte.

Sie gab ein leises Wimmern der Besorgnis von sich, doch Myles küsste ihre Schulterblätter und drückte seine warmen Lippen auf ihre Haut.

Millimeterweise schob er seinen Finger hinein. Abby hörte auf, sich zu bewegen, als sie spürte, wie er sich durch den engen Schließmuskel in sie schob.

Sie wimmerte, weil sie unbedingt weiter die Statue ficken wollte. Er drang tiefer in sie ein, und sein Finger wirbelte in ihrem Anus herum.

Dann zog er sich überraschend mit einen brennenden Klaps auf ihren Hintern zurück. «Kein Platz für mich», flüsterte er und biss sie zärtlich in den Nacken.

Abby gönnte sich einen Moment der Ruhe, bevor die köstliche Dehnung durch den Phallus der Statue ihr neue Befriedigung verschaffte und Myles erneut begann, ihre Brüste zu stimulieren.

Sie rutschte auf dem Penis der Statue auf und ab, bis er von ihrer menschlichen Hitze warm und glitschig wurde. Ihr ganzer Körper stand vor Verlangen in Flammen, mit dem Schwanz der Statue in ihr und Myles an ihrem Rücken, dessen Körperwärme die Kühle der unterirdischen Kammer von ihr abhielt.

Keuchend und schreiend gelangte Abby wieder an den Punkt der Erregung, den sie vor ein paar Augenblicken schon einmal erreicht hatte, als Myles sie von hinten gefickt hatte. Ihr Höhepunkt baute sich immer weiter auf, bis sie taumelnd am Rand eines Bottichs purer, sengender Lust stand.

Vor ihren Augen verschwamm alles, und die Wandmalereien tanzten in einem zügellosen Farbenwirbel auf und ab. Es schien ihr, als wollten sie von den Wänden schmelzen wie eine mit Wachsstiften gemalte Kinderzeichnung unter der glühenden Sonne.

Abby zwinkerte, um ihre Augen wieder scharf zu stellen, doch das Bedürfnis, zu noch höheren Gipfeln der Erfüllung vorzustoßen, ließ alles andere unwichtig erscheinen. Ihr Körper, eine einzige willenlose, hingegebene Masse, strebte nach einer Befriedigung, die außerhalb ihrer Reichweite zu liegen schien.

Eine überwältigende Hitze bemächtigte sich aller ihrer Sinne. Der kühle unterirdische Raum war zu einem Schmelzofen geworden, in dem es schwierig war festzustellen, ob Myles noch hinter ihr stand. Ihr Kopf fiel zurück auf der Suche nach frischer Luft, während sie sich immer wieder gegen den Schwanz der Statue drückte.

Nägel bohrten sich in ihren Rücken. Sie rang nach Luft. Die goldenen Fingerspitzen der Statue krümmten sich und kratzten sie. Die der Statue, nicht die von Myles. Doch selbst das riss sie nicht aus dem Nebel ihres Verlangens.

Mit einiger Mühe blickte sie auf die Brust des Gottes hinab. Die goldenen Haare auf seinen Brustmuskeln schienen so lebensecht, deutlich wahrnehmbar hoben und senkten sie sich.

Die Statue *atmete.*

Im selben Augenblick brach der lange erwartete Orgasmus über sie herein. Sie schrie ihre Freude heraus und senkte sich auf den plötzlich lebendigen, pulsierenden Schwanz des Gottes. Sie presste sich gegen seine Lenden, um ihre Erlösung bis zum Letzten auszukosten.

Ein Stöhnen – ein aus Urzeiten zu kommen scheinendes knarzendes Stöhnen, das doch voller Leben war – erschütterte die kleine Kammer.

Eine große Hand liebkoste ihre Wange, eine Hand, größer als die von Myles. Während die Handfläche ihr Kinn umfasste, strich ihr der Zeigefinger über die Stirn.

Abby öffnete die Augen. Lebendige, funkelnde Augen, grün wie regennasser Efeu und mit goldenen Sprenkeln durchsetzt, starrten auf sie zurück.

Viel zu erstaunt, um vor Angst aufzuschreien, berührte Abby vorsichtig die volle Unterlippe. Atem strich über ihre zitternden Fingerspitzen, und die Lippen spitzten sich, um sie zu küssen.

Die Statue lebte.

Was zuvor kaltes Gold gewesen war, verwandelte sich in echte, sonnengebräunte, noch immer golden glänzende Haut. Der Gott stand nicht mehr gerade da, sondern beugte sich vor, um Abby enger an sich zu ziehen. Unter ihr bogen sich seine kräftigen Oberschenkel.

Abby starrte die Statue ungläubig an. Wie war das möglich? Sexspielzeuge sollten doch eigentlich nicht lebendig werden! Echtes Fleisch und Blut – das Letzte, was Myles wollte.

Sie versuchte verzweifelt, sich aus dem Griff der lebenden Statue zu befreien, während der Schwanz des Gottes in ihr zu neuem Leben erwachte und noch tiefer in sie drang. Abby schrie auf und krallte sich in seine Schultern. Ihre Möse war so empfindlich, dass sie sich nicht vorstellen konnte, noch mehr Sex aushalten zu können und schon gar nicht mit einem übernatürlichen Wesen.

Sein großer Mund schloss sich über ihrem und hauchte ihr neue Energie ein. Ihre Schmerzempfindlichkeit wich, und sie öffnete sich seinem riesigen Glied. Sie stöhnte in seinen Mund, sein Kuss bannte ihren Schrecken und ersetzte ihn durch grenzenloses Verlangen. Sie wollte mehr von ihm, mehr von diesem Gott und sonst gar nichts.

Sie merkte, wie sie hochgehoben und auf den früheren Sockel der Statue gelegt wurde. Sein Glied blieb in ihr und rutschte nur ein klein wenig heraus, während er sie bewegte. Er beugte sich über sie, während er sie weiter fest in seinen Armen hielt. Sein Schwanz glitt in sie, in den Tunnel ihrer noch immer angespannten Muskeln, bis sie seine Hoden an ihrem Hintern spürte.

Ihr wurde schwindlig. Abby hatte aufgehört zu denken und verlor sich ganz in den Bedürfnissen und Wünschen der goldenen Statue. Sie wollte nur noch ihm gefallen. *Er* stand in ihrem Bewusstsein an erster Stelle.

Sie schlang die Knöchel um seine Taille und drückte ihn an sich.

«Mehr», knurrte die Stimme des Gottes, jung und lebendig und sehr bewusst. Er packte ihre Beine und zog sie hoch bis über seine Schultern.

So lag ihr Kitzler eng zwischen ihren Beinen, während sie ganz offen für ihn und ihm vollständig ausgeliefert war. Er stieß hart und heftig in sie.

Ihre Gefühle überschlugen sich mit jedem Stoß, bis sogar das Atmen zu einem zweitrangigen Bedürfnis wurde. Nicht enden wollende Stöhnlaute drangen aus ihrem Mund, während sie sich zuckend unter seinem festen Griff bewegte.

Der Gott ächzte über ihr, und der Schweiß stand ihm in goldenen Tröpfchen auf der Stirn. Er stieß immer schneller in sie, immer schneller und heftiger zugleich.

Ihre Schreie der Verzückung wurden lauter und lauter, bis es klang, als brüllten hundert Abbys und hundert Götter zugleich ihre Ekstase heraus.

Der Gott zog sich aus ihr zurück, drehte ihren widerstandslosen Körper um und zog ihre Hüften zu sich heran. Dann glitt er von hinten in ihre triefende Vagina und stieß noch heftiger zu.

Abbys Wange glitt über den glatten Marmor, ohne dass sie sich der schwindenden Kraft in ihren Gliedmaßen bewusst geworden wäre. Ihre Lider flatterten, und sie wusste schon längst nicht mehr, wie viele Orgasmen hintereinander sie schon gehabt hatte, bis sie alle zu einem einzigen verschmolzen.

Das alles konnte nur ein Traum sein, dachte sie, als der Raum vor ihrem verschwommenen Blick lebendig zu werden schien. Die Wände waren nicht mehr voller Bilder, sondern wirkten wie ein gemalter Hintergrund aus Hügeln und Bäumen. Die Malereien lebten und tanzten vor dem Podest, auf dem der Gott und Abby einander in wilder, tierischer Hemmungslosigkeit fickten und gemeinsam auf den Höhepunkt zustrebten.

Dann sah sie Myles, umgeben von drei Frauen. Er schien ebenso selbstvergessen wie sie; sein Gesicht war zwischen den üppigen Brüsten der ersten versunken, während die zweite seinen Schwanz leckte und die dritte die Kitzler der beiden anderen bearbeitete.

Die Erkenntnis, dass er ihr ebenso untreu war wie sie ihm, riss sie wie ein Eimer kaltes Wasser aus ihrer glückseligen Benommenheit. «Nein», flüsterte sie.

Abby rappelte sich vom Boden auf, bis sie auf allen vieren kauerte. Ihre Brüste schaukelten heftig unter ihr, während der Gott weiterhin in sie stieß.

«Nein», sagte sie ein wenig lauter, auch wenn ihr vor Schmerz fast die Stimme versagte.

Der Gott packte ihr Haar, riss sie hoch, bis sie nur noch mit den Knien den Boden berührte, und stieß noch einmal tief in sie. «Doch», zischte er und griff um sie herum, um ihre Klitoris zu befingern.

Er drehte die nasse, pralle Knospe zwischen seinen breiten Fingerspitzen hin und her. Abby versteifte sich und gab sich ihrem Orgasmus hin, bis für sie nichts mehr existierte als grelle Lichtpartikel, die durch ihren zuckenden Körper rasten und miteinander kollidierten.

Er ließ sie los, und sie fiel nach vorn, während ihre Scheidenmuskulatur noch immer um den Schwanz des Gottes zuckte. Dieser Höhepunkt verlangte nach mehr als nur ihrer eigenen Erlösung.

Und sie bekam, was sie sich wünschte. Der Gott brüllte auf, und ihr Körper füllte sich mit frischem, flüssigem Gold, das aus seinem zuckenden Prachtstück schoss.

Er zog sich aus ihr zurück und ließ sie auf das Podest sinken, wo sie reglos liegen blieb.

«Du bist mein», hörte sie ihn noch sagen. «Mein.»

Dann verlor sie das Bewusstsein.

Kapitel 12

Ein roter Dunstschleier trübte Myles' Sehvermögen. Vor ihm stand Abby in Flammen. Ihre blasse Haut war von Verlangen gerötet, und ihre Nippel schienen unter seinen Handflächen die Hitze in ihrem Innern zu sammeln und auf ihn zu übertragen. Er rieb seinen Schwanz an ihrem Rücken, zufrieden damit, sich auf diese Weise zu befriedigen. Er *konnte* sie von hinten nehmen, doch die Statue schien ihm dafür nicht genug Raum zu lassen.

Sich wie ein Teenager an Abby zu reiben, trieb ihn an den Rand des Orgasmus. Jeden Augenblick konnte sein Sperma auf ihren Rücken schießen.

Plötzlich strichen ihm die Hände einer Frau über den Rücken, und er krümmte sich wie eine Katze der Berührung entgegen. Weitere Hände fanden sein Glied, drückten und streichelten es und zogen ihn von Abby fort. Eine andere Hand glitt an der Innenseite seines Oberschenkels aufwärts und griff an seine Hoden.

Die Hände führten ihn weg. Er rief noch nach Abby, als durch seine Benommenheit endlich das Bewusstsein von Gefahr drang.

Sie aber ignorierte ihn, und bald sah er auch, warum, als sich der rote Dunstschleier vor seinen Augen gerade lange genug verzog, um ihn erkennen zu lassen, dass die Statue lebte.

Sie lebte, und Abby beachtete ihn nicht einmal, sondern gab sich hemmungslos den Umarmungen dieses fleischgewordenen Standbildes hin.

Doch sosehr ihm auch diese ihre neue Obsession missfiel, wollte er doch glauben, dass sie irgendwie verhext worden war und dies alles nicht freiwillig tat. Obwohl ihr sexuelles Verlangen, so wild und ungezügelt, ganz Besitz von ihm ergriffen hatte. Selbst als er den jungen Viscount dazu überredet hatte, sie bleiben zu lassen, war er in Gedanken noch bei ihr gewesen.

Unzählige Frauen – Bacchantinnen, wie er vermutete – sorgten für seine sexuelle Befriedigung. Immer mindestens drei auf einmal bedachten ihn mit ihren Aufmerksamkeiten und reichten ihn untereinander weiter, wie eines von Abbys Sexspielzeugen.

Mit einem Mal aber kam jegliche Aktivität zum Erliegen. Myles sackte schwer atmend auf die Knie.

«Es ist vollbracht!», hallte eine donnernde Stimme durch den unterirdischen Raum.

Myles schüttelte seinen schweren Kopf und blickte auf. Er brauchte Luft, frische Luft, um den Nebel aus seinem Gehirn zu bekommen.

Um ihn herum lagen Männer und Frauen auf dem Boden, die Arme zu der Statue emporgereckt. Wo waren sie alle hergekommen? Er schüttelte noch einmal heftig den Kopf, bevor sein Blick auf die Wände fiel.

Er riss den Mund auf. Die gemalten Gestalten waren von den Wänden verschwunden. Gestalten, die, wie ihm schlagartig klar wurde, nun aus echtem Fleisch und Blut um ihn herum auf dem Boden lagen, selbst die ziegenbeinigen Satyrn.

Er blickte in die Mitte des Raums, wohin alle um ihn herum Liegenden zeigten – dorthin, wo die Statue auf ihrem erhöhten Sockel gestanden hatte.

Abby lag quer über diesem Podest – bewusstlos, wie er hoffte, und nicht tot. Die Statue stand über ihr, verwandelt in einen großen goldenen Mann, der ebenso vollkommen geformt war, wie der Meißel des griechischen Bildhauers ihn erschaffen hatte, auch wenn das Blattgold sich in eine tiefe, golden schimmernde Sonnenbräune verwandelt hatte. Er wirkte ausgesprochen kräftig und robust.

«Es ist vollbracht!», wiederholte die lebende Statue und reckte triumphierend die Fäuste in die Höhe. «Wir wurden aus unserem Gefängnis befreit, in das jener hinterhältige Athener uns gesperrt hatte.»

Seine Anhänger begleiteten seine Worte mit Buhrufen und Pfiffen. Myles begann sich zu fragen, wieso diese Kreatur Englisch sprach und nicht irgendeinen altgriechischen Dialekt. An seinen Ohren allein konnte es nicht liegen, denn er beherrschte das Altgriechische recht gut.

«Jetzt sind wir wieder am Leben, und die Welt wird erneut die wahren Tiefen der menschlichen Begierden erfahren: Der süße Nektar Ambrosia, schmackhafter als jeder Wein, wird die Menschheit von dem Irrweg, der sich Zivilisation nennt, abbringen. *Wir* sind diejenigen, denen Verehrung zuteilwerden wird, und keiner wird es wagen, uns entgegenzutreten. So sei es und so sei es euch von mir verkündet, von Dionysos selbst.»

«*Merde*», fluchte Myles leise vor sich hin.

Zu Dionysos' Füßen regte sich Abby, den Kopf aus ihren marmornen Kissen erhebend. Myles atmete auf. Sie lebte noch. Sie blinzelte verwirrt, bevor ihr Blick klar wurde und sie ihn inmitten alter Dionysos-Anhänger erkannte.

Er warf ihr einen flehenden Blick zu. Würde sie ihm vergeben, was er getan hatte?

«Du!» Dionysos zeigte mit dem Finger auf ihn.

Sein gebieterischer Tonfall traf Myles wie ein unsichtbarer Schlag, der ihn gefällt hätte, wäre er nicht ohnehin noch auf den Knien gewesen.

«Verneige dich vor mir, Sterblicher. Verneige dich oder trage die Folgen!»

Myles spielte zunächst mit dem Gedanken, sich dem Gott zu widersetzen, doch als er Abbys verängstigtes Gesicht sah, gab er nach. Das Kämpfen hob er sich besser für später auf, wenn er angezogen und bewaffnet war. Er verneigte sich und verbarg dabei sein Gesicht vor Abby und dem Gott.

Dionysos wandte sich an die Menge. «Geht hinaus in alle Welt», dröhnte er, «und verbreitet mein Wort allüberall!»

Abby zuckte zu seinen Füßen zusammen und setzte sich stöhnend auf. «Jetzt sitzen wir in der Scheiße.»

Elaine wandelte durch den vom Vollmond beschienenen Kräutergarten und strich über die zarten Blätter, die ihre würzigen Düfte in die frische Nachtluft verströmten.

Es war einfach nicht fair. Warum war Myles jetzt zurückgekommen, noch dazu mit diesem Weibsstück im Schlepptau? Wie konnte er sich nur für diese gewöhnliche Kreatur entscheiden, nachdem er ihr den Hof gemacht hatte?

Zumal eine Tochter der Wintertons das Beste war, was der Heiratsmarkt überhaupt zu bieten hatte: kultiviert, zart und schön. Und er hatte die Dreistigkeit besessen, sie erst zu umwerben und dann plötzlich fallenzulassen.

Sie hatte vermutet, dass ihr Vater die Finger im Spiel gehabt hatte, fragte sich jetzt aber, ob nicht eher die neue Mrs. Hardy der Grund dafür gewesen war.

«Blöde Kuh», murmelte sie.

Dann hörte sie von der Hecke, die den Kräutergarten umgab, ein Rascheln. Elaine blieb stehen, lauschte und hielt nach Anzeichen von Bewegung Ausschau. Wahrscheinlich nur ein Kaninchen, dachte sie und beschloss, dem Gärtner einen Gefallen zu tun und das Tier zu verscheuchen.

Ein Schatten trat auf den schmalen Kiesweg, aber ein Schatten von der Größe eines Mannes, bekleidet mit einem Umhang.

Hatte Myles sich eines Besseren besonnen, und kam er nun, um sie zu erobern? Wenn er das wagte, würde sie ihm einen passenden Empfang bereiten. Sie würde nicht so leicht zu haben sein, wie es bei seiner frisch angetrauten Ehefrau der Fall gewesen sein musste.

Sie beschloss, nicht davonzulaufen. Vielleicht brachte ihr ja eine offene Konfrontation ihren Seelenfrieden zurück. Sie verschränkte die Arme unter der Brust, die dadurch besonders gut zur Geltung kam. *Soll er ruhig sehen, was er verpasst hat.*

Die Gestalt trat auf sie zu. Ihr Gesicht war hinter der Kapuze ihres Umhangs verborgen.

Elaine runzelte die Stirn. Er kam ihr irgendwie nicht groß genug vor … «Myles?»

Seine Hand griff an die Kapuze, schob sie zurück und enthüllte das dunkle Oval seines Gesichts.

Elaine schnappte nach Luft. «Wer seid Ihr?»

Sein sinnliches Lächeln ließ ihr Herz schneller schlagen. Unter der Kapuze ragte dunkles lockiges Haar hervor, und unter dicken Brauen funkelten Augen, deren Farbe im Mondlicht nicht auszumachen war.

«Ich habe mich verirrt», erklärte der Mann mit normal klingender Stimme, aber einem merkwürdigen Akzent.

«Ihr befindet Euch auf Privateigentum», klärte Elaine ihn auf. «Geht hier am Haus vorbei, und Ihr seht eine mit Kies bestreute Einfahrt, von der aus Ihr zur Straße gelangt.»

«Sehr liebenswert von Euch», bedankte sich der Fremde, ohne jedoch Anstalten zu machen zu gehen. «Wo – wo bin ich hier eigentlich?»

«Auf dem Landsitz der Wintertons.»

«Ist das Eure Villa?»

«Villa ist wohl kaum das richtige Wort», spottete Elaine. «Das Anwesen gehört meinem Vater.»

«Und in welchem Land sind wir hier?»

Sie zwinkerte ungläubig. «Ihr müsst Euch in der Tat sehr verirrt haben. Was ist Euch zugestoßen?»

Er hob die Schultern. «Ich schlief ein und wachte im nächsten Augenblick unweit von hier wieder auf.»

«Ach du meine Güte», sagte sie ohne besonderes Mitgefühl. «Ich fürchte, Ihr seid womöglich überfallen worden. Aber wenn dem so wäre, hätten die Bösewichter Euch kaum entkommen lassen.»

«Ich bin aber entkommen.» Er verstummte und legte die Stirn in Falten. «Glaube ich jedenfalls.»

Er wirkte trotz seines seltsamen Akzents ausgesprochen gebildet. Elaine trat näher an ihn heran und befühlte seine Stirn. «Habt Ihr einen Schlag auf den Kopf bekommen?»

Er zuckte zurück, und sie erstarrte. «Nein. Nein, mir ist kein bisschen schwindlig.»

«Oh.» Sie war ratlos. Als man sie mit der Etikette vertraut gemacht hatte, war eine solche Situation nicht Teil des Lehrplans gewesen. So stand sie nun händeringend da und wusste nicht, was sie tun sollte.

Er trat näher. «In welchem Land befinde ich mich? Ihr habt es mir noch nicht gesagt.»

«England. Und woher kommt Ihr?» Sie fragte sich, ob er wohl aus gutem Hause war.

«Ich stamme aus Griechenland.»

Elaine entspannte sich ein wenig. «Das erklärt Euren Akzent. Aber Ihr sprecht wirklich sehr gut Englisch.»

«Sprachen sind eine Begabung», murmelte er. Er trat näher, und der Umhang wirbelte um seine Knöchel. «Ihr seht sehr schön aus im Mondlicht.»

«Äh, danke.» Elaine steckte sich eine lose Locke hinters Ohr. «Ich sollte jetzt besser wieder hineingehen.»

«Wartet.» Er hielt sie am Unterarm fest.

Elaine blickte demonstrativ auf die Stelle, an der er sie festhielt, und dann ebenso streng in sein Gesicht.

«Verzeiht.» Er ließ sie los, wobei seine Fingerspitzen über die Innenseite ihres Arms und ihre Handfläche strichen.

Sie atmete tief und hörbar ein. Noch nie hatte jemand sie so berührt. «Wer seid Ihr?»

«Mein Name ist Demetrios.» Bevor sie sich versah, kam er ihr noch näher und fuhr ihr mit den Fingerspitzen über die Stirn. «Ihr seid wahrhaft schön», wiederholte er mit noch tieferer Stimme als zuvor.

Sie hielt seinem Blick stand, auch wenn ihr Herz trotz ihrer äußeren Reserviertheit wie wild pochte. «Ich weiß.»

«Wisst Ihr auch, wie das geht?», murmelte er und küsste sie. Sie erstarrte unter seiner Berührung, während er ihr sanft übers Gesicht strich, bevor seine Hände über ihren Hals und ihre Schulter zu ihrer Brust wanderten.

Seine Zungenspitze spielte um ihre geschlossenen Lippen, bis sie den Mund öffnete. Sein Kuss wurde leidenschaftlicher, und er zog sie an sich. Sie steckte die Hände unter seinen Umhang und fand eine nackte, mit drahtigem Haar bedeckte Brust vor. Nur ein lederner Gürtel zog sich diagonal über seinen Brustkorb, aber nichts weiter – keine Weste, kein Hemd, keine Jacke. Die Räuber hatten ihm offenbar alles abgenommen. Er küsste sie noch immer, bis er ihren ohnehin nicht sonderlich ausgeprägten Widerstand überwunden hatte und sie die Arme um seinen muskulösen Oberkörper schlang, bevor sie bei seiner pelzartigen Hose angelangt war.

Pelzartig? Das musste wohl die traditionelle griechische Kleidung sein.

Sie stöhnte in seinen Mund, doch er unterbrach den Kuss nicht, sodass sie ihre wachsende Genugtuung nicht in die Welt hinausschreien konnte. Endlich hatte jemand den Schutzwall durchbrochen, den ihr Vater um sie errichtet hatte; endlich hatte sie jemanden, den sie lieben konnte.

Demetrios zuckte zurück und verblüffte sie mit seinem wilden Blick. Sein Tun kam für ihn selbst ebenso überraschend wie für sie. Er blinzelte und grinste sie lüstern an. «Ich will dich haben», hauchte er.

Sie versuchte, sich loszureißen, doch er hielt sie fest. «Das geht nicht. Wisst Ihr überhaupt, wer ich bin?»

«Ich weiß nur, dass du wunderschön bist und ich dich haben will.» Er packte eine ihrer Hände und hielt sie zwischen seine Beine. «Spürst du, wie sehr ich dich will?»

Elaines Hand berührte plötzlich einen zuckenden, heißen Kolben, der aus seiner pelzigen Hose ragte.

Bei ihrem Versuch, die Hand zurückzuziehen, glitt diese über seinen Schaft aufwärts, doch er hielt sie fest, wo sie war. Keuchend begriff sie, was sie da in der Hand hatte. Sie hatte schon Pferde beim Verkehr gesehen und hin und wieder einen Bediensteten dabei überrascht, auch wenn die Röcke der Mägde viel verdeckt hatten. Wollte er ... wollte er das wirklich tun?

«Spürst du, wie sehr ich dich begehre?»

«J-ja», stotterte sie, «aber das gehört sich nicht!»

«Und was gehört sich, wenn du das spürst?» Er schob ihre Hand wieder über seinen Schaft nach unten. «Erzähl mir nicht, dass du in deinem Innersten nicht dasselbe fühlst.»

Sie biss sich auf die Unterlippe. Sie wusste nicht, was sie fühlte: Ein aufgeregtes Flattern im Bauch und das Aufblühen von etwas Warmem darunter – eine Begehrlichkeit, der sie bislang mit ihrer eigenen Hand begegnet war. «Ich –»

«Vertrau mir», knurrte er. «Zu zweit ist es schöner.»

Schöner? Konnte er ihre Gedanken lesen?

«Ja.» Er küsste sie auf die Nasenspitze und lockerte seinen Griff um ihre Hand.

Ein Schluchzen drang aus ihrer Kehle.

Er strich ihr über die Wange. «Hab keine Angst. Ich tue dir nicht weh. Niemals. Ich gebe dir lediglich, was du brauchst.»

Dann wirbelte er sie herum und zog sie an sich. Sein Umhang öffnete sich, um auch sie einzuhüllen, und schloss sich wieder vor ihrer Brust. Als sie etwas zuschnappen hörte, war ihr klar, dass er den Mantel auf halber Höhe mit einer Art Schnalle geschlossen haben musste.

Doch noch bevor sie sich dessen vergewissern konnte, schob sich eine seiner Hände auf ihren Venushügel hinab. Der intime Charakter seiner Berührung löste eine Hitzewelle aus, die durch ihr Kleid und ihren Unterrock drang. Er wusste, wie man eine Frau anfasste, um ihr Freude zu bereiten.

Sie drückte sich an ihn und hob ihre Röcke so weit, bis sie seine liebkosende Hand erreichte. Auf ihre sanfte Berührung hin stellte er seine Bemühungen ein. Sie schob die Röcke weiter hoch, um ihm freien Zugang zu sich zu verschaffen, und als seine Hand wieder zu ihrer Scham ging, erschauderte sie vor Wonne.

«Spreize die Beine.» Seine heisere Stimme löste in ihrem Unterleib eine neue Hitzewelle aus.

Sie gehorchte, und ihre Hinterbacken rutschten gegen seinen harten Schaft. Es erregte sie mehr, als sie je für möglich gehalten hätte.

Seine Finger erkundeten ihren Venushügel und teilten ihre Locken zu beiden Seiten ihres Spalts. Ihre gespreizten Beine boten ihm freien Zugang zu den Tiefen ihres Schlitzes, doch er schien es nicht allzu eilig zu haben und zog zunächst die Umrisse ihrer Schamlippen nach.

Schließlich kam seine Fingerspitze oben an und streichelte ihre ... ihre ...

«Deine Lustknospe ist ja schon ganz begierig auf mich.» Er reizte sie, bis sie voll und ganz zum Leben erwachte, glitt über sie und erweckte in Elaine das Bedürfnis, sich gegen seine Hand zu drücken, selbst wenn das zur Folge hatte, dass dann das aufregende Reiben seines Schaftes an ihrem Hintern aufhörte.

Sie gab dem stärkeren Drang nach und bewegte sich seiner Hand entgegen. Er stimulierte sie, bis sie sich wie im Fieber vorkam, den Kopf an seine Schulter gepresst, während das köstliche Gefühl immer näher kam.

Er ließ von ihrer Klitoris ab und tauchte zwischen ihren Schamlippen hinab in die glitschige Nässe in ihrem Innern. «Oh ja», zischte er, während sein Finger tiefer drang, immer tiefer.

Sie schrie ebenso verblüfft wie erfreut auf. «Oh ja, weiter, bitte.» Sie wusste nicht recht, was genau sie eigentlich wollte, nur dass es irgendetwas sein musste – etwas, das noch wunderbarer war, als sich von eigener Hand zu befriedigen.

Er beugte die Knie und stieß mit seinem Schaft nach oben gegen ihren nassen Spalt. «Und jetzt wirst du spüren, wie mein Schwanz dich ausfüllt. Dann bist du mein.»

Elaine aber hatte das Gefühl, schon jetzt seine Sklavin zu sein.

Er drückte sie nach vorn, und um nicht das Gleichgewicht zu verlieren, streckte Elaine die Hände zur niedrigen Gartenmauer aus. Die Ziegelsteine scheuerten in ihren Handflächen, doch das machte ihr nichts aus.

Demetrios' Schwanz glitt in sie. Je tiefer er kam und je mehr er sie dehnte, desto mehr wurde ihr seine Gegenwart bewusst. Er passte in sie, als habe das Schicksal ihn für sie gemacht.

Sie war sein. Es war ihr Schicksal.

Seine pelzige Hose wärmte die Rückseite ihrer Beine.

«Warte», stöhnte Demetrios.

Elaine hielt sich an der Backsteinmauer fest. Er zog sich aus ihr zurück, und sie schrie enttäuscht auf. Dann packte er ihre Hüften und stieß erneut in sie. Sie bewegte sich mit jedem Stoß nach vorn und bog den Rücken durch, um ihn noch tiefer eindringen zu lassen.

Er fühlte sich so gut an. Jedes Mal, wenn er sich zurückzog, stieß sie das Gesäß nach hinten, damit er ihr nicht entkam. Er beugte sich über sie und biss sie in den Nacken, um sie zu noch heftigeren Bewegungen anzuspornen.

Er nahm sie, wie sie es sich in ihren wildesten Träumen nicht hatte vorstellen können. Sie hätte nie geahnt, dass Sex so gut und so wild sein und so lange dauern konnte. Sie keuchte und schluchzte, und Tränen der Freude rannen ihr über das Gesicht.

Ihre Hüften kreisten und bebten, als die erwartete Erlösung kam. Dann hielt sie inne und wartete darauf, dass ihre Lust abflaute.

Doch das war nicht der Fall. Demetrios hörte ebenso wenig auf, sich zu bewegen, wie das berauschende Gefühl der Erfüllung, das mit jedem Stoß nur noch intensiver wurde. Sie wimmerte und widersetzte sich zunächst, gab dann aber nach. Kein Wunder, dass Väter ihren Töchtern davon nichts erzählten. Sie wollte nie mehr damit aufhören.

Elaine verlor jegliches Zeitgefühl. Nichts existierte mehr für sie außer Demetrios und dem Dunkel der Nacht. Selbst der Mond schien verblasst. Ihre Wirklichkeit schrumpfte immer mehr zusammen, bis sie nur noch aus Demetrios' unermüdlich zustoßendem Schwanz und ihrer nassen, nicht enden wollenden Erlösung bestand.

Er brüllte auf, und seine Finger bohrten sich bei seinen letzten Krämpfen in ihre Hüften. Dann hielt er inne, während sein Schwanz noch immer hart in ihrem nassen Spalt steckte und sein heißer Atem über ihren Nacken strich.

Elaine wollte sich auf den Boden sacken lassen, doch er hielt sie fest, und so lehnte sie sich gegen die Backsteinmauer, den Kopf auf ihren verschränkten Armen.

Schließlich zog er sich aus ihr zurück.

Elaine fiel zu Boden wie ein knochenloses Bündel und drehte sich zu ihm um. «Nein, geh nicht.»

Der Mond kam hinter einer Wolke hervor und warf sein kaltes Licht auf den kleinen Garten. Elaine blickte hoch und unterdrückte einen Schrei des Entsetzens.

In seiner Begierde hatte Demetrios gar nicht gemerkt, wie seine Kapuze nach hinten gerutscht war. Aus seinem Kopf ragten zwei kleine Hörner, die mit ihren winzigen Graten wie die eines Ziegenbocks aussahen. Da auch sein Umhang offen stand, erkannte Elaine nun, dass das Fell, das sie gespürt hatte, nicht zu einer ungewöhnlichen Hose gehörte, sondern seine Beine bedeckte. Doch diese Beine waren nicht nur pelzbedeckt, sondern auch ausgesprochen unförmig; die Knie waren nach hinten verdreht, und anstelle von Füßen hatte Demetrios Hufe.

Sie schlug die Hand vor den Mund. «Oh mein Gott! Was bist du für ein Wesen?»

Er sprang zurück. «Was denkst du denn?», fragte er und blickte sich nach allen Seiten um, als suche er nach einem Fluchtweg.

«Der – der Teufel?» Die Hörner, die Hufe – wer sonst konnte er sein? Elaine schob sich erschrocken ihre Faust ein Stück weit in den Mund.

Demetrios lachte nervös auf. «Ich bin ein Satyr aus dem Gefolge von Dionysos und Bacchus. Ich bin kein Teufel.»

«Aber du – du hast mich dazu verführt, Verkehr mit dir zu haben!»

«Habe ich das?» Er trat näher, als habe er seine soeben noch gezeigte Scheu vor ihr abgelegt. «Habe ich dich wirklich gegen deinen Willen zu etwas gezwungen?»

«N-n-nein.» Was hatte sie nur getan? Und mit welchem Wesen?

«Ich habe dir lediglich deinen geheimsten Wunsch erfüllt – dich deinen Gelüsten hinzugeben und wahre Befriedigung zu finden.» Er streckte seine Hand aus. «Und ich werde es wieder tun, denn ich sehe, dass du trotz deiner Furcht noch immer bedürftig bist und dich zu mir hingezogen fühlst.»

«Hingezogen?» Sie kräuselte verächtlich den Mund. «Zu einem Ungeheuer?»

«Nicht ungeheuerlicher als die Dunkelheit in deinem Herzen.»

Elaine rappelte sich auf und schüttelte den Kopf. «Nein, nein.» Dann drehte sie sich um und rannte davon.

Dionysos zeigte auf Myles. «Nehmt diesen Mann hier und befriedigt ihn, bis er nicht mehr stehen kann.»

Abby sah zu, wie vier Frauen, die abgesehen von ihrem langen wirren Haar, das ihnen bis auf die Knöchel fiel, splitternackt waren, sich um Myles gruppierten und ihn überredeten aufzustehen. Dann führten sie ihn weg. Myles stolperte und blickte über seine Schulter zurück zu der Stelle, wo sie zu Füßen des Gottes lag.

Als er fort war, kniete Dionysos neben ihr nieder. «Komm», sagte er und streckte ihr die Hand hin. «Ich will dir derartige Wonnen zeigen, dass du deinem Gefährten keine Träne mehr nachweinst.»

Abby wischte sich mit dem Handrücken die nassen Wangen ab. «Ich weine gar nicht.»

«Ms. Abigail Deane, glaubst du etwa, ich wüsste nicht, wer und was du bist?»

Sie beäugte ihn argwöhnisch. «Was bin ich denn?»

«Ein Kind der Zukunft, der Schlüssel zu meiner Erlösung und zu meinem Genuss bestimmt.»

Abby starrte ihn mit offenem Mund an. «Woher weißt du das?»

Sein goldenes Lächeln war voller Charme und hatte die Macht, ihre Welt ganz klein werden zu lassen, bis nur noch er für sie existierte, groß und golden und lebendig. Abby wurde schwach. Wer konnte sich schon gegen einen Gott behaupten?

«Ich weiß das, weil ich in meinem Gefängnis dein Nahen spürte und dich hierhergebracht habe, damit du mich befreist. Ich habe lange und geduldig auf dich gewartet, meine Liebe.» Er strich ihr über die Wange. «Du bist jetzt mein.»

Das könnte dir so passen, dachte Abby. Dieser Gott hatte nicht mit der Befreiung der Frau gerechnet.

Seine Berührung aber war ausgesprochen verführerisch. «Wie oft bekommt ein Mädchen schon Gelegenheit, mit einem Gott zu schlafen?»

«Ganz schön oft, wenn man meinem Vater Zeus Glauben schenken kann», lachte Dionysos. «Und ich muss gestehen, dass auch mir in dieser Hinsicht ein gewisser Ruf vorauseilt.»

Abby hielt den Kopf schräg. «Du sprichst so seltsam – im einen Augenblick fast archaisch, im nächsten wie zu meiner Zeit.»

«Ich lebe zu allen Zeiten und an allen Orten.» Sein Körper leuchtete auf unirdische Weise auf, und seine Stimme hallte von seiner Macht wider. Als er erneut auf sie hinabblickte, war seine übernatürliche Aura verblasst. «Und jetzt will ich dir zeigen, wie die Götter Freude spenden.»

Er beugte sich vor und küsste sie. Schon die bloße Berührung durch seine Lippen erzeugte eine brennende Linie zwischen ihrem Mund und ihrem Unterleib, die sie an ihn band, sie zu seinem Besitz machte. Sie erkannte erst zu spät, welchen Fehler sie damit begangen hatte.

Sie steckte in der Falle. Flatternd schlossen sich ihre Lider, während sie ihn in sich aufsaugte. Sie legte sich zurück, verfolgt von der Leidenschaft des Gottes und dem Druck seines Körpers. Kalter, harter Marmor kühlte ihren Rücken, doch Dionysos wärmte sie durch und durch.

Sein Mund nahm den ihren in Besitz, seine Zunge spielte mit ihrer. Ihr Puls raste. Ihr ganzer Körper pulsierte von seinem Kuss – ein Körper, den sie für viel zu erschöpft gehalten hatte, um so schnell schon wieder von Erregung gepackt zu werden, der aber nun unversehens zu neuem Leben erwachte.

Wo auch immer er sie berührte, erzeugte er einen köstlichen Schmerz, selbst an Stellen, die sie nie für erotisch gehalten hatte. Die Handfläche? Die Ellenbeuge?

Die schiere Freude über diese neuen Gefühle brachte sie zum Kichern. Sein Mund ließ von dem ihren ab, und ihre Augen öffneten sich gerade lange genug, um zu sehen, wie sein attraktives Gesicht sie anlächelte, bevor er sich zu ihr herabbeugte und ihr Schlüsselbein küsste. Doch das war mehr als nur ein Kuss. Er leckte, saugte und knabberte sich über ihre zarte Haut und ließ seinen Mund zwischen ihre Brüste gleiten. Sie verzehrte sich nach ihm, und ihr war, als sehnten sich selbst ihre Knochen nach seiner Berührung.

Dionysos brach seinen flammenden Weg über ihren Körper ab und bedeckte ihre eine Brustwarze mit seinem heißen Mund, die andere mit seiner warmen Hand. Er zwirbelte den einen Nippel zu schmerzhafter Größe und saugte und zog an dem anderen, bis in ihm dasselbe Feuer brannte.

Sie stöhnte, schrie auf und bog den Rücken durch, um ihm zu zeigen, wie sehr sie seine Berührung genoss – mehr als die Berührung durch irgendeinen anderen Mann, Myles eingeschlossen. Sie hatte Derartiges noch nie erlebt. Sie wand sich gegen ihn im Bestreben, so zur Erlösung zu gelangen. Alle ihre Sinne standen in Flammen. Ihr war, als würde sie sich über sich selbst erheben, über die Grenzen ihres Fleisches, immer höher schwebend auf einer goldenen Feder.

Der Schrei kam wie ein langgezogenes Geheul tief aus ihrem Innern. Er hatte bewirkt, dass sie kam, ohne in sie zu dringen oder auch nur an ihrer Klitoris zu spielen.

Als seine Zunge zwischen ihre gespreizten Schenkel eintauchte, merkte sie erst, wie nass sie für ihn geworden war. Sie war nicht einfach nur feucht und glitschig vor Verlangen; der Saft schien aus ihr herauszusprudeln. Ein einziger Zungenschlag von ihm genügte, um sie zum Orgasmus zu bringen.

Wimmernd und zitternd ertrug sie den Angriff seines Mundes auf ihre triefende Spalte. Er leckte alles auf, was sie zu bieten hatte, und er verlangte nach mehr.

Seine langen, dicken Finger stießen in ihre zuckende Fotze. Schnell fand er den weichen Punkt in ihrem Innern, der sie zum Wahnsinn trieb. Sie bäumte sich ihm entgegen, selbst verblüfft über ihre Reaktion. Was Myles zum Leben erweckt hatte, steckte Dionysos nun in Brand. Sie kam erneut, und das so kurz nach ihrem letzten Orgasmus. Es war zu viel, einfach zu viel, aber sie konnte es sich gar nicht mehr anders vorstellen. Ihr nächster Höhepunkt war heftiger und noch wilder als die vorherigen. Sie bog den Rücken durch und lieferte seinem hungrigen Mund noch mehr von ihren Säften.

Ein urtümlicher Schrei brach aus ihr hervor. Sie hatte noch nie so laut gebrüllt, nicht einmal bei einem Fußballspiel. Sie holte tief und zitternd Luft und stieß sie mit einem Stöhnen wieder aus. Sie blinzelte, benommen und desorientiert.

Dionysos erhob sich über sie und küsste sie. Sein Gesicht war nass von den Säften ihres Geschlechts. Ihr eigener Geruch stieg ihr in die Nase und berauschte sie wie ein Opiat. Er küsste sie gierig und verlangte nun auch nach ihrem Atem.

Und sie gab ihn bereitwillig her und vertraute darauf, dass er sie rechtzeitig wieder atmen lassen würde. Seine Lippen hoben sich von den ihren, und er sog Luft ein, seine Luft, seinen Atem.

Die Mischung aus ihrem Geruch und seinem Atem war berauschend. Sie fand Kraft, die zu besitzen sie nicht für möglich gehalten hätte, schlang ihm die Arme um den Nacken, drückte ihre Handfläche gegen seinen Hinterkopf und zog ihn in einem weiteren Kuss zu sich herab.

Verloren an diesen zweiten Kuss, wollte sie nur noch ein Teil von ihm sein. Er gewährte ihr den Wunsch, drang in sie und dehnte sie mit seinem langen, dicken Schwanz. Selbst als lebendiges Fleisch statt wie zuvor als vergoldeter Stein blieb sein Phallus unnachgiebig in seiner Härte.

Abby schluchzte unter ihm in der Gewissheit, ihn nie und nimmer vollständig in sich aufnehmen zu können – bis ein kurzer Stoß ihre Bedenken zerstreute. Sie schrie auf, klammerte sich an ihn und wollte ihn erst aus sich heraus- und dann wieder in sich haben.

Er hob ihre Beine hoch über seine Hüften, stieß mit aller Macht in sie und ließ ihren Körper auf dem von ihren eigenen Säften und ihrer beider Schweiß glatten Marmor vor und zurück gleiten.

Sie gab sich ihm vollständig hin, während ihr Körper sich an sein Glied gewöhnte und ihre Nässe ihm den Weg ebnete. Er fickte sie heftiger und in schnellerem Rhythmus und ließ seine Lenden ihren Schoß erobern.

Als Abby die Augen öffnete, blickte er auf sie hinab. Die Verwunderung in seinen Augen raubte ihr erst recht den Atem. In ihnen lag etwas verborgen, das ganz und gar nicht in die Augen eines Gottes gehörte. Ohne dieses Etwas genauer definieren zu können, merkte sie, dass es an ihrem Herzen zerrte.

Tief in ihr hielt er inne. «Du bist keine meiner Anhängerinnen, und doch gibst du dich voll und ganz hin.»

Sie hob eine zittrige Fingerspitze und ließ sie über seine lange Nase gleiten – eine Nase, die an ihrer Klitoris wahre Wunder gewirkt hatte. «Mir bleibt ja wohl keine andere Wahl», erklärte sie. «Ich habe eben nicht die Kraft, einem echten Gott zu widerstehen.»

Dionysos zog ihre Hand von seinem Gesicht weg und erwiderte lächelnd: «Nicht solange du glaubst.»

Noch bevor sie sich eine Antwort überlegen konnte, stieß er in sie. Er beackerte ihren Körper mit seinem Schwanz, bis ihr Kopf vom marmornen Podest rutschte. Er fing ihn mit den Händen auf und erwiderte ihren Blick mit seinen grünen Augen, in deren Tiefen goldene Tüpfelchen schimmerten.

«Komm für mich», stöhnte er. «Komm noch einmal für mich», forderte er und unterstrich seinen Wunsch mit einem tiefen Stoß.

Und sie kam, auf seinen Befehl. Ihre weit aufgerissenen, schockierten Augen hielten seinem Blick stand, während ihre Möse sich eng um Dionysos' Phallus schmiegte. Sie drückte und melkte ihn und forderte nun ihrerseits seine Erlösung ein.

Er biss die Zähne aufeinander, während sein Gesicht sich zu einer Maske der Ekstase verzerrte. Sein Atem schlug ihr ins Gesicht, und im selben Augenblick ergoss sich sein weißglühender Samen in sie.

Sie schluchzte auf, überwältigt von der Stärke der göttlichen Ejakulation. Sie hatte in einschlägigen Romanen diesen verrückten Euphemismus gelesen, dem zufolge der Held des Buches die Heldin «füllte», aber nie gedacht, dass das tatsächlich im wörtlichen Sinne möglich war.

Doch sein Sperma füllte nicht nur ihre cremige Fotze, sondern drang in jede Faser, jede Zelle ihres Seins.

In diesem Augenblick wusste sie, dass sie verloren war.

Kapitel 13

Lucy erwachte aus dem Tiefschlaf. Neben sich hörte sie das tiefe Atmen ihres Mannes. Durch Ritzen in den zugezogenen Vorhängen fiel Licht. Abgesehen von den kräftigen Farben, die das einfallende Sonnenlicht dem Teppich und dem Mobiliar überall dort verlieh, wo es auf sie traf, blieb der übrige Raum im Dunkeln.

Der Morgen war noch jung. Sie schloss wieder die Augen und wollte sich gerade an ihren Gatten, ihren geliebten Herzog, kuscheln, um noch ein Weilchen zu schlafen.

Plötzlich stieß etwas an ihren Fuß, und Lucy war schlagartig wach. Sie erstarrte. Was war das? Hatte sich eine Katze in ihr Schlafgemach geschlichen?

Lucy hielt den Atem an und lauschte, während sie weiter so tat, als schliefe sie. Dann hörte sie leise Atemgeräusche, die nicht von ihrem Mann stammten. Aber von wem kamen sie?

Mit pochendem Herzen tat sie, als wolle sie sich nur umdrehen, um dabei einen Blick zum Fußende ihres Bettes zu werfen. Sie setzte sich auf und erschrak.

Eine junge Frau, nackt und mit endlos langem Haar in dunklem Kastanienbraun, kauerte zu ihren Füßen.

«Wer bist du?» Lucys Stimme klang rau und schrill zugleich in ihren Ohren. «Was willst du? Und wie bist du hier hereingekommen?»

«So viele Fragen auf einmal.» Der liebliche Tonfall der Frau beruhigte und faszinierte sie zugleich. «Ich bin hier, um Euch zu dienen, werte Dame.»

«Wie zu dienen?» Lucy beugte sich vor, sorgsam darauf bedacht, dass ihr durchscheinendes Nachthemd unter der Bettdecke verborgen blieb.

«Ihr wünscht Euch mehr Befriedigung, als Euer Gatte Euch bieten kann», erklärte die Frau mit einem Blick auf den schlafenden Herzog. «Kein Wunder; wie ich sehe, ist er ein alter Mann.»

«So alt nun auch wieder nicht», widersprach Lucy leise.

Die Frau begab sich auf alle viere, kroch über Lucys Beine und strich ihr mit den Fingerspitzen über die Schläfe. Sie hatte den Blick in die Ferne gerichtet, und ihre Stimme klang nicht wie von dieser Welt. «Er ist zu sehr Mann für dich. Du sehnst dich nach der Weichheit deines eigenen Geschlechts.»

Dann wandte sie sich wieder Lucy zu und schaute ihr in die Augen. «Ich bin Phoebe.»

Lucy blieb der Mund offen stehen; sie konnte kaum glauben, was sie soeben gehört hatte. «Wie kannst du es wagen, so etwas zu sagen?», knurrte sie.

«Dann muss ich dir wohl zeigen, was ich meine.» Bevor Lucy protestieren konnte, beugte sich die Frau vor und drückte ihr einen weichen Kuss auf die Lippen, der Lucy geradezu himmlisch erschien.

Noch nie hatte jemand sie so begierig geküsst. In diesem einen Kuss fand Lucy die Frau, die wie geschaffen für sie schien. Die Frau, die nicht für Geld mit ihr schlief oder wegen ihrer gesellschaftlichen Stellung, sondern weil Phoebe es wollte. Sie wollte es.

«Das ist alles, was ich will», hauchte Lucy und ließ ihre Nase über Phoebes Hals gleiten. «Jemanden, der mich will, mich wirklich begehrt.»

«Das tue ich.» Phoebes Hand fuhr über ihre Schulter und

umfasste Lucys Brust, liebkoste sie durch den dünnen Stoff und fachte Lucys Verlangen an.

Phoebe schaute durch lange, dunkle Wimpern zu ihr auf, bevor sie sie ein weiteres Mal küsste. Lucy reagierte sofort darauf, umarmte Phoebe und zog sie zu sich herab.

In einem plötzlichen Anfall von Leidenschaft schob Phoebe die Laken aus dem Weg, bis nur noch ein dünnes Nachthemd zwischen ihr und Lucy war.

«Ich will dich haben», hauchte Phoebe. «Ich will deinem schönen sinnlichen Körper beiwohnen.»

Lucy verschränkte die Arme über den Brüsten. «Woher weißt du – woher weißt du, dass ich –»

Phoebe nahm ihr Gesicht zwischen beide Hände. «Ich weiß es eben.»

Phoebe setzte sich auf und zog auch Lucy in den Sitz. Mit zärtlichen Händen nahm sie den Saum von Lucys Nachthemd, der um ihre Hüften lag, und zog ihn über Lucys Kopf.

«Wunderschön», hauchte Phoebe und strich mit der Fingerspitze erst über eine von Lucys Brustwarzen und dann über die andere. Schon diese federleichte Berührung bewirkte, dass sie fast schmerzhaft hart wurden.

Phoebe beugte sich herab und sog einen von Lucys Nippeln in den Mund. Lucy seufzte auf, als sie spürte, wie Phoebes Zunge um ihr straffes Fleisch wirbelte. Sie legte ihre Hand um Phoebes weiche Schulter und schob ihre wilden Locken beiseite.

Lucy versuchte gar nicht erst, sie aufzuhalten. Phoebes weibliche Liebkosungen waren genau das, was sie wollte, was sie sich immer erträumt und worauf sie gehofft hatte, seit erstmals eine Frau sie berührt hatte.

Sie beugte sich herab, um an Phoebes Nacken zu knabbern, und drückte heiße Küsse auf die schlanke Säule ihres Halses.

Tiefer zu gehen hätte den Verlust der süßen Wonne bedeutet, die ihr Phoebes Mund auf ihrer Brustwarze bereitete.

Wieder trafen sich ihre Münder in einem langen, leidenschaftlichen Kuss. Ihre Zungen glitten umeinander, schmeckten einander und genossen die pure Lust, Fleisch auf Fleisch zu spüren.

Lucy legte sich auf den Rücken, und Phoebe folgte ihr ungeduldig. Ihre Körper blieben dabei immer dicht aneinander. Einer von Phoebes Schenkeln glitt zwischen Lucys Beine und rieb an ihrem Schamhügel.

Lucys Herz pochte. Phoebes Leidenschaft galt nicht dem Akt an sich, sondern ihr. Ihr selbst.

Lucy spreizte die Beine noch weiter und schob die Hüften nach oben, um Phoebe entgegenzukommen.

Phoebe brach den Kuss ab und schnappte nach Luft. «Ich begehre dich», keuchte sie. Dann beugte sie sich hinunter und zog eine Spur von Küssen über Lucys Brust bis hinab zum Nabel, den ihre Zunge umkreiste, bevor sie in ihn stieß.

Phoebe wagte sich immer weiter nach unten vor. Lucy legte sich in freudiger Erwartung auf den Rücken und hielt sich an ihrem Kissen fest, als Phoebes Zunge gegen ihre Klitoris schnellte. Ihr Verlangen wuchs noch, als sie an jenes Anatomiebuch mit der Abbildung der weiblichen Geschlechtsteile denken musste und an die unglaublich aufrührende, entrückende Wirkung, die es Schilderungen zufolge haben sollte, wenn man sie in der richtigen Art und Weise berührte.

Und Phoebe wusste, wie das ging. Wieder schnellte ihre Zunge vor, ohne allzu viel Druck auf die empfindliche Knospe auszuüben. Sie war ganz sanft. Das erregte Lucy weitaus mehr, als wenn ein Mann gedankenlos sein Gesicht in ihrem Schoß vergrub. Bei zu viel Druck, zu viel Reizung empfand sie am Ende gar nichts mehr.

Phoebe aber wusste genau, was sie zu tun hatte.

Stöhnend schob Lucy die Finger in Phoebes langes Haar. Phoebes Zunge erkundete derweil weiter ihren Körper, glitt über ihren bereits feuchten Spalt hinab und tauchte schließlich in das intime Loch ein.

Lucy wand sich auf dem Bett und gab sich schluchzend ihrer Erlösung hin. Ihr ganzer Körper kam ihr plötzlich wie schwerelos vor. Noch nie hatte sie eine derartige Seligkeit erfahren, und sie konnte es gar nicht erwarten, sich zu revanchieren.

«Was geht hier vor?», fragte der neben ihr erwachte Herzog.

Lucy versuchte noch, sich zu bedecken, doch die Bettdecke war unter ihr und Phoebe eingeklemmt. Sie gab auf und lächelte ihren Gatten hilflos an.

Sein Zorn richtete sich nicht gegen sie, sondern gegen Phoebe. «Du da! Was machst du hier?» Er richtete sich im Bett auf, um sie hinauszuwerfen.

«Ich bereite Eurer Frau Freude. Und gerne auch Euch, mein Herr, falls Ihr das wünscht.»

Lucy aber zog Phoebe an sich. «Nein. Sie gehört mir.»

«Das sehe ich, meine Liebe, aber eine wildfremde Frau?», entgegnete er mit ruhiger Stimme.

«Sie ist mir schon jetzt lieber als mein Leben.» Lucy strich Phoebe liebevoll übers Haar.

«Tatsächlich?» Der Herzog streckte die Hand aus und zog ein Efeublatt aus dem kastanienbraunen Haar der Fremden. «Wo kommst du eigentlich her?»

Phoebe setzte sich auf, hielt aber den Kopf noch immer gesenkt, während ihr Haar wie ein Vorhang vor ihrem Gesicht hing.

Der Herzog zog das Haar zur Seite. «Schau mich an, Mädchen. Wo kommst du her?»

Lucy strich ihrem Mann über den Arm. «Mach ihr keine Angst, mein Liebling.»

Er aber beachtete sie nicht. «Antworte. Ich befehle es dir.» Er wickelte ihr Haar um seine Hand und zog sie näher zu sich. Als Phoebe sah, wie er sie beim Schopf packte, riss sie die Augen auf.

«Seid Ihr von seinem Blut?», keuchte sie und griff nach ihm.

Der Herzog ließ sie los. «Das hatte ich befürchtet.»

Lucy hielt die zitternde Frau schützend in den Armen. «Was meinst du damit, mein Gemahl?»

Er strich ihr übers Haar. «Kein Grund zur Beunruhigung, meine Liebe. Ich kläre das.»

Phoebe stöhnte und rollte sich zu einer noch kleineren Kugel zusammen. «Nein! Lasst uns in Frieden!»

«Wovon redet sie eigentlich?», fragte Lucy, doch ihr Mann verschwand bereits ins Ankleidezimmer und rief nach seinem Kammerdiener.

Abby taumelte aus dem Dionysos-Tempel. Als sie den Vorhang aus Efeu beiseiteschob, blendete sie das Sonnenlicht. Die Beine gaben nach, und sie fiel auf die Knie.

Sie blickte nach oben. Die letzten Reste des Morgennebels lösten sich auf, und über den blauen Himmel zogen nur noch einzelne Quellwolken. Für englische Verhältnisse war das Wetter ausgesprochen angenehm.

Trotzdem konnte Abby, als sie sich mühsam aufrappelte, sich nicht recht darüber freuen. Alles erschien ihr blass, ja beinahe farblos, obwohl sie wusste, dass sie Farben sah. Die Ereignisse der Nacht hatten sie so sehr erschöpft, dass sie noch immer ganz benommen war.

Schlaf. Sie wollte nur noch Schlaf.

Dionysos. Sie wollte Dionysos.

Im Zickzackkurs taumelte sie durch das hohe Gras der Wiese zurück zum Haus.

Auf halber Strecke sah sie eine weißhaarige, dunkelgekleidete Gestalt auf sich zukommen. Sie achtete nicht weiter auf den Mann und wollte sich schon an ihm vorbeidrücken, als er sie am Arm packte.

«Was habt ihr nur getan?»

Abby blinzelte ihn an. Es war der Herzog. «Nichts», erwiderte sie murmelnd.

«Nichts?» Der Herzog packte sie an den Schultern und schüttelte sie. «Habt ihr denn gar keine Ahnung, was ihr da angerichtet habt? Ihr habt ihn geweckt, nicht wahr? Ihr habt den Teufel geweckt!»

«Nicht den Teufel. Dionysos», erwiderte Abby, noch immer benommen und schwankend.

«Das läuft aufs Gleiche hinaus.» Er schüttelte sie erneut. «Ist euch denn nicht klar, was ihr da getan habt?»

«Ihr wiederholt Euch», murmelte Abby.

«Wo ist Euer Gatte? Ich wette, er steckt hinter all dem.» Er packte sie am Arm und zog sie heftig und schmerzhaft in eine aufrechte Position. «Ich hätte euch gar nicht erst erlauben dürfen zu bleiben.»

«Nun regt Euch mal nicht so auf», winkte Abby unbekümmert ab. «Das geht schon in Ordnung.»

«Ganz bestimmt nicht. Jedenfalls nicht, solange Dionysos und seine Helfershelfer am Leben sind und die Welt ins Verderben stürzen. Seht Ihr nicht, was uns bevorsteht?»

Mit Mühe schaffte es Abby, eine Braue hochzuziehen. «Wir werden alle jede Menge Spaß haben.»

«Sterben werden wir alle», widersprach der Herzog zähneknirschend.

Abby runzelte die Stirn. Sie verstand kein Wort. «Sterben?»

«Ja, an unserer grenzenlosen Gier: nach zu viel Essen und Trinken, zu viel Geschlechtsverkehr. Überschwemmt von all diesen wilden Körpersäften, bricht der Körper irgendwann zusammen. Merkt Ihr denn nicht, dass dieser Prozess bei Euch schon eingesetzt hat?»

Abby konnte dem Herzog nicht widersprechen. Das erklärte eine Menge, auch ihre Unfähigkeit zu denken. «Es ist vorbei», lallte sie.

«Es ist nie vorbei.» Der Herzog packte sie am Arm und zog sie zum Haus. Sie ließ es sich gefallen, immer wieder über ihre bleischweren Füße stolpernd. Im Hof angelangt, stieß Abby einen Seufzer der Erleichterung aus. Ihr Bett war nicht mehr weit. Erst mal schlafen, und dann aufwachen und …

Dann wurde sie nach vorn in eiskaltes Wasser gedrückt, bis sie sich prustend aus dem Trog befreite.

«Seid Ihr jetzt endlich wach?», fragte der Herzog, noch immer die Hand in ihrem Nacken.

Sie kam allmählich zu sich. Wortlos steckte sie freiwillig den Kopf noch einmal ins Wasser, um dann, in der Hocke sitzend, das Wasser aus ihrem Haar zu drücken.

«Also gut», sagte sie und schnappte nach Luft. «Erzählt mir noch einmal, was geschehen ist.»

Der Herzog verschränkte die Arme und betrachtete sie verwirrt. «Ich würde eher meinen, dass Ihr es mir erklären solltet. Ihr habt schließlich den Gott zum Leben erweckt. Wie habt ihr das gemacht?»

«Da war eine Statue, und ich –» Abby hielt errötend inne. Wie konnte sie erklären, was sie getan hatte? Andererseits hatte der Herzog sie schon in höchster Erregung gesehen. «Ich habe sie gefickt. Weil es mich reizte.»

«Eine Dame sollte sich solcher Ausdrücke enthalten», murmelte der Herzog. «Und dann ist der Gott erwacht?» Er strich sich übers Kinn und nagelte sie mit seinem eiskalten Blick auf dem Pflaster fest. «Wo war das?»

«Im Tempel. Der hat einen Keller. Dort – dort habe ich ihn zurückgelassen.»

Die Braue des Herzogs zuckte. «Mich überrascht nur, dass er Euch hat gehen lassen.»

Abby nickte. «Mich auch.» Ja, warum hatte er sie eigentlich gehen lassen? «War das Euer Ernst? Dass Dionysos die Welt zerstören wird?»

«Ja.» Er hielt ihr einen steifen Arm hin. «Kommt, jetzt frühstücken wir erst einmal, und dann planen wir seine Vernichtung.»

Sie akzeptierte seine Hand und stand aus eigener Kraft auf. «Das klingt ja ausgesprochen aufmunternd.»

Auf ihn gestützt, ließ Abby sich ins Haus und in den Speisesaal führen. Sie sank auf einen Stuhl und sah zu, wie er ihr ein proteinreiches Frühstück aus Eiern, Schinken, Speck und Pudding mit Trockenfrüchten servierte.

Gierig schlang sie das Essen herunter, während sie vor ihrem inneren Auge die Ereignisse der Nacht noch einmal Revue passieren ließ. In ihrer Erinnerung verschwamm alles zu einer ununterbrochenen Fickorgie mit Myles und dem Gott.

Dionysos. Sein goldener Schimmer verlieh allem eine Intensität, die sie nie zuvor gesehen oder erlebt hatte.

Abby legte Messer und Gabel nieder. «Woher wisst Ihr von Dionysos?»

Der Herzog nickte. «Gut. Wie ich sehe, seid Ihr wieder bei Sinnen.» Er wischte sich die Lippen mit der Serviette ab.

«Ihr habt meine Frage noch nicht beantwortet.» Abby verschränkte die Arme und unterdrückte einen Rülpser. Sie hatte schon seit Ewigkeiten nicht mehr so viel gegessen.

«Ich denke, dass eher ich in der Position bin, Fragen zu stellen. Warum habt ihr den Gott freigelassen?»

Abby zuckte mit den Schultern und fingerte an dem geliehenen Ehering herum. Was hatte Myles wirklich gewollt? «Myles war auf der Suche nach dieser Statue. Sie gehörte einst seiner Familie. Irgendein Vorfahr von ihm hat sie wohl aus Griechenland mitgebracht. Er hoffte, nach der Entdeckung der Statue in irgendeinen Club in London aufgenommen zu werden.»

«Die Dilettanti-Gesellschaft?», schnaubte der Herzog verächtlich. «Und darauf seid Ihr hereingefallen?»

Abby zwinkerte. «Was?»

«Hat er auch erzählt, dass dieses Haus einmal im Besitz seiner Familie war?»

«Hat er. Und ebenso, dass sie das Land wegen des Bürgerkriegs verloren und auch nach Wiedereinsetzung der Monarchie nicht zurückbekommen hätten.»

Der Herzog beschrieb vor sich mit den Fingern einen Bogen. «Ja, mein Vorfahr hat dafür gesorgt, dass sie ihren Grund und Boden nie zurückbekamen. Warum sie den Gott niemals wieder zum Leben erweckt haben, haben wir nie herausfinden können, jedenfalls waren sie seine Hüter.»

Abby kaute nachdenklich auf der Unterlippe. «Vielleicht war ja das Wissen um ihn zwischenzeitlich verlorengegangen. Myles wusste ja auch nicht, wo die Statue war. Er hatte lediglich ein paar ziemlich wirre Aussagen seiner Großmutter, die überhaupt keinen Sinn ergaben.»

«Aber wie wusste er dann, wie man sie zum Leben erweckt?»

Abby schloss verärgert die Augen. Sie war wütend auf Myles,

weil er sie angelogen und dazu gebracht hatte, ihm bei seiner Suche zu helfen. «Ich ziehe es vor zu glauben, dass er nichts davon wusste. Mir kam es jedenfalls vor wie purer Zufall.»

«Und Ihr habt den Gott erweckt, indem Ihr geschlechtlichen Verkehr mit ihm hattet?»

Abby nickte.

«Wer hatte die Idee dazu?»

«Myles.» Abby verteidigte ihn noch immer, wenn auch nicht mehr ganz so überzeugt. «Ich hatte ein paar … äh … Sexspielzeuge dabei, Dildos und so, und Dionysos – die Statue – kam uns auch plötzlich vor wie ein großes Spielzeug.»

«Eine frischverheiratete Frau mit solchen Hilfsmitteln? Und das bei einem Ehemann, der als Schürzenjäger gilt?» Der Herzog kniff die Augen zusammen. «Waren diese Spielzeuge ein Hochzeitsgeschenk von ihm? Wollte er Euch auf diese Weise für diese Aufgabe vorbereiten?»

«Nein!», protestierte Abby. «Sie gehörten mir schon, bevor wir uns kennenlernten.» Sie hob resignierend die Hände. «Das ist doch absurd. Es ist eben geschehen; wieso sollte es eine Rolle spielen, wie genau es abgelaufen ist?»

«Weil wir einen Weg finden müssen, die Sache rückgängig zu machen.»

«Woher wisst Ihr, dass das überhaupt möglich ist?», fragte Abby.

«Weil einer *meiner* Vorfahren ihn in Stein und Gold einschloss und zur Statue werden ließ.» Aus dem Lächeln des Herzogs sprach nostalgische Genugtuung. «Und jetzt bin ich an der Reihe, handeln zu müssen.»

«Ich glaube, das müsst Ihr mir der Reihe nach erklären. Dionysos beklagte sich über einen – wie nannte er ihn? – einen ‹hinterhältigen Athener›. Wollt Ihr etwa behaupten, von diesem Typen abzustammen?»

«Ja. Meine Vorfahren lockten den Gott in die Falle und bewachten ihn, bis er gestohlen wurde.»

«Von Myles' Vorfahren», vermutete Abby.

«Ganz genau. Sie waren Kaufleute, damals im dreizehnten Jahrhundert, aber im Bürgerkrieg konnten wir die Statue wieder in unseren Besitz bringen. Damals wurde sie so gut versteckt, dass wir sie nie mehr wiederfanden.»

«Sie war auch für Myles' Familie verloren. Wer immer sie Eurer Familie stahl, behielt den Grund dafür für sich.»

«Ihr verteidigt ihn noch immer, trotz allem, was er getan hat.» Der Herzog blickte sie verblüfft an.

Ihr voller Bauch verkrampfte sich. «Er hat noch keine Chance gehabt, mir seine Version der Geschichte zu erzählen.» Abby versuchte, fair zu bleiben.

«Ihr sprecht sehr verwegen zu einem, der einen so viel höheren gesellschaftlichen Rang für sich beanspruchen kann als Ihr.»

Abby zuckte die Achseln. «Gesellschaftliche Stellung ist mir nicht so wichtig. Und meinen Respekt werdet Ihr Euch erst verdienen müssen.»

«Dafür genügt es nicht, dass ich Euch geholfen habe, Euch vom Zauber des Dionysos zu erholen?»

Diese Frage war nicht ganz unberechtigt, wie sie einräumen musste. Sie nickte abrupt. «Tut mir leid. Das alles ist natürlich mein Fehler.»

«Allerdings», bestätigte der Herzog. «Und deshalb werdet Ihr mir auch dabei helfen, die Sache zu bereinigen. Meine Frau, meine Tochter und vermutlich auch mein Sohn sind bereits in den Bann des dionysischen Gefolges geraten. Ihr werdet mir helfen, sie davon zu befreien.»

«Und Myles auch», ergänzte Abby stirnrunzelnd, als sie an die Frauen denken musste, die Myles abgeschleppt hatten.

«Auch er ist in Gefahr … selbst wenn er gerade seinen Spaß haben sollte», fügte sie trocken hinzu.

Der Herzog beugte sich vor. «Ihr wollt mir also helfen?»

«Wo fangen wir an?»

Elaine entfernte sich schleichend von der Tür zum Speisesaal und ging in die Küche, wo sie sich einen großen Teller mit Essen geben ließ, den sie in ihr Zimmer mitnahm.

Ihr Satyr Demetrios saß im Sessel am Fenster und blickte hinaus auf die Wälder. Als er sie über die Schulter hinweg kommen sah, entspannten sich seine Züge. «Ich hatte schon Angst, es könnte jemand anders sein.»

Sie lächelte oder hoffte zumindest, dass sie es tat, denn eigentlich war ihr überhaupt nicht danach zumute. «Das hätte sonst höchstens meine Zofe sein können, und der habe ich den Zutritt zu meinen Gemächern untersagt.»

«Du selbst siehst aber auch besorgt aus.»

Elaine rieb sich die Arme. «Mein Vater plant, einen Gott zu töten.»

Demetrios richtete sich erschrocken auf. «Dionysos? Meinen Herrn?»

Ihr Lächeln wurde dünner. «Ich dachte mir doch gleich, dass dein Auftauchen einem übernatürlichen Umstand zu verdanken ist. Schließlich läuft deinesgleichen nicht reihenweise durch die Wälder.»

Er grinste. «Sonst hättest du auch längst einen wie mich gefunden.» Elaine lächelte unwillkürlich. «Kann gut sein. Was passiert, wenn es meinem Vater gelingt, Dionysos zu töten?»

«Dionysos ist ein Gott. Man kann ihn nicht töten. Er kann aber eingesperrt werden und ich mit ihm.»

Die Vorstellung, Demetrios zu verlieren, gefiel ihr gar nicht. «Kann man das nicht verhindern?»

«Möchtest du es denn verhindern?»

Elaine blickte hinab auf ihre Hände. Wollte sie diese halb wilde Kreatur behalten, die sie so gründlich befriedigte? *Ja, unbedingt,* bettelte ihr Herz.

Sie sagte aber nichts.

Der Satyr glitt vom Stuhl am Fenster herab und trottete zu ihr hinüber. Er nahm ihre Hände. «Elaine, so einen wie mich wirst du nie mehr finden. Ich werde dich lieben.»

«Mich lieben?», höhnte sie. «Miteinander zu schlafen ist nicht dasselbe wie Liebe.»

«Aber dich in den Armen zu halten.» Er strich ihr mit den Daumen über die Handrücken. «Und dir zuzuhören. Wer außer mir ist bereit, sich deine Sorgen und deinen Kummer anzuhören?»

«Es ärgert mich, dass du meine Gedanken lesen kannst», erwiderte Elaine griesgrämig. Ohne dass sie es ihm gesagt hatte, wusste er, dass ihr Vater sie seit dem Tod ihrer Mutter ignorierte, dass sie mit ihrer Stiefmutter nicht gut auskam und dass ihr Bruder ihr die Schuld am Tod ihrer Mutter gab.

Er beugte sich vor und küsste sie auf die Stirn. «Du bist gebrochen, meine Liebste. Nur ich bin in der Lage, dich ganz heil werden zu lassen.»

Sie ließ die Hände über seine nackte Brust gleiten, streichelte das graumelierte Fell auf seinen Schenkeln und legte die Finger um seinen steif werdenden Schwanz. «Ja, nur du kannst mich wieder heil und ganz werden lassen.»

Sie streckte ihm die Lippen entgegen. «Also gut», hauchte er, «dann werden wir deinen Vater aufhalten müssen.»

Sie senkte den Kopf, ließ sein Glied los und zog ihn fest an sich. Sie drückte verzweifelt die Augen zu, um den Tränenfluss zum Versiegen zu bringen. Ihr Vater siegte am Ende doch immer.

«Wir finden schon eine Möglichkeit», flüsterte ihr Demetrios ins Ohr.

Als Myles erwachte, spürte er eine schwere Last auf sich. Er musste sich zwingen, die Augen zu öffnen, die mit einer klebrigen Masse verschlossen waren, und schließlich fand er sich im Schatten eines Wäldchens wieder.

Vergeblich versuchte er, den Kopf zu heben. Ein Blick nach unten verriet ihm, dass nicht nur eine, sondern gleich zwei Frauen schlafend quer über ihm lagen. Er stieß die erste an und versuchte, sich aufzusetzen.

Die Frauen drehten sich protestierend zur Seite. Myles rieb sich den Kopf und spürte selbst bei dieser einfachen Bewegung, dass seine Muskulatur offenbar vollkommen überstrapaziert war.

Dann sah er sich um. Wo war Abby? «Abby?»

Er zwinkerte, um besser sehen zu können, konnte sie aber nirgends entdecken. «Abby!» Sein Ruf hallte über die kleine Lichtung und verflüchtigte sich im Blau des Himmels.

Er zwang sich aufzustehen und trat unter den untersten Ästen einer Kiefer hindurch ins grelle Tageslicht. Er zuckte zusammen und drückte mit beiden Händen gegen seinen Kopf. Es war schrecklicher als der schlimmste Kater.

Ohne auch nur einen Blick zurück auf die schlafenden Schönheiten zu werfen, ging er auf den Tempel zu, wo er sie zuletzt gesehen hatte. Er stieß mit dem Zeh gegen einen Stein, stürzte und konnte nur mit Mühe verhindern, dass er mit dem Gesicht auf den Boden schlug. Die Anstrengung, die ihn das kostete, ließ ihn aufstöhnen.

Er erhob sich wieder, wischte sich den Schmutz von den Handflächen und ging weiter.

Er rutschte durch die offene Falltür in den Keller hinab und landete wie ein Häufchen Elend auf dem harten Boden. Stöhnend stand er wieder auf. Das hatte er sanfter in Erinnerung gehabt.

Das schallende Gelächter des Gottes erschütterte seine Gebeine, und Myles biss die Zähne aufeinander.

«Bist du meiner Bacchantinnen bereits müde?», rief Dionysios, während er sich auf seinem Podest räkelte. Jemand hatte eine niedrige, mit einer grünen Decke bezogene Couch und tiefrote Samtkissen aufgetrieben.

«Ich habe noch mehr von denen, falls dir nach Abwechslung gelüstet», erklärte der Gott und deutete dorthin, wo Frauen und Satyrn mit ineinander verschlungenen Körpern auf dem Boden lagen. Es waren sehr viel weniger als zuvor.

Myles erinnerte sich an das, was der Gott verkündet hatte. Wie viele dieser wilden, lüsternen Kreaturen dort draußen wohl schon unterwegs sein mochten? Er trat näher. «Nein, danke. Ich suche nach meiner Frau.» Vergeblich suchte er unter den schlafenden Frauen Abby.

«Du meinst Ms. Deane?», höhnte der Gott. «Sie ist nicht deine Frau.»

Myles schnappte nach Luft. «Woher weißt du das?»

Wieder lachte der Gott belustigt auf. «Erstens bin ich ein Gott, und zweitens habe ich sie hierhergebracht.»

Hatte er nun vollständig den Verstand verloren? Hatte die Statue soeben behauptet, sie habe Abby auf ihre Zeitreise in die Vergangenheit geschickt?

«Zeit ist relativ. Heute, gestern, das ist alles eins. Sie ist der Schlüssel zu meiner Befreiung, und deshalb habe ich sie hierherkommen lassen.»

«Warum gerade in diese Zeit – und nicht in die, in der du zur Statue geworden bist?»

«Ich verfüge nicht über die Macht eines Zeus», räumte er

achselzuckend ein. «Also tat ich mein Bestes, wann immer sich die Gelegenheit bot, und ich sammelte meine Kräfte, bis ich die Macht hatte, mich ihrer zu bedienen.»

«Und jetzt bist du frei.»

«Dir und der Dame sei Dank.» Dionysos, der gerade Weintrauben aß, bot ihm welche an. «Auch eine?»

«Nein danke. Ist sie hier?» Myles musterte noch einmal die Anhäufung schlafender Leiber.

«Nein. Aber sie kommt wieder. Sie wird sich nicht von mir fernhalten können. Sie ist von mir berauscht.»

«Aber –» Sein Magen verkrampfte sich. Er hatte sie verloren.

«Du wolltest gerade sagen, dass du sie zuerst hattest. So mag es gewesen sein, aber jetzt gehört sie mir. Das ist eben einer der kleinen Vorteile, die man als Gott so hat. Was glaubst du wohl, wie ich sonst an meine treue Gefolgschaft gekommen wäre?» Er deutete auf die Schlafenden.

«Wir werden ja sehen», entgegnete Myles zähneknirschend.

«Höchst amüsant. Na dann, viel Spaß.» Er entließ Myles mit einer herablassenden Geste.

Als Myles zur Leiter zurückging, juckte ihn der Rücken unter dem scharfen Blick des Gottes. Er musste Abby finden – und ein Gegenmittel, bevor sie den Drang verspürte, zu Dionysos zurückzukehren.

Das Gelächter des Gottes verfolgte ihn und klang ihm noch in den Ohren, als er das Haus betrat.

Durch einen Hinweis des Butlers fand er sie im Studierzimmer, wo sie zusammen mit dem Herzog über mehreren Büchern brütete. Als er sie sah, schlug sein Herz höher. Sie sah aus wie immer. Er eilte zu ihr. «Abby, geht es dir gut?»

Ihr finsterer Blick ließ ihn innehalten. «Ich hoffe, du bist hier, um zu helfen.»

«Helfen wobei?» Er streckte die Hand nach ihrer Schulter aus, aber sie zuckte zurück. Hatte der verdammte Gott etwa erreicht, dass sie sich für keinen anderen Mann mehr interessierte? Kein Wunder, dass er noch immer Dionysos' höhnisches Gelächter zu hören glaubte.

«Womöglich will Mr. Hardy das ja gar nicht», warf der Herzog mit eisiger Stimme ein.

«Würde mir vielleicht jemand erklären, was hier vorgeht?», fragte Myles lauter als nötig, obwohl ihm davon der Kopf schmerzte.

Abby schloss ein dickes, staubiges Buch und griff nach einem anderen. «Wir wollen den Gott aufhalten, du Schwachkopf. Und wenn du nicht helfen willst, dann geh bitte.»

«Natürlich helfe ich», knurrte Myles. «Gib mir ein Buch und sag mir, wonach ich suchen soll.»

Der Herzog strich sich übers Kinn. «Ich bin mir nicht sicher, ob wir so einfach zulassen sollten, dass er uns hilft.»

Abby warf dem Herzog einen irritierten Blick zu, bevor sie sich wieder Myles zuwandte. «Du solltest dich jetzt besser setzen und uns alles über Dionysos erzählen – und wenn ich *alles* sage, meine ich auch alles.»

Er runzelte die Stirn. «Er ist der griechische Gott der –»

«Ich meine die rätselhaften Worte deiner Großmutter und den wahren Grund dafür, warum du die Statue unbedingt finden wolltest.»

«Das habe ich dir doch schon gesagt: um ihn der Dilettanti-Gesellschaft zu zeigen und dort aufgenommen zu werden – eine Ehre, die man meinem Vater verweigerte.» Myles runzelte noch immer die Stirn. Warum stellte sie eine so merkwürdige Frage? «Welchen Grund sollte ich sonst gehabt haben?»

«Mich dazu bringen zu wollen, den Gott aus der Statue zu befreien.»

Myles wischte sich mit der Handfläche über den Mund. *Oh Gott.* «Das ist doch nicht dein Ernst! Glaubst du das wirklich?»

Abby kaute auf ihrer Unterlippe herum. «Es war schließlich deine Idee, die Statue zu suchen und mich dazu zu bringen, sie zu ficken.»

Myles merkte, dass der Herzog dabei nicht mit der Wimper zuckte. Er verzog die Lippen bei dem Gedanken, was Abby dem Herzog in seiner Abwesenheit womöglich sonst noch alles gesagt haben mochte.

«Dein Grinsen beweist mir, dass du mich hereingelegt hast!», klagte Abby ihn an.

«Habe ich nicht. Mich hat lediglich deine Wortwahl amüsiert.»

«Es kommt hier gar nicht darauf an, was ich sage oder wie ich es sage, Myles. Du hast mich *angelogen.*»

«Ist das die Art und Weise, wie ihr Beziehungen beendet bei euch in der Zu…» Myles verstummte. Er wollte nicht, dass es mit Abby zu Ende war. Nicht so. «Kann ich unter vier Augen mit dir sprechen?»

Der Herzog verschränkte die Arme. «Ich hielte das für gar nicht klug.»

Abby warf ihm einen vernichtenden Blick zu. «Auch Ihr habt nicht das Recht, mir Vorschriften zu machen.» Sie stand auf und wischte sich ihre staubigen Hände an ihren Röcken ab.

Erst jetzt fiel Myles auf, wie zerzaust und mitgenommen sie aussah. Was hatte Abby durchmachen müssen? Er streckte die Hand nach ihr aus, aber sie zuckte zurück.

«Ich schaffe das schon allein.»

Wie konnte er diese sture Frau nur davon überzeugen, dass er die Wahrheit gesagt hatte?

Kapitel 14

Im Flur lehnte sich Myles erschöpft an die Wand. Seine Chancen standen schlecht. Er musste sich eingestehen, dass alles gegen ihn sprach. «Mir fällt nichts ein, was ich dir noch sagen könnte, um dich von der Wahrheit meiner Worte zu überzeugen. Ich hatte doch keine Ahnung, dass das alles geschehen würde.»

«Und das soll ich dir glauben? Ich fühle mich wirklich ausgenutzt, Myles.»

«Ausgenutzt? Von wem? Vom Herzog? Oder von Dionysos?» Ihr Gesicht nahm einen träumerischen Ausdruck an. Er schnippte vor ihren Augen mit den Fingern. «Komm zu dir, Abby. Ich bin ebenso überrascht wie du. Ich schwöre, ich wusste davon nichts.»

«Nicht einmal von deiner Großmutter?» Abby verschränkte die Arme, was ihren Busen bestens zur Geltung brachte. Er sah, dass sie wieder einmal ihr Korsett abgelegt hatte.

«Alles, was ich hatte, war dieses Rätsel meiner Großmutter.» Er erinnerte sich an ihre Warnung. «Sie hat viel vor sich hin phantasiert, wie im Delirium. Aber jetzt … jetzt ergibt einiges von dem, was sie gesagt hat, auf einmal doch einen Sinn.» Er ließ sich langsam zu Boden sinken. «Mein Gott, ich hätte genauer hinhören und ihr mehr Glauben schenken sollen.» Er schlug die Hände vors Gesicht. «Was habe ich nur getan?»

«Wusstest du, wie … wie man die Statue benutzt?» Er

spürte, wie sie neben ihm kauerte und ihm die Hand auf die Schulter legte.

Er schüttelte den Kopf. «Ich hatte keine Ahnung. Ich war so aufgeregt darüber, dass wir sie gefunden hatten. Das war doch nur ein Jux, ein bisschen Spaß … dachte ich jedenfalls.» Er biss die Zähne zusammen und zwang sich, ihren Blick zu erwidern. «So wie wir oben unseren Spaß haben.»

Abbys harte Miene wurde weicher, und sie küsste ihn auf die Stirn. «Es wird alles gut. Vielleicht weiß der Herzog ja eine Lösung, oder wir finden etwas in den Papieren der Familie.»

Myles stieß sich von der Wand ab. «Nein, nichts wird gut. Dio…» Er verstummte, als er an die glasigen Augen dachte, die sie bei der Erwähnung seines Namens eben bekommen hatte. «Der Gott hat dich am Haken, Abby.»

Sie richtete sich auf, und ihre Nasenflügel zuckten. «Ich weiß.» Sie half ihm hoch, und er zog sie an sich. Sie hielt ihn fest.

In ihm erwachte der Beschützerinstinkt. Auch wenn Dionysos sie aus eigennützigen Motiven hierhergebracht hatte, nahm Myles sich fest vor, sich um sie zu kümmern. Er wollte nicht zulassen, dass sie eine Anhängerin des Gottes wurde, wahnsinnig vor Verlangen. Sie sollte nur Verlangen nach ihm empfinden. Nur nach ihm? Er verdrängte den Gedanken. Warum sollte er zulassen, dass er verletzlich wurde? Falls sie keinen Erfolg hatten …

Abby zog sich ein wenig von ihm zurück. «Es tut mir leid, Myles», flüsterte sie.

«Ich bin froh, dass du mir glaubst.» Er drückte ihr Kinn hoch. «Ich bin nicht bereit, dich aufzugeben, Abby. Ich werde diesen Gott bekämpfen, bis du wieder in Sicherheit bist.»

Ihre Augen füllten sich mit Tränen. «Ich müsste jetzt wohl sagen, dass ich schon selber für mich sorgen kann. Ich bin eine moderne Frau, Myles.» Sie schniefte und wischte sich mit dem Handrücken über die Nase. «Aber es war trotzdem nett von dir, das zu sagen. Sehr nett sogar.»

Er streichelte ihre Wange. «Können wir überhaupt etwas tun, um ihm Einhalt zu gebieten?»

«Dem Gott?» Abby zuckte mit den Achseln. «Wenn man dem Herzog folgt, ja, und zwar geht es ja nicht nur um den Gott, sondern auch um sein Gefolge.» Sie zupfte an seinem Arm. «Und jetzt komm, wir haben noch viel Arbeit vor uns.»

***

Lucy trat auf dem oberen Treppenabsatz aus dem Schatten. Phoebe, die hinter dem Geländer kauerte, blickte zu ihr auf.

«Was hat das zu bedeuten?», flüsterte Lucy.

«Dass ich nicht mehr lange bei dir bleiben kann, wenn sie ihr Ziel erreichen.» Phoebes Traurigkeit färbte ihre sinnliche Stimme tiefer.

Lucy strich ihr tröstend übers Haar. «Das werden wir ja sehen.»

Elaine stand aus ihrem Bett auf und schaute auf den dösenden Satyr hinunter. Von der Taille aufwärts war er in jeder Hinsicht ein Prachtstück von einem Mann. Und obwohl ihr Körper süchtig war nach seiner Fähigkeit, ihr Freuden zu schenken, die sie sich in ihren kühnsten Träumen nicht erhofft hätte, störten seine tierischen Beine sie doch sehr.

Sie hatte sich ihm so vollständig ausgeliefert, dass sie über seine Andersartigkeit noch kaum nachgedacht hatte. Selbst noch immer nackt, warf sie die Bettdecke zurück, um seinen ganzen Körper betrachten zu können.

Er lag auf dem Bauch, die Gliedmaßen in alle Richtungen von sich gestreckt, die Arme um ein Kissen geschlungen. Sie streckte die Hand aus und berührte seine haarige Hüfte – oder besser seine Flanke?

Demetrios' Muskeln zuckten, als wolle er eine Fliege verscheuchen, und sein kleiner Schwanz zuckte mit.

Elaine hielt still. Würde er aufwachen und ihre sorgenvollen Gedanken lesen? Sie wartete, bis sie sicher war, dass er noch schlief, bevor sie ihn erneut berührte.

Diesmal zuckte seine Flanke nicht, und er ließ sie sein graumeliertes Fell streicheln. Dieses Fell war nicht so drahtig und rau wie das einer echten Ziege, sondern fühlte sich angenehm weich an.

Sie schob die Finger hinein und ließ sie über kräftige Muskeln gleiten. Dann fuhr sie über die Knochen und Sehnen seines Unterschenkels, der rund und stark war und kein bisschen deformiert.

Genau wie sein Penis. Ihre Lippen zuckten. Dieses prächtige Organ verdiente es, näher untersucht zu werden.

Ihre Fingerspitzen glitten über seinen harten Huf, von dem sie ein wenig Staub abwischte. Sie setzte sich wieder aufs Bett und legte die Hand auf seinen Knöchel.

Trotz der Unterschiede zwischen ihnen war sie noch immer voller Verlangen nach ihm. Was machte es schon, dass er anders war? Er verstand sie um so vieles besser, als jeder andere Mensch es bislang auch nur versucht hatte, besser sogar, als sie sich selber verstand. Er blickte durch die Mauern, die sie um sich herum errichtet hatte, um sich vor Verletzungen zu schützen, und er durchbrach sie alle. Was konnte sie ihm zurückgeben? Sie wusste nicht, woher er kam, wollte aber nicht, dass man ihn vernichtete.

Sie biss sich auf den Handknöchel. Das war die bisher größte Herausforderung ihres jungen Lebens. Von ihrer Familie vernachlässigt zu werden war nichts dagegen. Sie brauchte ihm nur ihre Liebe zu geben, vollständig und bedingungslos.

War sie dazu fähig? Konnte sie diese Kreatur lieben, die so anders war als sie selbst und in dieser ihrer Welt eigentlich keinen Platz hatte?

Demetrios drehte sich um, und sie sprang erschreckt auf. Sie hielt sich die Hand vor den Mund, um zu verbergen, wie schockiert sie war. Er betrachtete sie mit trägen grünen Augen. «Was machst du da?»

«Ich sehe dich an.» Sie setzte sich wieder. «Du bist so ... so anders.»

«Tatsächlich?» Sein breites Lächeln brachte sie fast um den Verstand. Sie brauchte nur in dieses Gesicht zu blicken, um alles zu vergessen, was weniger vollkommen war an ihm. «Mit mir ist doch alles in bester Ordnung.»

Ihre Haut fühlte sich auf einmal heiß an. «Demetrios ...» Sie wusste nicht, was sie sagen sollte.

«Na schön, ich muss wohl zugeben, dass ich in diesem Zeitalter ungewöhnlich bin.» Er setzte sich auf, seine Ziegenbeine auf wenig elegante Weise unter sich verschränkt – was sie aber nicht verbarg, sondern eher noch auffälliger machte.

Sie wandte den Blick von ihnen ab und seinem weitaus gefälligeren Gesicht zu. «Demetrios ...»

«Komm her.» Er klopfte auf das Bett neben sich.

Und sie kam näher, ohne zu verstehen, was sie zu ihm hinzog. Sie hätte eigentlich von seiner Deformiertheit abgestoßen sein und ihn bedauern müssen, musste sich aber dazu zwingen, so zu denken. Solange sie nicht bewusst darüber nachdachte, störte sie das alles auch nicht. Sie legte den Kopf an seinen starken Hals und fragte sich, wie sie all diese Dinge bloß ihrem Vater erklären sollte.

Die Lippen des Satyrs fanden die ihren, und er zog sie zu

sich nieder. «Komm schon, Elaine, schau mich ganz genau an. Ich weiß doch, dass du das willst.»

«Du weißt viel zu viel», klagte sie, ohne es so zu meinen. «Ich wünschte, ich wüsste mehr über dich.»

«Frag mich, und ich werde deine Fragen beantworten.»

«Alle Fragen?», schnurrte sie, rutschte ein wenig tiefer und bedeckte seine Brust mit Küssen. Die winzigen Locken seines Brusthaars kitzelten sie in der Nase. Er duftete einfach köstlich, wie sonnengereifte Pfirsiche. Sie ließ ihre Zunge über seine Haut gleiten.

«Alle Fragen», versprach er mit heiserer Stimme.

«Wie alt bist du?» Elaine blickte zu ihm hoch.

«So um die fünfundzwanzig.»

«Aber – aber –» Sie setzte sich auf und verschränkte die Arme über ihrer nackten Brust. «Du müsstest doch eigentlich uralt sein!»

«Ich wurde in der Zeit eingefroren. Ich bin nicht unsterblich. Irgendwann werde ich alt, und dann sterbe ich. Meine Mutter war auch eine Sterbliche, eine Bacchantin, und mein Vater ein Satyr.» Sein entrückter Blick wirkte traurig. «Sie müssen jetzt schon seit vielen Jahrhunderten tot sein.»

Elaine tätschelte mitfühlend seinen Arm. Sie brauchte ihm nicht zu erklären, dass sie sich ebenfalls elternlos fühlte. «In dieser Hinsicht haben wir etwas gemeinsam.» Er lächelte sie ebenso wehmütig wie erfreut an. «Das stimmt.»

Sie legte sich neben ihn, ohne länger an die Erkundung seines Körpers zu denken. «Ich bin froh, dass du nicht unsterblich bist», erklärte sie und streichelte sein Brusthaar. «Ich möchte nicht gerne alt werden und –»

Er legte ihr einen Finger auf die Lippen. «Sag es nicht. Womöglich ende ich wieder als Fresko an der Wand, falls dein Vater mit seinen Plänen Erfolg hat.»

«Können wir denn gar nichts dagegen tun?»

«Ich bin nicht der Typ, der einen Mord begehen könnte, und es schmerzt mich schon, auch nur darüber nachzudenken, aber vielleicht können wir ihn ja umdrehen.» Er lächelte erneut. «Dann wird er seine Absicht, Dionysos zu vernichten, ganz schnell vergessen.»

«Wie kann so etwas überhaupt gehen – einen Gott vernichten?»

«Das ist schon vorgekommen.» Er zeigte zum Beweis auf sich selbst. «Aber warst du nicht gerade mit etwas ganz Bestimmtem beschäftigt?»

«Ach so, ja.» Sie strahlte ihn an. «Wie konnte ich das nur vergessen.» Sie rutschte wieder ein Stück weiter nach unten im Bett und setzte ihre Erkundung an der Stelle fort, wo sein Fell begann.

Sie ließ den Blick über seine wahrhaft unförmigen Beine gleiten. Doch obwohl seine Knie sich in die falsche Richtung beugten, standen diese Beine in einem durchaus ausgewogenen Verhältnis zu seinem übrigen Körper.

Sie merkte schnell, dass der Phallus des Satyrs sich verhärtet hatte – ein prächtiger Schaft, dick und in perfektem Größenverhältnis zu den leicht behaarten, schweren Hoden darunter. Übernatürliches Wesen hin oder her – Elaine wollte sich die Chance, die männlichen Formen genauer zu betrachten, nicht entgehen lassen.

Bewundernd registrierte sie die leichte Biegung seines erigierten Gliedes und die Adern unmittelbar unter der Hautoberfläche. Der sich bis zur Spitze hinziehende Wulst schien in perfekter Weise dafür geeignet, jene empfindlichen Stellen in ihrem Innern zu reizen, die Demetrios genau zu kennen schien, ohne erst nach ihnen forschen zu müssen.

Dabei hatte sie sie selber noch nicht gekannt.

Sie spitzte den Mund und küsste die Seite seiner Eichel, deren samtige Oberfläche auf ihren Lippen brannte. Mit der Zungenspitze leckte sie anschließend die Stelle, auf die sie ihn geküsst hatte.

Seine Hände schoben sich in ihr Haar. «Ich bin gar nicht so schrecklich, oder?»

Auch wenn er ihre Gedanken lesen konnte, mussten doch ein paar Dinge gesagt werden. «Ganz und gar nicht.» Sie ließ den Blick über seinen Körper aufwärtsgleiten, über seine pelzige Leiste, seinen flachen Bauch und seine ausgeprägte Brustmuskulatur bis hinauf zu seiner belustigten Miene. «Du bist sogar ausgesprochen appetitlich.»

Sie leckte ihn erneut und kostete ihr eigenes zartes Aroma vom vorausgegangenen Liebesspiel, wobei er ansonsten ausgesprochen männlich und kein bisschen nach Ziege schmeckte.

Er lachte. Mitunter war es gar nicht so schlecht, dass er ihre Gedanken lesen konnte. Um ihre an seinen Schwanz gepressten Lippen spielte ein Lächeln. Sie leckte die ganze Länge seines Schafts und seine schweren Hoden. Er schmeckte nach Rotwein mit einem berauschenden Beigeschmack von Brandy.

Nachdem sie seinen Schwanz gründlich geschmeckt hatte, hockte sich Elaine auf ihre Fersen.

«Hör jetzt bitte nicht auf», flehte Demetrios. «Nimm mich in den Mund und lutsch mich.»

Elaine starrte ihn mit weit aufgerissenen Augen an. Warum sollte sie das tun?

«Stell dir einfach vor, dein Mund ist deine Muschi», versuchte Demetrios ihr zu helfen.

Sie verstand noch immer nicht. *Warum?*

«Weil es mir große Freude bereiten wird.»

Elaine musterte seinen Penis. Konnte sie ihn überhaupt ganz in den Mund nehmen? Sie bezweifelte es, aber sie wollte ihr Bestes tun, um ihm Freude zu bereiten.

«Braves Mädchen», murmelte Demetrios.

Sie leckte die Eichel, benässte sie gründlich, öffnete den Mund und ließ seinen Schwanz ein. Sie konnte kaum glauben, dass sie das tat, aber er schmeckte gut, und das Gefühl des pulsierenden Muskels in ihrem Mund bewirkte, dass ihre Vagina sich nach ihm sehnte. Wenn sie ihn mit dem Mund bearbeitete, konnte er dann nicht dasselbe mit ihrer Spalte tun?

Elaine zog sich zurück, und sein Schwanz rutschte mit einem hörbaren «Plop» aus ihr. Dann setzte sie sich auf ihn, auch wenn sie wusste, dass ihn das nicht überraschen würde. Er streckte bereits die Arme aus, um sie beim Absinken auf seinen Penis zu stützen.

Mit ihm tief in sich, ritt Elaine ihn, wobei sie sich in Nachahmung seiner schnellen Stöße heftig auf und ab bewegte.

Ein wehklagender Schrei braute sich in ihr zusammen. In dieser Position drang er noch tiefer in sie, was sie zuvor kaum für möglich gehalten hätte. Sie ließ die Hüften kreisen und wirbelte ihn in sich herum, während die ansonsten blasse Haut auf ihren Brüsten und an ihrem Hals vor Erregung eine rosarote Tönung bekam.

Als sie durch einen Vorhang aus roten Haaren auf ihn hinabblickte, sah sie, wie er sie mit einer merkwürdigen Intensität anstarrte. Fast ehrfürchtig wirkte er, ganz so, als sei sie die Göttin und er ihr Jünger.

Das Bild gefiel ihr.

Von irgendwo tief in ihrem Innern kam ihr Orgasmus über sie. Sie machte ein Hohlkreuz und schrie ihre Ekstase zur Decke ihres Schlafzimmers hinauf.

Nur widerwillig akzeptierte der Herzog Myles' Hilfsangebot. Wie Abby feststellen musste, wollte Winterton nicht recht glauben, dass Myles den Gott nicht absichtlich aus seinem steinernen Gefängnis befreit hatte.

Der Tag verging mit Nachforschungen. Abby hätte ihn viel lieber im Bett mit Myles verbracht, aber schließlich mussten sie die Welt retten. Ein wenig Lust war ja in Ordnung, aber zügellose Geilheit?

Sie erschauderte bei der Vorstellung, wie grenzenlose Lüsternheit die Welt vernichten könnte wie ein Atomkrieg.

Abby las einen obskuren Text des Herzogs, ein in schwarzer Tinte und krakeliger, eckiger Schrift handgeschriebenes Tagebuch. Es las sich wie ein Märchen, so schwer zu glauben und so geheimnisvoll erschien ihr der Inhalt.

Abby fragte sich schon, ob der Vorfahr des Herzogs und Myles' Großmutter vielleicht dasselbe Kraut geraucht hatten.

Seufzend blätterte sie um, während sie mit dem Daumen den Ehering an ihrem Finger drehte. Sie hatte schon den ganzen Tag mit dem Buch verbracht und war dabei immer verwirrter geworden, besonders als sie sich alle drei zusammensetzten, um über ihre Erkenntnisse zu sprechen.

Abigail … Ihr Name erklang in ihrem Kopf wie der Lockruf einer goldenen Stimme. Sie wusste sofort, wer das war. Sie richtete sich auf und blickte sich im Raum um. War er gekommen, um sie zu holen? Oder um diese kostbaren Bücher zu vernichten, die potenziellen Werkzeuge zu seiner Zerstörung?

Ich höre deine Gedanken wie rauschendes Wasser, sagte Dionysos in ihrem Kopf. *Ich fürchte mich nicht vor derart lächerlichen Versuchen bloßer Sterblicher, mich zu besiegen.*

Abby sah sich auf der Suche nach dem Gott so hektisch im Raum um, dass Myles und der Herzog aufblickten.

«Was ist los?» Myles wollte schon besorgt aufstehen, doch der Herzog bedeutete ihm, sitzen zu bleiben.

«Der Gott ruft nach ihr.» Der Herzog schaute aus dem Fenster. «Die Sonne geht unter, und er ruft sein Gefolge, sich gemeinsam mit ihm in Ausschweifungen und Orgien zu ergehen.»

Abby griff nach dem Buch, das vor ihr lag. «Ich will da nicht hin.»

«Geht», murmelte der Herzog. «Es wird nur noch schwerer für Euch, wenn Ihr gegen seinen Ruf ankämpft.»

«Ich könnte sie festhalten», meinte Myles.

Der Herzog dachte kurz darüber nach. «Dann riskiert Ihr, dass sie Euch die Haut abzieht und die Augen auskratzt. Dionysos' Kreaturen werden zu besessenen Dämonen, wenn man sie daran hindert, seinem Ruf zu folgen.»

«Wenn Ihr so viel wisst», zischte Abby, von der Willensstärke des Gottes zum Aufstehen gezwungen, «wieso könnt Ihr ihn dann nicht aufhalten?»

Der Gott zog an dem unsichtbaren Band zwischen ihnen, und sie rannte aus dem Raum. In ihrem verzweifelten Streben, so schnell wie möglich aus dem Haus und zu ihm in den Tempel zu kommen, stieß sie dabei immer wieder gegen irgendwelche Wände.

Schwitzend und erschöpft fiel sie vor dem liegenden Dionysos auf die Knie. Abby blickte zu ihm auf. «Könntest du mich das nächste Mal vielleicht etwas sanfter rufen? Ich habe mein Kleid ruiniert.»

«Und Durst hast du auch.»

Sie dachte daran, den Samen des Gottes zu trinken, und hegte zugleich den Verdacht, dass dieser Gedanke nicht ihrem eigenen Kopf entsprungen war.

Der Gott grinste, und die vielen Kerzen erleuchteten sein

attraktives Gesicht. «Zuerst Wein, den Nektar der Götter, und dann wirst du von mir trinken.»

Abby schluckte und schwor sich, nie mehr ein Sexspielzeug anzufassen, damit nicht noch einmal eines zum Leben erwachte.

«Sexspielzeug?»

Sie hatte vergessen, dass er ihre Gedanken lesen konnte.

Sie nickte. Sie brauchte gar nicht mehr zu sprechen, da der Gott in ihr las wie in einem offenen Buch. Sah er auch die Bilder, die ihr durch den Kopf gingen? Sie versuchte, den Gedanken an die Gelegenheiten zu verdrängen, bei denen sie diese Bilder mit Myles geteilt hatte.

«Myles», knurrte der Gott. «Wann gibst du ihn endlich auf?»

Abby hob das Kinn. «Darf ich mich nicht einmal mehr an ihn erinnern? Sind sogar die Götter eifersüchtig?»

«Was bringen sie eigentlich heute den Leuten in der Schule bei? Hast du noch nie von der legendären Eifersucht der Hera gehört?»

«Wer ist das denn?»

«Die Gemahlin des Zeus.»

«Ach so, dieser Schürzenjäger von einem Gott, der den Frauen in Gestalt eines Schwans oder so ähnlich erschien.» Abby saß im Schneidersitz da und nahm von einer der Bacchantinnen einen Becher Wein entgegen. «Dann bist du also auch einer von der eifersüchtigen Sorte.»

«Ich bin ein großzügiger Gott. Ich gebe einen Teil meiner göttlichen Macht weiter.»

«Du meinst wohl, in Form von Sex?»

«Es ist mehr als nur Sex.»

Abby nippte vom Wein. Eine Beziehungsdiskussion mit einem Gott war nicht unbedingt das, was sie jetzt wollte.

Kaum war ihr die köstliche Flüssigkeit durch die Kehle geronnen, starrte sie mit weit aufgerissenen Augen in den schlichten Becher. Sie hatte noch nie so guten Wein getrunken. Er war unbeschreiblich.

Der Gott lachte, doch sein Lachen war nicht das eines notorischen Bösewichts, sondern ein unbeschwertes, freudiges Gelächter. «So hast du nun den Nektar der Götter gekostet, als erste Sterbliche seit über tausend Jahren.»

Sie beäugte ihren Becher nun misstrauischer. «Und was bewirkt das Zeug? Schlägt es mich für alle Ewigkeit in deinen Bann?»

«Das war erst dein erster Schluck.» Dionysos ließ eine Traube in seinen Mund fallen. «Und er schlägt dich nicht in meinen Bann, sondern in den Bann des Getränks und der freudigen Gefühle, die es erweckt. Aber natürlich», fügte er hinzu, «bin ich der einzige Quell dieses Elixiers. Keiner außer mir kann es dir beschaffen.»

Ihre Lippen zuckten. «Also schlägt es mich doch in deinen Bann.»

«Mehr oder weniger», räumte der Gott achselzuckend ein und streckte ihr die Hand entgegen. «Komm, meine entzückende Sterbliche. Ich warte schon den ganzen Tag darauf, wieder deinen Körper genießen zu können.»

Abby verspürte den Drang, sich ihm zu widersetzen. Sie stand auf und schnaubte verächtlich. «Typisch. Du willst mich nur wegen meines Körpers, nicht wegen meiner inneren Werte.»

«Oh nein, ich will alles an dir», erklärte Dionysos gedehnt und mit einem Lächeln um seine vollen, sinnlichen Lippen. «Auch deine Seele. Aber immer schön eines nach dem anderen, nicht wahr?»

«Meine Seele?» Abby konnte es kaum glauben, auch wenn

bislang ohnehin alles ziemlich unglaublich gewesen war. Aber jetzt sollte auch noch ihre Seele bei diesem Abenteuer in Gefahr geraten?

Doch dann berührten ihre Fingerspitzen die seinen, und die eiskalte Angst, die seine letzte Bemerkung in ihr ausgelöst hatte, ging augenblicklich in pures Verlangen über. Seine Fingerkuppen glitten in ihre Handfläche, und seine Wärme entflammte ihre Sinne, bis für sie nur noch Dionysos existierte. Nur noch kurz tauchte eine letzte Erinnerung an Myles Hardy vor ihrem inneren Auge auf, bevor der goldene Schein des Gottes auch sie verdrängt hatte.

Dionysos' große Hand vermittelte ihr ein Gefühl absoluter Sicherheit, als er sie an sich zog, bis die drahtigen Locken seines Brusthaars ihre Wange berührten.

Sie sog seinen wundervollen Geruch ein, köstlich wie ein heißer, von der Süße reifer Erdbeeren erfüllter Sommertag und vielschichtiger als der Duft fruchtbarer Erde, aus der es wächst und sprießt.

Er war mehr als das, mehr als der Boden für üppiges Wachstum; er verkörperte die Freude, die aus diesem Wachstum erwuchs.

Dionysos nahm ihr Kinn zwischen die Finger und hob ihr Gesicht zu seinem. «Einige meiner Jünger meinen, ich mache süchtiger als der Nektar der Götter», murmelte er.

«Dem kann ich nur zustimmen», hauchte Abby.

Sie stellte sich auf die Zehenspitzen und küsste ihn leidenschaftlich, während sie sich um seinen mächtigen Körper zu ranken schien. Er bewirkte, dass sie sich ihm unterwarf, was ebenso auf die Größe und Kraft seines Körpers zurückzuführen war wie auf seine Göttlichkeit.

Welcher Mann hatte schon einen Schwanz, der so groß und trotzdem so angenehm war?

Knurrend rieb Dionysos die Spitze seines Gliedes an ihr. Er fand die Rundung ihres Bauches und hob sie so an, dass sein Penis an ihrem Schenkel pulsierte.

Sie hielt sich an seinen Schultern fest und zog sich an ihm hoch wie an einer Felswand. Dann stieß sie sich vom Boden ab, spreizte die Beine und schlang sie um die Taille des Gottes.

So drückte ihre bereits nasse Möse fest auf seinen harten Prügel. Dionysos hob ihre Hüften noch ein Stück weiter an, bis sein Schwanz sich befreite, genau zwischen ihre gespreizten Beine sprang und mit der Spitze vor ihrem nassen Loch innehielt.

Abby versuchte, sich ihm entgegenzuschieben, doch er hielt sie mit eisernem Griff fest. Sie wollte ihn in sich haben, wollte, dass er ihr den wildesten Fick ihres Lebens verschaffte.

Er ließ sie ein wenig herab, bis sein Schwanz genau auf ihrem glitschigen Eingang lag, und sie sank keuchend auf ihn, packte ihn mit ihrem gierigen Fleisch. Ihre inneren Muskeln schlossen sich so fest um ihn, wie es ihr möglich war, ohne ihn aus sich herauszudrücken.

Ihr Puls raste. Sie hielt den Atem an, bis er sich bis zum Anschlag in sie geschoben hatte und die Luft keuchend aus ihren Lungen entwich. Sie hing schlaff in seinen Armen, gab sich ihm mit jedem Teil ihres Körpers preis und überließ vollständig ihm die Initiative.

Noch immer tief in ihr, ging er in die Hocke und setzte sie auf das mit weichen Kissen bedeckte Podest, auf dem einst die Statue gestanden hatte. Er senkte ihren Kopf und ihre Schultern so nach hinten auf den Boden, dass Abbys Hüfte steil aufwärtsgerichtet lag und ihre Becken sich berührten.

Sie wand sich und drückte sich an ihn, keuchend vor Verlangen. Er hielt über ihr still, überließ ihr die ganze Arbeit und genoss es, wie sie ihm mit ihren Bewegungen huldigte.

«Bitte», bettelte sie, denn sie wollte, dass er ganz tief in sie stieß. «Bitte, oh bitte.»

Dionysos hob sie mit einem Arm hoch, während er mit dem anderen einen ihrer Schenkel hielt. Abby zwinkerte, wie hypnotisiert vom unwiderstehlich intensiven Blick seiner funkelnden, goldgesprenkelt grünen Augen – ein Blick, mit dem er sie stärker in seiner Gewalt hatte, als wenn er sie mit dem ganzen Gewicht seines Körpers unter sich begraben hätte.

Er wälzte sich zur Seite und zog sie auf sich. Das Haar hing ihr vor dem Gesicht, und nachdem sie die einzelnen Haare, die auf ihrer verschwitzten Haut klebten, weggeblinzelt hatte, sah sie, dass das Verlangen in seinen Augen nicht nachgelassen hatte.

Er *verlangte* nach ihr. Er wollte sie haben. Er brauchte es nicht mit Worten zu sagen, und sie brauchte nicht seine Gedanken zu lesen, um dieses tiefe Bedürfnis zu sehen und zu spüren.

In ihrer neuen Position ritt sie auf ihm und blickte auf ihn hinab statt zu ihm auf. An sich hätte ihr das ein Gefühl von Macht vermitteln müssen, doch sie dachte nur daran, wie sie ihn befriedigen und dabei selbst Erlösung finden könnte.

«Ja», knurrte Dionysos, «du bist mein.»

Er packte ihre Hüften und hielt sie fest, während er sie heftig von unten fickte, wobei seine Hinterbacken wieder und wieder abhoben.

Sie lachte vor Wonne. Ihr war, als reite sie ein wildes Pferd, und obwohl sie das noch nie getan hatte, bewegte sie einen Arm über dem Kopf hin und her, um nicht abgeworfen zu werden.

Natürlich half er ihr dabei. Sein Schwanz hielt sie in Position, grub sich in ihr Becken und glitt nie ganz aus ihr heraus.

Sein Lachen mischte sich mit ihrem, bis sie mitten in ihrem wilden Ritt kam, das Kreuz weit durchgedrückt. Blind starrte sie zur dunklen Kellerdecke empor, während sie mit kreisenden Bewegungen wieder und immer wieder auf seinen Schoß niederging.

Sein Sperma schoss in sie, und die unglaubliche Wärme seines Ergusses durchschoss sie wie ein greller Funkenregen, stieg durch ihr Rückgrat bis hinauf in ihren Kopf.

Sie sank auf ihn hinab, beknabberte und leckte seine Brust, seinen Hals, seinen Mund. Abby wollte noch mehr, und sie wusste, dass Dionysos ihr mehr geben würde.

Kapitel 15

Der Herzog von Winterton verzog sich nach oben in sein Bett. Er hatte seine Frau den ganzen Tag über nicht gesehen und erwartete auch nicht, dass sie in ihrem gemeinsamen Schlafzimmer auf ihn wartete. Die Bacchantin hatte seine reizende junge Gattin in ihrer Gewalt, und so konnte sie mit ihrer neuen Freundin überall sein.

Er verzog die Lippen zu einem grimmigen Lächeln. Tatsächlich war ihm etwas in den Sinn gekommen, das diesem wollüstigen Unfug ein Ende bereiten konnte. Schließlich waren die Wintertons nicht auf antike Gottheiten angewiesen, um Sex zu haben. Seine Lucy sollte das eigentlich wissen.

Er hatte die Lösung gefunden, Hardy aber nichts davon erzählt. Mochte das naive Geschöpf, das er geheiratet hatte, ihm auch blind vertrauen – er mochte seine Familie nicht dieser Gefahr aussetzen.

Der Herzog öffnete die Tür. Die Bacchantin lag in einem Wust aus Betttüchern auf *seinem* Bett. «Lucy?», rief er leise, weil er den Waldgeist nicht wecken wollte. «Lucy?»

Hatte die Bacchantin seine Frau zu Tode gefickt? Oder lag Lucy irgendwo anders allein und hilflos?

Mit pochendem Herzen sah er sich im Raum um. Als er keine Spur von ihr entdecken konnte, ging er ins Ankleidezimmer.

Lucy stand neben der großen Badewanne und zog sich einen durchscheinenden leinenen Morgenmantel über. Als sie ihn erblickte, schlug sie die Arme vor die Brust.

Er blieb auf der Türschwelle stehen und wagte nicht, sich zu nähern. Trotz ihrer hängenden Schultern bemerkte er ein Leuchten in ihren Augen, das er noch nie zuvor gesehen hatte. «Lucy? Geht es dir gut?»

«Das», erwiderte sie, «hängt ganz von dir ab.»

Er ließ die Hände sinken, die Handflächen nach außen gekehrt. «Wie meinst du das?»

«Du planst einen Anschlag auf mein Glück», stieß sie zwischen zusammengebissenen Zähnen hervor.

Er merkte, dass sie den Tränen nahe war. «Meine Liebe, so etwas würde ich doch nie tun. Dein Glück ist mein höchstes Ziel.»

Sie trat zurück, und er blieb stehen. «Du willst mir Phoebe wegnehmen.»

Der Herzog erstarrte und schloss für ein paar Sekunden die Augen. Wie sollte er es ihr erklären? «Sie bringt dich in Gefahr.»

«Wie das?», fragte Lucy, während ihre Arme steif zu beiden Seiten herabsanken und sie ihre kleinen Hände zu Fäusten ballte. «Das musst du mir erklären. Phoebe ist doch vollkommen harmlos, ein ganz liebevolles Wesen.»

«Liebevoll? Wenn sie dich weiter so fickt, wird sie dich bald ins Grab gebracht haben, meine Liebe.»

«Ihre Gelüste waren grenzenlos», räumte Lucy mit ernster Miene ein. «Aber jetzt braucht sie nur noch ein wenig Liebe und Trost.»

«Sie hat dich verblendet», entgegnete der Herzog, dem die Hitze ins Gesicht stieg. «Sie will, dass du ihr glaubst, um dich leichter vernichten zu können.» Dann kam ihm blitzartig die Idee für seinen nächsten Satz. «Oder um zu verhindern, dass ich sie vernichte.»

Lucy schluchzte. «Sie ist nicht so!»

«Der Gott, zu dessen Gefolgschaft sie gehört, hat nicht so viel Mitleid wie du», fauchte der Herzog. «Ich habe nichts dagegen, dich mit jemand anderem zu teilen, Lucy, aber ich werde nicht zulassen, dass du stirbst.»

«Dass ich sterbe? Ich werde nicht sterben. Was auch immer Euer Gnaden ihr unterstellt, ist falsch. Sie ist ebenso menschlich wie du oder ich, und sie hat ein sexuelles Verlangen, das nicht größer ist als das deine oder das meine.»

«Woher willst du das wissen?» Er verschränkte die Arme, und sein ganzer Körper versteifte sich vor Wut. «Woher willst du das wissen?»

«Sie wird mir nicht schaden.» Lucy überbrückte rasch die kurze Distanz zwischen ihnen und griff nach seinen vor der Brust verschränkten Armen. Tränen rannen ihr übers Gesicht. Er hätte am liebsten ihrem Flehen nachgegeben, wenn nicht etwas Wichtigeres auf dem Spiel gestanden hätte. «Bitte. Sie hat mir erklärt, dass du, wenn du ihren Gott tötest, auch sie umbringst.»

«Ich will den Gott gar nicht töten, sondern gewissermaßen nur einsperren.»

«Und was hat sie verbrochen, dass sie gemeinsam mit ihm eingesperrt werden soll?»

«Ich muss es einfach tun, Lucy. Das ist die Verpflichtung meiner Familie, die seit Jahrhunderten weitergereicht wird, um die Leidenschaften des Dionysos im Zaum zu halten. Mir bleibt also keine andere Wahl, verstehst du das denn nicht? Bliebe er frei, würde Dionysos die ganze Welt zerstören, und dann gäbe es nicht nur keine Phoebe mehr, sondern auch dich und mich nicht und auch nicht deine Freundin Portia.»

Lucy holte tief Luft. Er wagte es tatsächlich, den Namen ihrer liebsten Freundin, Portia Carew, in den Mund zu nehmen? Den Namen der Frau, die in ihr die Lust auf weibliche

Sinnlichkeit geweckt hatte – mit der Folge, dass die Welt ihre Freundin verdammt und aus der Gesellschaft ausgeschlossen hatte? Der bloße Gedanke daran, dieser Dionysos könnte Portia und Phoebe zerstören, war wie ein Stich ins Herz. «Ist das die Wahrheit?»

«All die alten Götter existieren nicht mehr, Lucy, und somit gibt es niemanden, der noch das Gleichgewicht wahren könnte. Deshalb muss ich handeln, versteh das doch bitte.» Er wollte vermeiden, dass seine Pflicht ihn von seiner Frau entfremdete, aber nichts, nicht einmal sie, konnte ihn daran hindern zu tun, was er zu tun hatte.

Lucy schüttelte den Kopf. Eine Haarsträhne klebte an ihrer feuchten Wange. «Ich verstehe das, aber es gefällt mir nicht. Gibt es denn keine Möglichkeit, Phoebe zu verschonen?»

«Es fällt mir schon sehr schwer, eine Möglichkeit zu finden, Pandora wieder in ihre Büchse zu bekommen», räumte der Herzog ein. «Genügt es dir, wenn ich verspreche, mein Möglichstes zu tun und dir zu sagen, wenn ich eine Chance sehe?»

«Wie groß ist die Wahrscheinlichkeit?» Ihre Stimme klang wenig hoffnungsvoll.

Er nahm ihre Hände. «Ich werde tun, was in meiner Macht steht, Lucy. Mehr kann ich nicht versprechen.»

«Du weißt, dass du mich verlieren wirst, wenn du das tust, was die Familienpflichten von dir verlangen.»

«Lucy ...» Ihre kühle Ankündigung raubte ihm einen Augenblick lang den Atem. «Lucy, bitte ...» Er hatte noch nie im Leben um irgendetwas bitten müssen; selbst Lucy war ihm mehr oder weniger in den Schoß gefallen. «Ich will dich nicht verlieren.»

Sie schaute ihn an und machte einen Schmollmund. «Ich dich auch nicht, mein lieber Herzog. Es muss doch eine Möglichkeit geben ...»

Er wischte ihr eine Träne von der Wange, selbst den Tränen nahe. «Wenn es eine gibt, werde ich sie finden.»

Sie stellte sich auf die Zehenspitzen und küsste ihn. «Danke.» Dann ging sie an ihm vorbei ins Schlafzimmer.

Er drehte sich um und blickte ihr nach. Sie legte sich ins Bett und schmiegte sich von hinten an die schlafende Phoebe. Die Frau regte sich, nahm eine von Lucys Händen und legte sie auf eine ihrer Brüste. Lucy küsste Phoebes Schulter und schlief ein.

Er hatte den nicht enden wollenden, wilden Sex erwartet, den, wie man ihn gelehrt hatte, alle Bacchantinnen praktizierten, aber nicht dieses sanfte, liebevolle Kuscheln. Hatte er sich geirrt?

Er biss sich auf die Lippe und ließ sie schlafen. Wenn er noch ein paar Stunden in seinem Studierzimmer verbrachte, würde er vielleicht etwas finden, was seine Ehe retten konnte.

Abby wusste nicht, wie sie es geschafft hatte, sich ins Haus zurückzuschleppen, nachdem sie es die ganze Nacht mit dem griechischen Gott getrieben hatte. (Und wie oft hatte sie sich das schon gewünscht – einen Mann, gebaut wie ein griechischer Gott, der ihr ganz allein gehörte? Aber wie hätte sie wissen sollen, dass das so anstrengend war?)

Sie erwachte, den Kopf tief in einem Kissen vergraben. Sie strich sich eine Locke aus dem Auge und blinzelte in den Raum. Definitiv Tageslicht. Ihr knurrte der Magen, denn sie hatte mindestens eine, wenn nicht gar zwei Mahlzeiten verpasst. Trauben allein machen eben nicht satt.

Aber der Nektar der Götter hatte das unwichtig erscheinen lassen.

Sie musste aufstehen, sich ankleiden und etwas zu essen sowie Myles finden, wenn auch nicht unbedingt in dieser Reihenfolge. Sein bloßer Anblick, so hoffte sie, würde ihr nach all den verrückten Halluzinationen, die sie durchlebt hatte, wieder ein wenig Gefühl für die Realität vermitteln.

Abby lehnte sich halb aus dem Bett und griff nach dem Klingelzug, um ein Dienstmädchen zu rufen, da sie unmöglich allein in diese altmodischen Kleider kam. Das Leben vor zweihundert Jahren hatte durchaus seine Vorteile, wenn man viel zu müde war, um sich allein anzuziehen.

Sie fand Myles im Speisesaal, wo er finster in seine Kaffeetasse starrte. Bei seinem Anblick hörte sie einen Augenblick lang auf zu atmen. Ihn zu sehen munterte sie sofort auf, auch wenn er derart unglücklich wirkte, dass dies nicht lange anhielt.

Verwirrt und wortlos strich sie ihm mit den Fingerspitzen im Vorübergehen über die Schulterblätter.

Sie lud sich ihren Teller voll und setzte sich neben ihn. «Bin ich die Letzte?»

Myles zuckte nur mit den Schultern und starrte weiter in seine Tasse.

Abby wandte sich von ihrem Essen ab, drehte sich zu ihm um und legte ihm die Hand auf die Schulter. «Was ist denn, Myles?»

Er schüttelte den Kopf so heftig, dass sie zurückschrak. «Das ist nicht dein Problem.»

«Wirklich nicht?» Abby konnte das nicht recht glauben. «Hat der Herzog etwas gefunden?»

Myles warf ihr aus dunklen, unergründlichen Augen einen schnellen Blick zu. «Wenn ja, hat er mir nichts davon erzählt. Warum sollte er auch?»

«Weil eure Familien in dieser Angelegenheit seit Ewigkeiten verfeindet sind?», schlug Abby in unbeschwertem Tonfall vor, um ihn aus seiner schlechten Laune zu reißen.

Er aber zog die Brauen nur noch mehr zusammen. «Das hier ist kein Scherz, Abby. Warum schiebt er mir die Schuld an allem zu, wo ich mir doch des Vermächtnisses meiner Familie nicht einmal bewusst war?»

«Weil er schon immer mit dieser Rivalität zwischen euren Familien gelebt hat.» Abby klopfte ihm noch einmal auf die Schulter und zog sich zurück. Ihr Bauch verlangte nach Essen. Sie schaufelte eine Gabel voll Rührei in sich hinein und fragte beim Kauen: «Ist das alles?»

«Genügt das nicht?» Er nahm einen großen Schluck Kaffee, trank seine Tasse leer und stand auf. «Aber warum interessiert dich das überhaupt? Du gehörst doch jetzt *ihm*.»

«Das ist unfair!», verschluckte sich Abby fast an ihrem trockenen Toast. Sie musterte sein verschlossenes, unnahbares Gesicht.

«Schon möglich, aber ich kann es auch nicht ändern.» Er stellte sehr sorgfältig seine Tasse ab. «Hast du eigentlich je darüber nachgedacht», fragte er so beiläufig wie möglich, «was aus dir wird, wenn Dionysos vernichtet ist?»

Abby blickte ihn stirnrunzelnd an. Die Worte des Gottes aus der vergangenen Nacht kamen ihr wieder in den Sinn. «Seine Magie hat mich hierhergebracht.»

Myles nickte. «Nach allem, was ich gelesen habe, warst du dazu bestimmt, Teil seiner Befreiung zu werden.»

Der Herzog war also nicht der Einzige, der etwas für sich behielt. «Was sind schon ein paar hundert Jahre für einen Gott? Aber was wird aus mir, wenn er wieder gefesselt wird? Vergiss nicht, dass er mich sogar erreicht hat, als er noch in Stein eingeschlossen war.»

«Das können wir nicht mit Sicherheit sagen.» Die Strenge wich aus seinem Gesicht, und seine Stimme nahm einen sanfteren Tonfall an. «Was ist, wenn du mit ihm verschwindest?»

«Um dann mit seiner übrigen Horde in den Wandmalereien eingeschlossen zu sein? Du sagtest doch, ich würde jetzt ihm gehören.»

«Um der Wahrheit die Ehre zu geben: noch nicht vollständig.» Er atmete einmal tief durch. «So wie du bei Sonnenuntergang widerstandslos zu ihm gegangen bist, sah es zwar schon ganz so aus, und es tat sehr weh», gestand er, und seine Lippen zuckten traurig. «Aber die Zeit, die uns noch bleibt, geht zur Neige.»

«Und falls ich so bleibe und wenn es dem Herzog gelingt, Dionysos wieder einzufangen? Was dann?»

«Vielleicht gehst du dann in deine eigene Zeit zurück.» Myles zuckte mit den Achseln. «Der Text der Aufzeichnungen ist da zweideutig. Wenn der Herzog die Wahrheit über dich wüsste, würde ich ihn fragen.»

Abby senkte den Blick. «Ich könnte ihn ja selber fragen», flüsterte sie und griff nach seiner Hand, ohne ihn anzusehen. Ihre Fingerspitzen berührten nur ganz kurz seinen Handrücken, bevor er die Hand zurückzog.

Dann verließ er den Raum.

Der Drang, ihm zu folgen, ließ Abby halb von ihrem Stuhl aufstehen, bevor sie sich doch wieder setzte. Sie wollte nicht wieder Streit darüber anfangen, wer an der ganzen Sache schuld war. Wusste er denn nicht, wie sehr sie ihn vermisste?

Innerlich brodelnd und frustriert angesichts der Hoffnungslosigkeit ihrer Lage, aß sie erst einmal zu Ende, bevor sie sich auf die Suche nach dem Herzog machte.

Sie fand ihn im Studierzimmer, wo er gerade einen neuen Stapel von Handschriftenrollen durchsuchte. Sie sah zu, wie er das Papier entrollte (oder vielleicht war es ja sogar Pergament, wenn die Schriften noch älter waren). «Euer Gnaden?», sagte sie vorsichtig und trat ein.

Der Herzog blickte zu ihr auf. «Schließt die Tür und sperrt sie ab.» Sie gehorchte und legte den Schlüssel auf den überquellenden Schreibtisch. «Ihr habt also etwas gefunden.» Sie hätte eigentlich erwartet, dass er freudig erregt sein würde, statt seine angespannte Miene beizubehalten.

Der Herzog von Winterton breitete das Dokument aus. «Ich habe es letzte Nacht entdeckt.»

«Warum sucht Ihr dann noch weiter?», fragte Abby, an die Kante des Schreibtisches gelehnt.

«Aus Gründen, die nur mich etwas angehen», wich er aus und konzentrierte sich auf ein weiteres zerfleddertes Manuskript.

«Vielleicht könnte ich ja helfen», bot Abby an und griff nach einer der fragilen Schriftrollen.

Winterton hätte ihr fast auf die Hand geschlagen, doch dann machten seine dünnen Finger im letzten Augenblick unmittelbar über den ihren Halt. «Nein. Das muss ich selbst entziffern.»

«Aber wenn Ihr die Lösung für unser Problem mit dem griechischen Gott gefunden habt, wie lautet sie dann? Und was muss ich dabei tun?»

Der Herzog durchbohrte sie mit einem fragenden Blick. «Wie kommt Ihr darauf, dass Ihr dabei etwas tun müsst?»

«Weil ich der Schlüssel zu allem bin. Ihr habt mich als solchen bezeichnet, der Gott ebenfalls. Außerdem liegt es doch nahe, dass die Person, die den Gott aus seinem Gefängnis befreit hat, ihn auch wieder hineinbringen kann.»

«Ihr seid eine kluge Frau, klüger als die meisten.»

Abby zuckte gleichgültig die Achseln. «Ich hatte ja auch eine bessere Ausbildung als die meisten.» Sie wartete auf eine Antwort vom Herzog, doch der schien schon wieder ganz in seinen Schriftrollen versunken. «Euer Gnaden?»

Der Herzog strich sich übers Kinn, blickte sie aber noch immer nicht an. «Gebt mir noch diesen Tag, Mrs. Hardy, dann erkläre ich es Euch.»

«Ah. Aber ich bräuchte in Bezug auf eine Kleinigkeit Eure Hilfe, Euer Gnaden.»

«Meint Ihr mit ‹Kleinigkeit› den Zustand, dass ein Gott und seine Gefolgsleute sich hier wie die Wilden gebärden?»

Sie hielt ihren Ehering fest. Bald würde sie ihn nicht mehr tragen müssen. «Nein, es ist … äh … die Kleinigkeit, dass ich in Wirklichkeit gar nicht mit Mr. Hardy verheiratet bin. Und auch nicht vor gut zwanzig Jahren geboren.» Auch im einundzwanzigsten Jahrhundert war sogar einer selbstbewussten Frau nicht daran gelegen, ihr genaues Alter preiszugeben. Wozu sollten sonst Produkte zur Hautpflege gut sein?

Der Herzog markierte die Textstelle, der er sich gerade gewidmet hatte, mit dem Daumen und ließ dann zu, dass sich das Dokument zusammenrollte. Er kniff verärgert die Augen zusammen. «Das müsst Ihr mir erklären.»

«Ich wurde – das heißt, ich werde erst – in rund einhundertund-» – Abby rechnete nach – «fünfundsiebzig Jahren geboren.»

Es sprach für den Herzog, dass er diese Aussage lediglich mit einem kurzen Augenzwinkern quittierte. «So, dann kommt Ihr also aus der Zukunft, Mrs. – wie darf ich Euch nennen?»

«Ich heiße Abby Deane. Ms. Deane.»

«Ms.? Ein solcher Ehrentitel ist mir nicht bekannt.»

«Er wird auch erst in rund hundertfünfzig Jahren gebräuchlich», erklärte Abby.

«Aber was bedeutet er? Seid Ihr verheiratet?»

«Nein, und abgesehen davon geht es Euch auch gar nichts an, ob ich verheiratet bin oder nicht.» Abby biss sich auf die

Lippe, als sie merkte, dass ihr Ton schärfer geklungen haben musste als beabsichtigt. «Diese Anrede soll dazu beitragen, dass eine unabhängige Frau ihren Geschäften nachgehen kann, ohne blöd angemacht zu werden.»

«Blöd angemacht?» Der Herzog verstand kein Wort.

«Umworben, verführt oder was auch immer. Und jetzt, da Ihr wisst, dass ich aus der Zukunft komme –»

«Ich kann Mr. Hardy nur dafür bedauern, dass er offenbar eine Verrückte geheiratet hat.»

«Ich sagte doch gerade, dass wir gar nicht verheiratet sind», schnaubte Abby und verschränkte die Arme. «Ich könnte jetzt natürlich den Rest des Tages damit zubringen, Euch zu beweisen, dass ich tatsächlich aus der Zukunft komme, aber dafür habt Ihr ebenso wenig Zeit wie ich.» Sie atmete tief durch, um sich zu beruhigen. «Ich muss wissen, ob ich in meine eigene Zeit zurückreisen werde, wenn wir den Gott besiegt haben.»

«Über dergleichen Dinge habe ich nichts gelesen.»

Abby traute diesem ausdruckslosen Gesicht nicht. «Myles hat mir erzählt, er habe in einem Eurer Bücher etwas darüber gelesen, aber es sei ziemlich zweideutig gewesen.»

«Immerhin eindeutig genug, um Euch davor zu warnen. Wie ich sehe, macht er seiner Familie alle Ehre.»

«Das hat nichts mit seiner Familie zu tun», schnaubte Abby.

«Womit hat es dann zu tun?»

Seine kalten Worte brachten sie zum Schweigen. Sie wünschte sich, dass Myles sie um keinen Preis verlieren wollte, aber warum sollte er so empfinden, wenn sie ihm nichts gegeben hatte außer dem Beweis dafür, dass Götter jeden Menschen ausstechen können?

«Das würde ich selbst gerne wissen, Euer Gnaden.»

Winterton zuckte mit den Achseln. «Ich habe alles zu diesem Thema gelesen. Der Schlüssel wird lediglich beim Akt des Entfesselns erwähnt. Ich habe keinerlei Informationen darüber, woher der Schlüssel kommt oder wohin er geht, wenn seine Aufgabe erfüllt ist.»

Abby kaute auf ihrer Unterlippe herum. «Wirklich gar keine?»

«Nichts. Hätten wir gewusst, worum es sich bei dem Schlüssel handelte und wo er zu finden war, hätte ich selbstverständlich alles in meiner Macht Stehende getan, um Eure Existenz zu verhindern, das dürft Ihr mir glauben.»

«Hm.» Sie konnte sich nicht vorstellen, dass die Kräfte des Herzogs bis ins Übernatürliche reichten. Aber vielleicht spielte er ja auf seinen politischen und persönlichen Einfluss an. Doch wie sollte er herausfinden, welcher Familie sie einst entspringen würde?

«Die Hardys hingegen müssen über diese Information verfügen. Wie sonst könnte Mr. Hardy wissen, wie man Euch am besten benutzt?»

Der Stachel saß tief. «Er hat mich nicht benutzt.» Abby stand auf. «Hören Sie, Mister, ich bin nicht bereit, bis in alle Ewigkeit die Sklavin des Gottes zu sein. Deshalb solltet Ihr mir jetzt besser verraten, was ich zu tun habe.»

«Die uralten, sagenumwobenen Anweisungen, wie das zu bewerkstelligen ist, sind leider verlorengegangen», erklärte der Herzog. «Somit bleibt nur noch eine Möglichkeit, nämlich dass der Schlüssel selbst handelt.»

«Aber wie?»

«Das könnt nur Ihr allein wissen.»

Abby stampfte wütend auf. «Wenn ich es wüsste, stünde ich jetzt nicht hier.»

Winterton schob die Schriftrollen beiseite und öffnete ein

schweres Buch. «Es gibt nur einen Schlüssel zum Entfesseln der zerstörerischen Kräfte und einen, der sie wieder unter Kontrolle bringt. Ein Schloss, einen Schlüssel, eine Möglichkeit.»

«Das ist alles? Mehr habt Ihr nicht zu bieten?»

Der Herzog schlug lautstark das Buch zu. «Das ist alles, was ich Euch vor dem heutigen Abend zu sagen habe, Ms. Deane. Wenn Ihr mich jetzt entschuldigen würdet – ich habe noch zu tun.»

Abby kräuselte verächtlich die Lippen und überließ den Herzog seinen Studien. Warum sollte sie anbieten, ihm dabei zu helfen, wenn er ihr nicht mehr Hilfe anbieten konnte oder wollte als ein dämliches Rätsel? Zumal er nicht geneigt schien, sein neuestes Problem mit ihr zu teilen.

Sie ging in den Garten, um frische Luft zu schnappen, und kickte wütend Kieselsteine vom Weg ins Gebüsch. Warum war der Mann nur so unkommunikativ? Sie sehnte sich nach der Autorität, die ihr ihre berufliche Position verlieh, aber das lag zweihundert Jahre in der Zukunft und half ihr hier nicht weiter.

Abby fand eine steinerne Bank und setzte sich darauf, ohne das Grün um sie herum zu beachten. Sie blickte starr auf den grauen Kiesweg. Was hatte das Rätsel zu bedeuten?

Sosehr sie auch versuchte, es herauszufinden, schweiften ihre Gedanken doch bald vom Rätsel ab. Sie dachte an den Schmerz in Myles' Gesicht und die kalten, verächtlichen Worte des Herzogs in Bezug auf sein Verhalten. Hatte sie ihn so falsch eingeschätzt? Hatte er von ihr wirklich mehr gewollt als nur ihre Blaupausen? Wie gut konnte sie überhaupt einen Mann verstehen, der zweihundert Jahre vor ihrer Zeit geboren wurde? Er musste doch eine ganz andere Einstellung haben als ein moderner Mann! Schon sein überentwickelter

Beschützerinstinkt, den er an den Tag gelegt hatte, nachdem sie ihre Streitigkeiten beigelegt hatten (also als er ihr endlich geglaubt hatte), deutete ja darauf hin.

Aber darüber, wie er sie ausgenutzt hatte, hatten sie ja bereits gesprochen. Er war offenbar wirklich erschüttert darüber gewesen, dass sie eine so schlechte Meinung von ihm hatte. Hatten diese Gentlemen eigentlich keinen Ehrenkodex? Falls es darin so etwas wie ein «Wir» geben sollte, müsste sie ihm vertrauen können.

Ein «Wir»? Wollte sie das wirklich?

Und wenn es womöglich gar keine Chance für diese Beziehung gab? War sie völlig durchgeknallt?

Sie fuhr sich mit den Fingern durchs Haar und machte die ganze Mühe des Dienstmädchens zunichte, indem sie auf dem Kiesweg ihre Haarnadeln verstreute. Sie schüttelte den Kopf, um so viele wie möglich abzuwerfen, und zog die letzten verbliebenen heraus.

Abby hatte es nun nicht mehr nötig, sich den Respekt des Herzogs zu erwerben. Ihr niederer Stand als unverheiratete Frau gab ihr ohnehin keine Chance mehr.

Nur eines blieb ihr noch zu tun: den Gott zu bezwingen und mit den Folgen zu leben, wie auch immer sie aussahen. In dieser Situation war es unklug, jemandem ihr Herz zu schenken.

«Mrs. Hardy?» Eine Mädchenstimme ließ Abby innehalten, als sie gerade von der steinernen Bank aufstehen wollte. Elaine. Das lange rote Haar floss offen über ihren Rücken.

Abby richtete sich auf. «Euer Gnaden», grüßte sie.

Elaine kniff die Augen zusammen. «Das ist die falsche Anrede. Wie gewöhnlich seid Ihr eigentlich?»

«Ziemlich gewöhnlich», gab Abby fröhlich zu. «Fragt Euren Vater.»

Elaine verschränkte schmollend die Arme. «Wir reden nicht miteinander.»

Abby äffte ihre Pose nach. «Und warum? Aber das geht mich natürlich nichts an.»

«Und ob Euch das etwas angeht», blaffte Elaine. «Ihr seid schließlich diejenige, welche die Büchse der Pandora geöffnet hat –»

«Wohl eher die Büchse des Dionysos», murmelte Abby.

Elaine aber machte sich weiter Luft, ohne auf Abbys Einwurf einzugehen. «– und Ihr habt Demetrios in mein Leben gebracht. Und jetzt will mein Vater ihn mir wieder wegnehmen.» Sie bebte, während sie Luft holte und mit einem zitternden Finger auf sie zeigte. «Und Ihr seid auch diejenige, die er benutzen wird, um sein Ziel zu erreichen.»

Abby kniff einmal kurz die Augen zusammen. «Wie kommt Ihr darauf?»

«Ich habe gelauscht.»

«Aha.» Abby musterte das Gesicht des Mädchens. Der blaue Fleck an ihrem Hals war eindeutig ein Knutschfleck. Sie hatte vom Küssen geschwollene Lippen, ihre Augen leuchteten. «Und wer ist dieser Demetrios?»

«Er ist ein … ein Satyr.»

«Ein was?»

Elaine lief vom Haaransatz bis zum Ausschnitt rot an. Abby hatte sie noch nie erröten sehen, aber sie kannten sich ja auch noch nicht lange. «Er ist halb Mensch, halb … halb Ziege.» Sie schloss verschämt die Augen.

«Ich denke, ich sollte nicht überrascht darüber sein, dass ich nicht überrascht bin», murmelte Abby. «Aber Euch ist doch hoffentlich klar, was geschehen wird, wenn Euer Vater und ich diesen Gott nicht aufhalten.»

«Das ist mir egal.» Sie stampfte mit dem Fuß auf.

«Es ist Euch also egal, ob diese Welt in ungezügelter Lust versinkt? Dass Menschen an ihrer grenzenlosen Begierde zugrunde gehen werden und die ganze Zivilisation ins Wanken gerät? Könnt Ihr Euch das nicht vorstellen?» Abby konnte es, aber Elaine hatte vom Atomkrieg noch nichts gehört.

«Ihr redet genau wie mein Vater.»

«Weil er recht hat, Miss Winterton. Ich habe kein wohlbehütetes Leben geführt, und ich habe gesehen, wohin diese Begierde führen kann.»

Elaine schüttelte verwundert den Kopf. «Wer seid Ihr eigentlich, Mrs. Hardy?»

«Ich bin der Schlüssel», erwiderte Abby. «Somit muss ich wohl ein bisschen merkwürdig sein.»

«Was ihr plant, bedeutet Demetrios' Tod», stellte Elaine mit finsterem Blick fest.

«Wenn ich es nicht tue, werde ich für alle Zeiten die Sklavin des Gottes, und ich verliere –» zu Abbys eigener Überraschung versagte ihre Stimme. «Und ich verliere meinen Mann.» Abby deutete mit einer Kopfbewegung zum Haus. «Ich wette, Euer Satyr hat Euch ebenso den Kopf verdreht, wie der Gott es mit mir macht.»

«Nein!», protestierte Elaine. «Nein! Er liebt mich! Und er versteht mich!»

«Er *begehrt* Euch. Er würde alles sagen, um Euch dazu zu bringen, dass Ihr ihm gebt, was er will.»

«Er muss mich zu gar nichts bringen. Ich liebe ihn. Und Ihr habt unrecht, Mrs. Hardy, denn er liebt mich ebenfalls. Ich weiß, dass es eigentlich nur Verlangen sein sollte, ich weiß es, aber so ist es nicht. Er liebt mich wirklich.»

Abby schüttelte den Kopf. «Ihr seid geblendet durch Eure eigenen wollüstigen Bedürfnisse.»

«Wir könnt Ihr es nur wagen, so mit mir zu reden!»

Elaine ballte die Hände zu Fäusten und stampfte mit dem Fuß auf.

«Einer musste es ja mal tun.» Abby warf ihr finstere Blicke zu. «Ihr könnt nicht verhindern, was geschehen wird. Es ist für alle das Beste.»

Elaine starrte sie an. «Wie könnt Ihr nur so herzlos, so grausam sein!»

«So etwas nennt man ‹den Tatsachen ins Auge blicken›.»

«Wenn ...» Elaines Unterlippe zitterte. «Wenn Ihr ihn kennenlernen und selbst sehen würdet, dass er es ehrlich meint, würdet Ihr es Euch dann vielleicht anders überlegen? Ich bin eine gute Menschenkennerin. Ihr werdet bestimmt einsehen, dass ich recht habe.»

«Ihr seid die Tochter eines Herzogs», brummelte Abby. «Habt Ihr da nicht sowieso immer recht?»

Elaine lächelte. «Ihr werdet also kommen?»

«Ich würde mich nicht umstimmen lassen.»

«Bitte», flehte sie, und ihre Augen füllten sich mit Tränen.

Ging es wirklich darum, dass Elaine erwartete, dass ihr jeder Wunsch erfüllt wurde? Oder darum, dass sich bislang kaum jemand dafür interessiert hatte, was sie sich wirklich wünschte? «Also gut», gab Abby nach, auch wenn es das Unvermeidliche nur hinauszögerte. «Wo ist er?»

«Oben in meinem Zimmer.»

Abby folgte der Tochter des Herzogs zurück ins Haus und die breite, geschwungene Treppe hinauf. Elaine blieb in der Tür stehen, um Abby als Erste ins Zimmer zu lassen.

Vorsichtig zwängte sich Abby an ihr vorbei. Die zugezogenen Vorhänge verdunkelten den Raum. *Das ist keine gute Idee.* Sie blieb stehen und ließ den Blick durch den Raum schweifen.

Ein Vorhang bewegte sich, und eine finstere Gestalt kam dahinter hervor und schob die Gardine zurück.

Abby sah zu Boden und richtete dann den Blick entschlossen auf sein Gesicht. «Er ist nackt.»

«Warum hast du sie hergebracht?», fragte der Satyr mit tiefer, rauer Stimme. Einer Stimme, die ausgesprochen sexy war.

Elaine ging an Abby vorbei und gesellte sich zu ihm. «Damit sie sieht und versteht, wie wichtig dies hier ist.»

Der Satyr seufzte. «Und warum ausgerechnet sie?»

«Weil Mrs. Hardy der Schlüssel ist.» Elaine streichelte seine behaarte Brust.

Der Satyr blickte Abby plötzlich sehr interessiert an. «Stimmt das?»

Abby gefiel sein Blick gar nicht. «Elaine hat mir erzählt, dass du sie liebst.»

Er warf Elaine einen schmachtenden Blick zu. «Das stimmt.»

«Es ist also nicht nur das sexuelle Verlangen, für das deinesgleichen berüchtigt ist?»

«Ihr solltet uns nicht alle über einen Kamm scheren, Mrs. Hardy. Manche von uns finden über unsere Gelüste zur Liebe, wie etwa meine Eltern.»

«Eltern?» Abby blinzelte.

«Glaubt Ihr vielleicht, wir wären alle aus dem Nichts erschaffen? Meine Eltern brachten mir bei, was Liebe ist.»

Abbys Lippen zuckten belustigt, und sie sah ein Flackern in den Augen des Satyrs. «Also gut – ich glaube dir, dass du zur Liebe fähig bist, und sogar, dass du etwas für sie empfindest», räumte sie mit einem raschen Seitenblick auf die angespannte Tochter des Herzogs ein.

«Das ist gut», meinte Elaine.

«Nein.» Abby schüttelte den Kopf. «Es macht das, was ich tun muss, nur noch schwerer. Tut mir leid, Demetrios und Elaine, aber mir bleibt wirklich keine Wahl.»

«Verstehe.» Der Satyr trottete an ihr vorbei und hielt ihr die Tür auf. «Ich hoffe, Ihr habt ebenfalls Verständnis.»

«Wofür denn?» Abby wünschte, sie stünde näher an der Tür.

Er schlug die Tür zu. «Dafür, dass ich Elaine so sehr liebe, dass ich Euch nicht gehen lassen kann.»

Abby schluckte. Hatte sie richtig gehört?

Kapitel 16

Myles saß im Speisesaal. Entweder hatte er den förmlichen Einzug vermisst, oder sie hatten heute darauf verzichtet, denn der Herzog, seine Gattin und noch eine andere Frau saßen bereits am Tisch und aßen.

Keine Spur von Abby, aber er hatte auch nicht wirklich mit ihr gerechnet. Bestimmt hatte Dionysos sie bei Sonnenuntergang zu sich gerufen. Er war ihr seit dem Frühstück aus dem Weg gegangen. Da der Herzog keine Anstalten machte, ihn in sein Wissen einzuweihen, war er zu dem Ergebnis gelangt, dass es wohl das Beste war, sie möglichst schnell aufzugeben.

Vielleicht tat es ja gar nicht so weh.

Andererseits würden ihn sein Leben lang Schuldgefühle plagen.

Kurz danach kam Elaine mit einer Phantasiegestalt im Schlepptau, die Myles als Satyr erkannte. Er schnappte verwundert nach Luft. Diese Kreatur kam ausgesprochen selbstbewusst daher. Anhand der Gemälde und Stiche, die er kannte, hatte er sich diese Wesen immer als reichlich ungelenk und tollpatschig vorgestellt.

Der Herzog stand auf und warf verärgert seine Serviette zu Boden. «Du wagst es, ihn hierherzubringen?»

«Ich wage es», entgegnete seine Tochter mit hochrotem Kopf. «Ich wage es, weil wir heiraten werden.»

«Mach dir keine falschen Hoffnungen, mein Mädchen.»

Sie erwiderte seinen Blick mit einem Ausdruck heiterer

Gelassenheit. «Ihr solltet Euch nicht wundern, wenn die Dinge nicht Euren Wünschen entsprechend laufen, Vater. Demetrios und ich werden zusammenbleiben.»

«Und wo wollt ihr leben?», höhnte der Herzog. «In den Wäldern vielleicht?»

«Unter Dionysos' Macht werden die Wälder der sicherste Ort auf Erden sein», entgegnete der Satyr. «Und ich habe die Absicht, Eure Tochter zu beschützen, Euer Gnaden.»

Elaine faltete unterwürfig die Hände. «Vater, gebt uns bitte Euren Segen.»

Lange Zeit blickte der Herzog zwischen seiner Tochter und dem Satyr hin und her. Schließlich suchte er Blickkontakt zu seiner Frau, die mit einem kaum wahrnehmbaren Nicken antwortete. «Also schön. Falls es mir nicht gelingt, Dionysos in seine Schranken zu weisen, sollt ihr meinen Segen haben.» Er presste die Lippen aufeinander. «Aber erwartet bitte nicht, dass ich mich für euch freue.»

Elaine machte strahlend einen Knicks, bevor sie sich niederließ. Sie bedeutete Demetrios mit einer Geste, sich neben sie zu setzen, und irgendwie schaffte er es, seine unteren Gliedmaßen entsprechend zu arrangieren.

Die Herzogin von Winterton legte ihre Gabel nieder. «Wo ist eigentlich Mrs. Hardy?»

Myles zuckte mit den Schultern. «Ich habe sie den ganzen Tag noch nicht gesehen.» Er schaute aus dem Fenster. «Aber sie wird wohl bei Dionysos sein.»

«Oh.» Die Herzogin wirkte betroffen. «Ich hätte nicht gedacht, dass eine Ehe daran zerbrechen würde.»

«Sie sind gar nicht verheiratet», warf der Herzog ein, während er sein Roastbeef in kleinere Stücke schnitt.

Myles starrte ihn an. Wie hatte er das bloß herausgefunden? Hatte Abby es ihm erzählt? Aber warum? Er biss die

Zähne aufeinander. Hatte sie ihn bereits verlassen? Schenkte Abby nun dem Herzog ihr Vertrauen?

«Nicht verheiratet?», fragte die Herzogin entgeistert.

Myles vermied es, sie anzuschauen. «Ich muss mich wohl dafür entschuldigen, dass ich Euch getäuscht habe.» Er spießte eine grüne Bohne auf. «Wir dachten, es wäre am besten so.»

«Weil Ihr bleiben und den Gott befreien wolltet.»

Myles hielt dem eiskalten Blick aus den blauen Augen des Herzogs stand. «Weil ich bleiben und die Statue finden wollte. Von einem Gott hatte ich keine Ahnung.»

Der Herzog räusperte sich skeptisch.

Myles wechselte das Thema; er war es leid, sich ständig für seine vermeintlichen Missetaten verteidigen zu müssen. «Wo ist eigentlich der junge Herzog? Ich habe ihn nicht mehr gesehen, seit das alles angefangen hat.»

Der Herzog zuckte kurz mit einer Schulter. «Als echter Winterton vergnügt sich der Viscount wahrscheinlich mit einer ganzen Horde von Bacchantinnen. Ich erwarte nicht, ihn wiederzusehen.» Er wirkte deswegen nicht allzu niedergeschlagen, weshalb Myles annahm, dass der Herzog noch immer glaubte, am Ende zu siegen. Der Herzog kniff die Augen zusammen. «Warum seid Ihr nicht auch mit diesen Kreaturen zusammen?»

«Das war ich bereits», gestand Myles. «In der ersten Nacht, aber …» Er schob sich eine Gabel voll Essen in den Mund. Er war nicht bereit, die Wintertons an seinen Gefühlen für Abby teilhaben zu lassen.

Dann hielt er beim Kauen plötzlich inne und starrte ins Leere. Seine Gefühle für Abby? Was empfand er eigentlich genau für sie? Er wollte darüber nachdenken, wenn das alles vorüber war, vorher nicht.

Elaine riss ihn aus seinen Gedanken. «Mr. Hardy ist gar nicht verheiratet?»

Myles sah gerade noch ihren entsetzten Blick, bevor sie sich bemühte, unbeteiligt auszusehen.

«Nein», murmelte er.

Ihre Augen begannen zu funkeln. «Dann habt Ihr also gelogen!»

Er zwinkerte. «Was kann Euch das schon ausmachen? Ihr habt doch einen Satyr ganz für Euch allein.»

Ihre Verärgerung ging in Verwirrung über. «Und Ihr habt niemanden.»

Es hätte eigentlich nicht wehtun sollen, aber das tat es doch. Myles beging aber nicht den Fehler, Schwäche zu zeigen. Lächelnd wandte er sich wieder seinem Essen zu in der Hoffnung, dass sie nicht sah, wie seine Gabel zitterte.

Natürlich brauchte er Frauen, aber eine einzige Frau? Das passte nicht zu ihm. Er aß auf und schob seinen Stuhl zurück. «Wenn Ihr mich jetzt entschuldigen würdet – ich sehe mal nach, ob vielleicht ein paar von diesen Bacchantinnen unterwegs sind.» Er grinste die verlockende Frau neben der Herzogin an. «Vielleicht habe ich bislang ja etwas versäumt.»

«Schon möglich», erwiderte die Frau mit tiefer, rauchiger Stimme.

Die Herzogin legte besitzergreifend eine Hand auf deren Arm, sagte aber nichts.

«Ich finde schon selber eine.» Er verneigte sich vor der Herzogin, nickte dem Herzog zu und stolzierte von dannen.

Er ging nach draußen, geradewegs auf den Tempel zu. In dieser Richtung würde er bestimmt ein paar lüsterne Bacchantinnen antreffen, da sie von dort ausschwärmten. Eine oder zwei oder auch drei von ihnen würden ihm bestimmt helfen, Abby zu vergessen.

Durch taunasses Gras erreichte Myles den Tempel, ohne unterwegs jemandem zu begegnen. Das stimmte ihn nachdenklich. Ob die Bacchantinnen wohl Seelen hatten? Er hatte nicht genug von dem behalten, was er während seiner Theologievorlesungen in Oxford gehört hatte, um die Frage beantworten zu können.

Er beschloss, diese akademischen Dinge den Gelehrten zu überlassen. Seine Lippen zuckten bei dem Gedanken.

Er betrat den Tempel. Brennende Fackeln erhellten die Dunkelheit. Er ging auf den hinteren Teil des Gebäudes zu, wo ein leuchtendes Quadrat den Weg nach unten zeigte.

Er blieb am Rand der Falltür stehen. Wollte er wirklich Abby in den Armen eines Gottes sehen? Er biss die Zähne zusammen. Andererseits konnte er mit nichts besser demonstrieren, dass ihm das alles nichts ausmachte, als damit, hinunterzugehen und sich gar nicht um sie zu kümmern.

Nein, es machte ihm überhaupt nichts aus.

Er stieg die Leiter hinunter und ließ den Blick über die Szenerie schweifen. Er sah Sterbliche im Liebesspiel mit Satyrn und Bacchantinnen, wobei der einzige sichtbare Unterschied zwischen sterblichen Frauen und den Anhängerinnen des Dionysos darin bestand, dass die Bacchantinnen geflochtene Kränze aus Weinblättern im Haar trugen.

Schließlich gelangte er zu dem Podest, auf dem der Gott und sein Schlüssel sich gewiss gerade miteinander vergnügten.

Doch statt der beiden fand er Dionysos allein inmitten eines Berges von Kissen liegend vor, wo er an einem großen goldenen Becher nippte.

«Wie schön, dass Ihr Euch uns anschließen wollt, Mr. Hardy», verkündete der Gott affektiert. «Wo ist denn Eure liebliche Gefährtin?»

Myles hörte die Frage gar nicht. «Was hast du mit Abby gemacht?»

Der Gott zuckte mit den Achseln. «Gar nichts. Sie ist meinem Ruf heute nicht gefolgt, obwohl sie eigentlich gar nicht fähig sein dürfte, ihm zu widerstehen.» Er klang reichlich verwundert.

«Vielleicht ist sie deiner überdrüssig», merkte Myles an, während er den Blick durch den Kellerraum schweifen ließ. Niemand verfolgte ihr Gespräch.

«Sie ist meiner nicht überdrüssig», meinte Dionysos und präsentierte mit einer Geste seinen perfekten Körper. «Wie könnte sie dessen je müde werden?»

Dagegen war kaum etwas zu sagen. Auch wenn Myles' Interesse an Männern sich in Grenzen hielt, musste er doch einräumen, dass Dionysos ein Musterbeispiel männlicher Vollkommenheit darstellte. Allein die Größe seines Phallus war geeignet, jede Frau zu befriedigen.

Myles weigerte sich dennoch, Minderwertigkeitskomplexe zu entwickeln. «Und trotzdem ist sie nicht da.»

Der Gott starrte ihn mit dem durchdringenden Blick seiner grünen Augen an. «Aber Ihr wisst auch nicht, wo sie sich aufhält», erklärte er mit einem erfreuten Lächeln auf seinen wulstigen Lippen.

«Sie war schon immer eine selbständige Frau», konterte Myles achselzuckend. Er kannte ihr unabhängiges Wesen – eine Eigenschaft, die er mit ihr teilte, auch wenn ihm diese Erkenntnis momentan nicht weiterhalf.

«Sie wird schon noch zu mir kommen», meinte der Gott mit einer derart triumphalen Selbstsicherheit, dass Myles sich unwillkürlich umdrehte, um nachzusehen, ob Abby vielleicht gerade die Leiter herabstieg.

Aber sie kam nicht.

Falls er blieb, bestand die Gefahr, dass der Gott ihn seinem Willen unterwarf. Er würde Abby keine Hilfe sein, wenn er selbst zur Marionette würde. Wollte er wirklich sehen, wie Abby hierherkam und sich dem Gott ohne jede Rücksicht auf ihn, Myles, in die Arme warf? Ihr Überlaufen schmerzte ihn schon so genug.

«Ich will dann mal nicht länger stören.» Myles verneigte sich und ging, äußerlich gelassen, von dannen, auch wenn das dröhnende Gelächter des Gottes ihn zusammenzucken ließ.

Oben im Tempel angekommen, fand er zwei nackte Schönheiten vor, die bereits auf ihn warteten. Waren es dieselben, mit denen er in der Nacht erwacht war, in der er Abby an den Gott verloren hatte?

Es spielte keine Rolle – solange sie ihm nur dabei halfen zu vergessen.

Er streckte beide Hände aus, die Handflächen nach oben gekehrt. «Meine Damen?», gurrte er.

Jede gab ihm eine ihrer Hände, und er zog ihre weichen, erregenden Körper an sich, bevor er erst die eine und dann die andere ausgiebig küsste.

Denk nicht an sie. Denk einfach nicht an sie.

Er setzte sein verführerischstes Lächeln auf. «Wollen wir uns nicht ein bequemeres Plätzchen suchen, meine Damen?»

Er ließ sich von den kichernden Frauen aus dem Tempel in einen schattigen Kiefernhain führen, wo der Boden mit den abgefallenen Nadeln der mächtigen Bäume bedeckt war.

Die eine Frau – sie hatte langes pechschwarzes Haar – ließ sich auf den weichen Boden sinken und zog an seiner Hand. Er ließ die zweite Bacchantin los, um einhändig seine Hose aufzuknöpfen, bevor er vor üppigen, willigen Rundungen auf die Knie ging.

Denk nicht an Abby. Denk einfach nicht an sie.

Endlich ließ das Ziehen des Gottes an ihrer Seele nach. Abby blinzelte sich die Tränen aus den Augen und versuchte, trotz des Knebels in ihrem Mund zu atmen. In ihren engen Fesseln schmerzte ihr ganzer Körper bis auf die Knochen.

Ihr bis dahin rasender Herzschlag beruhigte sich. Die Sehnsucht nach Dionysos, ihr unerträgliches Verlangen nach ihm und die Unfähigkeit, zu ihm zu eilen, hatten ihren Körper an den Rand der Erschöpfung gebracht. Jeder einzelne Muskel strebte zu ihm, und die Fesseln schnitten in ihre Haut. Der Schmerz der unerfüllten Sehnsucht raubte ihr den Atem, während sie gefesselt dasaß und sich fühlte, als bräche ihr gleich das Herz entzwei.

Was hatte das alles zu bedeuten? Würde sie sich aus Dionysos' Klauen befreien können, wenn sie dem Ruf des Gottes nur lange genug widerstand?

Elaine und Demetrios traten ein. Gegen ihre Fesseln ankämpfend, warf Abby ihnen finstere Blicke zu. Wo hatte die Tochter des Herzogs gelernt, derart feste Knoten zu binden? Obwohl ihr ganzer Speichel sich in den Knebel gesogen hatte, stieß sie einen erstickten Schrei aus.

Elaine strich ihr über die Wange. «So, so – Ihr seid also gar nicht Mrs. Hardy.»

Abby verdrehte die Augen. Wusste eigentlich schon jeder hier Bescheid? Sie schüttelte den Kopf und zuckte vor Elaines Berührung zurück.

Elaine beugte sich vor, bis ihr Gesicht dicht vor dem von Abby schwebte. «Aber Ihr wollt ihn, nicht wahr?», flüsterte sie.

Abby versuchte zu schlucken. Selbst wenn sie dazu in der Lage gewesen wäre, hätte sie auf diese Frage nicht geantwortet.

Elaine stand lachend auf. «Ihr seid eine arme Närrin, denn Ihr macht Euch etwas vor. Ein Myles Hardy geht nie eine feste

Bindung ein. Bald verschwindet er aus Eurem Leben genauso schnell, wie er hineinspaziert ist.»

Dann wandte sie sich ab und sank ihrem Satyr in die Arme. Beide fielen aufs Bett.

Abby blickte in die andere Richtung. Sie dachte an das erste Mal, als sie Myles gesehen hatte und er ihr wie ein ungepflegter Stallknecht vorgekommen war, arrogant und feindselig. Sie lächelte – oder hätte gelächelt, wenn der Knebel es erlaubt hätte. Sie musste zugeben, dass ihr das Wortgefecht mit ihm Spaß gemacht hatte.

Ihr geknebeltes Lächeln schwand, als ihr klar wurde, dass sie dazu nie mehr Gelegenheit haben würde.

Lautes Stöhnen zog ihre Aufmerksamkeit auf sich, und sie blickte unwillkürlich zum Bett. Elaine und Demetrios lagen ineinander verschlungen da.

Abby musste atemlos feststellen, dass sie den Blick einfach nicht abwenden konnte.

Demetrios' Mund glitt über Elaines Körper abwärts. Seine Ziegenhüften bebten, sein kleiner Stummelschwanz zuckte aufgeregt hin und her.

Er leckte an ihren Brustwarzen. Sie stöhnte erneut, bäumte sich auf und drückte sich an ihn.

Abby schluckte, als sie spürte, wie sich heiße Erregung wie ein Echo in ihrem Unterleib ausbreitete. Warum musste sie eigentlich immer Zeugin sein, wenn die Wintertons es trieben? Doch nicht einmal dieser Gedanke versetzte sie in die Lage, wegsehen zu können.

Es war wie ein Pornofilm, nur live. Abby nahm an, dass sie wahrscheinlich dankbar sein musste, keine Fernbedienung zu haben, mit der sie zwischen verschiedenen Blickwinkeln hin und her schalten konnte. Ihre Position am Fuß des Bettes schien noch der züchtigste Ort im ganzen Raum zu sein.

Demetrios zog mit den Zähnen an Elaines Nippeln. Abby sah, wie die winzigen rosa Punkte groß und rot wurden.

Elaine wand sich wimmernd unter der Berührung durch den Satyr, und ihr Stöhnen allein genügte schon, um Abbys Erregung zu verstärken. Zu schade, dass sie gefesselt war und sich keine Erleichterung verschaffen konnte.

Aber sie brauchte gar nicht Hand an sich zu legen. Sie musste nur Myles finden. Der würde sich schon um diesen ganz speziellen Juckreiz kümmern.

Sie kämpfte gegen die Fesseln an und versuchte, das Gestöhne und Geseufze vom Bett zu ignorieren. Die Handgelenke hinter ihrem Rücken waren vom Strick bereits aufgescheuert, aber Abby konnte jetzt nicht aufgeben. Sie musste fliehen, denn andernfalls war sie gezwungen, die Intimitäten auf dem Bett weiter mit anzusehen … und danach würden die beiden womöglich ihrem Leben ein Ende setzen.

Ihre Bemühungen waren bereits erfolglos gewesen, als Dionysos sie gerufen hatte, und auch ohne diesen übernatürlichen Druck blieben sie vergeblich. Als ihr die Tränen in die Augen stiegen, ließ sie ihnen freien Lauf.

Zum ersten Mal in dieser Nacht weinte sie vor Frustration. Sie war dankbar, dass Elaine es nicht bemerkte.

Stattdessen schrie sie auf, und Abby erstarrte, als sie ungewollt wieder in ihre Richtung blickte. Demetrios kauerte zwischen Elaines Beinen, das Gesicht an ihrer Muschi.

Er gab Grunzlaute von sich, während Abby mit angehaltenem Atem hörte, wie eine nasse Zunge nasses Fleisch leckte. Wären ihre Beine nicht an zwei verschiedene Stuhlbeine gebunden gewesen, hätte sie sie aneinandergedrückt, um sich ein bisschen Freude zu verschaffen.

Abby stieß die Hüften ebenso ruckartig vor, wie dies Elaine im selben Augenblick tat. Lag es an Dionysos' Macht, deren

Echo in ihr den Wunsch hervorrief, bei dem Anblick, der sich ihr bot, auf der Stelle zu kommen, oder war es tatsächlich nur die Ähnlichkeit mit einem Pornofilm?

Ihre hochgeschobenen Röcke verschafften ihr wenigstens etwas lustvolle Reibung. Zum ersten Mal war sie froh über den Knebel, denn er dämpfte die Laute, die sie von sich gab.

Elaines Fersen trommelten auf Demetrios' langen Rücken, während sich ihre Finger in die dunklen Locken des Satyrs verkrallten. Sie schrie und schluchzte; ihr ganzer Körper wand sich und steuerte auf einen bevorstehenden Orgasmus zu.

Elaine kam mit einem lauten Schrei, und die Erlösung verlieh ihrer blassen Haut eine rosige Tönung.

Abby versuchte zu schlucken. Ihre eigene Erregung schien unbefriedigt zu bleiben.

In diesem Augenblick hob Demetrios den Kopf und drehte sich zu Abby um. Sein Gesicht und sein Bart glänzten von Elaines Säften. Er sah sofort, dass Abby sie beobachtet hatte, und schien darüber nicht sonderlich überrascht. Er grinste.

Abby schoss die Röte ins Gesicht.

«Dreh dich um», knurrte Demetrios. Elaine beeilte sich, ihm zu gehorchen, und streckte ihm ihren rosafarbenen runden Hintern entgegen. Er kauerte hinter ihr und ließ seine sonnengebräunten Hände über ihre glatte Haut gleiten. «Ich ficke dich jetzt», brummte er mit einem Seitenblick auf Abby. «Ich ficke dich so, wie du es am liebsten hast.»

Elaine zitterte schon vor gespannter Erwartung. «Ja, oh ja.»

Er beugte sich über sie und packte fest ihre Schultern. Zum ersten Mal sah Abby seinen Schwanz dick und dunkel aus dem graumelierten Fell seiner unteren Körperhälfte ragen. Vom Ende seines Glieds hing ein langer Faden Sperma herab.

Sie überlegte, wie es wohl wäre, so eine gewaltige Ladung Samen in den Mund zu bekommen. Wie würde er wohl schmecken?

Sie atmete einmal tief durch. Kein Wunder, dass Elaine ihn nicht verlieren wollte.

Er rieb seinen Schwanz an Elaines freigelegtem nassem Spalt, bis er von ihrer flüssigen Erregung glänzte. Fasziniert sah Abby zu, wie die Muskeln seiner Hinterbacken sich abwechselnd an- und entspannten, während seine Hüften hinter Elaine kreisten.

«Besorg es mir», bettelte Elaine. «Ich befehle es dir, Demetrios. Mach es mir richtig hart.»

Demetrios glitt mit einer langen, langsamen Bewegung in sie, und sein Stöhnen mischte sich mit dem ihren. Falls einer von ihnen Abby hörte, ließen sie es sich nicht anmerken.

Mit einer Hand auf Elaines Schulter und der anderen an ihrer Hüfte, drang er mit heftigen, kurzen Stößen in sie ein. Abby konnte die Augen nicht von ihnen lassen. Seine untere Hälfte schien wie geschaffen für diese Bewegung – kraftvolle Lenden, mit denen er hart zustoßen konnte, während seine Hufe sich neben Elaines Knien in die Bettdecke bohrten.

Abby wusste, dass sie Vergleichbares nie wieder sehen würde. Der Satyr war dafür gebaut, von hinten zu ficken.

Immer heftiger stieß er in Elaine, ließ ihren Körper erbeben und entlockte ihr mit jedem Stoß, der ihr vorübergehend den Atem raubte, stakkatoartige Schreie.

Abbys Scheidenmuskulatur verkrampfte sich vor Sehnsucht nach einem Schwanz oder wenigstens einem ihrer Sexspielzeuge. Sie wand sich in ihren Fesseln, und das Bild des kopulierenden Paares verschwamm vor ihren Augen, während sie sich verzweifelt nach irgendeiner Form von Erlösung sehnte.

Demetrios stieß noch immer mit unverminderter Heftigkeit in Elaine. Er wurde sogar noch schneller und zeigte keine Gnade gegenüber der fast auf dem Boden liegenden, stöhnenden Gestalt unter ihm.

Abby fragte sich, wie viele Male Elaine unter dieser sinnlichen Attacke wohl bereits gekommen war. Ihre Schreie hatten mindestens zweimal einen Höhepunkt erreicht. Sie sah, wie Demetrios' Hand um Elaines Hüfte herum nach vorne glitt.

Elaine, obwohl zunehmend erschöpft, begann erneut zu stöhnen. Noch immer drückte sie ihren kreisenden Hintern gegen seinen heftig zustoßenden Schwanz. Ihr Schreien und Wimmern wurde lauter und kam in immer kürzeren Abständen. Er löste den Griff an ihrer Schulter, suchte und fand eine ihrer Brustwarzen und zupfte daran.

Abbys Atem ging heftig und schnell, während sie sich fragte, ob der Satyr Elaine bis zur Bewusstlosigkeit ficken wollte.

Schreiend bog Elaine jetzt den Rücken durch und erstarrte für einen langen Augenblick in einer Position äußerster Erlösung.

Demetrios' Schrei mischte sich mit dem ihren, und seine Hüften kamen zum Stillstand.

Er ließ sie los, und sie fiel mit dem Gesicht aufs Bett, während sein Schwanz aus ihr glitt. Er kauerte noch ein Weilchen da und streichelte unglaublich zärtlich ihren Rücken und ihre Schenkel.

Abby erwartete schon, dass er sich neben Elaine legen würde, doch stattdessen sprang er aus dem Bett und kam auf sie zu. Sie versuchte noch, ihre Atmung zu verlangsamen, doch der Anblick seines noch immer harten, von seinen und Elaines Säften triefenden Schwanzes ließ sie nur noch schneller keuchen.

Er stand vor ihr und zwang sie, zu seinem gehörnten Kopf aufzublicken, während sein gewaltiger Schwanz vor ihrem Gesicht auf und ab wippte.

«Das Zuschauen hat dir gefallen, was?», flüsterte er auf eine Weise, die in Abbys Unterleib ein deutlich wahrnehmbares Prickeln erzeugte. Sie wollte ihm nicht antworten, nickte aber einmal. Er nahm seinen Schwanz in die Hand. «Und du möchtest diesen da gern schmecken, nicht wahr?»

Abby schaute ihn an. Sie hatte geglaubt, nur der Gott selbst habe die Fähigkeit, ihre Gedanken zu lesen.

«Er stattet auch seine Gefolgsleute mit dieser Gabe aus. Das ist auch der Grund dafür, warum ich Elaine so schnell und so gut kennenlernen konnte.» Sein erigierter Schwanz wippte weiter. «Du willst den hier, ich weiß es. Du willst dasselbe, was ich Elaine gebe.»

Sie wandte mit Mühe ihren Blick von seinem noch immer hungrigen Schwanz ab und starrte zu ihm hoch.

Er beugte sich zu ihr herab und flüsterte ihr ins Ohr: «Du kannst ihn haben, kannst jeden Mann haben, den du willst, wenn du eine von uns wirst. Dionysos räumt seinen Anhängern große Freiheiten ein.»

Seine Hände verschwanden hinter ihrem Kopf. Sie sog seinen Geruch ein, den Geruch nach rohem Mann und rohem Sex. Er strahlte Hitze aus, und wäre sie nicht geknebelt gewesen, hätte sie sich nur vorzubeugen brauchen, um den Schweiß von seiner behaarten Brust zu lecken. «Ich gehe nicht davon aus, dass du schreien wirst.»

Er nahm ihr den Knebel aus dem Mund und gab ihr Zeit, ihre Lippen zu lecken, bevor er seinen Mund auf ihren drückte. Er küsste sie heftig und mit einem Verlangen, das in ihr seinen Widerhall fand. Er küsste sie, bis sie wimmerte, aus Protest und dem Bedürfnis nach mehr.

«Genau deshalb bist du der Schlüssel», hauchte Demetrios. «Weil du ebenso unersättlich bist wie der Gott selbst.»

Abby ließ sich das durch den Kopf gehen und versuchte, das Verlangen einzudämmen, das ihr Voyeurismus entfacht hatte. Sie hatte lebenslange Übung darin, nicht ihren Gelüsten nachzugeben, weil das in der modernen Welt so häufig als unangemessen betrachtet wurde. Hier dagegen, in der Welt des Dionysos, konnte sie ihre Triebe nach Herzenslust ausleben.

Auf einmal kam ihr Myles in den Sinn. Er hatte alle ihre Bedürfnisse befriedigt und würde das noch immer tun, wenn sie nicht den Gott zu neuem Leben erweckt hätten. Doch er war jetzt nicht hier, und er war ihr auch nicht zu Hilfe geeilt und hatte nicht einmal versucht, sie davon abzuhalten, zu Dionysos zu gehen. Was war das für ein Mann, der nicht um seine Frau kämpfte? Vielleicht weil sie gar nicht seine Frau war?

Sie schaute dem Satyr in seine dunklen Augen. «Ich will dich schmecken», krächzte sie mit noch immer trockener Kehle.

Er streckte ihr seinen triefenden Schwanz entgegen, und Abby beugte sich mit ausgestreckter Zunge vor. Elaines Moschusgeruch vermischte sich mit der intensiveren Erregung des Satyrs. Ihre Zungenspitze berührte sein heißes Fleisch, schmeckte ihn und schmeckte sie.

Sie seufzte auf, leckte seine Eichel und schmeckte ihn und Elaine. Er kam noch näher, und sie zog ihn in ihren Mund.

Abby saugte und schloss die Augen. Obwohl an einen Stuhl gefesselt, hatte sie Macht über ihn, die Macht, ihn kommen zu lassen. Dass er derjenige war, der sie in diese missliche Lage gebracht hatte, spielte in diesem Augenblick keine Rolle.

Stück um Stück sog sie mehr von ihm ein, bis nichts mehr hineinpasste. Sie ließ den Mund über seinen Schaft auf und ab gleiten, und flatternd öffneten sich ihre Augen, um zu sehen, wie viel von ihm noch draußen war. Der Anblick seiner noch immer sichtbaren Zentimeter entlockte ihr ein Stöhnen, das seine ohnehin bereits sensible Haut zum Vibrieren brachte.

Er packte eine Handvoll ihres Haares und zog sie näher zu sich heran.

Sie musste würgen und zog sich zurück, bis sein Schwanz aus ihren nassen Lippen glitt. «Nein», stöhnte sie. Dann kam ihr eine Idee. Vielleicht konnte sie ja auf diese Weise die Freiheit erlangen. «Das ist zu viel. Binde meine Hände los, damit ich deinen Schwanz reiben und mit deinen Eiern spielen kann.»

Sein Adamsapfel hüpfte in seiner Kehle, und seine Augen verengten sich zu Schlitzen, während sie mit einem Ausdruck unverhohlenen Verlangens zu ihm aufblickte.

«Du vergisst, dass ich deine Gedanken lesen kann. Du kannst nicht entkommen.» Er band ihre Hände los und gab ihr ein paar Sekunden, damit sie ihre tauben Finger reiben konnte. Die Berührung der blutigen Striemen an ihren Handgelenken ließ sie zusammenzucken. Ihre gefühllosen Hände schmerzten so sehr, dass sie einen Aufschrei unterdrücken musste.

Sie griff nach Demetrios' großen, lose herabhängenden, schweren und behaarten Hoden. Abby hätte leicht einen von ihnen in den Mund nehmen können, wäre sie nicht noch immer an den Stuhl gefesselt gewesen. So spielte sie mit ihnen und zog sie Spitze seines Schwanzes wieder in den Mund, während sie den Schaft mit Mund und Hand bearbeitete.

Sie konnte es kaum glauben, aber er wurde in ihrem Mund noch größer, als er ohnehin schon war. Die Spannung in diesem langen Muskel wuchs, aber sie wartete vergeblich auf die Sturzflut in ihrer Kehle.

Abby blickte hoch und musterte seinen angespannten Körper. Konnte der Satyr etwa nicht kommen?

Sie bewegte ihre Hand, die noch immer seine Eier streichelte, weiter nach hinten, um die weiche Stelle hinter den Hoden zu stimulieren. Sein Schwanz zuckte, aber der Samenerguss blieb aus.

Abby fuhr mit ihrer Erkundung fort, entdeckte seinen engen Schließmuskel und rieb mit der Fingerspitze darüber. Er stöhnte, protestierte aber nicht, als sie tiefer eindrang.

Zu spät merkte sie, dass sie erst ihren Finger hätte anfeuchten sollen, aber jetzt war sie schon drin, und er schien ihr Eindringen zu akzeptieren.

Sein Schwanz drückte gegen ihre Kehle, während ihr Finger sich immer tiefer bohrte und die richtige Stelle suchte, um seine Prostata zu massieren.

Demetrios schnappte nach Luft. Sein Sperma schoss in ihren Mund, sie ließ es zwischen ihren Lippen wieder herausfließen und versuchte, nicht zu schlucken. Er hörte auf, in sie zu stoßen, und trat zurück. Sein Samen tropfte von seinem abschlaffenden Penis.

«Das werde ich Elaine beibringen.»

Abby wischte sich das Gesicht ab. «Tu das.»

Er musterte sie mit zusammengekniffenen Augen. «Es hat wehgetan, als Dionysos dich rief und du nicht zu ihm konntest, nicht wahr?»

«Das weißt du doch. Den Anfang hast du ja noch miterlebt.» Abby rieb sich ihre Handgelenke, als sie daran denken musste, doch es schmerzte so sehr, dass sie damit aufhörte. «Und es war ziemlich unfair, wenn man bedenkt, dass ich nicht weiß, wie ich ihn aufhalten kann.»

«Der Herzog weiß es.»

Abby seufzte. «Er hat es mir aber noch nicht erzählt.»

«Er hat dir doch etwas darüber verraten.»

«Ja, ein Rätsel.» Abby wagte es, sich hinabzubeugen und ihre Knöchel vom Stuhl loszubinden. «Aber ohne die Auflösung.» Sie streckte die Beine aus, bevor sie aufstand. Warum hielt er sie nicht auf?

Demetrios sah ihr zu. «Du kannst nicht gehen. Wenn du die Lösung findest …»

«Du hast mir noch einen Tag gegeben, um sie zu finden», stellte Abby fest. «Wenn du mich hättest gehen lassen, als Dionysos mich rief, wäre ich ihm jetzt vollständig verfallen.»

Der Satyr zuckte kurz zusammen. «Ich kann nicht riskieren, sie zu verlieren.» Sein Blick sagte ihr, dass er bereit war zu töten, um seine Beziehung zu Elaine zu schützen.

Abby fragte sich, ob jemand ihr Schreien hören würde.

Kapitel 17

Hinter dem Satyr ging die Tür auf, und herein kam die Herzogin von Winterton, ebenso splitternackt wie die von ihrem langen Haar nur unzulänglich verhüllte Bacchantin Phoebe neben ihr.

«Das wirst du nicht», erklärte Lucy mit der Andeutung eines Lächelns. «Du kannst gehen, Abigail.»

Die aber rührte sich nicht vom Fleck, als könnten die kleinen Hörner auf Demetrios' Kopf sie ernsthaft verletzen. «Aber …»

«Geh.» Lucy trat in den Raum, um ihr den Weg durch die Tür frei zu machen. «Dein Handeln betrifft uns nicht mehr.»

Der Satyr blickte sie verwundert an. «Wie das?»

«Das erkläre ich dir, wenn sie weg ist.» Lucy fixierte Abby mit entschlossenem Blick. «Geh jetzt, Abigail.»

Und Abby flüchtete.

Zunächst rannte sie in den Raum, den sie mit Myles teilte. Dort aber fand sie nicht ihn vor, sondern den Herzog, der in einem hochlehnigen, unbequem wirkenden Stuhl neben der Tür saß.

Sein dünnes, wenig einladendes Lächeln ließ sie innehalten. «Ihr seid ihm also noch nicht vollständig verfallen.»

«Ich bin gar nicht zu ihm gegangen.» Abby öffnete die Tür und trat ein. Das Zimmer war leer. Sie ging nicht davon aus, dass Myles dem Herzog erlauben würde, vor ihrer Tür Wache zu stehen. Sie wandte sich zu ihm um. «Eure Tochter hat mich gefesselt.»

«Ihr stinkt nach Sex.» Der Herzog nahm ihren Arm, zog den Ärmel ihres Kleids zurück und sah ihr blutiges Handgelenk. «Ihr habt ja schwer gekämpft.»

Abby errötete und zog ihre Hand ruckartig zurück. «Das ist jetzt vorbei. Ich nehme an, Ihr seid hier, um mir zu erklären, wie wir all dem ein Ende setzen können.»

Winterton rang sich ein kurzes Lächeln ab. «Ja – nun, da ich einen Weg gefunden habe, um sicherzustellen, dass meine Frau glücklich bleibt.»

«Dann darf sie ihre Gespielin also behalten?», mutmaßte Abby. Warum hätte Lucy sie sonst auch fliehen lassen?

«Ja», räumte Winterton ein, damit offenbar nicht allzu glücklich. «Es wird nicht leicht für sie, aber wenn sie diese Phoebe unbedingt will ...» Er richtete sich auf. «Genug der Gefühlsduselei.»

«Wie will sie das denn bewerkstelligen, sie zu behalten, diese ... wie heißt sie nochmal, Phoebe?»

«Sie muss ihre Bacchantin im Arm halten, bis die Transformation vorüber ist», erklärte der Herzog zähneknirschend und mit vor Abscheu aufgeblähten Nasenflügeln.

Abby wusste, dass sie das Thema fallenlassen sollte, doch falls ihre Mission scheiterte, bestand die Gefahr, dass sie nie erfahren würde, wie die Geschichte für sie ausging. «Wie werden sie es wissen?»

«Oh, die merken das schon. Und was Euch anbelangt, so müsst Ihr mit Dionysos Geschlechtsverkehr haben.»

Abbys Lider zuckten. «Das habe ich bereits – jedes Mal, wenn er mich ruft.»

«Ah. Wie kann ich das taktvoll formulieren?» Winterton spitzte nachdenklich die Lippen.

«Nicht nötig, ich bin eine moderne Frau.» Die Lösung kam ihr bei seiner Anspielung in den Sinn. «Außerdem braucht

Ihr es mir gar nicht zu erklären, denn ich bin schon von selber darauf gekommen.»

Der Herzog riss die Augen auf. «Tatsächlich?»

«Ich benutzte die Statue des Dionysos als riesigen Dildo, was eine perfekte Schlüssel-Schloss-Metapher ist. Deshalb muss ich ihn jetzt mit einem Dildo bearbeiten.»

Der Herzog musste schlucken. «Ich fürchte, an Euren Freimut muss ich mich erst noch gewöhnen.»

«Nur, falls ich überhaupt noch da bin», erinnerte ihn Abby. «Wenn ich alles rückgängig mache, dann auch meine Gegenwart hier in dieser Zeit. Das hat jedenfalls Myles herausgefunden.»

«Das ist nicht unbedingt sicher.» Seine Lippen zuckten. «Wahrscheinlich schon, aber nicht sicher.»

Abby straffte die Schultern. «Ich muss noch ein paar Sachen holen und …» Sie atmete tief durch. «Und mich von Myles verabschieden.»

«Ich weiß nicht, wo er ist.» Der Herzog streckte ihr die Hand entgegen. «Viel Glück, Ms. Deane.»

Sie schüttelte ihm die Hand in der Hoffnung, ihre Enttäuschung verbergen zu können. «Danke.»

Sie ging auf ihr Zimmer, das sich ohne Myles seltsam leer anfühlte. Aber vielleicht war es besser so, ohne richtige Verabschiedung. Sie zog den Ehering ab. Er gehörte ihr nicht und sollte an die Person gehen, die Myles eines Tages heiratete.

Sie zog die Tasche unter ihrem Bett hervor und sah nach, ob sie auch alle wichtigen Sachen hatte: Handtasche, Personalausweis, nicht funktionierendes Handy, Unterwäsche zum Wechseln (wichtig, da sie im Augenblick gar keine trug). Alles konnte wieder werden wie früher – oder auch nicht. Würde sie sich in ihrem Flugzeug wiederfinden, über die englische Landschaft fliegend, oder in den Wandmalereien des Tempels?

Nur ungern ließ sie die Blaupausen und ihre Taschen zurück, aber mit Hilfe ihrer Kreditkarte würde sie nach ihrer Rückkehr nach Hause schon Ersatz beschaffen können.

Abby warf einen letzten Blick auf das Zimmer und musste dabei unwillkürlich an Myles denken: daran, wie er auf diesem Stuhl gesessen und nackt auf dem Bett gelegen hatte.

Sie biss sich auf die Lippe und beschloss, besser zu gehen, bevor sie zu weinen begann.

Noch eine letzte Sache für ihre Handtasche. Sie zog ihren Koffer heraus und wühlte darin herum, bis sie einen achtzehn Zentimeter langen, fleischfarbenen und sehr detailgetreuen Dildo aus Silikon fand.

Sie hatte nicht vor, ihn in dieser Nacht an sich selbst zu benutzen. Sie hoffte nur, den Gott überreden zu können, den Dildo an ihm ausprobieren zu dürfen.

Abby ließ das Haus hinter sich, ohne sich umzusehen, und ging entschlossen über die große grüne Wiese auf den Wald und den Tempel zu. So oder so würde sie das Haus wiedersehen.

Sie duckte sich unter einem tief herabhängenden Kiefernast hindurch und betrat mit unverminderter Geschwindigkeit den Wald.

Stöhnen und leise Schreie zu ihrer Linken ließen sie innehalten. Sie kamen aus einem Kieferndickicht mit tiefhängenden Zweigen. Zweifellos waren da einige von Dionysos' Anhängern mit dem zugange, was sie am besten konnten.

Nun, damit würde bald Schluss sein.

Ein eindeutig männliches Stöhnen, gefolgt von einem «Aber, aber, meine Damen!», ließ sie erneut stehen bleiben.

Sie drehte sich ungläubig zum Kiefernhain um. *Myles?*

Abby sah nach. Viel zu schnell hatte sie Myles entdeckt, der am Stamm einer Kiefer lehnte. Er war nackt, ließ sich aber durch die raue Borke an seinem Rücken nicht stören, und wer konnte ihm das schon verübeln? Eine Frau, eine Bacchantin, lutschte ihm den Schwanz, während eine zweite ihre schweren Brüste vor ihm baumeln ließ.

«Wie idyllisch», höhnte Abby.

Myles drehte sich zu ihrer Stimme um, und Abby wagte nicht zu sagen, ob er wegen des Lichts blinzelte oder weil er so weggetreten war. «Abby?»

«Fängst du vorsichtshalber schon mal an, mich zu vergessen?» Abby schulterte entschlossen ihre Handtasche und verschränkte die Arme.

Die Bacchantinnen beachteten sie nicht und machten einfach weiter.

Myles' Gesicht wirkte ein klein wenig angespannt. «Abby, ich kann das erklären ...»

«Musst du das?», fauchte Abby.

«Nein», räumte er ein, schüttelte die beharrlichen Bacchantinnen ab und stand auf. Seine Erektion trug nicht gerade dazu bei, alles wieder ins Lot zu bringen. «Du hast recht. Ich versuche, dich zu vergessen. Warum bist du nicht bei Dionysos? Ich dachte, nach der gestrigen Nacht –»

«Ich war letzte Nacht nicht bei ihm. Deine Ex-Verlobte und ihr Satyr hatten mich gefesselt.»

«Und das hat dich abgehalten?»

Abby zeigte ihm ihre aufgescheuerten Knöchel und zog die Hand wieder zurück, bevor er auf sie zugehen konnte.

«Abby, wenn ich das gewusst hätte ...»

«Was dann? Hättest du mich wirklich befreit, um mich dann zum Gott gehen zu lassen?»

Myles schnitt eine Grimasse. «Ich hätte dir Gesellschaft geleistet und deine Schmerzen gelindert.»

«Aber befreit hättest du mich nicht.»

«Nein, weil du nicht ihm gehörst.»

Wofür hielt er sie eigentlich? Für eine Taschenuhr? «Ich gehöre niemandem, Myles. Nicht dir, nicht einem Gott, niemandem.» Abby deutete mit dem Kopf auf die Bacchantinnen. «Falls du die eine oder andere von ihnen behalten willst, empfehle ich, sie gut festzuhalten, wenn die Zeit gekommen ist.»

Ohne eine Antwort abzuwarten, machte sie kehrt und stapfte davon.

«Wo willst du denn hin?», rief Myles ihr nach. Abby blickte über die Schulter zurück und sah, dass er ihr folgte.

Sie brachte ihn mit einer heftigen Abwärtsbewegung ihrer Hand zum Schweigen. «Zu Dionysos. Auf Wiedersehen, Myles.»

Nicht weinen. Bloß nicht weinen, betete sie innerlich wie ein Mantra herunter. Was hatte sie auch sonst erwarten können? Warum sollte er nach allem, was geschehen war, nicht erleichtert darüber sein, sie endlich loszuwerden?

Sie hatte ihn nur kurze Zeit gekannt. Warum erwartete sie dann, dass er sie ebenso vermissen würde wie sie ihn?

Sie wischte sich eine Träne aus dem Gesicht.

Vergiss es. Vergiss ihn.

Sie hatte etwas zu erledigen.

Im Schutz des Tempels lehnte Abby sich an eine mit Efeu bewachsene Säule. Die Blätter raschelten hinter ihrem Rücken, und sie genoss die feuchte Kühle des abgeschiedenen Ortes.

Sie musste sich zusammennehmen. Dionysos durfte keinen Verdacht schöpfen, und deshalb musste sie voller Vorfreude und Verlangen bei ihm eintreffen.

Sie stieß sich von der Säule ab und ging auf die Falltür zu. Dann überprüfte sie noch einmal, dass ihre Handtasche über ihrer Schulter hing, raffte mit der einen Hand ihre Röcke zusammen und stieg die Leiter hinab.

Myles fuhr sich mit der Hand durchs Haar. Eine der Bacchantinnen wand sich um ihn und schlang ihm ein Bein um die Hüfte.

Er schüttelte sie ab. «Lass mich.»

«Du solltest mir eigentlich nicht widerstehen können», klagte sie in einer weichen, tiefen Altstimme.

«Mir auch nicht.» Die zweite Bacchantin schmiegte sich an seine andere Seite und nahm sein schlaffes Glied in die Hand.

Myles versuchte, sein bestes Stück zu befreien. Es durfte keinen Schaden nehmen, auch wenn er es vielleicht verdient hatte. «Ich muss jetzt nachdenken.»

«Niemand muss nachdenken.» Die erste Bacchantin steckte ihm die Zunge ins Ohr.

Er erschauderte und hätte beinahe der Versuchung nachgegeben. Schließlich hatte Abby ihn im Stich gelassen. Warum also nicht?

Von Anfang an hatte Abby sich gegen das Bedürfnis gesträubt, ihn in ihrer Nähe zu haben und zuzulassen, dass er sie durch diese fremde Welt geleitete. Gegen Sex mit ihm hatte sie allerdings nichts gehabt; sie hatte ihn sogar genossen.

Sie waren auf dem besten Weg gewesen, einander näherzukommen …

Und dann hatte er alles kaputt gemacht, indem er diese kostbare, über alles wichtige Statue gefunden und die Welt ins Chaos gestürzt hatte. Und am allerschlimmsten: Er hatte Abby an einen griechischen Gott verloren.

Warum sollte er nun nicht zulassen, dass sie das Durcheinander in Ordnung brachte, das er mit angerichtet hatte, und in ihre eigene Zeit zurückkehrte? In eine Zeit, in die sie zweifellos gehörte. Sie war es gewohnt, ihr Leben selbst in die Hand zu nehmen, ihre Unabhängigkeit zu wahren und sich sogar selbst anzuziehen. Sie gehörte nicht hierher.

Nicht einmal zu ihm.

Er schlug die Hand vor den Mund und verbarg seine Gefühle. Der Gedanke, sie nie wiederzusehen, war wie ein Schlag in die Magengrube. Ein Schmerz, den nicht einmal bedeutungsloser Sex auslöschen konnte.

Er hätte sie in den Arm nehmen und küssen sollen. Er hätte sich entschuldigen und die Dinge zwischen ihnen richtigstellen sollen, bevor sie gegangen war.

Warum davonlaufen? Er wusste, warum das nicht ging.

Schließlich gelang es ihm, erst sein Glied und dann seinen übrigen Körper aus den Händen der Bacchantinnen zu befreien. Er trat zurück und hielt die beiden Frauen auf Distanz. «Meine Damen, sucht euch einen anderen, mit dem ihr spielen könnt. Ich muss jemanden retten.»

Abby schüttelte ihre Röcke aus und starrte quer durch das Untergeschoss des Tempels auf den faul herumliegenden Gott. «Hast du mich gerufen?», fragte sie provokant.

Dionysos erhob sich von seinen Kissen und richtete sich zu voller Größe auf. «Du wagst es, jetzt vor mich zu treten?», brüllte er.

Seine wenigen Jünger im Raum flohen vor seinem Zorn.

«Ich war gefesselt.» Abby zeigte ihm ihre Handgelenke, während sie auf ihn zuging. «Siehst du?» Sie fragte sich schon, wie oft sie diese Geschichte wohl noch erzählen musste. Auch wenn sie in ihre eigene Zeit zurückkehrte.

«Du wirst nicht in die Zukunft zurückkehren.» Der Gott trat von seinem Podest herab, traf auf halbem Weg mit ihr zusammen und nahm ihre Unterarme in seine großen Hände.

«Fesseln hätten dich nicht davon abhalten dürfen zu kommen.»

«Ist das hier nicht Beweis genug, dass ich es versucht habe? Es war ein sehr schwerer Stuhl», erklärte sie mit flehendem Blick zu ihm hoch. War sie so weit gekommen, nur um hier und jetzt von einem Gott vernichtet zu werden?

«Wer tut denn meiner Liebsten so grausame Dinge an?» Die Wärme in seiner Stimme beruhigte sie und erfüllte sie mit Behagen.

Liebste? Abby senkte den Kopf, so sehr schämte sie sich einen Augenblick lang ihres Betruges. Als sie ihre Handgelenke sah, riss sie verblüfft die Augen auf. Die offenen Wunden schlossen sich, und zurück blieben lediglich blassrosa Linien.

Ihre staunenden Augen blickten auf in sein goldenes Gesicht.

Sein träges Lächeln ließ jedes Frauenherz höherschlagen, und ihres war da keine Ausnahme. «Ich verfüge eben über gewisse Kräfte.» Dann legte er den Kopf schief. «Warum bist du jetzt gekommen?»

Abby befreite sich aus seinem lockeren Griff und ließ ihre Fingerspitzen über seine kräftige Brustmuskulatur abwärtsgleiten. «Ich bin gekommen, weil ich bei dir sein und nicht bis zum Abend warten wollte.»

«Du bist gekommen, weil du mein Ende planst.» Sein Blick verfolgte jede ihrer Bewegungen.

Sie atmete tief ein, machte aber weiter, schmiegte sich an ihn und schlang ihm die Arme um den Nacken. «Willst du, dass ich gehe?»

Er strahlte auf sie hinab. «Warum sollte ich das wollen? Ich kann jeden deiner läppischen Versuche zunichtemachen. Außerdem gehörst du mir.» Seine Hände glitten über ihre

Arme nach unten und wieder hinauf zu ihren Schultern, wo seine Finger am Riemen ihrer Handtasche hängen blieben. «Was ist das?»

Sie grinste zu ihm auf. «Ich habe dir ein Geschenk mitgebracht.»

Seine grünen Augen weiteten sich. «Du … du … ein Geschenk? Für mich?»

Ihre Lippen zuckten. «Na hör mal, du bist schließlich ein Gott. Du müsstest es doch eigentlich gewohnt sein, Geschenke zu bekommen?» Sie streichelte weiter seine Brust und biss sich auf die Unterlippe, als sie merkte, wie sehr sie es genoss.

«Ein Gott zu sein ist nicht so einfach», erklärte Dionysos. «Es ist sehr lieb von dir, mir etwas mitzubringen. Was ist es denn?»

«Das erfährst du später», vertröstete Abby ihn und stellte sich auf die Zehenspitzen, um seinen Mund zu erreichen und ihm einen keuschen Kuss auf die Lippen zu drücken.

Sie hatte nie zuvor die Gelegenheit gehabt, die Personifizierung eines Gottes – oder einen echten Gott? – kennenzulernen, aber der flüchtige Eindruck von Verletzlichkeit, den er ihr soeben vermittelt hatte, ließ sie innehalten.

Wie nur konnte sie es schaffen, ihn wieder in sein Gefängnis zu sperren?

Das Wissen um ihre Gedanken ließ seine Augen glänzen. «Dann lass es doch einfach», flüsterte er.

Abby nahm sein Gesicht zwischen ihre Hände. «Dein Geschenk gebe ich dir später.» Sie streckte sich, um ihn zu küssen, und diesmal ließ Dionysos nicht zu, dass es ein unschuldiger Kuss blieb.

Mit Leichtigkeit schaffte er es, ihre Lippen zu öffnen, den Kontakt zu vertiefen und ihren Mund ganz in Besitz zu nehmen. Er hob sie hoch, die Arme eng um ihren Körper, und trug sie zum Podest.

Atemlos schlang Abby die Beine um seine Hüften und rieb sich an ihm. Er unterbrach den Kuss keinen Augenblick, und Abby genoss jeden einzelnen davon. Sie konnte sich nicht gehen lassen, aber mein Gott, war er gut!

Er legte sie auf die Kissen und bedeckte ihren Körper mit seinem. Während er ihr Küsse auf den Hals drückte, schob Dionysos den Riemen ihrer Handtasche von der Schulter.

Abby seufzte vor Wonne, erkannte aber seine Absicht. Sie packte ihn an den Schultern. «Später, habe ich gesagt.» Sie setzte sich mühsam auf und betrachtete mit einiger Belustigung die verlegene Miene des Gottes, bevor sie ihre Tasche an den Rand des Podests schleuderte.

«Später», stöhnte er. «Zuerst will ich dich haben.»

Sie lief Gefahr, sich wieder mit dem Gott zu vereinen, bevor sie ihren Plan ausführen konnte – aber wie sonst konnte sie ihn dazu bringen, sich so sehr zu entspannen, dass sie tun konnte, was sie zu tun hatte? Und falls es dazu führte, dass sie ihre Freiheit verlor und dasselbe Schicksal erlitt wie seine Anhänger, dann hatte sie wenigstens die Welt gerettet, oder?

Oder?

Falls Dionysos ihr plötzliches Zittern bemerkte, so ließ er es sich nicht anmerken. Er kannte ihre Gedanken und ihre Pläne, und trotzdem begehrte er sie. Er küsste sie noch immer.

Die Wärme seines Körpers war nur der Anfang gewesen. Seine Küsse ließen etwas Wildes in ihr entflammen. Jedes Mal, wenn sie zu ihm kam, spürte sie dasselbe: die verbotene Vorfreude auf etwas Einzigartiges, Unerlaubtes.

Sie erwiderte seine Küsse und verlangte so viel von ihm wie er von ihr. Sein Glied versteifte sich, rieb sich an ihrem Schenkel und erinnerte sie an seine Nacktheit und ihre Kleidung.

Dionysos hielt sie ein wenig auf Abstand und riss ihr mit bloßen Händen den Stoff vom Leib.

Er zog sie an sich, und sein herrlicher Schwanz drückte gegen ihren Bauch. Abby rang nach Luft und rieb sich an seinem harten Phallus. Sein Mund glitt über ihre Kehle abwärts und küsste und knabberte sich zu ihren Brüsten hinab.

Abby bog den Rücken durch, gierig nach seinen Aufmerksamkeiten. Er ließ die Zunge über eine ihrer Brustwarzen schnellen, doch Abby wollte mehr und bat ihn stammelnd darum.

In einem goldenen Nebel versinkend, gab Abby sich dem Gott hin. Seine magische Berührung raubte ihr die Sinne. Seine Hände und sein Mund schienen allgegenwärtig und schufen erogene Zonen, wo sie nie welche vermutet hätte. Schon die kleinste Berührung war himmlisch.

Er glitt weiter nach unten und schnupperte an ihrem Bauch. Sie wollte, dass er schneller machte, endlich ihre Klitoris erreichte und sie zum Höhepunkt brachte. Sie schob seinen goldenen, lockigen Kopf weiter, doch er widerstand mit einem leisen Lachen.

Dionysos musterte ihren Körper in voller Länge. «Du bist aus freien Stücken zu mir gekommen, auch wenn deine Beweggründe alles andere als rein waren. Gestatte mir, dich in meinem eigenen Tempo dafür zu belohnen.»

Seine Bemerkung bewirkte, dass es ihr eiskalt über den Rücken lief, aber sie ließ sich nichts anmerken, obwohl der Gott ihre Gedanken lesen konnte. «Sollte es zur Belohnung nicht nach meinem Tempo ablaufen?», neckte sie ihn.

Er grinste. «Du gibst wohl nie auf. Sag mir – willst du einen kleinen Orgasmus oder einen großen?»

Sie stützte sich auf die Ellbogen und kaute auf ihrer Unterlippe. «Da fällt die Wahl ja wohl nicht allzu schwer …»

«Du gefällst mir, Abigail Deane», lachte er und tauchte mit der Zunge in ihren Bauchnabel. Seine Zähne fuhren über ihre zarte Haut und knabberten am unteren Rand ihres Nabels, bevor sie ihren langsamen Weg nach unten fortsetzten.

Seine Zunge schnellte über ihre Klitoris, und eine Woge der Wonne schwappte über sie. Sie versteifte sich, selbst überrascht darüber, so schnell an den Rand eines Höhepunkts zu kommen. Hatte der Gott sie doch bereits vollkommen in Besitz genommen?

Dionysos bewegte sich und schwebte nun über ihr. Sein Mund näherte sich dem ihren, und sie konnte ihren eigenen Geruch an ihm riechen. Sie warf ihm die Arme um den Hals und zog ihn für einen langen, nassen Kuss zu sich herab.

Zwischen ihren Beinen liegend, hob er ihre Hüften an und glitt in ihre nasse Vagina. Sie schnappte nach Luft, denn der Schock seines Eindringens erinnerte sie wieder an ihre Mission.

Würde sie sich für immer in ihm verlieren?

Wieder und wieder stieß er in sie, und sie zitterte, unfähig, ihr Verlangen nach ihm zu bremsen und nicht einmal sicher, ob sie das überhaupt wollte. Sie wollte ihn, selbst auf die Gefahr hin, dass sie sich damit selber schadete. Seine unsterbliche Berührung sorgte dafür, und so war es schwer, an jemand anderen zu denken – selbst an Myles, der ihr soeben erst fast das Herz gebrochen hatte.

Sie legte die Hände auf seine Hinterbacken, und ihre Fingerspitzen berührten den obersten Rand seines Anus. Er versteifte sich nicht, um sich dagegen zu verwahren, sondern bewegte sich sanft auf und ab, während sie ihn erkundete.

Tränen in den Augen, riss sie den Mund von seinem weg. «Dionysos», hauchte sie mit einem wonnigen Schluchzer, «ich wünschte mir –»

Dionysos zog an ihrem Nippel, und ihre Gedanken schweiften ab, während sie ihm die Hände ins Haar schob. «Was wünschst du dir?», hauchte er, und die warme Luft aus seinem Mund auf ihrer nassen Brustwarze ließ sie erschaudern.

«Ich wünschte, ich könnte dir auf dieselbe Weise Freude schenken wie du mir», stieß sie hervor.

Er hörte auf, ihre Brust zu lecken, und blickte auf sie hinab. «Aber das tust du doch bereits. Du bereitest mir größte Freude. Du hast mir meine Freiheit zurückgegeben.»

Sie errötete. «Das hätte jede geschafft.»

«Nein», widersprach er, während sein üblicher gutmütiger Gesichtsausdruck einem Stirnrunzeln wich. «Nein, nur du.»

«Du hast mich hierherkommen lassen, damit ich es tue», erinnerte sie ihn und streichelte seine Wange. «Dionysos, darf ich dir nicht etwas aus freien Stücken geben?»

Er blinzelte. «Was zum Beispiel?»

«Ich habe ein paar Sachen aus meiner Zeit mitgebracht. Ich möchte dich ... mit ihnen befriedigen.» Sie hielt den Atem an. Würde er das zulassen?

«Glaubst du, das würde mein Ende bedeuten?», lachte Dionysos. «Ich versichere dir, dass die Zukunft nichts bereithält, was mich überraschen wird. Deine Generation bildet sich ein, ihr hättet alles erfunden. Ganz im Gegenteil – das sind alles nur Wieder-Erfindungen.»

«Oh», brachte Abby leise hervor. Hieß das nein?

«Aber wenn du es möchtest», murmelte er und küsste sie auf die Stirn.

Sei bloß nicht nett zu mir, dachte sie. *Ich packe jede Gelegenheit, die du mir gibst, gnadenlos beim Schopf.* «Das jedenfalls soll deine Überraschung sein», erklärte sie laut.

«Und vielleicht auch deine.» Er grinste zu ihr hinab, und

sein Grinsen wurde immer breiter, als er ihre Angst sah. «Zeig es mir.»

Sie wand sich unter ihm hervor, doch selbst jetzt, so kurz vor ihrem Verrat an ihm, widerstrebte es ihr, den körperlichen Kontakt zu diesem Gott zu verlieren. «Schließ die Augen», warnte sie ihn und zwang sich zu einem Schmunzeln.

Er gehorchte, und Abby griff in ihre Handtasche. Ihre Finger schlossen sich um den dicken Schaft aus Silikon.

«Lass die Augen zu.» Sie blickte zu ihm hinüber. Er saß im Schneidersitz mit erwartungsvoller Miene und geschlossenen Augen da.

Abby ließ die Hand über den Dildo gleiten, fand den flachen Einstellring und schaltete ein.

Als Dionysos das Summen hörte, öffnete er die Augen. «Es funktioniert mit einem Motor?»

«Batteriebetrieben», bestätigte sie, mahnte mit gespielter Strenge «Augen zu» und versteckte den Dildo vor ihm.

Er schloss die Augen und hielt sich noch eine Hand davor. «Das wird ein Spaß.»

Abby hoffte es. Myles jedenfalls hatte es gefallen. «Aber du musst die Augen zu lassen.»

Sie kroch auf den wartenden Gott zu und ließ den Dildo an seinem Penis vibrieren, Spitze an Spitze. Er ließ die Hand vom Gesicht sinken, das einen Ausdruck der Glückseligkeit annahm.

Sie umkreiste die Spitze seines Schwanzes und suchte seine Gesichtsmuskeln nach Anzeichen von Unbehagen ab. Er schien das, was er fühlte, zu genießen, und ein Tropfen der Vorfreude benetzte die Spitze des vibrierenden Dildos.

Abby ließ den Dildo über die ganze gewaltige Länge seines Schwanzes gleiten, der unter der Vibration zu zucken begann. An der Basis angekommen, führte sie ihn zurück zur Spitze und wieder hinab, um ihn schließlich an seine baumelnden Hoden zu halten.

Dionysos stöhnte auf. «Oh ja. Oh ja. Das ist gut», stieß er hervor. «Das ist unglaublich.»

Sie stimulierte seine Hoden noch ein wenig länger, und er spreizte die Beine, damit sie besser herankam. Sie hob seine schweren Eier an und führte den Dildo unter und hinter sie.

Sein Schwanz erbebte, und aus seiner Öffnung strömte ein wenig klarer, dickflüssiger Saft. Er stöhnte erneut. «Jetzt will ich ihn in dich stecken, Weib.» Er erschauderte. «Danke für dein Geschenk.»

Abby ließ den Vibrator langsam an seinem riesigen, steinharten Phallus entlang bis zur Spitze gleiten und nahm ihn dann weg.

Sie schaltete den Vibrator aus und hielt seine von Dionysos' Saft nasse Spitze an ihr nicht weniger nasses Loch. Ihre Vagina pulsierte bei der Berührung und wollte mehr. Millimeter um Millimeter ließ sie ihn in sich gleiten, bis ihre Säfte sich vermischten.

Dionysos atmete tief durch, schlug die Augen auf und wollte ihr schon den Dildo entreißen, hielt dann aber inne. «Was tust du da?», flüsterte er entgeistert.

In langsamem Rhythmus ließ sie den Dildo in ihre gierige Fotze und wieder herausgleiten. Sie war bereits kurz davor gewesen, erneut zu kommen, und schwebte nun am Rand des Orgasmus. Plötzlich wollte sie nur noch eines: sich selbst in seiner Gegenwart befriedigen.

Doch das wilde Funkeln in seinen Augen zeigte ihr, dass ihr dafür nicht viel Zeit blieb.

Abby gab nach, zog den Dildo heraus und schloss ihre gespreizten Beine, bevor Dionysos sie damit bearbeiten konnte. Sie hielt den großen Silikon-Dildo zwischen ihnen hoch.

Als sie sah, dass er auf ihn statt auf sie starrte, leckte Abby das nasse Sexspielzeug genüsslich ab. Sie stellte sich dabei vor, es sei sein Schwanz, und sah, wie sein Glied als direkte Reaktion auf ihren Gedanken in die Höhe schnellte. «Es gibt noch einen anderen Ort hierfür», schnurrte sie. «Willst du es ausprobieren?»

Dionysos' von schweren Lidern beschatteter Blick wirkte nun eher belustigt als erregt. «Es gibt nicht viel, was mich überraschen könnte. Nicht umsonst bin ich der Gott der wollüstigen Begierden.»

Sie rang sich ein Grinsen ab. «Das ist wahr.»

«Dann willst du ihn also in deinem Arsch?», fragte er in höflichem Tonfall und mit einem diabolischen Grinsen.

«Oh nein!», wehrte Abby ab. «Dafür ist er zu groß! Vielleicht könnten wir es später mit etwas Kleinerem versuchen?»

«Später», versprach er. «Aber wenn nicht da …»

«Um es mit deinen Worten zu sagen», erklärte Abby, während sie nervös Luft holte, «ich will ihn in deinem Arsch.»

Zu ihrer Verblüffung hatte er nichts dagegen. Er wälzte sich auf alle viere und drehte sich dabei gleichzeitig um, bis er ihr den Hintern entgegenstreckte. «Ich hatte schon Männer im Überfluss», erklärte er. «Aber wenn es dir etwas bringt –»

«Nur wenn es dir etwas bringt», warf Abby ein.

Der Dildo war gut geschmiert von ihren Säften, ihrem Speichel und seinen kostbaren Tropfen. Während sie seine Spitze an den noch fest verschlossenen Anus hielt, kitzelte sie seine baumelnden Hoden mit den Fingerspitzen, bevor sie sie in der Handfläche wog.

«Du hättest als Mann zur Welt kommen sollen», merkte er stöhnend an. «Du weißt, wie man sie anfasst.»

Abby lachte, beugte sich vor und küsste seine rechte Hinterbacke. «Ich habe eben eine Menge Übung.»

Sie beugte sich tiefer und leckte seine Hoden so, dass sie über ihrer Zunge auf und ab wippten. «Ich hätte mir nie träumen lassen», flüsterte sie, «dass ich je so etwas erleben würde.»

Der Dildo bebte.

Sie musste es tun. Die Welt zählte auf sie.

«Gib dein Bestes, Kleine», lachte Dionysos leise.

Sie drückte den Dildo behutsam gegen seinen Anus, bis er ganz langsam eindrang. Abby wollte ihm nicht wehtun.

«Bei allen Göttern, Abigail, schieb ihn rein», stöhnte Dionysos.

Sie küsste die kleinen Grübchen unmittelbar über seinem Anus. «Und jetzt ficke ich dich.»

Der Dildo glitt hinein. Abby zog ihn heraus und schob ihn erneut hinein – so weit, bis er gegen jenen ganz speziellen Punkt nahe an seiner Prostata drückte.

Dionysos stieß einen wortlosen Schrei aus, der die kleine unterirdische Kammer mit seiner Wonne erfüllte.

Doch schon im nächsten Augenblick verwandelte sich sein Freudenschrei in wütendes Gebrüll. «Nein!»

«Tut mir leid», flüsterte sie, während sie ihn weiter mit dem Dildo fickte.

Dann explodierte ihre Welt.

Kapitel 18

An Elaines Schlafzimmerfenster sackte Demetrios auf alle viere. «Es hat begonnen», stieß er zwischen aufeinandergebissenen Zähnen hervor.

Elaine sprang aus dem Bett und eilte zu ihm. «Bist du sicher?»

«Ja, ja», bekräftigte er mit schmerzverzerrtem Gesicht und gebleckten Zähnen.

Sofort schlang sie die Arme um ihn und zog ihn an sich. Seine Rückenmuskulatur zuckte an ihrer Wange. «Ich halte dich fest», weinte sie mit tränenerstickter Stimme. «Ich halte dich für immer fest.»

Ihr Satyr stieß einen heiseren Schrei aus, der sie mitten ins Herz traf, und krümmte sich zusammen. «Es tut so weh», klagte er und hielt sich den Bauch.

«Ich will nicht, dass du nur noch ein Wandgemälde bist», schluchzte Elaine. «Ich lasse nicht zu, dass das geschieht.»

«Es geschieht bereits», brachte Demetrios mühsam hervor. «Ich spüre, wie es mich verändert.»

«Nein!», flehte Elaine. «Nein!»

***

Lucy saß auf dem kleinen Samtsofa neben ihrem Mann. Der Herzog nahm ihre Hand. «Bist du sicher, dass du das tun willst?»

Mit festem Blick und hocherhobenem Kinn nahm sie seine Hand. «Nur wenn du hier bei mir bleibst.»

«Ich kann dir nicht helfen. Ich darf dich nicht berühren, sonst verliere ich dich.»

Lucy nickte. Der Herzog hatte sie schon hundertmal gewarnt, denn er wollte, dass ihr die Risiken bewusst waren. «Es geht um sie, mein Lieber. Wir werden sie beide genießen, wenn ich sie gerettet habe.»

Seine Lippen zuckten. «Sie ist mehr dein als mein, aber ich danke dir und komme zu gegebener Zeit gerne auf dein Angebot zurück.»

Er schaute zu Phoebe hinüber, die ängstlich die Lippen zusammenkniff.

Im nächsten Augenblick stieß das Mädchen einen Schrei aus und bäumte sich im Bett auf.

Lucy fuhr erschreckt hoch, doch der Herzog hielt ihre Hand. «Es hat begonnen», murmelte er.

Sie beugte sich zu ihm hinab und küsste ihn auf die Stirn. «Ich weiß.» Dann küsste sie ihn auf den Mund. «Danke.»

Er ließ sie los, und sie rannte zum Bett, kletterte auf die Matratze und hielt die sich krümmende Phoebe mit ihrem ganzen Gewicht nieder. Dann packte Lucy die Hände der wild um sich schlagenden Bacchantin und drückte sie aufs Kopfkissen.

Phoebe starrte voller Entsetzen und mit wildem Blick zu ihr auf. «Das ist das Ende», schluchzte sie.

«Nein.» Lucys Stimme blieb fest und ruhig. «Nein, es ist erst der Anfang.» Sie ließ Phoebes Arme los und schlang ihre eigenen um Phoebes schlanke Taille.

«Lass mich gehen! Du musst!», schluchzte Phoebe.

Die Bacchantin kämpfte mit all ihrer Kraft gegen Lucy an, zog an ihrem Haar und kratzte sie an den Armen. Von Tränen geblendet, schloss Lucy die Augen und hielt Phoebe, so fest sie konnte.

Wo Phoebe sie am Oberarm gekratzt hatte, floss das Blut. Lucy drückte das Gesicht weiter an die großen Brüste der Bacchantin, die sie beinahe erstickten.

Aber Lucy ließ nicht locker.

Dann begann die Verwandlung.

Von seinem Ohrensessel aus beobachtete der Herzog, wie seine Frau mit der Bacchantin rang. So fest klammerte er sich an die Lehnen des Sessels, dass seine Knöchel ganz weiß wurden.

Ihre Entschlossenheit brach ihm fast das Herz. Er wollte helfen, wollte seiner Frau, seiner geliebten Lucy, zu Hilfe eilen. Der Text aber verbot es. Falls er es wagte, würde die Bacchantin – Phoebe – verloren sein und seine Frau möglicherweise mit ihr.

Der Herzog schluckte seine Tränen. Die Bacchantin bewegte sich unter Lucy, und die helle Haut ihrer verzweifelt um sich schlagenden Gliedmaßen verwandelte sich in goldgelbes Fell, während ihre Knie sich nach hinten bogen und sich unter dem Fell neue Muskeln abzeichneten.

Wo Phoebes Zehen gewesen waren, wuchsen ihr riesige Klauen.

Lucy schrie auf, während ihr das Blut aus langen roten Striemen an Rücken und Schenkeln quoll.

Der Herzog biss sich auf die Unterlippe. Phoebes katzenartige Krallen hinterließen lange, klaffende Wunden.

Der Herzog sprang auf und tat mit geballten Fäusten einen Schritt auf das miteinander ringende Paar zu. Kam er Lucy zu Hilfe, würde er sie verlieren; tat er es nicht, musste er damit rechnen, dass das Monster in ihren Armen sie tötete.

Phoebe mutierte, und ihre Füße schrumpften zu Hühnerfüßen mit gebogenen Klauen, die sich um Lucys Beine klammerten und sie wegzuziehen versuchten.

Lucy schrie auf, aber es klang mehr nach Wut als nach Schmerz. Federn in hellem Goldgelb erhoben sich aus dem Bett, als Phoebes Arme zu Flügeln wurden, die wütend um sich schlugen, um sich aus Lucys Umklammerung zu befreien.

Die schlagenden Flügel hoben die beiden aus dem Bett, während Lucy sich verzweifelt an den glatten Federn festzuhalten versuchte. Die Arme um Phoebes Nacken geschlungen, hing sie in der Luft und suchte mit den Füßen nach Halt.

Der Herzog kam ihr zu Hilfe, indem er einen Beistelltisch auf das Bett unter Lucy stellte. Ihre Zehen ertasteten ihn, und Lucy zog Phoebe wieder nach unten.

Phoebe verwandelte sich erneut, und ihre Federn wurden zu Schuppen.

Der Herzog konnte den kleinen Beistelltisch gerade noch rechtzeitig wegreißen, bevor die beiden aufs Bett krachten. Er hörte, wie Lucy die Luft ausging, aber sie hielt Phoebe unbeirrbar fest. Der Herzog taumelte zur Seite.

Unter Lucy bewegten sich große grüne Schuppen mit einem trockenen, zischenden Geräusch. Phoebes untere Gliedmaßen – und mit ihnen alles, was der Herzog sehen konnte – verwandelten sich in einen langen, schlangenartigen Schwanz, dessen mit einem Haken versehenes Ende gegen Lucys Oberschenkel und Waden schlug.

Ihre Haut riss überall auf, aber irgendwie schaffte es Lucy durchzuhalten. Die schlangenartige Phoebe wand sich unter ihr, während ihre Schuppen verschiedene Gold- und Orangetöne annahmen. Phoebe krümmte sich so lange, bis sie ihre untere Hälfte aus Lucys Umklammerung frei bekommen hatte.

Lucy schrie verzweifelt auf. Sie holte mit dem Bein aus und wickelte sich den schuppigen Schwanz um Knie und Knöchel.

Die Schlange versuchte, sich erneut herauszuwinden, doch der Haken blieb an Lucys Fuß hängen.

Der Kopf der Schlange erhob sich über Lucys Schulter, um nachzusehen, was sie an der Flucht hinderte. Dann wandte sie ihre durchscheinenden grünen ovalen Augen dem Herzog zu. Die transparenten Lider flatterten über dem eisigen Blick, während der Kopf sich drohend dem wachsamen Herzog näherte.

Die Zunge schoss heraus, und der Herzog trat noch einen Schritt zurück.

Zischend bog die Schlange, die einst Phoebe gewesen war, den Hals durch und stieß ihre Zähne in Lucys Schulter.

Lucy versteifte sich, schrie aber nicht, während ihr Körper sich verkrampfte und die Schlange im Klammergriff hielt. Hellrotes arterielles Blut aus dem lippenlosen Maul der Schlange lief ihr über die Schulter.

Plötzlich erfüllte ein tosender Wind den Raum und zerrte an den Bettvorhängen. Er erfasste auch Lucys Haar und zog es zu einer langen blonden Krone nach oben.

Der Wind schleuderte den Herzog an die Wand. Er hielt sich schützend die Hand vor die Augen und versuchte, seine Frau im Blick zu behalten. Was sonst hätte er tun können?

Ein grelles Licht blendete ihn, und die unmittelbar darauf einsetzende Hitze saugte ihm alle Feuchtigkeit aus den Poren. Er sackte zu Boden, versuchte dabei aber noch immer, Lucy zu sehen.

Das Bett fing Feuer. Er machte Lucys dunklen Schatten aus; sie kniete auf dem Bett und schlug mit den Armen um sich. Er blinzelte, bis er sie deutlicher sah. Ihre blasse Haut war blutverkrustet, doch das Feuer schien ihr nichts anhaben zu können.

Dann erschütterte ihn ihr gequälter Schrei, der als trockenes Krächzen aus ihr hervorbrach: «Wie soll ich das Feuer abhalten?»

Was konnte er ihr sagen? Dass Phoebe, ihre Bacchantin, dabei war, sie bei lebendigem Leibe zu verbrennen? Und wie hält man Feuer ab? Würde es sie ebenso verzehren wie zuvor Phoebe? Hatte er sie beide verloren?

Die Luft schien zu explodieren, und ein grelles weißes Licht blendete ihn. Er rieb sich verzweifelt die Augen. «Lucy!», schrie er. «Lucy!»

«Hier bin ich», erklang tief und leise ihre Stimme durch die plötzliche Stille. «Ich bin noch hier.»

Der Herzog zwinkerte, und Tränen rannen ihm über die Wangen. Noch immer verhinderten dunkle Flecken vor seinen Augen, dass er etwas erkennen konnte. Er drehte den Kopf zur Seite, um aus den Augenwinkeln das Bett zu sehen.

Auf ihm lag Lucy in Phoebes Armen. Voller Angst vor dem, was er zu sehen bekommen würde, trat er näher.

Er schluckte. Es war so viel Blut geflossen.

Lucy aber war vollkommen unverletzt. Er hatte schreckliche Wunden erwartet, wo sich die Zähne der Schlange in ihren Hals gebohrt oder ihre Klauen Lucys Beine aufgekratzt hatten, doch von all dem war nichts geblieben, und das Feuer hatte noch nicht einmal auf den Laken Spuren hinterlassen.

Er streckte ihr die Hand hin. «Gott sei Dank, es geht dir gut.» Lucy hätte wohl ein strahlenderes Lächeln aufgesetzt, wäre sie nicht so müde gewesen. «Ja, es geht mir gut. Ich habe sie gerettet, mein Gemahl. Ich habe sie gerettet.»

Der Herzog stieg aufs Bett und nahm sie in die Arme, wobei er Phoebe mit einem strengen Blick bedachte. Lucy würde ihm gehören, wenn auch nur für kurze Zeit. Er küsste Lucys Haar und hielt sie fest. «Ich war mir ganz sicher, ich hätte dich verloren», flüsterte er.

Lucy zog sich zurück, blinzelte ihre Tränen weg und nahm sein Gesicht zwischen die Hände. «Du wirst mich nie verlieren», erklärte sie und küsste ihn.

Unbeschreiblich verängstigt klammerte Elaine sich an Demetrios, dessen Körper sich unter ihr in etwas Neues, Merkwürdiges verwandelte. Erst war er zu einer riesigen Katze geworden, die sie durch ihr kleines Schlafzimmer geritten hatte, ohne sich von ihr abwerfen zu lassen.

Sie kniff fest die Augen zusammen, denn das ständige Auf und Ab hatte zur Folge, dass der Raum um sie herum verschwamm und ihr schwindlig wurde.

Dann sank Demetrios zu Boden, und die harten Muskeln der Katze wurden plötzlich ganz weich, bis ihre an sein Fell gepresste Wange von Schleim überzogen war.

Als Elaine die Augen öffnete, sah sie nasse ockerfarbene, von dunklen Tälern durchzogene und mit schwarzen Flecken getüpfelte Haut.

Sie hob den Kopf und betrachtete in voller Länge die Kreatur, in die Demetrios sich verwandelt hatte. Zwei fleischige Hörner ragten aus seinem schmalen Kopf, und zuckende Stielaugen blickten sie an.

Eine Nacktschnecke! Ihr schöner Satyr war zu einer Nacktschnecke geworden!

Sie reagierte, ohne zu denken, ließ ihn los und versuchte, sich den Schleim von den Armen zu wischen.

«Elaine …», hörte sie ihn noch seufzen, bevor seine Stimme verklang.

Sie griff nach ihm, doch es war zu spät. Er löste sich in Luft auf, und zurück blieb dort, wo er gelegen hatte, lediglich eine silbrig glänzende Schleimspur.

Elaine rollte sich zu einer Kugel zusammen und begann zu

schluchzen. Wie dumm sie doch war! Dabei hatte er sie ausdrücklich davor gewarnt, dass es nicht sehr angenehm oder womöglich sogar gefährlich werden würde, und nun hatte sie ihn im Stich gelassen.

Sie hatte ihren Geliebten im Stich gelassen.

Elaine schlug die Hände vors Gesicht und schrie auf, als sie Demetrios' Schleim spürte. Wie von Sinnen wischte sie sich die Hände am Teppich ab, bevor sie aufsprang und nach einer Dienstmagd rief.

Myles schritt über die grüne Wiese, um Abby in dem von Efeu überwucherten Tempel zu suchen. Er hatte bereits genug Zeit mit dem Nachdenken darüber verschwendet, ob er ihr nun folgen sollte oder nicht.

Vielleicht hatte er sie ja bereits verloren.

Die Angst beschleunigte seine Schritte und ließ ihn über die abgetretenen niedrigen Stufen stolpern, die zum Tempel hinaufführten. Er hielt sich am Efeu fest, um nicht zu stürzen, und riss dabei mehrere Triebe ab.

Er schlitterte mit rudernden Armen über die nassen dunkelgrünen Blätter und kam schließlich in der Mitte des Tempels zum Stehen. Sein eigener Atem tönte rau in seinen Ohren.

Myles wusste ganz genau, wie er sie retten würde. Hatte Abby ihm nicht erklärt, er solle seine Geliebten, die Bacchantinnen, ganz fest halten, wenn er sie nicht verlieren wollte? Das war also alles, was er für sie tun musste.

So hastig stieg er die schmale Leiter unter der Falltür hinab, dass seine Handflächen vom Kontakt mit dem Holz brannten. Dann stand er im Innern von Dionysos' Reich und spannte die Muskeln für den bevorstehenden Kampf an.

Das Podest erstrahlte in einem unirdischen goldenen Licht.

Irgendwo musste sich ein gut verstecktes Oberlicht befinden, das ihm bislang nicht aufgefallen war.

Im Schein dieses Lichts lagen, die Gliedmaßen ineinander verschlungen, Abby und Dionysos. Myles sah zu, wie der Gott Abbys Körper mit Mund und Händen huldigte und sie vor Lust keuchte.

Myles blickte zur Leiter. Er sollte wohl besser gehen. Er wollte das nicht sehen. Er wollte nicht sehen, was diese Frau, seine Abby, mit einem anderen Mann trieb, auch wenn dieser andere sich Gott nannte.

Er zögerte. Liebte er Abby eigentlich?

Er hatte schon einmal geliebt … ein wenig jedenfalls.

Nichts, was ihn aus seinem bestens durchgeplanten Leben gerissen hätte. Aber Abby … Abby hatte dasselbe unabhängige, abenteuerlustige Wesen wie er. Er *mochte* sie einfach.

Er rieb sich das Gesicht. Was spielte das alles jetzt noch für eine Rolle? Er hatte sie an einen Gott verloren und im Übrigen bereits bewiesen, dass er nicht gut für sie war.

Dionysos' Gelächter ließ ihn unwillkürlich einen letzten Blick auf die beiden Liebenden werfen.

Er blinzelte. Abby zog gerade einen Dildo aus ihrer Handtasche und hielt ihn an den Schwanz des Gottes.

Myles wandte sich mit gesenktem Kopf ab. Sein Magen rebellierte. Sie hatte das mit *ihm* gemacht, und jetzt machte sie es mit einem anderen?

Er biss die Zähne zusammen. Er hatte nicht die Absicht, sich das anzusehen, nein –

Sein Blick traf auf den von Dionysos, und das hämische Grinsen des Gottes riss ihm fast das Herz aus der Brust.

Nein. Er wollte nicht, dass sie das tat.

Der Gott drehte sich auf alle viere und streckte Abby seinen Hintern entgegen.

Nein.

Myles schluckte. Wie festgenagelt stand er da; er wäre am liebsten gegangen, brachte es aber nicht fertig, einen Fuß vor den anderen zu setzen – auch wenn ihn nicht etwa Magie daran hinderte, sondern schlicht seine Unfähigkeit zu glauben, was er da sah.

Er wollte die Ohren vor dem Gestöhne des Gottes verschließen und wünschte, er wäre nicht gezwungen, Zeuge dieser Szene zu werden.

Das wütende Aufbrüllen des Gottes änderte alles. Das warme goldene Licht um Abby und Dionysos leuchtete plötzlich grell auf, und die Luft wurde so dick, dass sie schwer wirkte wie Wasser.

Sie hatte es getan. Abby hatte den Gott besiegt.

Aber gehörte sie jetzt dem Gott?

Er erinnerte sich an das, was sie gesagt hatte: «Wenn du eine von ihnen behalten willst, empfehle ich dir, sie festzuhalten, wenn die Zeit gekommen ist.»

Myles rannte zum Podest, doch die dicke Luft bremste ihn und drang nur mit Mühe in seine Lungen, während Ocker- und Grüntöne von den Wänden leuchteten.

Er erreichte das Podest und sprang die drei breiten Stufen hoch. An den Wänden erschienen Schatten, flackernde menschliche Gestalten, und das allgemeine Wehklagen setzte einen Kontrapunkt zum Gebrüll des Gottes.

Trotz seiner Wut hatte Dionysos nichts getan, um sie aufzuhalten. Noch immer kniete er auf allen vieren, während seine Hinterbacken krampfartig gegen den Dildo in seinem Anus stießen.

Myles fiel neben Abby auf die Knie. Er packte sie an den Schultern und versuchte, sie wegzuziehen, doch sie widerstand. Der Fluch hatte sie im Griff.

Er fluchte innerlich, schlang die Arme um sie und drückte seine Wange an ihren Hals.

Ihre Haut brannte so sehr auf der seinen, dass er ruckartig den Kopf zurückzog. Die von ihr ausgehende Hitze drang selbst durch sein feine wollene Jacke.

Mit weit aufgerissenen Augen starrte er auf Abbys rote Haut. Bei dieser Hitze hätte sie eigentlich Blasen werfen müssen, dachte er, und glaubte im selben Augenblick zu spüren, wie sich auf seiner eigenen angesengten Wange eine Brandblase bildete.

Die Schmerzen waren unbeschreiblich. Er stellte sich vor, wie ihm der Geruch verbrannten Fleisches in die Nase stieg, und hoffte, dass er sich das alles nur einbildete – auch wenn ihn seine brennende Wange befürchten ließ, dass dem nicht so war.

Aber loszulassen bedeutete, sie zu verlieren und zuzusehen, wie sie zu einer mit Dionysos verschlungenen Statue wurde – auch wenn das die vielleicht peinlichste Position war, in der ein Gott verewigt werden konnte –, oder zuzusehen, wie sie sich in eine Reihe von Pinselstrichen an der Wand verwandelte.

Er biss mit Tränen in den Augen die Zähne zusammen und wandte sich vom blendend goldenen Licht des Gottes ab, während die schattenhaften Gestalten an den Wänden zu einem Gesamtbild verschmolzen.

Die Wandmalereien traten immer klarer hervor: Satyrn und Bacchantinnen, erstarrt in ihrer jeweiligen Haltung, hintereinander herjagend oder einander in den Armen liegend. Myles erkannte Demetrios unter ihnen; auf seiner Wange glitzerte eine Träne, während er fröhlich Flöte spielte.

Er blickte auf Abby hinab und fragte sich, ob er die Pinselstriche auf ihrer Haut sehen würde oder sie sich einfach in nichts auflösen würde, doch ihre Haut war noch immer genauso rot und erhitzt wie zuvor.

Wieder brüllte Dionysos seine Wut aus sich heraus.

Myles nahm aus den Augenwinkeln eine Bewegung wahr und erstarrte. Er nahm sich fest vor, sie nicht loszulassen.

Es war der Gott. Er entzog sich Abby, den Dildo noch immer im Anus, und blickte sie beide an. Sein attraktives Gesicht war wutverzerrt. Dionysos packte ihre ausgestreckten Hände und zog an ihnen.

«Lass sie los!», herrschte Myles den Gott über Abbys Kopf hinweg an.

«Sie gehört mir!», brüllte Dionysos. «Sie hat ihre Wahl getroffen.»

«Sie hat diese Wahl getroffen, um dich wieder einzusperren, und nicht, um bei dir zu bleiben.»

«Sie kam aus freien Stücken zu mir.» Dionysos zerrte an ihren Armen, und Myles stemmte sich gegen die Stufen zum Podest.

«Ja, aber um dich zu vernichten.» Myles schüttelte den Kopf. «Frag sie doch selber! Sie wird es dir erklären.»

Dionysos' Blick senkte sich auf Abbys Gesicht. «Sprich.»

Abby warf den Kopf so heftig zurück, dass sie Myles fast am Kinn getroffen hätte. «Tut mir leid, Dionysos, aber mir blieb keine andere Wahl.»

«Nein», knurrte der Gott, dessen Gesicht eine gelbstichige, kranke Färbung annahm. Er verzerrte die Lippen und warf seine Stirn in schreckliche Falten. «Nein!»

Myles packte Abby so fest, dass er ihre Brüste unter seinen Unterarmen einquetschte. Falls der Gott sie mit seiner letzten Handlung vernichtete, wollte er mit ihr gehen.

Dionysos setzte zum Sprung an, stieß sich mit den Beinen ab und stürzte sich so schnell auf sie, dass Myles keine Zeit blieb zu reagieren. Der Schlag beförderte sie rückwärts vom Podest.

Sie rollten zusammen die breiten Stufen hinab, deren Kanten sich unter ihrem gemeinsamen Gewicht schmerzhaft in Myles' Rücken bohrten.

Unten angekommen, drehte Myles den Kopf zum Podest.

«Hinfort!», brüllte Dionysos kniend und mit ausgestreckter Hand.

Myles duckte sich, legte sich schützend auf Abby und machte sich auf den tödlichen Schlag des Gottes gefasst.

Ein Donner erklang, als breche die Erde auf, und ein blendend weißer Lichtblitz drang durch Myles' geschlossene Lider.

Dann wurde es dunkel im Keller.

Abby öffnete die Augen – oder glaubte zumindest, sie zu öffnen. Sie blinzelte, aber die undurchdringliche Finsternis wollte nicht weichen. Hatte Dionysos sie zur Strafe für ihren Verrat in die Hölle verbannt?

Sie führte eine lautlose Bestandsaufnahme durch. Ihre Beine und Hüften fühlten sich kalt an, Rücken und Taille warm. Ihr Kopf lag auf etwas Festem.

«Abby.»

Sie erkannte die heisere Stimme. «Myles?»

Die Wärme schmiegte sich enger an sie. «Wie fühlst du dich?»

«Müde. Aber wir sind nicht tot, oder?» Sie hasste das Zittern in ihrer Stimme.

Myles bewegte sich. «Dort hinter mir ist Licht. Wir sind noch immer im Keller.»

«Oh.» Sie lag wortlos da und kaute auf der Unterlippe. «Und Dionysos?»

Seine Schultern bewegten sich an ihrem Körper. «Gehen wir die Fackeln suchen.» Er setzte sich auf. «Bist du auch ganz bestimmt unverletzt?»

«Ja.» Abby tätschelte seinen Arm und setzte sich ebenfalls auf. Sie spürte, dass er sich von ihr entfernte, bevor sie es sah – eine dunkle Silhouette vor dem graugrünen Licht, das durch die Falltür einfiel.

Myles nahm eine Fackel von einem Stapel links der Leiter, zündete sie an und kam zu ihr zurück. Seine Abendgarderobe war schmutzig und zerknittert, doch sein unsicheres Lächeln bewirkte, dass ihr unerwartet warm ums Herz wurde.

«Myles», hauchte sie.

Mit einer ruckartigen Kopfbewegung deutete er auf etwas hinter ihr.

Sie drehte sich um. Dionysos kniete mit ausgestreckter Hand auf dem Podest, perfekt in Marmor gemeißelt und mit Blattgold überzogen. Abby stand auf und stieg langsam auf das Podest. Verwundert berührte sie mit den Fingerspitzen die kalte Hand des Gottes. «Er ist weg.»

«Eingeschlossen in die Statue», verbesserte Myles sie. Dann folgte er ihr auf das Podest und legte ihr eine Hand auf die Schulter. «Bedauerst du es?»

Abby atmete tief durch und stieß einen langen Seufzer aus. «Nein, ich bedauere es nicht. Irgendwie fehlte … das Gleichgewicht.» Sie tätschelte seinen Arm, drehte sich zu ihm um und nahm seine Hand zwischen die ihren. «Wie es scheint, muss ich wohl hierbleiben.»

Myles' Daumen strich über ihre Handfläche. «Ist das wirklich so schlimm?»

Abby zog die Hand weg. «Ich weiß nicht. Ich habe bestimmte Dinge gesagt und getan. Hierzubleiben ist dir gegenüber nicht fair.»

«Auch ich habe Dinge getan, die ich bedauere. Aber dich gerettet zu haben, bedauere ich nicht», erklärte Myles. Er hatte also genug für sie empfunden, um sie bei sich behalten zu wollen. Ihr wurde warm ums Herz. «Zieh dich an, damit wir zum Haus zurückkommen, bevor es dunkel wird.»

Abby zog sich mit Myles' Hilfe die Fetzen über, die von ihrer Kleidung übrig waren. Sie versuchte, nicht daran zu denken, dass er so dicht hinter ihr stand. Dann holte sie ihre Tasche vom Sockel und blickte sich um.

«Fertig?», fragte Myles neben dem Ausgang.

«Nur noch eine Kleinigkeit.» Abby bückte sich nach dem Dildo, der hinter der Statue auf dem Boden lag. Sie hielt ihn für Myles hoch. «Wenigstens ist er nicht mit dem Ding da in sich versteinert.»

Sie wollte das Sexspielzeug schon in die Tasche stecken, als Myles sich dagegen aussprach. «Lass ihn doch da. Ich glaube nicht, dass wir etwas brauchen, das uns an diesen Tag erinnert.»

Abby betrachtete den Dildo noch ein letztes Mal. «Du hast recht. Ich hätte keine Lust, das Ding noch einmal zu benutzen.» Dann betrachtete sie das Gesicht des zur Statue erstarrten Gottes. «Ich weiß nicht, wie er das ausgehalten hat. Es hätte schlimm enden können. Aber ich musste das Gegenteil von dem tun, was er mit mir gemacht hatte.» Der Mut des Gottes hatte ihn ins Verderben gestürzt, ebenso wie zuvor Abbys Unerschrockenheit beim Besteigen der Statue ihn befreit hatte.

Sie legte den Dildo vor dem knienden Gott auf den Boden. «Geben wir künftigen Archäologen ein kleines Rätsel auf.» Sie warf Myles ein kurzes Lächeln zu. «Was hast du jetzt mit ihm vor?»

«Mit der Statue?», fragte Myles, den Blick in die Dunkelheit hinter ihr gerichtet.

«Es war doch dein Traum, sie zu finden», erinnerte sie ihn in bewusst beiläufigem Tonfall. Etwas in ihrem Innern sträubte sich gegen die Vorstellung, der Gott könnte in irgendeinem Museum ausgestellt werden.

«Es war der Traum meines Vaters.» Myles ging zu ihr, legte ihr einen Arm um die Schulter und schaute auf die flehende Statue. «Und ich bin mir nicht einmal sicher, dass er wirklich wusste, warum er sie unbedingt finden wollte. Er war wie ich leidenschaftlicher Archäologe, aber dieser … Dionysos ist zu gefährlich, um ihn auf die Welt loszulassen.»

Abby atmete einmal tief durch. Es fühlte sich so gut an, wie Myles sie im Arm hielt. Sie grinste. «Ob wohl viele Menschen in Museen Sex mit einer Statue haben?»

Myles musste ein Lachen unterdrücken. «Darüber möchte ich lieber nicht nachdenken. Es ist wohl am besten, wenn er vor der Öffentlichkeit verborgen bleibt.»

Die Wehmut in seiner Stimme zeigte ihr, dass Myles seinen Traum vom Erfolg begraben hatte. Und zwar ihretwegen. Abby lehnte sich an ihn. «Aber es ist doch dein Traum.»

Sein Griff an ihrer Schulter wurde fester. «Es gibt ja auch noch andere Statuen oder sonstige Kunstwerke zu entdecken. Ich werde meinen Vater stolz machen, indem ich die harte Arbeit selbst erledige, statt den einfachen Weg zu gehen.»

«Soll das hier etwa einfach gewesen sein?», fragte Abby spöttisch, drückte aber gleichzeitig beschwichtigend seinen Arm.

«Nun, wie es aussieht, ist der einfache Weg oft der schwerste.» Seine Brust dehnte sich, und ein Seufzer wehte über ihr Haar. «Bist du bereit?»

«Ich bin bereit.» Sie warf einen letzten Blick auf Dionysos und überquerte den dunklen Fußboden mit Myles' Arm um ihre Schultern.

Er deutete auf die Leiter. «Nach dir.»

Abby runzelte die Stirn. «Hörst du eigentlich nie auf, den Mädchen unter die Röcke zu schauen?»

Myles Lächeln wurde breiter. «Bei allen anderen Mädchen schon, aber nicht bei dir.»

Abby verdrehte die Augen, raffte ihre Röcke zusammen und begann mit dem Aufstieg.

Kapitel 19

Abby trat in den dunklen Flur. Nur ein paar wenige brennende Wandleuchter deuteten darauf hin, dass das Haus bewohnt war, doch ansonsten herrschte eine fast unnatürliche Stille.

«Wo sind denn alle?» Myles stand neben ihr, den Arm um ihre Schultern.

Sie lehnte sich an ihn. «Nach einer solchen Nacht dachten sie vielleicht, es wäre besser, noch etwas im Bett zu bleiben.» Abby wischte mit dem Finger über einen staubigen Beistelltisch. «Myles», presste sie hervor, und ihre Stimme klang dabei äußerst merkwürdig.

Ihr seltsamer Tonfall entging ihm nicht. «Stimmt etwas nicht?»

«Myles, ich glaube nicht, dass wir noch im neunzehnten Jahrhundert sind.»

«Was?»

Abby beobachtete ihn dabei, wie er sich hastig im Flur umblickte.

«Ich kann keinen Unterschied zu vorher erkennen.» Er fuhr sich mit der Hand durchs Haar. «Wie kommst du darauf?»

Mit einem selbstgefälligen Lächeln verschränkte Abby die Arme vor der Brust. «War nur ein Scherz.»

Als er sie noch immer verständnislos ansah, musste Abby kichern. «Das war ein Scherz, Myles.»

Er kam auf sie zu. «Ich könnte dich erwürgen.»

Lachend wich sie ihm aus und rannte auf die Treppe zu. «Dazu musst du mich erst mal kriegen.»

Sie konnte sich ihre plötzliche Unbeschwertheit selbst nicht erklären – außer damit, dass Myles bei ihr war. Seine Gegenwart allein machte sie schon auf geradezu lächerliche Weise glücklich – solange er dabei keine anderen Frauen fickte.

Auf dem Treppenabsatz blickte sie über die Schulter hinweg zu ihm zurück. Er schloss zu ihr auf, und sein jungenhaftes Grinsen konnte sein Verlangen nicht überdecken.

«Ich denke, bevor ich dich erwürge, fällt mir noch etwas Besseres für dich ein. Obwohl du zumindest verdient hast, dass ich dir den Hintern versohle.»

Sie rannte weg, aber er packte sie am Arm. «Lass mich los», hauchte sie.

«Ich habe dich gefangen, und jetzt hole ich mir meine Belohnung.» Er zog sie an sich und senkte den Kopf.

Für einen langen Augenblick zögerte Abby noch. Sie wollte ihn küssen, wollte, dass alles wieder unbeschwert und normal war – so als sei die ganze Sache mit dem Gott nie geschehen.

Sie war aber geschehen. Abby stieß sich von seiner Brust ab. «Myles, wir müssen miteinander reden.»

Er entließ sie nicht aus seinen Armen, lockerte aber seinen Klammergriff. «Machen diese Worte in zweihundert Jahren den Menschen immer noch Angst?» Myles lächelte sie an, doch das Lächeln erreichte nicht seine Augen, aus denen Besorgnis sprach.

Abby erwiderte sein Lächeln. «Oh ja.» Sie wand sich aus seiner Umarmung. «Myles –»

Jemand räusperte sich. «Mr. Hardy, Ms. Deane – wurdet Ihr uns die Ehre erweisen, im Salon mit uns eine Tasse Tee zu trinken?» Der Herzog stand unter ihnen in der Tür zum Salon. «Es gibt viel zu besprechen.»

«Was soll es denn noch zu besprechen geben?», entgegnete Abby. «Es ist vorbei.»

«Tut mir doch bitte den Gefallen», bat der Herzog und zog sich in den Salon zurück.

«Wir sollten es tun», murmelte Abby und tippte auf Myles' Brust. «Aber glaub bloß nicht, du kommst da so einfach raus.»

Myles nahm ihren Arm. «Das fiele mir nicht im Traum ein.»

Sie stiegen die Treppe hinab und betraten einen Raum voller wartender Wintertons.

Der Herzog saß auf der Lehne eines Sofas, während seine Gattin Lucy und deren Bacchantin Phoebe sich eng aneinanderschmiegten, wobei Letztere sich in einem Tageskleid mit hoher Taille sichtlich unbehaglich fühlte. Elaine saß zusammengekauert im Sessel am Fenster, gekleidet in unerbittliches Schwarz. Sie warf ihnen nur einen kurzen Blick zu und starrte dann wieder aus dem Fenster.

Winterton zeigte auf ein zweites Sofa. «Macht es Euch doch bequem. Ich würde gerne wissen, was geschehen ist. Für die Familiengeschichte – nur für den Fall, dass dies noch einmal geschieht.»

Kaum hatten sie Platz genommen, klammerte sich Abby auch schon wieder an Myles' Arm. «Ich würde säurefreies Papier und Tinte empfehlen, falls es so etwas schon gibt. Zumindest solltet Ihr sicherstellen, dass alles, was Ihr habt, lesbar bleibt. Notfalls müsst Ihr es eben noch einmal abschreiben lassen – oder vielleicht drucken.»

Der Herzog von Winterton akzeptierte ihren Rat mit einem schlichten Nicken. «Also, was ist geschehen?»

Nach einem Blick auf Myles erzählte Abby alles in einfachen Worten, ohne sich mit Euphemismen aufzuhalten.

Schließlich kannte sie die Wintertons mittlerweile gut genug, um zu wissen, dass jede beschönigende Umschreibung bei ihnen Zeitverschwendung gewesen wäre. Nur Lucy errötete angesichts ihrer Offenheit.

Als sie fertig war, stürzte sich Elaine aus ihrem Sessel am Fenster auf sie. «Ihr habt ihn getötet!», schrie sie.

«Demetrios ist nicht tot.» Myles stand auf und stellte sich zwischen sie und Abby. «Er ist lediglich wieder in den Wandmalereien gefangen.»

Elaine stand mit geballten Fäusten vor ihm, bis sie herumwirbelte und sich die Hände vors Gesicht schlug. «Ich konnte ihn nicht festhalten! Ich konnte es einfach nicht!»

Lucy löste sich aus der Umarmung ihrer Bacchantin, ging zu ihrer Stieftochter und klopfte dieser auf die Schulter. «Dann hat es eben nicht sein sollen. Auch für dich wird noch der Richtige kommen, du wirst schon sehen.»

Abby sagte dazu nichts. Der Mut und die Verletzlichkeit des Gottes in ihren letzten gemeinsamen Stunden vermittelten ihr eine Vorstellung davon, was Elaine jetzt durchmachte. Abby nahm Myles' Arm. Was hätte sie wohl getan, wenn sie ihn verloren hätte?

Elaine zuckte zurück und ging wieder zum Fenster.

Lucy warf Myles und Abby einen entschuldigenden Blick zu. Dann sah sie offenbar etwas hinter ihnen, und ihre Miene nahm einen überraschten Ausdruck an. «Gareth! Geht es dir gut?» Sie warf die Arme um den verblüfften jungen Viscount. «Es tut mir ja so leid.»

Der junge Winterton schaffte es, sich aus Lucys Umarmung zu befreien. «Es geht mir gut, Stiefmutter.» Er blickte sich in der Runde um. «Was ist denn los? Und wer ist die da?», fragte er erstaunt und zeigte auf Phoebe.

«Das ist die neue Gefährtin deiner Stiefmutter», erklärte

der Herzog, ohne sich von der Stelle zu rühren. «Sie ist eine Bacchantin.»

«Was?» Der verwirrte Blick des Viscounts schweifte zwischen den Anwesenden hin und her. «Sind das nicht mythische Gestalten?»

Abby legte den Arm auf die Rückenlehne des Sofas und drehte sich zu ihm um. «Die Frauen, mit denen Ihr in den letzten Tagen ununterbrochen Sex hattet und die dann auf mysteriöse Weise verschwunden sind, waren auch Bacchantinnen.»

«Welche Frauen? Und welcher Sex?» Der Viscount schien kein Wort zu verstehen. «Ich habe die Jagdhütte hergerichtet und nebenbei übrigens ein Rebhuhn geschossen.»

Abby schlug die Hand vor den Mund, um nicht laut loszulachen. Ihre Dienstmagd hatte ihr von der Geilheit des Viscounts berichtet. «Nicht zu glauben – er hat alles verpasst!» Ein Blick auf Lucy verriet ihr, dass diese nicht weniger belustigt war als sie selbst.

Abby stand auf und machte vor dem Herzog einen kurzen Knicks. «Ich denke, ich überlasse es besser Euch, Eurem Sohn alles zu erklären. Ich habe noch etwas mit Mr. Hardy zu besprechen.»

«Nur eine Sache noch.» Der Herzog beanspruchte mit hochgehaltener Hand ihre Aufmerksamkeit. «Mr. Hardy, damit muss jetzt Schluss sein.»

Abby wusste sehr genau, was er mit «damit» meinte, und blickte zu Myles hoch. Würde er dem Herzog zustimmen? Die Lachfalten um seine Augen waren verschwunden.

«Ich möchte vermeiden, dass einer Eurer Nachkommen nach der Statue sucht», fuhr der Herzog fort. «Sie dürfen gar nicht erst von ihrer Existenz erfahren.»

Myles runzelte die Stirn. «Ich kann nichts verhindern, was

außerhalb meines Einflusses steht, aber ich verspreche, kein Wort über diese Angelegenheit zu verlieren.»

«Kein Wort über welche Angelegenheit?», wollte der immer mehr errötende Viscount wissen, doch der Herzog winkte nur ab.

«Wollt Ihr den Tempel zumauern?», fragte Abby.

«Ich spiele sogar ernsthaft mit dem Gedanken, ihn abzureißen», erklärte der Herzog mit finsterem Blick.

«Nein!», schrie Elaine unter Tränen auf und steckte sich verzweifelt die Hände in den Mund.

«Aber das kann ich nicht tun», lenkte der Herzog ein und brachte seine Tochter mit einer schroffen Geste zum Schweigen. «Die Statue ist etwas Magisches, und somit ist es wohl am besten, sie sicher einzuschließen.»

Myles nickte und begleitete Abby nach einer höflichen Verbeugung vor der Herzogin ohne weitere Worte aus dem Raum.

Abby blieb auf der Treppe an fast derselben Stelle wie zuvor stehen. «Myles, wir haben eine Menge durchgemacht, und nach allem, was ich zu dir gesagt habe, hätte ich ... hätte ich nie geglaubt, dass du mich retten würdest.»

Das Lächeln verschwand aus seinem Gesicht. «Du hast mir erklärt, ich müsste eine Frau, die ich nicht verlieren will, festhalten.» Er zuckte mit den Schultern. «Und genau das habe ich getan.»

«Aber warum?»

Myles saß auf einer der breiten hölzernen Stufen und zog sie herab, damit sie sich neben ihn setzte. «Warum?» Er fuhr sich durchs Haar. «Ich konnte nicht zulassen, dass wir so auseinandergehen. Du hattest mir ja nicht einmal eine Chance gegeben zu erklären ...»

«Das mit deinen Bacchantinnen?»

«Ich dachte, du wärst schon zu Dionysos gerufen worden und kämst sowieso nicht mehr zurück.» Er seufzte. «Vielleicht hätte ich mich besser betrinken sollen.»

Abby legte ihre verschränkten Arme auf die Knie und den Kopf auf die Arme. Sie blickte ihn von der Seite an. «Es war also gewissermaßen Revanche-Sex?»

Er dachte kurz nach und nickte. «Abgesehen davon, dass ich nie davon ausgegangen bin, dass du davon erfahren würdest. Ich dachte doch, du wärst längst verloren.» Er starrte in den Flur. «Ich dachte, ich würde dich nie wiedersehen, und das tat sehr weh.» Er legte den Kopf auf die Hand. «Ich verspreche, dass es nie wieder vorkommen wird.»

Ihr stockte der Atem. Sie wollte ihm glauben. Was er gesagt hatte, war schließlich irgendwie nachvollziehbar, zumal sie mehr oder weniger dasselbe empfunden hatte. «Und das soll ich glauben?»

Myles wirkte beleidigt. «Das war ein Versprechen.»

«Elaine hast du auch etwas versprochen.» Sie musste an seine aufgekündigte Verlobung mit Elaine denken. Würde Elaine eine Neuauflage einfordern? Abby biss sich auf die Unterlippe. Schon der Gedanke, Myles womöglich noch einmal zu verlieren, war für sie unerträglich.

«Und dann hat ihr Vater mich aus der Stadt jagen lassen», erinnerte Myles sie. «Ich glaube, wenn der Herzog gewusst hätte, dass sie am Ende noch mit einem Satyr ins Bett steigt, hätte er vielleicht lieber noch mich akzeptiert.»

Ihr wurde plötzlich kalt ums Herz. «Kann es sein, dass ich Demetrios an der Wand gesehen habe?»

«Ja.» Myles verschränkte die Arme so vor der Brust, dass seine Finger in den leeren Raum des großzügigen Treppenhauses zeigten.

«Heißt das nicht …?»

«Ich wurde von diesem Versprechen entbunden, und ich zweifle sehr, dass Winterton zulassen würde, dass ich erneut um seine Tochter werbe. Außerdem ist Elaine ziemlich nervig.»

«Sie ist noch jung», räumte Abby ein. «Aber in einem Jahr könnte ich was aus ihr machen. Dazu müsste ich natürlich einen Job für sie finden.»

«Schon, aber würdest du das wirklich wollen?», konterte Myles mit einem Grinsen in den Mundwinkeln.

Abby musste zugeben, dass das eine gute Frage war. Sie dachte über alles nach, was sie einander gesagt hatten, bevor sie zu scherzen begonnen hatten. «Dann sind wir also quitt, wenn ich dich von deinem Versprechen entbinde, dich in dieser Welt um mich zu kümmern.»

«Auch wenn du das tust, Abby, verspreche ich es dir doch immer wieder, bis du endlich begreifst –» Myles sprang abrupt auf und stieg ein paar Stufen hinab. Dann drehte er sich um und blickte hoch zu Abby, die mit weit aufgerissenen Augen auf ihn hinabstarrte. «Abby, wenn du es jetzt noch nicht begriffen hast, dann wirst du es nie –»

«Frauen möchten, dass man es ihnen sagt», murmelte sie.

«Ich liebe dich.» Die ruhige Kraft in seinen Worten überzeugte sie.

«Seit wann weißt du das?»

Er errötete. «Ich hatte schon so ein Gefühl, nachdem wir das erste Mal miteinander geschlafen hatten. Aber so richtig klar wurde es mir erst, nachdem wir den Gott zum Leben erweckt hatten und ich plötzlich fürchten musste, dich zu verlieren …»

Abby stand auf und ging die Treppe hinunter, bis sie auf Augenhöhe mit ihm war. «Und du hast alles vermasselt.»

Sein überraschter Blick verriet ihr, dass er gehofft hatte, sie würde weniger hart mit ihm ins Gericht gehen. «Ja, das habe ich. Und ich entschuldige mich dafür.»

«Genau genommen habe ich auch nichts anderes getan als du.» Wie konnte sie ihm etwas vorwerfen, wenn sie denselben Fehler gemacht hatte? Sie biss sich auf die Lippe und lächelte. «Dann sind wir also quitt.»

«Und was heißt das?»

«Ich bin bereit, es noch einmal mit dir zu versuchen.» Sie strich ihm mit der Handfläche über die Wange. Das Vertrauen zwischen ihnen würde nicht über Nacht wiederhergestellt sein, aber sie wollte ihrer Beziehung eine neue Chance geben. Ihn einfach so gehen zu lassen war keine Alternative. «Ich mag dich einfach zu sehr.» Sie nahm seine Hand. «Gehen wir jetzt ins Bett?»

Myles ging mit ihr Hand in Hand die Treppe hoch, ohne ein Wort zu sagen. Er entkleidete sie, und sie zitterte, als ihre Haut mit der Luft in Berührung kam. Er musste nicht allzu viel tun, um sie von ihren zerrissenen Kleidern zu befreien. Er stand hinter ihr und ließ die Hände über ihre Schultern nach unten gleiten, bis seine Fingerspitzen über die Außenseiten ihrer Brüste strichen.

Ihr Kleid fiel zu Boden, und sie trat aus ihm heraus, während sie sich zu ihm umdrehte. Abby verschränkte die Finger hinter seinem Nacken und zog seinen Kopf herab, um ihn zu küssen.

Seine kühlen Lippen wärmten sich an ihren. Als Abby sich schon fragte, ob Myles das wirklich wollte, vertrieb er ihre Sorgen, indem er den Kuss verstärkte und ihren Mund zu erkunden begann.

Nachdem seine Krawatte längst weg war, zog Abby ihm sein mit Harzflecken übersätes Hemd über den Kopf. Genüsslich betrachtete sie seinen flachen Bauch und die dunkle Linie von Haaren, die sich aus seinem Hosenbund hochzog.

Sie legte die Hände flach auf seine Brust. Wann hatten sie sich eigentlich das letzte Mal geliebt? Vor Tagen schon, und die Zuneigung, die sie empfand, als sie ihn halbnackt vor sich sah und ihn endlich wieder berühren konnte, raubte ihr den Atem. Sie beugte sich vor und drückte ihm einen Kuss mitten auf die Brust.

Als sie zu ihm aufblickte, sah sie, wie Myles auf sie herabschaute. Seine langen Wimpern verbargen seine Augen, und seine undeutbare Miene bereitete ihr neue Sorgen. Fühlte er sich lediglich durch dieses verdammte Versprechen gebunden?

Abby schwor sich, dass er es nicht bereuen sollte. Sie küsste sich auf seiner Brust aufwärts und schmeckte seine durchdringende Wärme. Sie leckte und küsste seine Kehle und genoss seine Nähe. Sie atmete ihn ein, während ihre Hände über seine Brust hinabglitten, um seine Hose aufzuknöpfen.

Abby schob ihm die Hose über die Hüften und bewunderte den Anblick, der sich ihr bot. Sein halb aufgerichtetes Glied erhob sich langsam, um sie zu begrüßen. Sie sank auf die Knie und setzte sich auf ihre Fersen, um ihm die Hose über die Unterschenkel zu ziehen.

«Die Stiefel.» Die Hände in die Hüften gestemmt, blickte sie Myles stirnrunzelnd an. «Ich habe die Stiefel vergessen.»

Myles setzte sich aufs Bett und zog erst sie und dann die Hose aus.

Noch bevor er aufstehen konnte, setzte Abby sich auf seinen Schoß. Sie strich ihm über die Brust und nahm dann sein Gesicht zwischen die Hände. «Ich muss dir noch etwas sagen.»

Er runzelte die Stirn und wartete darauf, dass sie fortfuhr.

«Weißt du, warum ich den Gott eingesperrt habe?»

«Weil du es tun musstest.» Sein gelassener Blick verwirrte sie so sehr, dass sie ihren eigenen Blick auf seine Brustmuskeln senkte.

«Ja, ich musste es tun. Ich wollte dich nicht verlassen, aber ich gehöre nicht hierher.»

Myles wollte schon Einwände erheben, aber sie hielt ihm eine Fingerspitze an die Lippen.

«Als ich dich mit diesen Frauen gesehen habe, musste ich einfach wegrennen.»

Er nahm ihre Hand. «Abby …»

«Ich weiß, ich verzeihe dir.» Sie erwiderte seinen besorgten Blick. «Und das war's dann auch. Ich verzeihe dir. Ich musste fast einen ganzen Tag ohne dich zubringen und habe dich vermisst. Ich möchte nicht, dass du dich verpflichtet fühlst, mich zu ficken. Wenn du mich nicht mehr willst, dann lass mich einfach gehen.»

Sie legte den Kopf an seine Stirn. «Myles, du hast mein Herz gestohlen. Ich habe mir meine Gefühle für dich nie wirklich eingestanden, und jetzt sind wir beide hier, und wir haben einen langen Weg vor uns. Ich möchte diesen Weg mit dir gehen, Myles, wohin er auch führen mag.»

Myles drückte ihr Kinn hoch, und ihre Blicke trafen sich. «Willst du damit sagen, du …»

«Ich liebe dich.» Tränen traten ihr in die Augen. «Ich liebe dich wirklich, Myles.»

Dann erwachte er endlich zum Leben, war wieder der alte, vitale Myles, in den sie sich verliebt hatte. Er drehte sich um und begrub sie unter sich. «Sag das noch einmal», forderte er, während sein Schwanz zwischen ihren Beinen anschwoll.

«Ich liebe dich, Mr. Myles Hardy», erklärte sie mit einem Lächeln aus feuchten Augen.

Er glitt in sie, und Abby klammerte sich stöhnend an ihn. Das war es, was sie wollte – ihn tief in sich, dort, wo er hingehörte. Er begann mit langsamen stoßenden Bewegungen, Becken auf Becken, rein und raus.

Abby schlang ihm die Beine um die Taille und ließ zu, dass er sie ritt, bis Gefühl und Verlangen bei ihr ebenso wie bei ihm ihren Höhepunkt erreichten.

Und so fand Abby zweihundert Jahre vor ihrer Zeit in den Armen dieses charmanten Mannes den Schlüssel zu ihrem inneren Gleichgewicht.